下天は夢か 一

津本 陽

角川文庫
15379

目次

五つ木瓜《もっこう》

屋形の外曲輪《そとくるわ》のあたりで、乾いた一番鶏《どり》の声が葉摺《はず》れの音もない静寂をひき裂き、なかぞらへ消えた。

間をおいて呼応する鶏鳴が遠近《おちこち》で尾をひきはじめたが、花の香のただよう闇《やみ》の色は、まだ濃かった。

天文十八年（一五四九）春、尾張《おわり》の野山に山桜が紙細工のような花を飾って、間のない時候であった。

織田《おだ》三郎信長《のぶなが》は、那古野《なごや》城二の丸の寝所で眼ざめていた。彼は宵のうちに侍女がのべておいた臥所《ふしど》を座敷の奥の壁際にひき寄せて寝ていた。

刀は枕《まくら》もとの壁にたてかけている。朝になると、臥所をもとの位置に戻すのが、大名の心得である。隣座敷に宿直《とのい》が寝ずの番をしているが、人の心は分らない。担猿《のきざる》、素《す》っ破《ぱ》など忍者のたぐいはもとより、宿直に寝首を掻《か》かれることもめずらしくないのが、戦国のならいであった。

信長は病いあつい父信秀《のぶひで》を見舞った前夜から、一睡もしていなかった。眠ろうとつめても、頭が冴《さ》えわたっている。

この城も、いつ誰に攻められるかも知れぬと思うと、火焔《かえん》に包まれた城郭が、地獄の悪鬼のような敵勢に踏みにじられるさまが、矢叫《やたけ》び、馬蹄《ばてい》のとどろきをともない、眼前に浮かびあがる。

城内の廊下、座敷は血の海である。斬《き》られた人間の流す血の量はおびただしい。戦う敵味方がそのうえで滑り転げる有様を思いえがき、信長は白絹《しらぎぬ》の閨着《ねやぎ》のうちで、鳥肌をたてた。

信長が世のなかでただひとり、信頼できる相手であった父信秀は、まえの年十一月から病床につき、療治祈禱《きとう》のかいもなく死に瀕《ひん》していた。

はじめは疱瘡《もがさ》が全身にあらわれ、医師《くすし》はまもなく恢復《かいふく》すると診断したが、病状は重くなるばかりで、いまは浮腫《むくみ》があらわれていた。

父が死ねば、名跡《みようせき》を継ぐのは信長である。信秀は異腹の兄の信広を安祥《あんじよう》城の城主にとどめ、十六歳の信長に後事を托《たく》していた。

信長は三年前に元服してのち、信秀から那古野城を譲りうけた。信秀は那古野城の東南、古渡《ふるわたり》の城で命を終ろうとしている。

信秀は四隣に敵を控えた状態で、家督を信長に譲るわけであった。東方には織田氏と四十数年来、三河《みかわ》国をはさんで争いをつづけている今川氏がいた。今川氏の当主今川義元《よしもと》は、しだいに勢威をつよめ、三河から尾張東部にまで侵入しはじめている。

尾張の西方には、主家の土岐《とき》氏を逐《お》い、美濃《みの》の領主となった斎藤道三《どうさん》がいた。信秀と道三は多年の宿敵として、あい争ってきたが、天文十七年、道三の愛娘《まなむすめ》帰蝶《きちよう》を信長の正室にむかえてのちは、同盟の関係がつづいていた。

帰蝶は道三と、美濃恵那《えな》郡明智《あけち》城主、明智駿河守《するがのかみ》光継の娘との間に生れた。信長の室となった彼女は、美濃から嫁いだので濃姫《のうひめ》と呼ばれ、夫婦の仲はむつまじかった。だが舅《しゆうと》の道三は、主人の美濃の守護大名土岐頼芸《よりなり》にとりいり、守護代となり、ついに主人頼芸を放逐して自ら領主となったほどの辣腕《らつわん》の人柄である。信長をくみしやすしと見れば、いつ敵となって襲ってくるかも知れない。

信秀は尾張半国を斬りしたがえ、国主大名に成りあがりつつあっただけに、跡目を継ぐ信長には、克服すべき困難がおびただしく残されていた。

信秀はいまだ大名としての地位を確立したわけではない。彼は尾張下四郡の守護代、織田大和《やまと》守の家老に過ぎなかった。

織田氏の祖先は、越前《えちぜん》国丹生《にう》郡織田荘の荘官であったといわれている。同地の織田剣《つるぎ》神社には、南北朝末期にあたる明徳四年（一三九三）に、藤原信昌、将広父子の神社再興にあたっての置文《おきぶみ》が納められている。信昌の出自は古代における豪族忌部《いんべ》氏であった。

応永十二年から十六年（一四〇五〜〇九）の頃になって、越前、尾張の守護で幕府管領《かんれい》職についていた斯波《しば》義重は、家臣となっていた信昌の後裔《こうえい》織田常松を執事とし、尾張国守護代として、統治の任にあたらせた。

斯波義重は京都にいて、越前の支配はおなじく守護代の朝倉氏に任せている。守護代織田氏は、尾張に土着し勢力をつちかう。応仁《おうにん》の乱ののち、文正元年（一四六六）になって、主家斯波氏の兄弟のあいだに家督の争いがおこった。

織田氏も守護代敏広と弟敏定が斯波氏の内紛に従って対立し、やがて尾張一国を二分して支配するようになった。

敏定は尾張清洲《きよす》に城を構え、勢力を伸長して、宗家を凌《しの》ぐほどになる。両家の間柄は険悪で、しばしば相対陣するが、天文年間には尾張八郡のうち、敏定の後裔織田大和守は清洲にいて下四郡、敏広の後裔織田伊勢《いせ》守は岩倉に城を構え上四郡を支配していた。

信秀は、いまは勢威おとろえた主人織田大和守にかわり領国を守護して、国主の実権を握っていた。

「ここなあちゃ坊主が、胆《きも》の小さきことを思いおって」

信長は眠れない自分をあざける。

まえの日に、信長は古渡城へ父を見舞いに出向いた。信秀は木の香もたかい新造の城郭の、南むきの主殿《とのも》上段の間で床についていた。

信秀はむくんで分厚くなり、指も動かせなくなったてのひらを、小姓《こしよう》にさすらせながら、呻《うめ》き声をあげつづけていた。

十日ほどまえまでは、何とか生きようとして、無理に鯉汁、鴨雑炊《かもぞうすい》を口にしていた信秀は、いまでは白湯《さゆ》でさえ喉《のど》を通せなくなっていた。

主殿の内外は、森閑と静まりかえっていた。大勢の医師、近侍、侍女がいるが、誰もが足音をしのばせ、声をひそめささやきあう。

曲輪《くるわ》うちを往来する与力《よりき》、足軽たち士卒も、具足の音をたてるのさえはばかっていた。信秀が、ひくい話し声、廊下を通る足音が、鐘のように頭にひびくと怒るからであった。

信長はふだんの袴《はかま》もつけないばさらな身なりで寝所に入った。絹夜具に身をよこたえ、手足を小姓にさすらせ、間断なく唸《うな》り声をあげている信秀は、健康なときの倍ほどに顔が脹《は》れあがり、瞼《まぶた》はとじたままであった。

信長は声をかけたものかと思案して、たたずんでいた。傍に侍していた平手《ひらて》政秀《まさひで》が、彼をうながした。

「お見舞いを言上いたされませ」

信長は信秀をうるさがらせまいと、黙ったまま、かるくうなずいてみせた。見舞いといっても、垂死の父に何をいえばいいのか。父親と息子は、言葉を交さなくてもたがいの胸のうちは分っていた。

信長は、信秀がうなずきかえしたのを見て、脹れあがった瞼の隙間《すきま》から、こちらを眺めていたのかとおどろく。

信秀が、まわらぬ舌で何事かいった。呂律《ろれつ》は怪しげであるが、ながらく戦場を馳《ち》駆《く》した武将であるだけに、静まりかえった家内にひびくただならない地鳴りのような声であった。

「おう、これほどの声を出せるなら、父上はまだ保《も》つぞ」

信長は、前帯にぶら下げたいくつもの火打袋、瓢簞《ひょうたん》を揺らせ、思わず病床へ歩み寄った。

見舞いにくるまえ、信長は鷹狩りに出ていた。

父の病状が気になり、おちつかないままに城を出て、青草のなかで馬を走らせたのであったが、二、三日見ないうちに相好《そうごう》の変った顔を見ると、胸中に切なさがこみあげてきた。

「父上、たしかなる御声じゃ、嬉《うれ》しゅうございまする」

信長は枕頭《ちんとう》にひざまずき、父の耳もとでささやく。幼い頃から見なれてきた、信秀の眉間《みけん》のほくろに生えている毛が、こまかく揺れていた。

信秀は息子の声を聞くと、またはっきりとうなずいた。彼は、呂律のまわらないままに、信長の耳に痛く感じるほどの高声でなにごとかを告げた。

信長は意味が聞き分けられず、眉《まゆ》をひそめる。平手政秀が教えた。

「世に遅れるでないぞ、五つ木瓜《もっこう》の家紋を押したててゆけ、と仰《おお》せられておりまする」

信長はふかくうなずき、信秀の脹れあがったつめたい手を握りしめた。

「おらば、おらば」

おさらばと、別れを告げる父の声が聞えると、信長は懸命にはげまそうとした。

「何を仰せられるのじゃ、父上、さような大声が出せるのに、なんで気の弱いことを口にいたされる。父上がおられねば、尾張の国は保ちませぬ。なにとぞ、ご本復下さりませ」

信長は、信秀の重い瞼の間の糸のようにあいた隙間に、光るまなざしを見た。

尾張下四郡を敵の侵略から護《まも》り、合戦にあけくれてきた勇者の両眼には、息子へのいつくしみの思いと、湖面のように静かな諦念《ていねん》の気配があらわれていた。

信長は埃《ほこり》くさい日向のにおいをしみこませた茶筅髷《ちゃせんまげ》を傾け、父の顔に見いった。そうしなければ、信秀がいまにも黄泉路《よみじ》へ旅立ちそうな気がする。

信長は生れおちたときから疳《かん》がつよく、母の愛が薄かった。母はすなおな弟の勘十郎信行をかわいがり、ともに暮らしていた。

彼は嬰児《えいじ》の頃、乳母の授乳をうけるとき、乳首を嚙《か》みやぶる癖があった。嚙まれた乳母は去り、あたらしい乳母がくるが、吉法師は待ちかまえていたかのように、また乳首を嚙んだ。

そうするのは、授乳する乳母を嫌うからである。信長は生れながらに、人に対する好悪の念がはげしかった。

信長の乳母は幾度も替り、摂津《せっつ》の国の豪族池田恒利《つねとし》の後室、養徳院が招かれてきた。

信長は二十二歳の養徳院に抱かれると、おだやかに乳を吸い、乳首を嚙む疳癖《かんぺき》はかげをひそめた。

養徳院への信長の思慕は、いまも変らなかった。生母の土田《どた》御前は、荒々しい気性に生れついた信長を、吉法師と呼ばれた幼時から疎んじ遠ざけていた。

吉法師は林新五郎、平手政秀、青山与三右衛門、内藤勝介ら老臣につきそわれ、那古野城で成長した。彼は毎日天王坊《てんのうぼう》という寺院へ通い、勉学に励んだ。

幼い頃はとりわけ目立つふるまいもなかった吉法師は、天文十五年（一五四六）十三歳で元服したのち、しだいに激しい気性をあらわす。

織田三郎信長と名乗って一年後、彼は御武者始めとして初出陣をした。平手政秀が後見役となって、今川勢が軍兵を派して砦《とりで》を固めている、三河の吉良《きら》大浜を襲ったのである。

吉良大浜に布陣する敵勢は、二千とも三千ともいわれていた。八百の手勢を率い急襲するには大敵である。

敵の細作《さいさく》（忍者）が、こちらの行動を察知するまえに迅速な行動をとらねばならない。

吉良大浜は、那古野から十数里隔たっている。初陣にしては危険が多すぎると、平手らは出撃を渋った。大浜を攻めるといいだしたのは、信長であった。

ふつう初陣を経験する大名の子弟は、老臣に軍議をたててもらい、自分は軍勢の形式上の指揮者としての、経験を味わうのみである。

合戦はおろか、他人と斬りあった体験もない子供が、まかり間違えば家来もろとも全滅するかもしれない実戦の進退に、くちばしをはさむなど、思いもよらないことである。

血みどろの争闘をかぞえきれないほど体験した武将でさえ、敵を襲うときの戦法を、どうすればよいかとさまざま思い悩むものである。

敵と味方が遭遇するまでの行動は細作などの注進によって、おぼろにつかんではいるが、おおかたは闇のなかを手さぐりで歩いているようなものである。

戦の勝敗は、天運によるものという考えが、武将たちの心底に、牢固《ろうこ》としてあった。大人さえ運を天に任す合戦を、元服したばかりの信長が指図するなど、もってのほかのことであった。

吉良大浜に近い知多郡には、織田信秀と誼《よしみ》を通じている三河の豪族、水野氏の城があった。信長が吉良に奇襲をかけ、仕損じて敵に包囲されても、水野が援軍を出してくれると、平手政秀は読んでいた。

だが、吉良大浜に布陣している今川勢は、合戦に慣れた精鋭であった。信長勢の急襲に不意をつかれても、迅速に態勢をたてなおし、反撃してくるにちがいない。

「若さまには、御武者始めのことゆえ、思いがけぬお障りのなきよう、安祥にご出陣なされてはいかがかと存じまするが」

政秀は信長の異母兄信広が守る安祥城の勢力範囲で、行動するのが安全であると、考えている。

「こののち合戦には、飽きるほどに出《い》でまされねばなりませぬ。こたびは初陣ゆえ、駿河衆に軽くひと当てなさるるだけで、ようございましょう。敵と弓箭《きゅうせん》をまじうるはいかなる味わいかを、お試しになられたなら、はやばやと引き揚ぐるが肝要と存じまする」

信長は襁褓《むつき》のうちから、政秀たち傅役《もりやく》の老臣たちに育てられてきた。

お勝手勘定方の政秀は、とりわけて信長の身近に侍し、肉親のように密接な間柄を保ってきた。

信長は、政秀の意見が妥当なものであると、理解していた。実戦では、進退の要領をこころえない者は、死の危険にさらされる。

平素は武者の数にも入れられない足軽、荒子《あらしこ》などの下人《げにん》たちも、戦闘の場に立てば、猛獣と化して凄《すさ》まじく荒れ狂う。

矢戦、印地《いんじ》（礫《つぶて》）打ちの飛び道具の攻めあいのあとは、槍《やり》、薙刀《なぎなた》、長巻《ながまき》をふりかざした敵が殺到してくる。

殺戮《さつりく》の場で、敵味方入りみだれ見分けもつかない混乱のさなかに身を置き、采《さい》を振って一軍を手足のように動かすのは、長年月の体験があってはじめて可能なことであった。

信長には、苛烈《かれつ》きわまる合戦の実状がいかなるものか想像がついていた。戦場へ赴いては血と土埃に汚れて帰城する、信秀麾下《きか》の譜代衆の姿を、ものごころついた時分から見慣れていた。

すべてを承知したうえで、信長は出陣評定《ひょうじょう》の場で、政秀をはじめ林、青山、内藤ら傅役の意見を一蹴《いっしゅう》した。

「儂《わし》が元服したうえは、家来どもは儂の指図に従うのが道であろうがな。主人が吉良大浜の敵を焼討ちに参ると申しておるからには、黙ってついてくればよかろうが」

信長の生得《しょうとく》の痞癖が、おさえようもなくあらわれていた。

吉良大浜への出陣は、信長の有無をいわせない強硬な主張によって、決定した。

彼は父親がわりに自分を傅育《ふいく》してきた、政秀の庇護《ひご》をはなれ、自由になりたかった。

母性の慈愛に恵まれずに育った信長には、他人の感情に鋭敏に反応する傾向があった。彼は自分を保護してくれる政秀の心中に、未経験で粗暴な子供を軽んじる気持ちが動いているのを、見逃さない。

信長にとって、自分を軽蔑《けいべつ》し、束縛しようとする者は、すべて敵であった。彼は敵を足下に蹂躙《じゅうりん》しなければ、気が納まらない。そうすることで、死の破滅を招き寄せるかもしれないと思っても、恐怖心は湧《わ》かなかった。

出陣の日取りを決めるについて、物頭《ものがしら》の合議の席で、信長は発言する。

「風花《かざはな》か、うろくずの出た宵に向うこととすればよい」

風花とは、雲が低く下り四方に散り流れ、月が煙霧にかすんだようになる状態をいう。

うろくずとは、うろこ雲のことである。風花からうろこ雲が出て、雨が催さないときは、きまって風が烈しく吹く。

政秀は意見を述べる。

「仰せらるる通り、風の吹く日は攻めやすうござる。されば不成就日、死引きの方《かた》を避け、風の催す宵に出ることといたしまする」

不成就日とは、物事の成就しない日で、死引きの方は、合戦の際に死を招く方角である。

信長は焼刃《やいば》のような視線を、青光りさせた。

「何を申す、さようなことは気にするな。もっとも攻めやすきときに、攻めやすき場から仕懸けるのが、儂の軍略じゃ。以後いらざる占卜《せんぼく》は無用にいたせ」

老臣のあいだに、不満のつぶやきが起った。

合戦にさきがけて、日時、方角、雲気の吉凶を占う軍配兵法は、戦国武将の信奉するところであった。

武田信玄は出陣に際し、みずから卜筮《ぼくぜい》をおこない、陣中に数百人の僧侶《そうりよ》を伴っていたといわれる。上杉謙信も合戦のまえに、五大尊明王を本尊とし、五壇護摩《ごま》を執行した。傅役林通勝《みちかつ》が信長に反撥《はんぱつ》した。

「若さま、古いしきたりを破るのは、考えものでござります。いかなる不運を招くやも知れませぬ」

信長はあざ笑った。

「不運がおそろしいか」

信長の身内で、憤怒が火花のようにはじけた。

林通勝は低く重い声音で、信長を脅かした。歴戦の老武者の意見には、おびただしい経験の裏づけがあるように思えた。

信長は一瞬、みぞおちに怯《おび》えを揺らめかせた自分に立腹し、頰《ほお》に血のいろをのぼせ、林を睨《ね》めすえる。

「不運を招くとは何じゃ。戦にうち負け、死ぬことであろうが。死ぬのを怖れる侍は、生きておったとて、死んでおるようなものじゃ」

信長は日頃、臨済宗の禅僧沢彦《たくげん》に霊魂不滅の説を教えられていた。

魂は滅することはない。人の死は、たまたま肉体という仮の栖《すみか》に宿っていた魂が、別の栖へ移るだけのことであった。

林は憤然と反撥した。

「何と仰せられる。それがしが死を怖れると思し召さるるか。たとえ若さまなりとも、聞きのがせませぬぞ」

「ならば古きしきたりなどに、こだわることはない。合戦に占卜を頼って好機をのがすなどは、臆病者《おくびょうもの》の仕業《しわざ》であろうが。明朝の出陣に、大将の儂が采配《さいはい》に従えぬ者は、申して出よ」

信長は一座の物頭たちにいい放ち、黙して待つ。

誰も身じろぎもせず、円座にあぐらを組んだまま、口をとざしているのを見て、信長は命じた。

「儂の申し条に異存なくば、明朝よりのち、いつなりとも出陣いたせるよう、支度いたしておけ。日和を見定めたうえ、吉良大浜へ討って出るぞ」

二日後の午後、晴れていた空にうろこ雲がかかり、ひろがってきた。梅雨にはまだはやく、乾燥した南風が樹木の枝葉を揺らせ、稲田を吹きわけうねらせはじめた。

宵には風がつよまると見た信長勢は、那古野城大手曲輪に集結し、陣備えを立てた。

一の先、二の先前備え、旗本両脇備え、後備え、小荷駄備え、後陣備えと八百の精鋭が隊形をととのえる。

信長は近習《きんじゅ》、小姓を従え、初陣の軍装を美しくととのえ、馬を歩ませて諸兵を閲した。

紅筋《くれないすじ》の頭巾《ずきん》をかぶり、新調墨絵の馬乗り羽織、乗馬には面、平頸《ひらくび》、胴に革、金革の馬鎧《うまよろい》を着せた信長の武者振りは、胡粉絵《ごふんえ》のように鮮麗であった。

甲冑《かっちゅう》、武器の打ちあう音もものものしく、騎馬武者、足軽が行装をととのえるなか、信長を護る中軍に、五つ木瓜《もっこう》の旌旗《せいき》が押したてられ、風をはらんではためく。

物頭は、合戦の混乱の際にも士卒が持ち場を見分ける目印にできるよう、おのおのの備えごとに色ちがいの旗を立てた。

信長は陣列を立てる軍勢を、乗馬に跑足《だくあし》を踏ませ、見てまわる。槍衆を率いる平手政秀の長男、五郎右衛門長政の前備えの隊列にさしかかったとき、黒のしりがいを垂らした肥馬《ひば》にまたがる黒革勝色縅《かちいろおどし》の具足をつけた大兵《だいひょう》の武者の声を耳にした。

「さては白歯者《あおば》がような、思慮なきご出陣よな」

白総《しろふさ》の采配を鞍壺《くらつぼ》に差し、近習を従えてきた信長の姿が、武者の眼にとまらなかったのであろう。

「そのほう、いま何というた」

騎馬武者は、おどろいてふりかえり、頭巾の眉庇《まびさし》の下から射るような眼をむけている信長を見た。

「儂を嘲弄《ちょうろう》しおったな」

十四歳とも思えない信長の、気魄《きはく》にうたれた武者は、身をちぢめ頭を垂れた。

白歯者とは、戦場で具足をつけることのない、中間《ちゅうげん》、草履取りなどの小者を指す呼称である。

失言を信長に聞かれた武者は、平手長政の郎党坂戸与右衛門という剛の者であった。信長は、父信秀の譜代衆のうちで重きをなしている平手父子の、傲慢《ごうまん》なそぶりを嫌っていた。ことに長政は信秀の乳兄弟で、日頃から頭《ず》が高い。

――長政め、儂の采配ぶりをかげで嘲弄いたしておったゆえ、家人《けにん》までがおなじ口ぶりをみせおったのじゃ――

信長は即座に近習に命じた。

「こやつを引っ立て、この場で吊《つる》し斬《ぎ》りといたせ」

出陣にさきがけ、軍令に反した者を軍陣の血祭りとし、麾下《きか》全軍の士気をひきしめるのは、大将として当然の措置であった。

兵法名誉の近習が、命に応じ坂戸に馬を寄せるなり敏捷《びんしょう》な身ごなしで、手にした長巻をひらめかせた。

坂戸は避ける間もなく、長巻の柄の一撃を脾腹《よこばら》にうけ、馬上から逆落しに地面へ転げ落ちた。

坂戸は冑《かぶと》を外され、襟がみを大力の近習に鷲《わし》づかみにされ、ひきずられてゆく。

「麻緒《あさお》じゃ、持ってこう」

近習が漆塗りの面頬《めんぽお》を光らせ、顔をあおむけ小者に命じた。

坂戸は大手曲輪《くるわ》の楠《くすのき》の老樹の根方にひきすえられ、まだ失神したままでいる。軍勢は物音をひそめ、不運な男が処刑されるのを見守っていた。

坂戸を吊し斬りにするには、甲冑を脱がせ鎧下の直垂《ひたたれ》姿にして、後ろ手に縛りあげた縄を木の枝に掛け、宙吊りにする。

斬り手は太刀を抜き、まず坂戸の胴を横薙《な》ぎに斬り払う。腰骨のうえ、肋《あばら》の下のあたりを一刀で両断するのである。

下半身が斬りはなされた坂戸の体は、重心がうえにかかり、半回転して頭が下になる。斬り手は胴斬りにした刃を返し、坂戸の首をはねる。またたくまに、人間が三枚におろされるわけであった。

近習が下人《げにん》の持ってきた麻緒で、坂戸を手ばやく縛りあげる。坂戸は息をふきかえし、呻《うめ》き声をあげた。

楠のまえに馬をとめ、坂戸を睨《にら》みつけている信長には、全身の毛を逆だてた軍鶏《しやも》のような、近寄りがたい殺気がみなぎっていた。

「わ、若さま、ひらにご堪忍下されませ。与右衛門は、当家に忠義の寄子《よりこ》でござりまする。口不調法の段は、あらためて罰しまするゆえ、なにとぞ一命ばかりは助けてやって下されませ」

平手政秀が馬を下り、信長の乗馬の平頸にふるえる手をあて、坂戸の助命を嘆願する。

信長は政秀の顔に畏怖《いふ》のいろがあらわれているのを見た。彼は政秀に冷酷な口調で告げる。

「こやつごとき虫けらを、成敗したとて詮《せん》もなし。そのほうが助命を願うなら、刑はさきに延ばしてもよかろう。ならば爺《じい》、長政を後陣備えに立たせよ」

「かたじけのう存じまする。仰せの段、承知つかまってござる」

政秀は二の先前備えにいた長政の槍衆を、後陣に移動させた。

合戦の場では、後陣備えがもっとも危険な場面をうけもたねばならない。勝ち戦のときはよいが、敵に押され退却するとき、後陣は踏みとどまって追撃の敵を支えるため、全滅をも覚悟しなければならなかった。

吉良大浜への奇襲では、敵の追撃を受ける可能性が大きかった。

那古野城を出陣してのちの信長の采配ぶりは、要所の気配りを忘れない水際立ったものであった。平手政秀は年少の主人の乱暴なふるまいに、憎悪さえ抱いていたのも忘れたほど、感動した。

信長は日が暮れたのちも、夜道に雲のように砂埃《すなぼこり》をあげて、疾駆して吉良大浜へ向った。兵粮《ひょうろう》は家来たちに走りながらつかわせ、敵砦《てきとりで》の火明りがみえてくると、闇中に停止する。

彼は半刻（一時間）のあいだ、兵を休ませ身支度をととのえさせた。馬にかいばをあてがい、充分に水を呑《の》ませているあいだに、細作《さいさく》を敵中に潜入させる。

細作は敵の厩《うまや》を目指していた。政秀は敵砦を眺め、信長に進言する。

「篝火《かがりび》がさほどに多くはなく、静まりかえっておるのは、こなたの仕懸けに気づいておらぬゆえでござりましょう」

信長はつぶやく。

「そうだがや。静かだで」

初陣の少年は、ふしぎにもおちつきはらっていた。

いままで大将の采配を振った経験のない初心者が、頭で考えている戦法と、現実の状況との違和感に苦しめられてあたりまえである。

自分がまちがった段取りを踏んでいないでも、とりかえしのつかない誤算をはじめているような、いらだちと不安にとりつかれ、経験者に頼りたくなる。八百人の軍勢の生命が、指揮者の采配にゆだねられている重圧に耐えられなくなるのである。

だが信長は冷静であった。細作が敵陣に忍びいったのち、何の変化もおこらないのを見てとると、馬を敵砦から五町ほどはなれた場所に残し、徒歩《かち》立ちで全軍を前進させた。

彼は塁壁の間近まで接近し、弓組に火矢を射かけさせた。火焔の尾をひき、雨注する火矢を浴びた敵塁は、たちまち各所から燃えあがった。信長は流星花火を打ちあげるのを合図に、全軍に敵砦への突入を命じていた。彼は初陣で、敵との血戦をおこなおうとしていた。

火の手があがると、敵陣はにわかに騒がしくなった。喚《わめ》きたてる声、走り騒ぐ物音が諸方におこった。

信長は近習に四周を護《まも》られ、闇中に佇《たたず》んでいた。敵陣の奥処《おくが》で遠雷のとどろくような物音が湧きおこり、政秀は思わず歯をくいしばって心の昂《たか》ぶりをおさえる。味方の細作が、厩の軍馬を柵《さく》から追いたてたのである。馬のいななき、蹄《ひづめ》の音が空いっぱいにひろがってきて、矢楯《やたて》、逆茂木《さかもぎ》が吹きとび、群れだつ馬が津波のように塁壁をおどり越え、あふれ出てきた。

そのとき、流星花火がまっすぐ昇り、青白い閃光《せんこう》を放った。

信長が足を踏んばり、采配を頭上たかくささげ、前へ振り下ろした。使い番が攻め太鼓を急霰《きゆうさん》のように打ち鳴らす。

待ち構えていた全軍が、くさむらを踏みにじって突撃した。汗と皮革のにおいをふりまき、歯を剝《む》いて敵砦に殺到する男たちは、誰からともなくみぞおちからしぼりだす咆哮《ほうこう》を放った。

天地をとよもす喚声とともに火光をめがけ蝗《いなご》のように砦に駆けいる信長勢に、敵は立ち向う余裕もなく崩れさった。

「若さまは、おとどまり下され」

政秀、林通勝ら傅役《もりやく》の制止を、信長は聞きすて、馬廻《うままわ》り近習衆とともに素槍《すやり》をひっさげ燃えあがる砦に駆けいる。

いきおいに乗った信長勢は、刀槍《とうそう》をふるって逃げまどう敵を撫《な》で斬《ぎ》りにする。板張りの陣小屋から走り出てくる今川勢は、甲冑をつけている者はすくなく、直垂姿ではだしのまま応戦する。

褌《ふんどし》ひとつの赤裸で、女とともに逃れようとする、見苦しい侍もいた。人の体は血の袋である。突き倒し、斬り払う味方の士卒は頭から血を浴び、血のぬかるみを踏む。

麻と人毛をまぜた草鞋《わらじ》をはいているのは、血に滑って不覚をとらないためであった。人数において味方に数倍する敵は、混乱して同士討ちをはじめた。

「敵は大勢じゃ」

「新手《あらて》がきたぞ。逃げよ」

味方の細作が喚きたてると、たちまち浮き足だった敵は、陣所を捨て、なだれをうって闇中に逃げ散っていった。

「御大将、大勝利だぎゃ。追うところだわ、ここは」

昂奮《こうふん》した物頭《ものがしら》たちが、眼をいからせ猛《たけ》りたつが、信長はおしとどめた。

「使い番、退《の》き貝《がい》じゃ」

信長の命に応じ、法螺《ほら》貝《がい》が大、小、小、大、小、小と鳴り渡った。

退陣の手際も、あざやかであった。全軍の半隊が槍を伏せ、折り敷いて敵の追撃に備え、残りの半隊が退き、半町歩んで折り敷く。つづいて遅れた半隊が立って一町を退く。

半隊ずつ交互に繰り引いてゆく退陣は、敵の追撃を許さない迅速なものであった。

馬匹《ばひつ》をつないだ場所に全軍を戻すと、信長は土を捲《ま》いて駆け去った。一里ほど疾駆して海際の山中に足をとどめる。

「ここで夜を明かすのじゃ」

信長の読みはあたった。

まもなく追撃してきた敵勢が、山麓《さんろく》を怒濤《どとう》のように通りすぎていった。

三州幡豆《はず》の山中に野営した信長勢は、夜明けまえに帰途についた。

細作を先に働かせ、敵状をあらかじめつかんだうえで、信長は全軍を先手《さきて》、旗本、小荷駄備え、後陣備えと四陣に編成し、疾駆して那古野城へ向った。

四陣の兵は左手、右手、中手と三手に分たれ、いつどの方角から敵に襲われても、機敏に応戦しうる隊形をととのえていた。

平手政秀は、軍書の講述をうけるのを嫌い、石合戦、竹槍あわせなど、荒びた遊びをことのほか好む信長が、いつのまに大将としての武役を、こころえたのであろうとおどろくばかりであった。

彼は信長が日頃から、宿老《おとな》たちの合戦談議を熱心に聴き、信秀が出陣まえと、合戦ののちに古渡城でひらく評定《ひょうじょう》の座に、姿をあらわすのを知っていた。

だが、黙然と一隅にひかえているだけで、たまに信秀に意見を聞かれても、心きいた受け答えもしない信長が、大人たちの語りあう軍議を綿密に分析、咀嚼《そしゃく》し、戦いの段取りをひそかに覚えこんでいるとは、思いもしなかった。

信長は、学問と名のつくことはいっさい嫌いであった。うつけ殿と家来、町人どもにかげぐちをきかれるほど、行儀作法をわきまえず、小姓、近習にも乱暴者をそろえ、日がな子童《こわっぱ》を駆りあつめ、竹槍合戦、印地《いんじ》打ちなど、血を見るほどの荒《すさ》んだ遊戯を好む。

政秀は、信長に鋭敏な洞察力がそなわっているのを知っていた。信長は家来の心の動きを察知する能力が、子供とは思えないほどするどい。

彼は自分を軽蔑し、嫌っている相手を正確に見分け、執念ぶかくいじめるのである。

「やはりお血筋じゃ、若さまはうつけどころか、なみはずれて、するどき頭を持ってござる。しかし、惜しいことには意地がわるく、家来に慕われぬ。それにご学問ができぬのが痛手じゃ」

政秀は息子たちに愚痴をいっていた。

彼は袴《はかま》をはかず、烏帽子《えぼし》もつけたことがなく、百姓の子のようないでたちで野山を駆けまわる信長が、御武者始めで別人のように、水も洩《も》らさない采配《さいはい》を振ったことに、驚喜した。

政秀は心底では、襁褓《むつき》のうちから育てた信長に、わが子のような愛情を抱いていた。

八百の精兵《せいびょう》とともに無事に那古野城へ帰った信長は、折よく美濃の戦場から立ち戻り古渡城にいる信秀に、武者始めを終えたことを報告に、出向いた。

信秀はわが座所で、女房どもに取り巻かれ、肩にうけた矢傷の手当てをしていた。坊主あたまの医師が、洗薬で疵《きず》をていねいに洗う。たらいに血の斑《ふ》がまじった水が、流れおちる。

医師が蛤《はまぐり》の殻にはいった黒い練り薬を疵所に厚く塗り、酢を染みこませた晒《さらし》を幾重にもあてがい、包帯をして手当ては終る。

信秀は汗っかきであるため、褌ひとつの赤裸であぐらを組んでいた。毛だらけの尻《しり》にはさまっている褌は、いくらかゆるみ、ねじれていた。

信秀ほどの大将になれば、家来のまえで裸体を見せることはない。肩衣小袴《かたぎぬこばかま》をつけるのがふつうであったが、彼は城内、陣所のいずれにいるときも、裸になりたがる。

痔《じ》をわずらっていて、風呂《ふろ》にはいるのを好むが、湯風呂、石風呂に入ったかと思うと出てくる。烏の行水であった。

彼は疵養生によくないと医師《くすし》にとめられながらも、銚子《ちょうし》と盃《さかずき》をそばに置き、ほどよい味わいになった諸白《もろはく》の美酒を、なめていた。

信長は平手政秀につきそわれ、敷居際に平伏した。

「父上、私は今日午《うま》の上刻（午前十一時〜正午）、吉良大浜より那古野に帰陣いたしてござりまする。駿河衆の陣所を焼きはらい、幡豆の山中で夜をあかし、今日の夜あけに発《た》って参りまいた」

信秀は頬髭《ほおひげ》の濃い顔をむけ、信長を丸い眼で見つめる。

政秀は信秀が言葉じりをとがめ、絡んでくるのではないかと、怯《おび》えを胸に走らせ、眼を伏せる。信長を目通りさせるまえ、政秀は信長の子供とも思えなかった采配ぶりを、子細に信秀に言上《ごんじょう》しておいた。

そのとき信秀は政秀を一度眺めたきり、あらぬかたをむき、耳にとめる値打ちもない些事《さじ》を聞かされているといわんばかりの、うるさげな表情であった。

だが、政秀はいま、主君の眼に慈愛のあたたかみがあらわれているのを見て、安《あん》堵《ど》した。眉尻《まゆじり》をはねあげた顔は、笑みを宿していた。

信秀は素焼の盃を、信長にむけさしだす。女房がそれをうけとり、信長に手渡した。小姓が銚子を傾け、盃に酒をみたした。

信長はひといきに呑みほす。信秀はみじかく含み笑いをした。

「そのほう、家来の使いようが巧者《こうしゃ》だがや」

褒め言葉は、ただ一言であった。

信秀は動作が敏捷《びんしょう》であるとともに、頭の働きも活発であった。側女《そばめ》をはべらせ寝そべっているときも、丸くよく光る眼が宙をみつめているときは、考えごとをしている。

彼が考えるのは、大勢の家来の運命がかかっている、戦のはかりごとである。見込みがちがえば一度の合戦で、わが命はもとより一族郎党が滅亡する。

推量通り事がはこび、勝利となれば敵の城郭、領地がわがものとなり、おびただしい貢納を手中にできる。

信秀はわが前途の明暗を分ける合戦の、心魂をすりへらす緊張の味わいが、好きであった。

この手でいけば勝てる。いや、この手のほうがよい。うまくゆけば何千貫の富がころがりこむ、と考えふけっていると、頭に血がのぼり、酒を呑んだときのようにほてってくる。儂《わし》はいつまでもかような辺土で、猫額《びょうがく》の地所をたくわえておりはせぬ。いつかは京都へ出て、天下を動かすほどの大名になりたいと、思いはひろがる。

彼は胸のうちに野心の炎の燃えあがる音を聞き、将来の夢想をくりひろげるとき、周囲の物象《ものみな》が消えうせたかのような陶酔の深井戸に下りてゆく。

信秀は、尾張下四郡守護代、織田大和守の家来で、織田因幡《いなば》守、織田藤左衛門とともに、織田弾正《だんじようのじよう》忠と名乗る三奉行の一人である。

彼が主君を圧倒する実力を得て、尾張半国を支える活躍ができるようになったのは、父親弾正忠信定が、家運隆盛のいとぐちをつけていてくれたからであった。

信定は、若年の頃から下剋上《げこくじよう》の欲望を抱いていた。

――わが家は、守護代織田家から分れ、いまは家来である。しかし、岩倉、清洲の両織田家は、守護代でありながら、守護斯波家にとって代り実権を奪い、尾張一国を分け取りした。されば時移らば、守護代家の実権がわれらが手に渡ることも、あってしかるべきであろう――

信定は諸事に用心ぶかい性格であったが、大永年間（一五二一～二八）、尾張随一の商品流通市場である津島《つしま》をわが手中に納めようと果敢な行動を起した。

信定は幾度かの小競合いののち、大永四年（一五二四）主家の反対を押しきって、津島を攻め、商人の大半をわが被官として従えるに至った。

津島は信定の居城、勝幡《しょばた》城の西方一里にあった。

木曾川支流の佐屋川、天王川の河湊《かわみなと》で、桑名までは海上三里の距離にある。伊勢から尾張へ渡る船着き場として繁栄している津島には、尾張、美濃、伊勢の主要な産物が集散し、交易がおこなわれている。

麻苧《あさお》、紙、木綿、陶器、塩、油草、海苔《のり》、荒布《あらめ》、佐勢布、曲物《まげもの》、魚鳥など、多様な商品が売買され、伊勢の甲冑《かっちゅう》、弓矢などの、武具職人の店も多かった。

大永六年（一五二六）連歌師宗長が津島を訪れたとき、湊の広さは五、六町、寺々家々が数千軒もあったと記されている。

旅宿の数も多く、客をもてなす座敷の灯火が川面に映り、天の星が河辺につらなるかのような眺めに、宗長はおどろいている。

信定は津島を制圧したのち、町衆の長老である大橋清兵衛の家に、わが娘を嫁がせた。武将が商人と縁をむすぶのは異例であったが、信定は津島の富力を財源として掌握することが、家運興隆のために欠くべからざる条件であると考えていた。

津島の町衆は信秀が織田大和守の家中で、頭角をあらわしてゆく過程で、財源としての役目を充分に果した。

信秀は津島町衆のすべてを支配していたわけではなかった。斎藤道三に属する堀田道空の館《やかた》も津島にあり、一円知行とはいえなかったが、信秀が信定のあとを継ぎ、めざましく勢力を伸長してゆくにつれ、町衆の後援も活発となっていった。

戦国の乱世では、のちの豊臣、徳川時代のように、秀吉、家康から本領安堵された大名が、わが封土をくまなく統治するというような、歴然とした領国の区分ができあがっていない。

地方には国衙領《こくがりよう》、寺社領、貴族荘園がいりみだれて存在し、それぞれが守護、守護代、さらに下級の被官、あるいは土豪によって押領されていた。

そのため、領地は主人の勢力の消長に従い、常に流動変化する。わが領土のなかに、敵の領土がはさまっているというような状況も、めずらしくはなかった。

信秀は流動する情勢を利して、巧みに時流に乗れる才幹にめぐまれていた。彼が父からうけついだ、現状にとどまろうとしない向上心は、嫡男信長にも伝わっていた。

信秀は若年の頃から策謀家として知られていた。彼は家督を継いだ当時、勝幡城にいたが、天文元年（一五三二）那古野城をわがものとした。

それまで那古野城には、今川氏親の子氏豊がいた。氏豊は連歌をことのほか好み、しばしば勝幡から信秀を招き、連歌の会をひらいた。

信秀には歌のたしなみがある。彼は招かれるたびに出向き、如才なくふるまう。駿河の守護今川氏の威をかさに着た氏豊は、とかく信秀を下風《かふう》に置きたがったが、信秀は意に介しない。

機嫌よく招待に応じ、会果てた一夜、信秀は急病をよそおい那古野城に泊る。彼は好機をのがさなかった。その夜、従っていたわずかな手勢を率い、夜中に騒動をおこして、城を奪取し、氏豊を放逐したのである。

彼は戦略に巧みであるとともに、敬神尊皇の念が篤《あつ》いことでも知られていた。天文九年（一五四〇）五月、信秀は伊勢神宮の要請に応じ、外宮《げくう》の造営費用を寄進し、積年朽廃に瀕《ひん》していた社殿の改築をおこなわせた。

また天文十二年二月には、朝廷御築地《ついじ》の修繕費として四千貫文を献じた。当時、朝廷の式微《しきび》ははなはだしく、御所はいなかの百姓家のように荒れ果て、築地もくずれはて、竹垣に茨《いばら》を這《は》わせるのみであった。

市中の子童どもが竹垣をこえ、宮中に侵入して庭先で遊戯をたのしみ、縁先で泥をこねる有様である。

破れた御簾《みす》をかかげ、人気のない殿中をのぞいても、咎《とが》める者もいない。子供ばかりではなく、盗賊も勝手に侵入する。

公卿《くぎょう》のうち、応仁の乱以後の荒れ果てた御所を再建する志のある者は、地方におもむき豪族を訪ねて献金を求めた。

飛鳥井《あすかい》雅綱は若狭《わかさ》、三条西実隆《さねたか》は関東、山科言継《やましなときつぐ》は尾張に勧誘に出向く。

越前の朝倉宗淳、筑前《ちくぜん》の麻生兵部少輔《ひょうぶしょうゆう》、山口の大内義隆《よしたか》らは要請に応じ、多額の献金をおこなったが、信秀も平手政秀を京都につかわし、四千貫文という、身分に過ぎた大金を献じた。

朝廷では信秀の志をよろこび、女房奉書、古今集などを下賜されることになり、富士遊覧のため東国に下る連歌師宗牧に、恩賜の品が托《たく》された。

宗牧は天文十三年十一月、那古野城に到着した。信秀は美濃に戦い大敗して戻ったばかりであったので、宗牧は対面を遠慮した。だが信秀は平然と引見し、綸旨《りんじ》を奉戴《ほうたい》した。

戦国大名としての地歩をかためるために、きびしい現実に立ち向い、紛乱を切りひらいてゆかねばならない信秀が衰微した朝廷の勅命を重んじ、山科言継卿《きょう》と交渉を保っていた真意を、信長は知っていた。

信秀がまだ病いを発していなかった天文十七年の秋の一日、信長は古渡城へ熟れたあわせ柿を届けに出向いた。

信秀は柿が好物で、それを知っている平手政秀が、那古野城でとれたひとつぶ撰《よ》りのあわせ柿を俵に詰め、信長に持たせたのである。

「儂《わし》が柿を持ってゆくのか、子供の使いだで」

父のご機嫌うかがいにゆくのが面映《おもは》ゆく、渋っていた信長であったが、古渡城へ着いてみて、きてよかったと思った。

彼の顔を見ると、つめたいながし眼で小言をいう母の土田御前も、折り目立った挨拶《あいさつ》をしかけてきて、しらけた気分にさせてくれる弟の信行も不在で、広い座所に信秀がひとりでいたからである。

縁先に眩《まぶ》しい陽が照り、青畳を敷きつめた座敷に坐《すわ》ると、磨きこんだ縁板が川面のように白く光りを反射していた。

次の間にひかえていた小姓が茶をとりに立ったあと、信秀は床の間の画幅を示した。

「蓮《はす》の花でござりますか」

信長は、花弁をひろげた蓮の絵を見る。

「そうじゃ、儂はこの絵を見るのが好きだわ」

信秀は高い鼻梁《びりょう》のきわだつ横顔に、やわらかい笑みを浮かべていた。

「これを見ておれば、しいんと気がおちつくのじゃ。信長、儂はのう、おのれが泥《でい》中《ちゅう》の白蓮じゃと思えるのだがや」

陰謀、略奪、殺戮《さつりく》をくりかえすことによって、勢力をたくわえてゆく大名の信秀に、そぐわない言葉であった。

「儂は、おのれの所業を鬼畜のわざじゃと思うておる。合戦の場に向おうとするとき、かような業《なりわい》はやめて、坊主にでもなりたしと、馬を返しとうなるのだわ。世のなかはいずくを見てもどぶ泥じゃ。儂は浮世を嫌うて、浮世の泥田から逃げられぬ白蓮じゃ」

信長は、父の言葉がなぜか胸奥に沁《し》みいる心地であった。

信秀は言葉をつぐ。

「どうせ生きておるあいだは、泥田から逃げられぬなら、儂はやれるだけの働きをしてみせるのじゃ。いずれは尾張一国をわが手に納め、美濃を取り、やがては京都へ押しのぼるぞ」

しばらく絵に見いっていた信秀は、やがて信長と向いあい、彼の膝《ひざ》のうえに両手を置いた。

信長はなめし皮の小袴《こばかま》を通して、父のたなごころの温《ぬく》もりを感じた。信秀の息が額にかかる。いくらか髭《ひげ》ののびた右の高頬に、ふるい刀疵《かたなきず》が光りを帯びていた。

信秀は慈愛のこもった眼差しを、信長の瞳孔《どうこう》にそそぎこむ。

「ひとに寝首を掻《か》かれるでないぞ。お前が気を許せるのは、儂だけじゃ。家来は使うもので、頼るものではない。女子供には情をかけてもよいが、気を許すでないぞ。下命を守らぬ者は、たとえ譜代衆でも斬れ。お前はいずれは儂の家督を継がねばならぬ。男はわが身ひとつが頼りじゃ。余人に内懐へつけいられたなら、家は破滅、わが身は死なねばならぬのじゃ。よいか、構えて油断すな」

「かしこまってござる。父上のご訓戒、けっして忘れませぬ」

信長は彼をのぞきこんでいる、茶がかった眼にこたえた。

――あのとき、父者《てておや》はめずらしく儂に優しかった。まさかあの日ののち、じきに疫病《えやみ》にとりつかれ、半年もたたぬうちに、昨日のような姿になるとは、思うてもおられなんだであろうが――

信長は眠れないままに、那古野城二の丸の臥所のうちで、すこやかであった頃の信秀の姿を思いうかべる。

――父者はもう長くはない。昨日の様子ではもはや湯水が喉《のど》を通らぬ。命《めい》は旦夕《たんせき》に迫っているると見てよい。こうはしておれぬ。いまから見舞いにゆかねばならぬ――

信長は夜明けまえの微光がさしそめてきた寝所で、臥所を蹴《け》ってはね起き、手早く身支度をととのえ宿直《とのい》を呼ぶ。

「これより古渡《ふるわたり》へ参るぞ。馬曳《ひ》け」

信長は供も連れず、騎馬で那古野城を出て、炊煙のたちのぼりはじめた町なみを駆けぬけ、うるおいをおびた朝風のなかを、古渡城へ向った。

二里の道程を疾駆して到着すると、古渡城内には、家来、女中があわただしく行き交っていた。

「朝まだきより、何をせわしゅういたしておる」

馬を下りた信長が、主殿《とのも》へ入りつつ聞く。家来たちは早朝からあらわれた信長をみて、おどろき膝をついた。

信秀の臥す上段の間の表廊下には、近習、小姓がむらがり、立ったままささやきあっていたが、信長があらわれると脇《わき》に寄り、平伏する。

寝所には絹地の衣裳《いしよう》を摺《す》れあわせ、一族、譜代衆が集まっていた。信長は母の土田御前、弟の信行、叔父《おじ》信光が、医師《くすし》とともに信秀の枕頭《ちんとう》にひざまずいているのを見て、もはや父上はいまわの際《きわ》かと胸をとどろかす。

だが脹《は》れあがった顔を天井に向けたままの信秀は、突然聞く者が耳鳴りするほどの底力のこもった声で、喚《わめ》きはじめた。

意味のとれない乱れた声音を、平手政秀が聞きわけた。

「恵方《えほう》は東じゃ、末盛《すえもり》へ連れてゆけと仰せられておりまする。さきほどより、ひとつことをくりかえされておられまするが」

信光が兄を見守っていた顔をあげ、信長の来着を知って立ってきた。土田御前、信行もついてくる。

信光は小声で話しかけてきた。

「今朝は早速《さそく》にきてくれて、ちょうどよかったがや。兄者《あにじゃ》がのう、暗いうちから末盛へ連れてゆけ、ここでは死んで出られぬ、織田の家運隆昌《りゅうしょう》を祈るなら、儂を末盛城へ連れてゆけと、おらびたてるのだわ」

信長は、黙って聞くのみであった。信秀は身に逼《せま》ってくる死が腹立たしく、無念やるかたない思いを怒声にあらわして、最後の力をふりしぼっているのである。

信光は小首をかしげ、薄笑いをうかべた。

「兄者は恵方は東ゆえ、東のかたの末盛へ寝間を移せというが、どうやら末が盛んという城の名前が、縁起がよいと思うておるようだで。埒《らち》もなき話じゃが。どういたすかのう。兄者のいう通りにいたすか、あるいはこのままに置くか、後継ぎの信長の意見はどうじゃ」

信秀には十七男七女がいたが、父の遺志を継ぐのは嫡男信長である。

土田御前と弟信行が、信長を見つめていた。

「父上が亡くなれば、しばらくは喪を隠さねばなるまいがのう。葬礼をすれば、駿河衆をよろこばすばかりだで。隠すには、父上をここに置いたほうがよかろう。動かせば、末盛へ着かぬうちに、息をひきとるかも知れぬ」

信長をかこむ三人の肉親が、うなずいた。

「しかし、世を去る親の望みを叶《かな》えぬのは不孝だがや。これより末盛へお移しいたそう」

信長は、いつもの通りすばやい決断を下した。

澄みわたった碧瑠璃《へきるり》の空の高みに、胡麻《ごま》粒を散らしたように鳥影が見えた。

那古野から末盛に向う街道を、行列が這《は》うように進んでゆく。先触れの侍が、沿道の住民に静粛を呼びかけ、野犬を追いはらう。

信秀は、行列のなかほどで輿《こし》に乗っていた。京都から公卿《くぎよう》が訪れたときに使った棟立輿《むねたてこし》の、前後の簾《すだれ》をまくりあげ、畳をいれたうえに、信秀は寝かされていた。

八人の足軽が担ぐ輿は、漆塗りの屋根に陽をはじき、ゆるやかに動いた。信長は馬蹄《ばてい》の音が父の耳にひびかないよう、徒歩立《かち》ちで輿の脇に従っている。

前田犬千代、池田勝三郎、丹羽《にわ》万千代ら、信長の小姓たちも、声もなく輿の前後を護《まも》っていた。

照りつける陽射しのなかに、土埃が煙のように舞いあがり、たなびく。信長は四、五町も進むと、信秀の顔にかけた陽よけの白布をわずかにあげ、様子を見る。

信秀は眩《まぶ》しげにゆっくりと眉根《まゆね》をひそめた。

「父上、苦しゅうはございませぬか。このままに打ち過ぎて、ようございますか」

信長が聞くと、信秀はうなずいてこたえる。

父の容態が急変しないであろうかと、信長は気遣い、背筋に冷汗を流した。行く手に末盛城の大手門が見えてきて、彼はようやく緊張をゆるめる。

門外には、さきに着いていた信行をはじめ、土田御前、親戚《しんせき》一統、譜代衆が、人垣をつらねて待っていた。

末盛城は、前年に築かれたばかりの新城で、曲輪《くるわ》うちにはいると、櫓《やぐら》などはまだ荒壁のまま、木組みの見えているところもあった。

信秀は東方に向いた三の丸に運びこまれ、城内あがり口で輿からおろされ、畳ごと担ぎだされる。

信長と信行が、家来たちとともに畳を持って運ぶ。揺れないよう静かに上段の間へ運ばれた信秀は、気が昂《たか》ぶっているのか、意外に元気であった。

彼はあたらしい臥所《ふしど》に身を横たえ、東方へ頭を向けると、清水で口を濡《ぬ》らせてもらったのち、平手政秀になにごとか命じた。

政秀は信秀の佩刀《はいとう》、九字《くじ》兼定を捧《ささ》げてきた。信秀は脹れあがった両手を動かし、一言指図する。

政秀は毛皮の尻鞘《しりざや》をつけたままの刀を、信秀の胸に抱かせた。

信秀は、刀を抱いたまま瞑目《めいもく》する。彼は病いの苦痛を一言も洩《も》らさなかった。

医師がまわたに染ませた薬湯で、間を置き唇をうるおす。女中が夜着の下に手をいれ、濡れた下着をとりかえる。

信秀の額ににじみ出る脂汗を、信長が手拭《てぬぐ》いでしずかに拭《ふ》きとった。信秀は刀の重みが身にこたえるはずであるのに、あおむいたまま微動もせず、早い呼吸をつづけている。

土田御前が、傍にひかえる重臣柴田権六《ごんろく》の耳に口を寄せ、なにごとかささやいた。うなずいた柴田が、政秀に耳打ちする。

政秀はしばらく考えていたが、やがて思いきったように、信秀に小声で聞いた。

「殿、ご家督はどなたさまにお譲りなされまするか。信長さまでござりますか」

臥所を取りかこむ大勢の男女が動きをとめ、聞き耳をたてる。

信秀の譜代衆のあいだでは、信長を次代の主人に推さないとする意見が、勝っていた。信長はうつけ者と百姓にまで、かげで嘲《あざけ》られる行儀知らずであるが、ただものではないとみる家来は多い。

事にのぞんで明敏の資性をあらわす信長ではあったが、諸事乱暴にすぎる。侍は合戦に臨めば大将の采配《さいはい》に、一命をあずけねばならない。

信長のように、軍学をろくにこころえず、宿老《おとな》の意見を聞かず、おのれの思うがままに突進する主人の下で、乾坤一擲《けんこんいってき》の危険な瀬戸際にばかり立たされては、いつ破滅の淵《ふち》にひきずりこまれるか、知れたものではない。

次男の信行は信長とはちがい、行儀作法をこころえ、勉学にも精励し、思慮分別がある。信秀のように所領をひろげることにのみ心を用いる猛将でなくとも、現状を維持してゆける器量さえあれば、家来の暮らしも安穏というものである。

信秀は眠っているように見えたが、家臣の大半の期待をうらぎり政秀の問いにたしかにこたえ、うなずいてみせた。

「承知いたしてござりまする。仰せの通り、ご家督は信長さまがお継ぎいたされまする」

信長は、生きながらに屍臭《ししゅう》のただよいはじめた父の額を拭く。

信秀は武将として戦場で死ねないわが身の無念を、信長によってはらしてもらいたいのにちがいなかった。

信長は周囲の誰の顔をも、ふりかえらなかった。彼はいまよりのち、信秀のあとを継ぎ、二千余の家臣を率いる君主となるのであった。

末盛城三の丸の庭面に照る冴《さ》えた陽ざしが、いつのまにかかげり、上段の間の書院、帳台飾《ちょうだいかざり》、襖障子《ふすましょうじ》のあたりが、ほのぐらく隈《くま》どりを宿してくる。

信長は一度厠《かわや》へ立ち、ついでに粥《かゆ》を一椀《ひとわん》すすったきり、信秀の枕頭をはなれないでいた。彼には、父が哀れでならない。

信秀は那古野、古渡、末盛の三城に所領支配の重点を置き、海部、中島、愛智《えち》、春日井《かすがい》の諸郡に勢力をのばしていたが、直轄地は尾張下四郡においても、細分され散在していた。

彼がつちかった戦国大名としての基盤は、死がおとずれることによって、こなごなに砕け散ってもふしぎではないほど、脆《もろ》いものである。

——死のうは一定《いちじょう》でや。死ぬより怖ろしいことは、この世にはないんだで——

信長は意識を失い、せわしい寝息をたてている信秀の、額のほくろを見つつ考える。

——わが家の繁昌《はんじょう》は、父上までのことであったかも知れぬ。儂は父上のようには、家来どもを使いこなせまい。駿河、美濃はさておき、尾張の国中《くになか》にも、敵だらけじゃ。儂はいかにあがいたとて、のみしらみのように敵に潰《つぶ》さるるが、運命《さだめ》かも知れぬ。しかし、ただでは潰されぬ。儂は狂いたって働いてやる。父上、儂には怖ろしいものは何もないのだわ——

信長は昏睡《こんすい》している父に語りかけ、気が激して鳥肌をたてた。

尾張一国のうちで、信長が征服しなければならない敵は、数多い。まず清洲城に拠《よ》る下四郡守護代、織田大和守広信を倒さねば、愛智郡を完全に掌握できない。大和守の家来で、小守護代をつとめる坂井大膳《だいぜん》は策謀にたけている。油断すれば、いつ寝首を掻《か》かれるか、知れなかった。

岩倉城にいて、上四郡を領有する守護代、織田伊勢守信安も健在であった。肉親のうち、信長の叔父孫三郎信光は守山《もりやま》城主であったが、武勇にすぐれ家来衆に信頼されていた。

信秀の家臣のうちにも、信光を一族の後継者として仰ぎたいと、望む者が多い。信長の人望は、信光と弟信行のいずれにも劣っていた。

陽が暮れかかり、女中たちが灯台を捧《ささ》げ、座敷に入ってくる。

「もうじき、引き潮どきじゃ」

信光がつぶやいた。

上段の間に詰めている者は、膝頭をそろえ身じろぎをするのみで、信秀の臨終のときを待っていた。

信光の痩《や》せぎすの後ろ姿は、兄信秀に似て怒り肩であった。彼の身ごなしにはずみがあり、玻璃《はり》のように光る両眼には、ひとを射すくめる威厳があった。

褐色《かちんいろ》の肩衣《かたぎぬ》に身をつつみ、あぐらを組んだまま時の過ぎるのを待つ信光の表情は、何を考えているか分らない影を宿している。

うつむき、あおのく仕草に従い、仏像のように柔和な顔のかたちが、突然酷薄ないかつさを剝《む》きだしてくる。

信光は信定の四男であった。彼は次兄の与二郎信康とともに、長兄信秀を扶《たす》け、度重なる血戦を切りぬけてきた。

信康も激しい気性で、信光と同様に武勇の誉れが高かったが、天文十六年（一五四七）九月の美濃攻めで討死にをとげた。

その月のはじめから二十日がかりで攻めたて、二十二日に斎藤道三の居城稲葉山山下まで押し寄せたが、伏勢《ふせぜい》に切りかかられ、織田勢は大敗した。

信秀麾下《きか》歴々の侍五十人ほどが討ちとられ、信康も奮戦したあげく、乱軍のうちに倒れたのである。

信康の嫡男、十郎左衛門信清は父のあとを継ぎ、犬山城に拠っていたが、いまかららひと月あまりまえの、天文十八年正月十七日、千余人の兵を率い、犬山・楽田《がくでん》から春日井に攻め寄せてきた。

病床の信秀はただちに軍兵を出し、応戦してたちまち犬山勢を切り崩し、追いはらった。

信秀の領民たちは戦捷《せんしょう》をよろこび、諸方につぎのような落首を立てた。

「やりなわを引きずりながらひろき野を、遠ぼえしてぞにぐる犬山」

遣縄《やりなわ》とは、犬の曳綱のことであった。

信長が幼少の頃から睦《むつ》みあった従兄弟《いとこ》の信清でさえ、信秀の病いを知ると攻めかけてくる。信長は誰にも気を許すなと教えてくれた父の声音を、胸のうちにくりかえしていた。

信秀は引き潮どきのさなかに、呼吸をとめた。信長は父の死の瞬間を、めざとく見分けた。

天文十八年三月三日、四十二歳で世を去った信秀の法名を、菩提寺《ぼだいじ》亀岳山万松寺の開山大雲が桃巌《とうがん》と名付けた。大雲は俗縁では信秀の叔父であった。

香煙のたちこめる通夜の席で、信長は譜代衆の表情をうかがっていた。

信秀の葬儀は三月七日に、万松寺でとりおこなわれた。国の内外に敵を控えている状態では、喪を秘すことはできない。

彼の棺《ひつぎ》は本堂内陣に安置され、万松院桃巌道見居士《こじ》と法名を記した位牌《いはい》が立てられた。銭施行《ぜにせぎょう》というほどこしをひろくおこなったので、国中《くになか》の僧侶《そうりょ》に加え、海道を関東へ上下する、遊行《ゆぎょう》の会下《えげ》僧《そう》多数が参集し、三百余の僧侶が本堂を埋めた。

嫡男信長には、林、平手、青山ら宿老が揃《そろ》って供をする。舎弟勘十郎信行には、家臣柴田権六、佐久間大学、同次右衛門らが従う。

信秀の遺族、一門衆、譜代衆は本堂外陣の大広間に入りきれず、前庭に組んだ桟敷に居流れていた。

前庭には侍、足軽が身動きもできないほどにひしめきあい、寺のそとには城下の百姓町人が詰めかけていた。

曇り空の下を、肌つめたい風が吹き、斎場に張りめぐらした定紋入りの幕を、ひるがえして過ぎる。

平手政秀は、葬儀がはじまる午《うま》の上刻（午前十一時〜正午）になっても、信長があらわれないので、気を揉《も》んでいた。

「平手殿、信長さまはいかがなされた。もうお出でなさっせるかや」

宿老筆頭の林通勝が、不満を顔にあらわして聞く。

「うむ、間なしにお出でやあすがな」

信長は葬儀がはじまる刻限を知っている。弟の信行は定刻まえに、折り目立った肩衣、袴《はかま》をつけ、礼にかなった作法を守り、数珠《じゅず》を手にして座についていた。

――信長さまは、この大勢の群集《ぐんじゅ》のまえで、後継ぎの貫目《かんめ》をばお見せにならねばいかぬのに、どうして遅参なさるのか――

政秀は不安が喉《のど》もとにこみあげてくる。彼の三人の息子は、屋敷にいるとき、信長を見放した口ぶりであった。

長男の五郎右衛門長政などは、政秀に信長を見放せと、直言するほどである。

「たとえ先殿《せんとの》さまの御諚《ごじょう》であったとて、あのようなうつけ殿に何とて家督が継げやあすか。私は勘十郎殿に付くつもりでおりまする。うつけ殿が後継ぎになったとて、軍勢を動かすことができますか。やれりゃあせんで」

信秀の不意の死によって、家中は騒然と議論百出し、宿老のあいだでも、亡君の遺命に従い、信長をあたらしい主君と仰ぐべきか否かについて、意見が分れていた。

万松寺本堂に香煙が霞《かすみ》のようにたなびき、灯明の光輝は満天の星を仰ぐようであった。

供具、盛物、亀足、造花、七宝と祭壇の荘厳《しょうごん》をなし、極楽浄土を眼のあたりにするかのようである。

葬儀の刻限がきて、堂内を埋める僧侶の読経の声が、潮騒《しおさい》のように湧《わ》きおこった。

「経が終れば焼香じゃが、信長さまはお出でにならぬ。やむをえぬ、一番焼香は信行さまから行きゃあすか」

林通勝が、平手政秀をせきたてるようにささやきかける。

「濃姫さまは夙《はや》くに参じておらるるに、御総領はいかがなされたのじゃ」

政秀は林のいいぐさを聞きながし、膝もとに数珠をにぎりしめたまま、祭壇を左手に譜代衆の席と向いあう一門衆の、主のいない上座を見つめる。彼のこめかみに汗が浮きだし、筋をひいてつたいおちる。宿老、重臣たちは黙然と居流れているが、信長の不参を怪しみ、眼交《めま》ぜをしあっていた。

政秀は信長が父の葬儀にあらわれないはずはないと、信じていた。機を見るに敏な信長が、そのようなことをするはずがない。信秀の死後数日のあいだに、信長が家督を継ぐのを妨害しようとする動きが、出はじめている。

「うつけ殿がわれらの主人になるなら、うしろから矢玉が飛んで参ろうぞ」

という、不穏な流言がひろまっている。

信長が合戦の場に立てば、味方に殺されるであろうという意である。

信秀も体裁をつくろわない野人であったが、信長は平素から人目をはばからないばさらの身なりで、市びとの注視の的になっていた。

身動きしやすいよう、湯帷子《ゆかたびら》の袖《そで》をはずし、小袴の帯に火打袋などさまざまの小物を吊《つる》し、髪は無頼《ぶらい》の好む茶筅髷《ちゃせんまげ》に結い、もとどりを派手な萌黄《もえぎ》、紅の糸で巻きたてる。

信長は朱色をとりわけ好み、常に朱鞘《しゅざや》の大刀を腰にしていた。そのいでたちで、町なかを通行するとき、町びとの眼をはばかることなく、栗や柿、瓜《うり》などをかぶって食う。

立ちながら餅《もち》を食うなどは常のことで、近習、小姓にもたれかかり、肩を組むとなく歩くことがない。

数千の将士に采配《さいはい》を振る大将の立場にある者としては、威厳のそわないことはなはだしと、宿老たちおおかたの意見であった。

若さまはまもなく出座されるであろうが、葬礼の場にまさか日頃の風体《ふうてい》であらわれることはあるまいがと、政秀の不安はつのるばかりであった。


信長はわざと葬儀の刻限に遅れていた。

彼は父の菩提を弔うべき日に、家来三百人を引きつれ、春日井原へ鷹狩《たかが》りに出かけていた。近習はおおかたが信長とあい似た年頃の若者で、馬廻り、弓衆、鉄砲衆の三隊にわかれている。

信長は幼少の頃より彼らとともに武芸の鍛錬を、一日も怠らなかった。乗馬は朝夕に稽古《けいこ》をする。三月より九月までは毎日川で水練をおこなう。

家来たちには合戦の稽古をくりかえさせる。足軽、荒子《あらしこ》の集団戦力を中心におく当時の合戦では、弓、鉄砲で渡りあったのち、槍衾《やりぶすま》をつらねて押してゆき、彼我の主力が激突して雌雄を決するのである。

合戦での徒歩《かち》立ちの槍あわせは、まず長柄《ながえ》をふるって敵の冑《かぶと》のうえからなぐりつけ、ひるむところを下から突きあげる。

さらに敵の槍を上から叩《たた》き伏せて切りつけ、踏みこんで突く。さきに突かれたときは、下からはねあげて突く。

信長は家来を二隊に分け、実戦さながらの突きあい、なぐりあいを竹槍でくりかえさせ、槍は長いほど有利と知った。

彼はそれまで用いていた二間柄、二間半柄の槍を、すべて三間半柄のものにとりかえた。槍のほかに、弓、鉄砲、剣術の稽古にも、意を用いた。

信長は弓術を市川大介、鉄砲を橋本一巴、剣術を平田三位と、世にきこえた名人上手を身辺から離さず、懸命の稽古をつづけた。

彼は猜疑心《さいぎしん》のつよい生れつきであった。信秀が教えたように、武将として生きのびるには、他人を容易に信頼するような、穏和な性格であってはならない。

いつ、どこから敵があらわれ、襲いかかってくるかもしれないと、日夜油断なく身構えている信長は、武芸鍛練には渇いた者が水を求めるような、熱望をあらわした。彼にとりたてられ、こののち生涯の盛衰を彼とともにする近習の若者たちも、主人によって死にものぐるいの稽古に馴《な》らされ、尾張の国中《くになか》でも、比類ない強兵に仕たてあげられていった。

信長は彼らに、揃いの赤糸縅《あかいとおどし》の具足、腹巻をさせていた。那古野の赤武者といえば、戦場往来の数をかさねた手練《てだ》れの豪兵《ごうひょう》さえもはばかるほどの、威力をそなえてきている。

信秀の葬儀に際し、城下の道筋には弓、箙《えびら》、槍、鉄砲を立てた警固の士卒がつらなっていたが、信長の赤武者は一人も加わっていない。

僧衆の読経がやむ。一族が焼香をはじめるときがきたが、信長はあらわれない。

「やむをえぬ。信行さまから、しゃあすか」

平手政秀が額に汗を光らせ、立ちあがろうとしたとき、山門のそとに群れつどっている城下の民が、どよめき騒ぎはじめた。

「何事じゃ、見て参れ」

政秀が桟敷の端にひかえる使い番に命じるうち、町屋の辻《つじ》から万松寺に向ってくるらしい馬蹄《ばてい》のひびきが聞えた。

槍を提げた警固の番士が、山門のうちへ駆けこんできた。

「御総領さま、ご着到にてござりまする」

政秀は注進を聞き、張りつめていた気持ちが、一時に弛《ゆる》んだ。

信長は数十騎の近習を従え、門前で馬を下りる。あとを追って徒歩の赤武者が砂塵《さじん》を捲《ま》きあげ、長蛇の列をつくって繰りこんでくる。

朱総《しゅぶさ》のしりがいをはねあげ、泡を嚙《か》む肥馬《ひば》から身軽に下りた信長は、参道を大股《おおまた》に歩んで桟敷の階段を昇った。

皆朱の物具《もののぐ》をつけた近習の列は、参道を埋めて立つ。

信長のいでたちは、正気の沙汰《さた》とも思えなかった。赤下着に柿帷子《かたびら》をつけ、袴もはかず裾《すそ》をまくっている。

腰に佩《お》びた長柄《ながつか》の大刀、脇差は、稲穂の芯《しん》でなった三五縄《みごなわ》で巻き、髪はふだんのかぶいた茶筅に結っていた。

歩むたびに汗と埃《ほこり》のにおいをはなつ鷹野の装束のまま、祭壇へ歩み寄った信長は、抹香をつままず、右手で鷲《わし》づかみにして仏前へ投げつけた。

信長の眦《まなじり》を決したただならない形相に、親族、宿老たちは気圧《けお》され、頭を垂れた。彼の言語道断な不作法を咎《とが》めようものなら、その場で成敗されかねまじい粛殺の気に、打たれたのである。

信長は総領の座につき、辺りを睨みまわす。葬儀を終えたのち、彼は棺をのせた輿《こし》の前轅《まえながえ》を政秀に担がせ、後轅を自分が担いだ。

位牌と太刀は信行が持つ。輿のあとには烏帽子《えぼし》、肩衣に威儀をただした家来たちが、二列になってつづいた。

棺輿の五色の天蓋《てんがい》が陽にかがやき、幢幡《どうばん》が風をうけてはためく。

墓所へ向う家来たちは、あらたな主人に畏服《いふく》して、粛然と批判の声もなかった。

信秀葬儀の場で、信長がみせた非礼のふるまいは、日が経つにつれ家中の論議の種となった。

平手政秀を別として宿老たちのあいだに信長排斥の声がたかまっていた。当時は儀礼に重きをおき、諸事において作法にかなうのが大将の条件とされていたので、信長を信頼しがたいとする家臣の説も、もっともであった。

宿老たちに、信長を廃嫡に持ちこむほどの実力が、ないとはいえなかった。戦国大名は、専制君主としての実力をそなえてはいない。

守護、守護代の被官である国侍が、協力して下剋上《げこくじょう》の行動をおこし、中心となる存在が一頭地を抜いて戦国大名となったものである。

従って、大名が宿老、重臣に対する位置は、君主という絶対的な権威にうらづけられたものではない。

大名と重臣は、いわば手をつなぎあった同志の関係にあった。

毛利隆元《たかもと》の家臣志道《しじ》広良が、主君に向い直言した、つぎのような言葉は、当時の大名と家臣の関係を端的にいいあらわしている。

「君は船、臣は水にて候。水よく船を浮かべ候ことにて候。船候えども水なく候えば、あい叶わず候か」

船も水がなければ浮かばぬと、家来がいえるほど、主君と家臣のあいだは接近していたわけであった。

重臣は大勢の寄子《よりこ》と称する家来を抱えている。寄子の主人は、形のうえでは、重臣ではなく信長であるが、実際にはそうはいかない。

宿老たちは、信秀の死によって主家の権威が弱まった機に、わが立場をつよめたいと、さまざまな思惑を働かせている。

彼らが気性のはげしい信長よりも、穏和な信行に織田家を支配させたいのは、そうすることで、主家への発言力をつよめたいためであった。

信秀の弟、守山城主の信光を信秀の後継ぎにおしたてようとする動きも、同様の意図から出ている。

信長が父の位牌《いはい》に、鷲づかみにした抹香を投げつけたのは、不穏な動きをみせる宿老たちへの示威であったが、信秀の死によって窮地に立たされたことへの、やりばのない憤怒が噴き出たためでもあった。

――しばらくは那古野の城で、鳴りをひそめておらねばなるまい――

信長は家督を継いだあと、末盛城を弟勘十郎信行に譲り、柴田権六、佐久間次右衛門ら歴々の家臣を従わせた。

織田家の当主となった信長は、領内の政事をおこなうようになった。

天文十八年中に、領内諸村に制札を与え、掟《おきて》に違反する者は厳科に処する旨の、刑罰の条項を公示する。

また家来及び僧侶などの知行地に、保護を加える旨の安堵状を与えた。信長は那古野城にあって、ひたすら兵を養うことにつとめていた。

その年、今川、松平勢の東方から侵攻があい継いだ。信秀が世を去ってのち、ふた七日を終えたばかりの三月十八日、今川義元《よしもと》は雪斎和尚（太原崇孚《たいげんすうふ》）を大将とする軍勢を、岡崎に派し、松平勢と合流して織田方の山崎城を攻め落し、さらに安祥城に迫った。

安祥城は文明三年（一四七一）より松平氏の本拠であったが、天文十三年（一五四四）九月、信秀に奪われ、その後は信長の異母兄信広の居城となっていた。

飛報を得て那古野城から平手政秀の率いる援軍が急行し、信広に助勢する。信長は那古野城を空虚にすれば、留守をつかれどのような争乱がおきるかも知れないので、出陣できなかった。

松平勢は十八日夜、安祥城下に到着した平手勢に、夜討ちをかける。阿部定吉、大久保忠俊、本多忠高らが死を賭《と》しての強襲であったが、平手勢は崩れない。

信長は使い番が母衣《ほろ》を負って、戦場から駆けもどってくるのを待ちかね、大手門の外に出て注進を聞く。

「お城方は寄せ手に防ぎ矢、印地《いんじ》打ちを雨とそそぎ、一歩も寄せつけてはおりませぬ。平手さまのご同勢も、お堀のそとにて力のかぎりのお働きにてござります」

赤糸小桜縅《おどし》の具足をつけ、父の形見の九字兼定の太刀を腰につけた信長は、武者震いを懸命におさえた。

彼はわが周囲に素槍《すやり》をつらねてひかえる、近習に声をかける。

「犬千代、合戦の首尾を待つより、一番駆けをいたすほうが楽だがや」

翌十九日、今川、松平勢は城攻めにかかった。

寄せ手は五千余の大軍で、守兵は千に満たない寡勢である。政秀の援軍も千人に過ぎず、敵は二の丸までなだれこんだが、織田勢の必死の防戦で城を落すことができず、むなしくひきあげた。

今川義元は同年十一月、ふたたび雪斎を大将として、今川、松平勢七千の兵で、安祥城を強襲した。

義元が安祥を攻める理由は、松平家の当主広忠が三月に、岡崎城で家来岩松八弥に殺されていたためであった。

広忠が死ねば、松平家の臣は織田家に属するおそれがあった。広忠の子竹千代（家康）が、人質として尾張の万松寺にとどめられていたからである。

竹千代は生後、父とともに岡崎城にいたが、天文十六年（一五四七）、織田信秀が岡崎を襲うとの風聞が立った。広忠は独力での防御は無理とみて、今川義元に救援を求めた。

義元は援助を約する見返りとして、竹千代を人質に差しだすよう、要求する。六歳の竹千代は駿府《すんぷ》へ送られることになったが、途中、義理の外祖父にあたる三河田原の城主戸田康光が、あざむいて彼を熱田湊《あつたみなと》へ送り、信秀に売り渡したのである。

そのような事情があったため、義元の安祥城攻撃は執拗《しつよう》であった。平手政秀はふたたび救援に駆けつけたが、松平勢は伏兵を仕懸け、多大の損害を与えた。

信長は戦況を聞き、敗北を覚悟した。十二万貫（百万石）の大守といわれる義元に対抗できる内情ではない。

尾張下四郡をすべてわがものとしても、たかだか二十万石でしかない小領主の信長が刃向えば、深田に足をとられる結末になる。

「いたしかたもない。いまはこらえるほかに道はない」

信長は、母衣《ほろ》衆のもたらす敗報を、言葉もなく聞く。

城将信広は、平手勢を城内に迎えようと、七百の兵を率い、大手門から打って出た。松平勢、つづいて今川勢が、信広の旌旗《せいき》をめがけ殺到し、城兵はたまらず退却する。

寄せ手は堀を渡り、塀を打ちこわして二の丸、三の丸に押しいり、本丸に立てこもった信広は、防御のすべもなく降伏した。

義元のたくらみは、信広を捕え、竹千代と交換することにある。竹千代を取り戻せば、松平氏の拠る三河を勢力下に置けるのである。

信広と竹千代交換の交渉は成立し、笠寺《かさでら》で人質の引きとりがおこなわれた。

信長の隠忍の日はつづく。領土の内外に、彼の敵はひかえていた。

戦《せん》鼓《こ》

明けがたまで激しく降っていた雨がやみ、薄墨を流したような空の遠方で、雷が間をおき、どろどろとつぶやいていた。

木曾《きそ》川の水面《みのも》が盛りあがるように嵩《かさ》を増し、岸辺の岩塊を突きころばし乾いた音をたて、屈曲点の砂地を削るいきおいで流れている。

南岸の河原を埋める葦《あし》が、湿った突風に吹きわけられ、揺れさわぐなかを、三騎の騎馬武者が、泥を蹴散《けち》らし東へ向い疾駆していた。

天文二十一年（一五五二）三月なかばの朝であった。先頭の葦毛にまたがる若者は、青地帷子《かたびら》の背をふくらませ、鹿皮の腰当をひるがえし、巧みな手綱さばきで、鞭《むち》と鐙《あぶみ》をあわせて使っていた。

宙を駆けるいきおいに、後続の二騎はしだいに遅れてゆく。

「はいよおーっ」

鞍上《あんじよう》に身をまるめ、両膝《りようひざ》で馬背をはさみつけ、思うがままに馬を責めているのは、三郎信長であった。

彼は腰間に九字《くじ》兼定を横たえ、背に火縄筒を背負っている。川なかに中洲《なかす》がみえてくると、信長は手綱をしぼった。

泡を嚙《か》む肥馬《ひば》が前脚を蹴あげるのをなだめ、馬首をめぐらしてうしろを見る。

遅れた二騎が、懸命に追いすがってきた。

「そのほうども、手ぬるいではないか。さような責めようでは、馬は育たぬぞ」

信長は、はずんだ声で呼びかけ、前帯にはさんだ袋から干飯《ほしい》をつかみだして頰《ほお》ばる。

追いついてきたのは、近習の前田犬千代と、新参の蜂須賀《はちすか》小六正勝であった。二人も信長と同様に、南蛮伝来の重たげな火縄筒を、背中にくくりつけていた。

「これは韋駄天《いだてん》がようなる信長さまに、ついて参るのはとてものことに、できかねるでござぁーいますもんだで」

小六は突風にさらされ、赤らんだ顔をこすり、手洟《てばな》をかんだ。

信長は空を仰ぎ、鞍《くら》を叩《たた》いて大口あけて笑った。

「川並衆の猛者《もさ》と聞えし男が、口にいたす弱音か。儂《わし》はのう、そのほうどもが年寄りがように洟水垂らして、息せききっておるゆえ、手加減してやったのじゃ」

犬千代は小六にいう。

「殿はいつでもかように、いわあすぜいも。俺がような家来は、いつでも鼻面とってひきまわされておるのじゃ」

信長は犬千代と小六に、干飯を分けてやった。

犬千代は大柄であるが、まだ十五歳で筋骨もかたまっていない年頃であった。彼は古渡《ふるわたり》に近い荒子《あらしこ》の土豪、前田利昌の子である。利昌は二千貫（約二万石）の所領を持ち、東西四十間、南北二十八間の小規模な荒子城を構える、信長の有力な家臣であった。

「犬千代は顔があおざめておるぞ。鉄砲を撃てるかな」

信長がいたわるように声をかけると、帷子の背にとおるほどに汗をかいた犬千代は、きおいたっていいかえす。

「さようなことはござりませぬに、お気遣いなく、あそばいてちょーでいあすばせ」

「さようか、それは豪気じゃ」

信長はまた、鞍壺《くらつぼ》をたたいて笑い声をはじけさせた。

木曾川の中洲に、小六の立てた標的が二本ならんでいる。標的は八寸角の檜板《ひのきいた》に、さしわたし二寸の黒丸がえがかれたものである。

標的は「角《かく》」、黒丸は「星」と呼ばれる。稽古《けいこ》をおこなうときの射距離は二十間（約三六メートル）であった。

小六は信長より八歳年上の二十七歳で、火縄筒の射術においては、橋本一巴直伝の信長に劣らない実力を、そなえていた。

彼は信長ほどの美男ではなかったが、瘦身《そうしん》で背がたかく、凜々《りり》しい武者振りである。小六の親は蔵人《くらんど》といい、海東郡蜂須賀村の名主をつとめ、清洲《きよす》城に拠《よ》る守護代織田信友の家来であった。

小六は武勇の聞えがたかく、俠気《きょうき》にすぐれていたため、木曾川筋七流に蟠踞《ばんきょ》する、野伏《のぶせ》り数千人を配下につけ、蜂須賀党と称し、首領の座についていた。

蜂須賀党は、群れをなして尾張《おわり》、美濃《みの》の間を徘徊《はいかい》し、諸大名に傭《やと》われ合戦の場で働くこともあった。

小六の身辺にあつまるのは、放埒《ほうらつ》無頼の野武士たちばかりで、川筋の劫掠《ごうりゃく》をも辞さない荒くれどもである。

彼は豪俠の名が高まるにつれ、実家に居づらくなり、母方の実家である安井家に寄食した。

安井家は犬山に近い宮後《みやうしろ》に城郭を構える豪族であった。木曾川に近く、南北八十数間、東西六十数間の城は、応永(一三九四〜一四二八)の昔に築かれたものであった。

美濃国守土岐《とき》氏が木曾川を渡って尾張へ侵入したとき、目代《もくだい》として宮後に置かれたのが、安井家の先祖である。

なまあたたかい風が笛のような音をたて、吹きつのり、信長の鬢《びん》の毛を乱した。

彼は馬から下り、床尾に銀象嵌《ぞうがん》のある薩摩《さつま》筒《づつ》を肩からおろす。

「かような雲行きのときは、硝薬を多目に詰めにゃあ、らちあくまい」

「さようでござります」

小六も、信長と似た形の黒光りする筒を手にしていた。

彼は鉄砲の名手として、野武士のあいだで怖れられていた。常に火縄筒を膝もとからはなさず、狙《ねら》った的はかならず射留めると、腕前のほどが喧伝《けんでん》されている。

木曾七流の流域一帯に跳梁《ちょうりょう》する野伏りは川並衆と呼ばれ、長享年間（一四八七〜八九）から独自の勢力圏を保っていた。

彼らの砦《とりで》は木曾川の中洲にあり、蜂のように群れつどう無頼のうちには、担猿《のきざる》、素《す》っ破《ぱ》のたぐいも多く、尾張、三河《みかわ》、美濃、近江《おうみ》など諸国の形勢に詳しい。

領主、地頭は川並衆を制圧する実力を持っていなかった。正規の陣を張る軍勢ではなく、小人数での神出鬼没の夜討ち、火攻めをくらえば、五百や千の手兵で彼らを根絶やしにはできない。

地形に通じ、川筋の百姓、船頭を手足につかう川並衆と争うより味方につけ、事に及んで合戦の先陣に使うほうが、利口であった。

小六の率いる無頼どもは、美濃国斎藤道三《どうさん》に加担したかと思えば、たちまち尾張国犬山の織田信清と手をむすぶ。

情勢に応じ、かなたこなたへ味方して、迅雷のようにすばやい移動は縦横さだめなく、世人の眼を奪うほどであった。

彼らの根城は河内と呼ばれる大河七流の中洲であるため、攻めるに難く、守るにやすい地形で、近づく敵もなかった。

蘆荻《ろてき》ざわめき竹林繁茂する広大な中洲は涯《は》てをも見定めがたく、はじめておとずれる者が、川並衆の砦を探しあてるのは、至難の業《わざ》であった。

「南窓庵記」に、木曾川筋和田村の新左という者の嘆きを記載している。

「久しく戦乱の明け暮れ、ために吉兆の鶴鳥降り来たらずば寂しきことに候。これは小六殿の種ヶ島のためなりと思案顔なり。鶴天空に舞わざるは、この先めでたからず」

木曾川は春秋の洪水の時期になると、七流は狂って十余流となった。

木曾川がひとたび氾濫《はんらん》すれば、田畑に砂が入り耕作は不能となる。そのため、川岸一帯には丈余の青草が海のようにうねりひろがり、牛馬放牧の適地となっていた。古びた草屋の集落は三十戸と並ぶところはすくなく、十戸、五戸と散在しているのみである。

道はあって無いようなもので、川沿いの民は幾百艘《そう》とも知れない持ち舟をわが足として、大河の上り下りに櫓櫂《ろかい》をあやつる。

舟によって交易をおこなうのは、遠く承久《じょうきゅう》（一二一九～二二）の昔より川並衆の生業《なりわい》であった。川並衆を統《す》べる頭領には、草の井長兵衛という者がいたが、蜂須賀小六が頭角をあらわしてのちは、彼の下風《かふう》についている。

小六は近頃津島湊《つしまみなと》で、精巧な六匁薩摩筒五挺《ちょう》を手にいれ、信長に二挺を献じた。莫大《ばくだい》な砂金を投じて求めた筒は、命中精度がたかく、使いぐあいがよかった。

信長は鉄砲にことのほか興味を抱いていた。弾《たま》込め、点火に手間がかかり、熟練者でもしばしば火薬の調合を誤って、不発の憂き目を見る厄介な新兵器は、当時は合戦の武器としては弓槍にはるかに劣るとされていた。

だが、信長は矢にくらべ破壊力、命中率、射距離において比較にならないたかい性能を示す火縄筒を、合戦において使いこなしたいものだと、日頃考えていた。

彼は父の死後三年のあいだは、目立った動きをあらわさず、兵を養ってきた。那《な》古野《ごや》城下に常時そなえる直属の家来は、八百余にすぎない。

父信秀《のぶひで》が在世の頃は、四千から五千に及ぶ大兵を動員したことが再々であったが、中核となる譜代衆の兵数はやはり八百余であった。

譜代衆以外の動員兵力は、すべて領内土豪の寄子《よりこ》であった。土豪たちは信秀の被官として服属していたので、当然後継者の信長の家来となるわけであったが、いつ寝返りをうつか分らない。

土豪は強力な大名勢力が出現すれば、配下となりたがる。そうしなければ、わが本領を安堵《あんど》してもらえないからである。

信長は土豪たちから、父信秀ほどの信頼を、かけられていなかった。彼はまだ合戦によって実力をあらわしていない。

信長は他人の評判を気にしない性格であったため、家来の人気を得ようと努めたことはなかったが、わが力をあらわすべき時期を冷静に測っていた。

父の三周忌が過ぎたいま、信長は勢力を尾張下四郡に伸ばす行動をはじめようとしていた。

彼に対抗する勢力のうち、まず攻撃して痛手を与えておかねばならないのは、那古野城の東南四里にある鳴海《なるみ》城に拠る、山口左馬之助と息子の九郎二郎であった。

山口一族は松杉の茂る那古野東南の山地に大永（一五二一～二八）、享禄《きようろく》（一五二八～三二）の頃から勢力を張っていた。長門《ながと》大内氏の流れを汲《く》む名族であったが、信秀の存命のあいだは被官としてなびいていたのに、死後にわかに今川方に寝返った。

彼らは今川勢を加勢にたのみ、織田領内にしだいに侵入し、笠寺《かさでら》、中村の里に要害を築いていた。

信長は山口父子を叩《たた》き、慴伏《しょうふく》させておかねば、領内土豪の信頼をつなげない。彼は小六から貰《もら》いうけた薩摩筒で、山口左馬之助を討ちとるつもりであった。

木曾川中洲に立てた「角」を狙撃《そげき》する稽古にきたのは、そのためである。

信長主従は突風の吹き荒れる河原で、弾込めをはじめた。まず胴乱から烏口《からすぐち》にすくった硝薬を、銃口にそそぎいれる。

一発分の硝薬は弾丸函《ばこ》の蓋《ふた》に一杯とされていたが、射距離をのばすときはふやし、気温が低いときもふやす。

硝石、硫黄、木炭を混合させた硝薬は吸湿性がたかく、銃口に入れるまえによく攪拌《かくはん》しなければ発火しない。

信長は硝薬を装塡《そうてん》したあと、弾丸をおとしこみ、槊杖《かるか》で充分に胴突きをしたのち、肩にかけた輪火縄に点火した。

「儂《わし》から撃つぞ」

信長は左膝をたて地面に折り敷いた。

彼は鉄砲の火挟みをおこし、火縄を吹いて挟むと台尻《だいじり》を頬にあて、むぞうさに引き金をひいた。

皮鞭《かわむち》を鳴らすようなするどい発射音が、川面にはねかえり、銃口から硝煙が噴きで横に流れた。

「おう、星のただなかに当ってござりますぞ。これはえらいもんだで」

小六が讃嘆《さんたん》の声をあげた。

「なにを申すか、川筋に鶴がこぬようにするほどの腕達者が、二寸の星に当てるのを見ておどろくことがあろうか」

「いえ、私ごときは二寸星にあてるのが、やっとかめでござあーいますもんだで」

小六はいいつつ、薩摩筒を構えた。

小六は立ったまま右足をまえに踏みひらき、星を狙った。

風がひとしきり吹きつのり、小やみになったときをはかって、寒夜に霜のおりるようにしずかに引き金をひく。

耳朶《じだ》を打つ銃声が鳴りひびくと、くさむらから野鳥がおどろいて飛びたつ。

「おう、儂の星となかば重なっておるではないか。さすがに慣れたものだわ。素っ破の頭《かしら》だけの貫目《かんめ》はあるぞ」

「恐れいってござります」

小六は素っ破といわれ、苦笑いをみせた。

「切取り強盗は武士の常と申すが、川並衆はそればかりやっておるだぎゃあ。立派な武士だわ」

信長は口にふくんだ干飯《ほしい》を飛ばして、笑った。

彼は濡《ぬ》れた地面に坐《すわ》り、膝台撃ちの姿勢で鉄砲を構えた犬千代をふりかえる。

「よう狙いをさだめるのじゃ。息をゆっくりと吐いて撃て」

犬千代は台尻を頬にあて、引き金をひく。

鈍い銃声とともに、銃口から飛びだす弾丸が見えた。弾丸は五間ほどさきのくさむらに落ちた。

鉄砲を膝に置いた犬千代は、頬を染めうなだれた。

「手際がようないぞ、胴突きが足りなんだか、硝薬がすくなかったかじゃ。弾込めのときに、弾丸の糊《のり》を落しすぎてもそうなる。やりなおせ」

いいつつ信長は、わが筒にふたたび弾込めをはじめた。

小六も手早く硝薬を銃口からそそぎこむ。

小六がはじめて信長に御目見得を許されたのは、郡《こおり》村の土豪、生駒《いこま》八右衛門家長の屋敷においてであった。

生駒家は大和《やまと》の国藤原氏の末流で、河内《かわち》生駒を発祥の地としていた。文和《ぶんな》年中(一三五二〜五六)に、大和の戦乱を避け尾張にきたものである。

郡村に居館を構えてのちは、灰と油の商いを業としていた。生駒家は代々富裕で、金銀を多く蔵していた。屋敷は広大で土居《どい》掘割《ほりわり》をめぐらし、堅固な構えのうちに土蔵を立てならべた、城郭のような結構である。

八右衛門は犬山城主織田信清の被官であったが、内実は伊賀《いが》の流れをひく忍者である。

生駒屋敷には、遠近《おちこち》より彼のもとに慕い寄る兵法者、忍者、修験者など、屈強の男が数十人、寄食していた。小六もそこで諸国の豪侠《ごうきょう》と交遊した。

蜂須賀家の当主である兄が、生駒八右衛門の娘を妻としていたので、小六は生駒家の縁者である。小六の弟に、又十郎、小十郎がいたが、この二人も兄に劣らない武辺者であったため、豪侠の士が集う生駒家を訪れるのを好んだ。

生駒屋敷は富裕であるため、訪客に美酒佳肴《かこう》をふるまい、諸国の武辺者は居心地がよいままにながく逗留《とうりゅう》する。

彼らは近隣の美濃の内情などは、たなごころをさすがごとくに知悉《ちしつ》している。小六も遠江《とおとうみ》、駿河《するが》あたりまでの情勢には詳しいが、遠国の甲斐《かい》、越後《えちご》、北海道《きたかいどう》の噂《うわさ》などは耳にあたらしい。

小六は大永（一五二一〜二八）の頃より、生駒屋敷に逗留している兵法軍学者、越中牢人《えっちゅうろうにん》遊佐《ゆさ》河内守に、軍学、兵法を学んだ。

遊佐は加賀の産で、諸国流浪の武者修行の者、富樫《とがし》惣兵衛《そうべえ》と同行して生駒屋敷をたずねてきた。二人ながらに袴《はかま》の裾《すそ》より糸を垂れ、乞食《こじき》のように困窮の体であったが、八右衛門は人の資性を見抜く力倆《りきりょう》をそなえている。ただの牢人ではないとみて、しばらく長屋へ置くうちに、遊佐は由緒たしかな出自であると判った。すなわち楠木氏《くすのき》の末孫で、楠流兵学をよくする。富樫は槍、薙刀《なぎなた》、打ち刀をとっては八右衛門の食客、家来の誰ひとりとして、互角に打ちあう者のいないほどの、武辺者であった。

小六が生駒屋敷へ通うようになって間もない頃であった。暑熱のさかりもすぎた秋のはじめで、小六は門外の馬捨て場と称する広大な荒地で、富樫に太刀打ちの技を教わっていた。

富樫は新当流、義経流《よしつね》をよくつかい、大兵《だいひょう》であるのに身が軽い。たがいに木太刀で立ちあうが、幾度挑みかかっても、たちまち剣尖《けんさき》が鼻さきに迫って、小六は身がちぢんだ。

当時は甲冑《かっちゅう》武者が斬りあう介者剣法の時代で、斬りあう際の目標は、甲冑の隙間《すきま》と弱点である。

冑の眉庇《まびさし》の下の顔、両腕のうち特に太刀を握る両拳《りょうこぶし》、膝《ひざ》と足首、股間《こかん》の会陰《えいん》部の四ヵ所が主な目あてどころであった。

斬りこむ太刀遣いは、廻《まわ》し打ち、廻刀《かいとう》を主とする。大小の半弧または円弧をえがいて、薙《な》ぎ払うのである。

わが冑の前立て、旗、差物を避けて斬り込みをするため、太刀を真向《まっこう》上段にふりかぶることはできない。

袈裟《けさ》にうちおろした刀は、廻刀してふりかぶり、ふたたび袈裟に斬るか、下段からそのまま斜めに斬りあげる。

また八相の構えから左右の猛打乱撃を浴びせる豪打《こわう》ち、小太刀をとっての組打ちの技もある。たがいに強いて甲冑のうえを打たず、強いて甲冑のうえをふせがず、四ヵ所の目標をひたすら攻撃するのである。

富樫は四十の坂を過ぎた年頃であるのに、豪放な剣を使った。小六の打ちこむ太刀をひきはずして、大きく打ちかえす。

体をななめに田楽《でんがく》舞いのような格好で、敏捷《びんしょう》に小六の両手のうちへ斬りこむ妙手をも見せる。

富樫は余裕をもって小六の相手をしていた。人を斬ること数知れずといわれる小六が、顔色蒼《あお》ざめ、冷汗をしたたらせているのに、富樫は呼吸を荒げてさえいなかった。

「さような力業では、儂には打ちこめぬぞ。儂がいずこへ打ちかけて参るか、読んだうえで仕懸けてくるのじゃ。そうでなければ、錘《しず》を川底に着けずに、魚《いお》を釣るようなものよ。打とうとするより、儂の太刀をはずすことを、まず考えよ」

小六は富樫に立ちあってもらうたびに、使いなれたはずの太刀を、どう扱ってよいのか分らず、茫然《ぼうぜん》と困《こう》じはてる。

「組打ちを、お願いいたす」

小六は富樫の木太刀をはねあげ、入身《いりみ》して帷子《かたびら》の袖《そで》をつかむ。しめた、と引き寄せようとすると、富樫は抵抗せず身を近づけてくる。小六は袖をしぼりあげ、捻《ね》じ伏せようとするが、突然身動きできなくなった。

富樫が小六の大小の鞘《さや》のあいだに、足を踏みいれたのである。

「それっ」

富樫が足をひねると、空が揺れ、小六はあおむけにひっくりかえった。

富樫の膝が雁金《かりがね》（肩胛骨《けんこうこつ》）を押しつけ、息がとまりそうな重みがかかった。砂が眼にはいり、涙で視野がかすんだ。

「まずこれで、勝負はきまったかな」

富樫に抱きおこされたとき、頭上で辺りをはばからない高笑いが聞えた。

眼をあげると、柿帷子に鹿のむかばきをつけ、髻《もとどり》を納める鞘を突きたてた綾藺笠《あやいがさ》をかぶった、若衆の顔がみえた。

連銭葦毛《れんぜんあしげ》の逸物《いちもつ》にまたがった若衆は、槍、薙刀をたずさえた十五、六騎の家来をひきつれていた。すぐれた眉目《びもく》には、人を威圧する気負があった。

富樫が地面に片膝をつき、色代《あいさつ》した。

「これは那古野の殿にござりまするか。よくぞお越し下されまいた。さっそく主《あるじ》に知らせて参りまする」

富樫が門内へ入ろうとするのを、若衆は呼びとめた。

「構わぬぞ、富樫。それより儂《わし》と立ちおうてくれ」

彼はふりかえり、家来に命じた。

「根鞭《ねむち》を二本持って参れ」

家来は長さ三尺あまりの竹根鞭をさしだした。

「儂は木太刀を使うより、これでまことの打ちあいをいたすのが、所望じゃ。ちと痛いが、手加減せず打って参れ」

若衆はいうなり、鞭を手にした。

「ならば仰せのごとく、いたしまする」

家来から鞭をうけとり、素振りをくれる富樫に、小六はすばやく聞いた。

「あのお方は、信長さまか」

富樫は無言でうなずいた。

小六ははじめて見るうつけ殿の、およそ大名らしくないいでたちに、思わず笑いを誘われた。帷子の裾をまくりあげ、毛臑《けずね》を出した信長は、痩《や》せてはいるが首がふとく、手足もたくましい。よき胸板じゃ、と小六ははだけた襟もとを見る。

小六は信長がひと月ほどまえ生駒屋敷を訪れたことを、聞き知っていた。信長を案内したのは、柏井《かしわい》三郷三千五百貫の信長所領をあずかる代官、佐々内蔵助成政《さっさくらのすけなりまさ》であった。

佐々は八右衛門を味方にするため、信長にひきあわせた。八右衛門は犬山城主織田信清の被官ではあるが、信長の資性を見抜き、こののちは彼に従うとひそかに決心したようだと、居候の牢人たちのあいだでささやかれていた。

信長といえば、尾張の城主たちのあいだでも、岩倉に拠《よ》る守護代、織田七郎兵衛信安とならび称されるうつけ者であった。信安は武芸のたしなみはさらになく、猿楽、歌舞《かぶ》をひたすら好んだ。

彼の遊び相手として、岩倉城を訪れては、酔興をつくし放歌乱舞するのが、信長であった。

岩倉一門、信長の宿老《おとな》たちはいずれも、歌舞音曲《おんぎょく》は乱世危急の役には立たずと、いさめるが、二人ながらに家来の意見を聞き流す。

おおかたの侍たちは、信長の前途は破滅あるのみと見ていた。

「八方お手塞《ふさ》がりなるに、鼓をうち舞い狂い、高吟いたすとは、信秀殿も泉下にてご成仏できまい。うつけ殿が那古野の城に住めるのも、あとわずかであろう」

信長のうわべに、誰もが欺《だま》されていた。

小六は信長が放胆な性格であろうとは、察していた。

放胆でなければ、信秀の死後治安のいちじるしく乱れた尾張の国中《くになか》を、わずかな近習を供にしただけで、遠乗り、鷹野《たかの》に出向くはずはなかった。

正体の知れない牢人、浮浪の者が神社仏閣に屯《たむろ》し、附近の村落に押し入って粮《りょう》食《しょく》をかすめとり、きわまりなく乱妨を働いている情勢のもとである。

治安がゆきとどかないのは、信長の従兄弟《いとこ》、犬山の織田信清が、不穏の状況を醸しだしているためであった。

信清は岩倉城主織田信安と、領地争いをしている一方で、清洲《きよす》城主の守護代織田広信とひそかに盟約を交し、信長を討滅する計を練っていた。

信長は、いつ闇《やみ》討《う》ちをくらうかもしれない情勢のうちにあって、しきりに野外に姿をあらわす。小六はこれまで信長を見たことはなかったが、川並衆のなかで信長を襲撃し、首級《しるし》を犬山へ売りつけようとたくらむ者がいるのを、知っていた。

その朝、小六がはじめて見た信長は、色白な横顔に陽気な表情をみせ、幾度か力足を踏んだのち、富樫惣兵衛に立ち向おうとしていた。

高名の兵法者である富樫に向い、気後れの様子などさらにない。空臑を踏んばった信長は、竹根鞭を両手で握り、車（脇構え）に構える。富樫は八相に構えた。

五間の立ちあい間合を置き、向いあった二人は、介者剣法の定法の通り、腰をふかく沈め、足を踏んばって、とっとっと体の均衡を崩さず前へ出る。

「そりゃあっ」

信長が気合もろともに富樫に右袈裟《けさ》を打ちこむ。

富樫は半歩さがって空を打たせ、右袈裟を打ちかえし、間をおかず面を突く。退けばさらに突く。払えば廻刀して右袈裟をかさねて打つ。

矢継ぎ早の攻めは、相手に立ちなおりを許さない。執拗《しつよう》なつよみをあらわす。

だが、信長は富樫の鋭鋒《えいほう》を巧みにかわした。富樫が打って出た剣尖《けんさき》をはずすなり、うえから打ちおとした。

眼をみはる小六のまえで、信長は富樫が廻刀してふりかぶろうとする足もとに踏みこみ、いきおいはげしく左から右へ薙《な》ぎ払った。

富樫がまえに踏みだした右の臑を、信長の竹根鞭がしたたかに打った。

富樫が左膝を地につき、敗北を認めた。

「これは恐れいったるお手のうちにござりまする。拙者、一本頂戴《ちょうだい》いたしてござる」

富樫の白髪まじりの鬢《びん》を、つむじ風が吹き乱した。

「富樫、かさねて立ちあわぬか」

信長はよく光る眼を向けていた。

「いえ、平田三位殿ご直伝の殿に、幾度お手あわせをしたとて、打てようはずもござりませぬ」

「であるか、ならばこれまでといたそう」

信長は竹根鞭を家来に向って投げ、生駒屋敷の矢倉門へ足早にはいってゆく。

門前の杉の老木から、鳥の群れが飛びたつのを、見向きもしないで去った信長を、近習、下人《げにん》があわてて追ってゆく。

小六は衣服の乱れをなおしている、富樫に聞く。

「富樫殿ほどの巧者《こうしゃ》が、信長さまに負けたか。わざと打たれたのでござろうがや」

富樫は小六を見すえた。

「どう見ようと勝手だわ。何にせよ、儂が打たれて納得するほどの、冴《さ》えた腕にちがいはない。とろくさあ勘繰りは、おきあせ」

小六は腕を組み、うなずく。

「いかさまさようか。信長さまは、ただのうつけ者ではないということじゃな。これは勘考せにゃならぬところじゃなあ」

小六は信長に、富樫を心服させる器量があるのを、感じとっていた。

信長の口調、身ごなしには、男の眼にもこころよい生気がみなぎっていた。

「信長さまは、なんと拍子のよきお方じゃ」

小六がつぶやくと、富樫は口辺をほころばせた。

「うむ、たしかに拍子よきと申すか、御前に接すればすなわち、五体より陽気があり、目通りいたす者は、覚えず去ることを忘れるほどじゃ」

兵法の道に長ずるには、膂力《りよりよく》衆にすぐれ、身のはこび猿猴《えんこう》に比すべきほどに軽捷《けいしよう》であるだけでは、むずかしい。

相手の動作をさきに洞察し、無駄な太刀さばきを排して、攻防の拍子の裏をかく鋭敏な洞察力と、磐石《ばんじやく》のような勇気が必要であった。

小六は信長が、富樫に勝ちを譲られたのを知っている眼つきであったと、思いあたる。

――あれはよほどの上品絹《じようぼんぎぬ》じゃな。犬山の信清、末盛の信行よりうわてじゃ。ひょっとすれば、美濃の道三も喰《く》われるかも知れんわいも――

彼は初めて見た信長に、心をひかれていた。

信長は鉄砲稽古《げいこ》をはじめると、傍にいる者の姿が眼に入らなくなり、忘我の境地におちいる。

突風に吹きたてられ、鼻さきに水洟《みずばな》を光らせつつ、ひとりごとを口走り、笑い、一心に弾《たま》込めをしては、川面に銃声をはねかえす。

中洲《なかす》の「角」はさきほどから信長、小六、犬千代の放つ弾丸百発あまりをうけ、原形をとどめないまでに孔だらけになっている。

「お殿さま、硝薬が残りすくのうなって参ったゆえ、お稽古はもはやきりあげてちょうだいあすわせ」

小六が声をかけると、信長はわれにかえったようにふりむく。

「うむ、ならば郡《こおり》へ行くぜえも」

彼は射撃をやめ、薩摩《さつま》筒《づつ》の銃口からぼろ布を巻きつけた槊杖《かるか》を差しこみ、ていねいに汚れを拭《ふ》きとる。

雲がひとところやぶれ、碧空《あおぞら》がのぞいて陽が射し、川面が光りを反射していたので、稽古をきりあげる潮時でもあった。

信長は手入れを終えた筒を背に負い、馬にまたがる。

「ゆくぞ」

いうなり鐙《あぶみ》で馬腹を蹴《け》る。葦《あし》毛《げ》の逸物《いちもつ》は、驚きはねあがり、泥をはねちらせ駆けはじめた。

主従は木曾川筋からはなれ、田畑のなかの街道を郡村の生駒屋敷へ向い、馬を疾駆させる。集落のなかを駆けぬけるとき、信長はひときわ声をはりあげ馬を責めた。

「はいよおーおっ」

声を聞いて、村の老若が逃げちる。

旋風のように過ぎてゆく三騎に、むずかる幼な児も驚かされ泣くのをやめた。行く手に生駒屋敷の矢倉門が見えてくると、信長は手綱をひきしぼる。

門前の樹齢数百年をかぞえる老杉の下に、細紐《ほそひも》で鉢巻をした女中がたたずんでいて、信長主従が村の辻《つじ》にあらわれたのを見ると、庭に駆けこむ。

女中は奥庭の離れ屋の縁先で、明り障子をとざした座敷へ向い声をかける。

「御前さま、お殿さまがお渡りでござりまするに」

障子のうちから、澄んだ声音がこたえた。

「注進大儀じゃ、厨《くりや》へ引きとっておりや」

女中は離れ屋の裏手へ去った。

信長は、女中のあとを追うように姿をあらわし、縁先にこぼれるように花をかざった雪柳の傍に立った。

信長は着流しの帷子《かたびら》の腰に、鹿皮の腰当てをつけ、前帯にいくつも火打袋をぶらさげた常の姿《なり》で、庭石に立ちはだかって呼ぶ。

「吉野《きつの》、吉野」

声に応じ、明り障子が音もなく開いた。

「お越しなされませ」

たきこめた香の匂いのただよう座敷に、細面の若い女が手をつき迎えていた。

牙彫《げぼ》りのようにたおやかな顔立ちの女は、はずんだ仕草で立ちあがる。花色小袖《こそで》に白絹の小うちかけを腰に巻き、茫眉《ぼうまゆ》、ゆたかな下げ髪を背に垂らした彼女は、身こなしが舞いの手ぶりのようにはなやかである。

「あなたさま、嬉《うれ》しゅうござります」

吉野と呼ばれた女は、信長の肩に双手をかけ、煙硝によごれた頰に、はなびらのような白い顔をおしつける。

「なにをいたしておった」

「針仕事でござります」

うむ、とうなずいた信長は、花束のような吉野の細腰を、力をこめ抱きしめる。

二人はくちづけを交す。信長のかたちのよい唇が、吉野の貝の身のように弾みのある、唇とからみあい、吸いあげる。

ながいくちづけのあとで、吉野は顔をはなし、肩で息をつく。

「息が苦しゅうて、それにお髭《ひげ》がこそばゆうございますもので」

彼女は信長の肩の辺りに顔をこすりつけた。

「閨《ねや》へ参ろう」

吉野は耳朶《じだ》に血のいろをのぼせて、うなずく。

「あなたさま、お約定通りの日にお越し下され、ほんに嬉しゅうて」

彼女は信長ともつれあうように、座敷に入った。

ほのぐらい寝部屋には、臥所《ふしど》がのべられていた。

信長は手水《ちょうず》を使ってきたあと、細い吉野の体を抱きすくめ、押しふせる。彼は荒々しい手つきで吉野の帯を解き、襟もとをおしひらいて、なめらかな白磁の肌に顔をおしつける。

吉野は信長のなすがままに任せていた。信長は彼女のほのぐらい寝部屋にいる時だけ、わが身辺に迫っている危険の、金気《かなけ》くさいあじわいを忘れることができた。

吉野は生駒御前と呼ばれる信長の側室で、年齢は信長より一歳上であった。彼女は生駒八右衛門の妹である。

吉野は美濃可児《かに》郡の土豪、土田《どた》弥平次の妻であったが、弥平次が討死にしてのち、実家に帰っていた。土田の家は生駒家の親戚《しんせき》で、信長の生母土田御前の実家である。

信長は天文十九年の秋、はじめて生駒屋敷をおとずれたとき、吉野の﨟《ろう》たけた姿に心をひかれた。彼が吉野をお手付き（側女《そばめ》）としたのは、まもなくのことであった。

信長は吉野を、ことのほか気にいっていた。彼女の沈んだ面ざしを見ると、他の何者にでも攻撃の姿勢を隠さない猛々《たけだけ》しい信長の、気がおちつく。

吉野は物事を公平に判断し、核心をつく意見を述べることのできる女であった。信長はわが心にかかることを、それとなく彼女に聞かせることがある。

吉野は信長の迷いをはらすだけの、説得力ある意見をいい、信長は胸のうちで、いかさまさようじゃとうなずく思いになる。

二人は心身ともに、かたい絆《きずな》でむすばれていた。信長は吉野とともに愛の深井戸へ下りてゆく陶酔を、あじわうことができる。

信長は十五歳で夫婦となった濃姫《のうひめ》とは、はじめは睦《むつ》まじかったが、いまは冷えた間柄であった。

濃姫の父道三は男振りのよさで聞えている。母親の小見《おみ》の方も器量すぐれた女性《にょしょう》であったので、濃姫は両親からすぐれた容姿をうけついでいた。

だが、彼女は気がつよく、自分が信長よりすぐれた女であると思いこんでいた。信長はわが意に従わない濃姫をつめたく扱い、那古野三の丸の奥御殿にいる彼女の顔を、見にゆくことも稀《ま》れであった。

信長と吉野との関係は、世間に聞えないよう秘められていたので、濃姫の耳には届かない。信長は、斎藤道三とのあいだの和平を保つために、表面では平穏な夫婦の形式をよそおっている。

吉野の寝部屋でひとときを過ごした信長は、彼女に手伝われて身支度をする。

「このつぎはいつ、おわせられまするか」

吉野が、すがりつくような思いをこめた眼差《まなざ》しをあげて、聞く。

「明日もくるぞ」

吉野は眼をみはり、信長の手をとった。

「ほんに嬉しゅうござりまするに」

信長は明り障子をあけ、庭に下りた。

雪柳の下に、前田犬千代が坐《すわ》っていて、あわてて立ちあがる。

吉野は信長の痩《や》せぎすの後ろ姿を見送る。彼女の想う男は、まもなく危険な合戦に向わねばならなかった。

生駒屋敷の主殿《とのも》と、渡り廊下でつながる泉殿の屋根に、群れ雀が小石を撒《ま》いたようにとまっていた。

蓮《はす》をうかべた泉水にのぞむ書院の、陽射しの斑《ふ》を散らした広間で、七人の男が信長を待っていた。

八右衛門、佐々内蔵助、小六、軍師遊佐河内守、富樫惣兵衛、森与三可成《よしなり》らであ

る。可成は斎藤家の家来であったが、近頃ではひそかに信長に気脈を通じている。

彼は忍者であったので、八右衛門と旧知の間柄である。年頃は不惑に近い佐々内蔵助より若い三十路《みそじ》はじめであった。

「待たせたかの」

信長は平伏する一同をながしめに見て、埃《ほこり》くさい帷子の裾《すそ》をまくり、毛臑《けずね》をはばからずあぐらを組んだ。

「大分空が晴れてきたようじゃ。雀どもが騒がしいで」

信長は一座の者に笑みをみせた。

「若葉がきれいで、心も浮きたつわいも。かような座敷に坐っておるのはもったいなし。剽《ひょう》げ踊りなどしたい気色じゃ」

八右衛門たちは、信長の高い眉のしたにかがやく眼を見て、思わず笑いをどよめかせた。

「お殿さま、鳴海攻めはいつになされまするか」

八右衛門が顔色をあらためて聞いた。信長は脇息《きょうそく》にもたれ、天井を見あげ答えた。

「ひと月のちじゃ。山藤もさかりの、合戦にはあつらえむきの時候だで」

八右衛門はかさねて聞く。

「ご同勢はいかほどお繰りだしでござりまするか」

「うむ、馬廻《うままわ》り、弓、槍《やり》、鉄砲の手の者しめて八百人じゃ」

八右衛門がふりかえって小六にいう。

「卍《まんじ》衆も出るのであろうが」

「さようでござりまするに。同勢は七十ほどでござりまする」

卍衆とは、川並衆のうちから撰《よ》りすぐった精鋭であった。

川並衆の頭役七人は、すべて卍衆に加わっており、いずれも鉄砲の名手である。

彼らは合戦に出ては神出鬼没、卍の馬標《うまじるし》を眼にした敵は怖れて踵《きびす》をかえした。

「鳴海の城、笠寺、かずら山の砦《とりで》、中村砦には、総じて二千ほどの人数がおりまする。笠寺には駿河衆の戸部新左衛門がおり、こやつがただならざる曲者《くせもの》のよし。戦勢は容易ならざるものと勘考いたしまするが、手はいかがつかわれまするや」

八右衛門は上眼づかいに信長を見た。

信長は淀《よど》みない口調で答えた。

「左馬之助はもとがわれらが家来だわ。いかなる手を使うとも、なべて内懐は読まれておろうに、先手、旗本、後備えと三段にわけ、正面から大歩《だいほ》の繰り引きで、叩《たた》き伏せ、薙《な》ぎ倒すまでじゃ」

大歩とは、歩兵の密集部隊をいう。信長が考案した三間半柄の長槍の穂先をそろえ、新手と後詰めが交替しつつ、攻めたてる正攻法をとるわけである。

八右衛門は、生駒衆を率い旗本衆に加わる。小六は伏兵として働く手筈《てはず》であった。

八右衛門は遊佐河内守を見た。

「ご辺のご勘考はいかがかのう」

河内守は白髯《はくぜん》をしごき、うなずいた。

「お殿さまのご陣立てで、ようござる。力攻めは家来を討たるる主人殿の定法じゃ。ただ、敵は駿河衆の大兵を加勢にたのみ、味方に倍するいきおいなれば、伏勢《ふせぜい》を百ほどふやし、鉄砲を横あいより撃ちたて、そのうえに牝馬《ひんば》の策を用いれば、なおよろしかろう」

信長は身を乗りだした。

「ほう、牝馬の策とは何じゃ」

八右衛門たち忍者も、聞き耳をたてた。

「さればでござりまする。牝馬を二、三十四も買いあつめ、あとひと月のあいだ飼い肥やしまする。それを合戦の場にひそかに牽《ひ》いて参り、こなたは馬を下り徒歩立《かち》ちにて進みまする。敵の寄子《よりこ》どもが騎馬にて先陣に出ずる横合いより、くだんの牝馬を放てば、敵の軍馬はすべて牡《おす》なれば、牝《めす》のにおいを嗅《か》がせなばたまりませぬ。すべて主人を振りおとし狂乱いたすは必定。味方は敵の乱れに乗じて突き進むのでござりまする」

信長は天井を仰ぎ、あたりをはばからない高い笑い声をたてた。

「それは妙策じゃ。八右衛門、その策を与三に使わせよ」

彼は河内守の奇策を、即座に採用した。

八右衛門たちも感じいった。

「さすがは遊佐殿じゃ。さような計があるのには、われらも気づかなんだがや」

信長は小六に聞いた。

「そのほうの鉄砲は、幾挺《いくちょう》じゃ」

「四十挺ほどでござりまするに」

「ならばあと二十挺を那古野城より持ちだすがよい。高麗筒は使うのか」

高麗筒とは、火縄筒伝来のまえから使われていた石火矢《いしびや》であった。

「高麗筒は二挺使いまする」

信長は小六の返答を聞き、満足げにうなずく。

「であるか、それでよいわ」

八右衛門たちは、信長ののびやかな顔つきに安堵《あんど》し、励まされた。

信長が敵を呑《の》んでかかっているのが分るので、難敵を相手の合戦に緊張していた気持ちがほぐれ、勇気が湧《わ》いてくる。

信長の心中には、山口左馬之助父子ごときがたとえ二層倍三層倍の兵を率いて掛かってきても、負けはしないという自持《じじ》が、ゆるがなかった。自分は左馬之助を手足に働かせていた信秀の、嫡男であるという誇りが彼を支えていた。

信秀に二十年間も臣従していた左馬之助が今川方に寝返ったことは、信長にとっては喉《のど》もとに刃《やいば》をつきつけられたことになる。

彼が砦《とりで》を築き、今川家の謀将戸部新左衛門をいれた笠寺砦は、熱田《あつた》神宮から一里もはなれていない。

尾張領内に築かれた今川方の拠点を叩かねば、尾張下四郡の土豪は、信長に従おうとしないであろう。彼らが信秀の被官になったのは、信秀の武略を信頼していたからである。

信長は、平手政秀ら直属の譜代衆と馬廻り衆の兵力のみで、左馬之助父子を叩かねばならない。合戦では信長の威力を示す結果をもたらすだけでよかった。

信長は寡兵で多数の敵に正面から激突すれば、数においては少ないほうがかならず負けるという鉄則を知っている。

彼は山口ごときと、敗北を覚悟しての死闘を演ずる気はなかった。ひと当てして、こちらの手強《てごわ》さを見せ、このうえの侵略をくいとめればよい。

駿河衆と決戦をおこなう時期は、まだきていなかった。まず尾張下四郡をわがものとせねばならない。

今川義元は、信長など歯牙《しが》にもかけない大兵力を擁している。家格もくらべものにならなかった。

今川衆は将軍家足利《あしかが》氏の分流のうち、もっとも足利嫡流に近い吉良《きら》氏の流れをひいている。

将軍家の血統が絶えたときは吉良氏が継承し、吉良氏が絶えたときは今川家が継承するという事実は、世間に聞えていた。

「駿河衆ならば、さほどに扱いにくきことはなかろうがの。与三、笠寺にきておる兵はいかがな様子じゃ」

信長は森可成に聞いた。

森可成は左頰にえくぼのある、顎《あご》の張った顔をあげる。

「されば笠寺には、引馬《ひくま》（浜松）城主飯尾《いいお》豊前守《ぶぜんのかみ》。今川家馬廻り衆三浦左馬助。おなじく岡部五郎兵衛。浅井小四郎。戸部新左衛門。ほかに駿東《すんとう》郡に所領を持ちまする葛山《かつらやま》氏元が、将としておりまする。葛山は今川の被官なれども、実は幕府直臣《じきしん》にてござりまする。さてこの六人のうち手強きは、評判通り戸部新左衛門にてござりましょう」

歴戦の勇将戸部の名は、尾張にも聞えている。

「戸部なれば、いかなる異変にも慌てず応じ、めったに進退をあやまるまいでや。

こやつを戦のまえに除かねばならぬが、与三、なんぞよき手はあるまいか」

可成は懐中から一枚の紙片をとりだし、信長にさしだす。

「これは戸部の書状の書きつぶしでござりまする。私が笠寺砦の足軽にとりいり、もらいうけたる紙屑《かみくず》のなかより見出《みいだ》せしものにて、今川家中屈指の能書といわれるだけに、胸のすくごとき筆運びでござりまするに」

信長は反古《ほご》の皺《しわ》をのばし、しばらく見いった。

「去夏已来隔音問候、心外之至候」

彼は文字を膝《ひざ》のうえでなぞってみた。

「見ても、なぞっても、こころよき字だわ。これをば使わぬということがあらずか」

信長は可成を見た。

可成は平伏した。

「お殿さまのご勘考のほど、おそれいってござりまする」

「うむ、戸部が手蹟《しゅせき》は癖がある。ちと稽古《けいこ》したならば、真似のしやすき字でや。祐筆《ゆうひつ》に戸部の字を手習いさせ、偽書をしたためたうえ、それを今川義元に披見させるのだわ。さすれば義元は奢《おご》りたかぶったる男ゆえ、新左衛門謀叛《むほん》なりと疑念を湧かせ、たちまち成敗いたすでや。与三、そのほうの勘考は、かようなことであろうぞや」

「まさに仰せのごとくにござあーいまするに」

信長は乾いた笑い声をたてた。

「与三、戸部が反古をなお集めて参れ。それによって祐筆に偽書をしたためさせるのでさ。よいか、明日にも那古野城へ届けよ」

「承知いたしてござりまする」

信長は戦闘をまじえるまえに、強敵を謀計によって葬ろうと考えていた。

軒端の雀が急に飛びたち、一羽が泉水に落ち、水をはねちらして仲間のあとを追ってゆく。鵯《ひよどり》の群れがかわって庭木の枝に降りた。

信長は黙然と庭に眼をやり、思いを凝らしているようであったが、やがて森可成に話しかける。

「祐筆に戸部の字を手習いさせたうえで、こしらえる偽書は、戸部より当家物頭《ものがしら》の村井所之助へあてたるものといたすのだで。書中には、かねての約定を果すときが参った。双方先手《さきて》の矢合わせがはじまるや、すぐさま拙者は手勢をひきつれ、織田勢に合力《こうりよく》いたし、今川勢の後詰めを突き崩すでござろう。義元は凡愚の主人にて、やがて滅亡疑いなきゆえ、織田殿に味方いたす。合力したるときの恩賞は、約に違わず貰《もら》いうけたし、と記すのだわ」

信長はわが謀計を楽しむかのように、ゆるやかに話す。

可成は矢立をとりだし、信長の言葉を懐紙に書きとめる。

「そのほうは国境を抜け駿河に入り、府中（静岡）へ参るのだわ。兵具商人に化けてゆけ。それで、今川家中のしかるべき馬廻り衆のうち、瞞《だま》しやすき者の屋敷へ小柄《こづか》、鍔《つば》などを売りこみにゆくがよい。とりわけ眼につく彫り鍔を、偽書の反古で包んでおけ。さればそれを見た侍は、戸部の手蹟《しゅせき》と知るからには、ただではおくまい。早速《さそく》に義元に注進に及び、義元は戸部を笠寺より呼び戻す。そこまで事を運んだならば、義元が戸部を成敗いたすは必定だで」

信長は戦国大名の家来たちへの猜疑心《さいぎしん》のふかさを知っている。

義元は寝返りの偽書を見せられたときから、戸部を獅子身中《しししんちゅう》の虫として憎悪するにきまっていた。

間者《かんじゃ》が敵の主従を離間させるのに、しばしば用いる手ではあったが、効果は確実であった。

信長も、わが家臣に信を置いていない。眼のまえにいる七人の男たちでさえ、いつ寝返るかも知れないと考えている。

いまここで、この男たちが儂《わし》に斬《き》りかかってきて、仕物《しもの》（謀殺）にかけようとしたなら、儂は助かるまいと考えると、みぞおちのあたりに恐怖の青い炎がゆらめく。

信長はするどい視線を、八右衛門たちに向ける。

「合戦は天運に任せねばならぬ。誰も明日の寿命は分らぬのだわ」

彼は自分にいいきかすように、つぶやいた。

若葉のもえたついろどりを重ね塗りした山野に、つよい陽射しが照りわたり、草いきれが満ちていた。

信長は小桜縅《おどし》胴丸具足をつけ、肥馬《ひば》にまたがり、八百の精兵《せいびょう》を率い天文二十一年四月十七日、卯《う》の刻（午前六時）に那古野城大手門を出陣した。

信長勢は山口父子制圧の行動に出たのである。戦場までは那古野城からわずか三里余であった。

信長は先手に弓、長柄《ながえ》組の精鋭を集めていた。旗本両脇備え、後備えの人数はあわせて二百である。

今川家の勇将戸部新左衛門は、信長の謀計によって、すでに今川義元に処刑されていた。

まえの月、兵具商人に化けた森可成は、府中に出向き、思慮の浅い猪武者をさがした。しばらく滞在するうちに適当な人物に目星をつけた。朝比奈《あさひな》小三郎という武辺ひとすじの気のみじかい粗忽者《そこつもの》である。

可成は朝比奈の屋敷へ幾度か通い、親しくなったうえで鍔を持ちだす。朝比奈は鍔を包んだ皺《しわ》だらけの反古をひらいてみて、不審げな顔つきになった。

彼は古びた書面の文字が、家中の能書家戸部新左衛門の筆蹟に似ていると思い、読み下して愕然《がくぜん》とした。

戸部が信長の重臣へ送った書信である。

朝比奈は血相を変え、可成に問いただす。

「汝《うぬ》はこの反古を、どこで手にいれたのじゃ」

可成は驚いたふうをよそおう。

「私が何ぞ不調法を働いたのでござりますれば、ご免下されませ。その反古は春先に、那古野のお城下の村井所之助さまというお侍さまのお屋敷へ、商いをさせていただきに参ったときに、包み紙として頂戴《ちょうだい》いたしてござります。なんぞこなたさまにお腹立ちなされるようなことが、書かれておるのでござりますか」

朝比奈は文字を読めないであろう商人《あきんど》に、事情を告げることはないと、可成を追いはらった。

「汝に用はなし。反古は置いてゆけ」

朝比奈はただちに登城して、反古を今川義元に差しだした。

義元は一読して激怒する。新左衛門にただちに召喚の使者を出したが、問責することもなく、府中へ引き戻す道中で斬殺《ざんさつ》させてしまった。

信長は強敵を刃をまじえることなく抹殺した。


信長勢は土煙を引いて中根村を駆け抜け、小鳴海の三の山へあがった。

鳴海村には東に九峯《ほう》、北に十五峯、南に四峯があり、二十八峯を総称して鳴海山という。いずれも小山であったが、三の山からは東方への見晴らしがきく。

旌旗《せいき》、差物、馬標《うまじるし》を山上につらね、朝風になびかすうち、東南の鳴海城から長蛇の列をつらねた軍勢が、北の方向へ移動してゆくのが見えた。

十八反の赤母衣《あかほろ》を背負った生駒衆の物見が馬に鞭《むち》うち、戻ってきて注進する。

「鳴海衆は山口九郎二郎大将とあいなり、赤塚へ駆けのぼる様子にてござあーいまするに」

「あいわかったでさあ」

信長が吼《ほ》えるようにこたえ、本陣にひしめく甲冑《かっちゅう》武者をふりかえる。

「河内守、小六。隠し勢抜かりなくあやつって参れ」

遊佐河内守、蜂須賀小六の伏勢は旗を伏せ、物頭の指図の声に従い、先手からはなれ三の山を駆けおりてゆく。

信長は八卦《はっけ》にもとづき縫いあげ、「八幡大菩薩《はちまんだいぼさつ》摩利支尊天《まりしそんてん》」と墨書した、一丈二尺の旌旗のはためく下で、しばらくのあいだ北へのびてゆく敵勢の土煙を見守る。

赤塚は往古の塚のある高処で、附近には小松大松が茂っていた。伏勢を埋伏させるには格好の地である。

「山口ご征伐、ご進発しゃあせ」

平手政秀が、目の下頰当《ほおあ》てを汗で濡《ぬ》らした顔を向け、叫ぶ。

合戦の場に敵よりも遅れて到着すれば、地の利を失う。信長は采配《さいはい》を高くかかげ、振りおろした。進発を告げる太鼓が鳴り、信長勢は斜面を下り、野道へ出ると、物具《ものぐ》を打ちあわせ、先をあらそい北へ向った。

信長は濃い土埃《つちぼこり》のなか、馬を走らせる。

「退《の》け、道をひらけ。御大将のお出ましじゃあ」

先行する近習たちが叫び、素槍《すやり》、弓をかついで走る足軽、荒子《あらしこ》の群れのただなかに道をあける。

信長は巧みな手綱さばきで乗馬を疾走させ、先頭に出た。三間半柄の槍を小脇《こわき》にかかえる彼は、胸のうちに、自分でも思いがけないほどに、憤怒がたぎってくるのを、おさえられない。

二十年間も親父《おやじ》殿に仕えてきた左馬之助が小癪《こしゃく》な、と彼は歯がみしつつ馬上に身を躍らせていた。

小鳴海の三の山から赤塚村まで十五、六町の距離を、信長勢は迅速に移動した。

敵の大将山口九郎二郎は、二十歳の若武者であった。山口勢の先手足軽大将は、清水又十郎、柘植《つげ》宗十郎、中村与八郎ら剛強の侍どもである。

信長勢の先手を固める足軽大将は、荒川与十郎、荒川喜右衛門、蜂屋般若介《はんにゃのすけ》ら、撰《よ》りすぐられた剛兵《ごうひょう》であった。

敵味方の兵は、いずれもかつての戦友である。美濃、三河に転戦し、労苦をわかちあった仲であるだけに、立場を変えたいまはたがいにこれまでの因縁をひきずって、憎悪の念がつよい。

信長は小高い松林に陣を敷く。山口勢は信長勢の倍に近い兵を、横長の鶴翼にひらいていた。

「猪口才《ちょこざい》な、真中を突き抜いてやろうでや」

信長は先手の槍衆に密集隊形をとらせ、縦長に幾段にも備えさせた。

山口勢は向いの小山で、旗差物、纏《まとい》、吹貫《ふきぬき》を風になびかせている。眼下の幅五町ほどの野原が、合戦の場となるのである。

戦闘のまえは、物音をつつしみ私語を交さないので、馬のいななきだけが耳につく。信長は平手政秀の制止を聞きいれず、先手に立って戦うつもりでいた。

「貝を吹け」

信長が命じ、法螺貝《ほらがい》が将卒の身内をゆるがせ、大、大、大、大と鳴りひびく。太鼓、陣鉦《じんがね》の音がせわしく湧《わ》き、信長勢は密集隊形のまま、野原へ押し出す。信長はためらわず正面から押してゆく。

山口勢も斜面をなだれ落ちるように下って野原に溢《あふ》れる。大将の大馬標《うまじるし》、侍大将の小馬標がゆれうごくあいだを、侍たちの色とりどりの自分差物が埋めつくし、迫ってくる。

信長は伏勢を掛からせる合図を、まだ発しない。彼は正面から山口勢を圧倒し、武威のほどを見せねばならないと、決心していた。

たがいに怨恨《えんこん》をつのらせての戦いは、なみの合戦のような展開をみせなかった。槍衆を率いた信長が、金銀の馬鎧《うまよろい》をつけた乗馬をゆるやかに歩ませてゆくと、敵の寄子どもも、甲冑を陽に輝かせつつ、無言で迫ってくる。

頬当て、猿頬《さるぼお》の、付け髭《ひげ》をたてた怖ろしげな顔が、甲《かぶと》の下でこちらを睨《にら》んでいた。頭上から照りつける陽が甲冑を焼き、信長は鎧下《よろいした》を濡《ぬ》らすほど汗をかいた。

山口勢の先頭に、大将山口九郎二郎の姿はなかったが、信長はひきさがらなかった。

近習たちが主君を護《まも》ろうと馬を進め、前に立とうとするのを、槍先で追いはらいつつ、信長は馬を揺らせてゆく。

いらくさを踏みにじり、小川のささ流れを横切り、しだいに敵に近づいていった。

両軍の陣形は崩れ、横一文字にひろがっている。

山口勢も声もなく近づいてきた。法螺貝、陣太鼓も音をひそめている。もはや勝敗の帰趨《きすう》を考えるよりも、男同士の度胸くらべであった。

信長は気づかぬうちに、歯を剝《む》きだしていた。体内からこみあげる闘争本能が、彼の顔を獲物に襲いかかる獣の表情にひきゆがめた。

――やれるなら、やってみよ。儂《わし》が身に矢が立つものか、やってみよ――

信長は緊張のあまり、喉輪《のどわ》が揺れるほど震えていたが、恐怖を忘れていた。たがいの距離が、五、六間まで近づき、両軍はようやく前進をとめた。

屈強の弓衆たちが、鼠が木をかじるような音をたて、矢をつがえた弓弦《ゆづる》をひきしぼる。槍を抱え、甲をうつむけた侍大将たちが、喉も裂けんばかりの喚声をあげ、馬腹を蹴《け》って敵勢に乱れ入った。

矢が空気をひき裂いて飛ぶ。楯《たて》となった近習たちに取り巻かれた信長の身近で、地ひびきたてて誰かが落馬した。

紺色縅《おどし》の具足で、足軽大将のうち随一の猛者《もさ》、荒川与十郎と知れた。

与十郎は合戦一番の功名をあげようと、三間半柄の槍をしごき駆けだすところを、甲の眉庇《まびさし》の下にふかく矢を射こまれ、声もあげずに落命する。

草原のなかは、一瞬のうちに怒号叫喚の沸きたつ殺戮《さつりく》の場となった。

二番槍、脇槍の功名をあげようと、騎馬武者が一団となって敵中に突っこんでゆく。刀の得手な侍は、刃渡り五尺あまりの野太刀を抜きはらい、槍先を箸《はし》でも折るように斬り払う。

乱戦のなか、信長は長槍をふるい馬を縦横に走らせ、敵を突き崩した。彼に付き添う近習、足軽大将は、槍先をそろえ目先の敵を突きまくり、潰走《かいそう》させる。

信長は敵の槍衆、弓衆に右側から馬を乗りこませて攻めたてた。槍と弓は、左方から攻められればすぐさま反撃できるが、右からの攻めには、敏捷《びんしょう》に応対できなかった。

晴れわたった穹窿《そら》の下で、草原を踏みにじって死にものぐるいの乱戦がつづいていた。

陣笠《じんがさ》を失い、頭髪をぼろ布で縛った山口勢の足軽の群れが、織田の騎馬隊に追いつめられ、見る間に串刺《くしざ》しにされ、地面を血に染めて転がる。

這《は》って逃げようとする者が、馬側の荒子の太刀で頭蓋《ずがい》を打ち割られる。馬腹を長槍で刺され、落馬する甲冑武者に、袖印をひるがえして足軽が躍りかかり、小刀《さすが》をひらめかせとどめを刺そうとする。

横あいからあらわれた騎馬武者が、槍をあやつって、その足軽の脇《わき》をしたたかに刺し、足軽は小刀を手にしたまま、吹きとばされるように、地面に身を叩《たた》きつけられる。

敵をうつ伏せに組み敷き、もとどりをつかみ首を取ろうとする侍の背後から、他の敵が刃こぼれもすさまじい太刀を打ちおろす。功名を目前にした侍の頭が太刀に叩きつぶされ、鳥につつかれた熟柿《じゅくし》のようになる。

彼我いり乱れての戦では、首を取る暇もなかった。胸もやぶれんばかりにあえぐ呼吸、刃を打ちあう鉦《かね》のような音、人体に刃を斬りこむ濡《ぬ》れ蓆《むしろ》を打つのに似たひびき、怒号、泣き声、断末魔の悲鳴、主を失った馬のいななき。

騒音の坩堝《るつぼ》となった戦場に、旗差物、武具、屍体《したい》、おびただしい手指が散乱した。息つく暇もなく全力をふりしぼっての闘いに、疲れはてた両軍は自然に左右にわかれ、槍を伏せて呼吸をいれる。

手足といわず顔といわず、紅壺《べにつぼ》へ漬けたように返り血を浴びた兵たちは、みじかい休息を終えると、また誰からともなく刀槍《とうそう》をつらね、敵勢に襲いかかった。

信長は一度は槍の千段巻から先を折り、替え槍も穂先が曲っていた。彼は幾度激闘を重ねても、麾下《きか》の将卒が寡勢にもかかわらず、敵と互角に渡りあうのに満足した。

一刻（二時間）余の白兵戦のあと、信長は汗と返り血に覆われた顔をあげ、近習に命じた。

「花火じゃ、あげよ」

間をおかず信長勢の背後で、青空に白い尾をひいて流星花火があがった。

信長は高処に退き、草原の西方を眺める。待つ間もなく、彼方《かなた》の林間から甲冑武者が一騎、疾駆して近づいてくる。

彼のうしろに、数十頭の裸馬が従っていた。

信長勢の騎馬武者は、花火を合図に後退していた。

敵は横あいから地を踏みとどろかせてくる馬の群れに気づくと、伏勢《ふせぜい》があらわれたかと浮き足だつ。

「落ちつけ、主《ぬし》のおらぬ野馬じゃ」

山口勢の寄子どもが喚きたて、味方を鎮めようとした。

だが、彼らにとって思いがけない事態がおこった。牝馬《ひんば》の群れが駆けいった戦場では、騎馬武者の乗馬が狂いたった。

「いかさま、牝馬の攻めというのは、かようにまでなるものか。河内守が謀計は、さすがだで」

信長は一時に乱れた山口勢の陣立を眺め、息を呑む。

敵の物頭、寄子をとわず、騎馬の者はのこらず竿立《さおだ》ちになり、躍り狂う乗馬から振り落される。手綱を引き、馬を静めようとする者は、たちまち踏み倒された。草原には黒煙のように土埃が立ち、視界もかすむばかりである。主を振り落し跳ねまわり暴走する馬に、踏み殺されまいと、敵の士卒が必死になだれをうって逃げまわった。

信長勢の騎馬武者は、すべて下馬していたが、味方の陣からも手綱をひきちぎった乗馬が走り出ていった。

うろたえ騒ぐ山口勢に、信長麾下の槍衆が三間半柄の槍先をそろえ、密集隊形で突っこんでゆく。

陽をはじく甲冑の流れが、うねりつつ動いてゆき、山口勢の中央に楔《くさび》のように食いいった。

乱れ立った山口勢の東手、草木の生い茂った古塚の辺りから、天地も崩れるような轟音《ごうおん》が湧きおこった。

山口勢は濃く流れる硝煙のなかにひるがえる卍《まんじ》の旌旗を見て、恐怖の声をあげた。

「川並衆がきたぞ。鉄砲じゃ、鉄砲を撃ってくるでや」

蜂須賀小六の伏勢は、銅製の高麗筒に、千人殺しの小石、バラ弾丸《だま》を詰め、つづけざまに撃ち放す。

鉄砲足軽たちは三人一組で、銃身を掃除し、硝薬弾丸をこめ、つづけざまに射撃する。

山口勢は猛攻を支えきれず、中軍から崩れたち、われがちに逃げはじめた。

信長は追討ちにかかった味方の足を、退き貝を吹かせて停める。山口勢の大半は尾張の武士であった。彼らはいまは敵であっても、いつ信長の麾下に戻ってくるか知れなかった。

合戦は巳《み》の刻（午前十時）より午《うま》の刻（正午）までつづいた。

たがいに死力をつくしての激闘であったが、人数に劣る信長勢は疲労困憊《こんぱい》してしだいに山口勢に圧迫されていた。

信長は伏勢を好機に用いて、一挙に勝敗を決したのである。

みじかい間の遭遇戦であったが、死人、怪我人《けがにん》の数はおびただしかった。山口勢の戦死者は、勇猛をもって鳴る足軽大将の萩原助十郎、中嶋又二郎ら歴々の衆が多かったが、乱戦のため首級《しるし》は敵味方ともに討ち捨てとし、取らなかった。

信長勢の戦死者は三十余人であった。戦闘のあと両軍は、捕虜を交換し、奔逸した軍馬をもたがいに送り返した。

信長は山口父子と応援の駿河勢に、武威を充分に示した。いったん追い退けられた山口勢は再度挑戦の気勢を見せず、粛々と兵を引いて去った。

「こたびはこれにて物わかれだぎゃ。熱田の城は、いましばらくは持たせておいてやろうでや」

信長は敵の槍先にかすられ体の諸所に血をにじませた馬を歩ませ、味方の兵をねぎらってまわった。

全軍の先頭に立ち、みずから槍をふるって戦った信長は、鎧《よろい》の小札板《こざねいた》に敵の刀槍のあとをのこし、草摺《くさず》りを一枚引きちぎられ、鎧下を返り血に黒く染めていた。

彼が命懸けで戦うのは、全軍の進退を指図する大将に、ふさわしくないふるまいであったが、猪武者のそしりを招く突進によって、家来たちのあつい信頼を得た。

二倍の敵と正面から激突して、優勢のうちに事を納めた戦績は、信長の器量を推量して日和見をきめこんでいる、尾張下四郡の土豪たちに、衝撃を与えるに足るものであった。

信長が信秀の相続人にふさわしい、勇猛な武将であると知れば、彼らはみずからの家運を賭《か》けて、信長に忠誠をつくすのである。

信長勢は血に染み、裂けやぶれた旗差物をひるがえし、鉦鼓《しょうこ》をうち鳴らし戦捷《せんしょう》の意気さかんに、那古野城へ帰った。

信長はその日、城中の祝宴で、京都から伝えられたばかりのあたらしい踊り唄《うた》にあわせ、剽《ひょう》げ舞いを舞った。

〽亭主、亭主の留守なれば
隣りあたりを呼びあつめ
人事いうて、大茶呑みての大笑い
意見さ、申そうか

信長はにぎやかな鉦にあわせ、剽軽《ひょうきん》な舞いをつづけながら、まずは目先のひと山を越えた、と思っていた。越えるべき山は、前途に重なりあっていた。

なかぞらに白熱の陽がかかっていた。

生駒屋敷奥庭の離れをとりまく木立で、滝水のたぎり落ちる音のように切れめもなく、蟬が啼《な》きしきっている。梅雨があけたばかりの天文二十一年七月はじめであった。

縁先の手水鉢《ちょうずばち》をかかえるさるすべりの古木が、目に沁《し》みる紅の花をつけている。

信長は離れの寝部屋のほのくらがりのなかで、吉野《きつの》と抱きあい身を横たえていた。天井の組み竿《ざお》から垂らした萌黄《もえぎ》色の蚊帳《かや》のなかから、縁先の眩《まぶ》しい庭面が見える。

「吉野、これ、もっと寄れ」

「あい、かように」

みじかい睦言《むつごと》をきれぎれに交しつつ、信長は吉野の白磁の肌を抱きしめ、火のような官能のありかをまさぐる。

信長には、吉野が逢《あ》うたびに違う女であるかのように思える。吉野は信長のみちびくままに、息もつまるような艶《つや》めかしい姿をあらわす。

彼女は前夫弥平次との縁があさく、娘のように未熟なままで信長の思いものとなった。

信長は朝のあいだ、木曾川で水浴びをした。彼の水浴びは、合戦の稽古《けいこ》である。近習、小姓とともに古脇差《わきざし》をくわえ急流に入り、深みの岩蔭《いわかげ》に身を寄せている鯉、うぐい、大鰻《おおうなぎ》などを突きとる遊びに、信長は時の経つのを忘れた。

体力にすぐれた信長は、頭を烈日に照らされ、全身が火脹《ひぶく》れのように陽灼《ひや》けしても疲労をおぼえない。

彼は二刻半（五時間）ほども水中で泳ぎまわらなければ、遊びをきりあげようとしない。着瘦《きや》せのする五体は、駿馬《しゅんめ》のような筋肉に鎧《よろ》われ、脇腹のあたりはひきしまり、するどい鑿《のみ》をいれたような、かげを刻んでいた。

水浴びのあとの体の火照りが、吉野を求めるまま、信長は入道雲が銀の塔をつみあげている空の下を、馬を疾駆させ生駒屋敷へきた。

陶酔のながい時がすぎ、信長は日向くさい麻蚊帳《あさがや》のにおいを呼吸しつつ、天井を向く。

「大竹をのう、浅井源五郎に所望したところ、昨日五本を持って参った。なお十五、六本はくれるようじゃ」

「それはようござりましたわなも」

吉野は手拭《てぬぐ》いで信長の汗を拭《ふ》いてやりつつ、あいづちをうつ。

浅井源五郎は信秀以来の織田家の被官である。大竹は合戦に際し、城攻めの梯子《はしご》、井楼《せいろう》をこしらえるのに必要なものであった。

信長は間もなくつぎの行動をおこそうとしていた。彼が目指す対象は、清洲城であった。

清洲城には、尾張下四郡守護代織田広信と、武衛様《ぶえいさま》と呼ばれる斯波義統《しばよしむね》がいた。斯波氏は尾張守護で、織田広信の主人であったが、いまでは名目のみで実力をそなえていない。

信長は織田広信と事を構え、彼を倒し清洲城を奪取しようと考えている。まず計略の手はじめとして、生駒八右衛門、森可成、蜂須賀小六らを用い、織田広信に、さまざまの流言を聞かせた。

清洲城下に信長悪謀の噂《うわさ》をひろめるほどのことは、信長腹心の細作《さいさく》たちにとってはたやすい細工である。

信長が清洲城を乗っ取り、下四郡の実権を奪おうと画策しているという噂に、織田広信は驚愕《きょうがく》した。広信の宿老《おとな》坂井大膳《だいぜん》は、主君に進言した。

「信長は、性来悪心つよき者にてござりますれば、いまのうちに成敗いたしおかねばなりませぬ。四月の戦では山口左馬之助の城を取ることも叶《かな》わず、半日ほど槍《やり》をあわせしのみにて軍を引き、いつ鳴海表より駿河衆に攻めこまれるやも知れざる、危うき有様にござりますれば、足元を固めざるいまのうちに、あやつを攻め滅ぼすが上々の策であろうと存じまする」

織田広信は、大膳の意見に心を動かされた。

大膳は那古野城の西南、深田城主織田右衛門尉《うえもんのじょう》を味方にひきいれ、さらに近傍の松葉城に拠《よ》る織田伊賀守をも制圧したうえで、信長討滅の軍をおこそうとたくらんでいた。

信長は広信、大膳らの動きを、細作によって逐一把握していた。彼は譜代衆筆頭平手政秀の長男、五郎右衛門長政の密使が、ひそかに清洲城に出入りしている事実をも、先頃つきとめた。

平手長政は、末盛城主である信長の弟、勘十郎信行に心を寄せていた。長政が清洲と交渉を保っている事実から、信行と坂井大膳が接近していると推測をなしうる。

深田城主織田右衛門尉は信秀の異腹の弟、松葉城主織田伊賀守は信長の甥《おい》にあたる。信長の身辺の血族がこぞって、彼を倒そうとひそかな活動をはじめているようであった。

「お殿さま、なにをお考えなされてござりまするか」

吉野が信長の腕に指をからませる。

「うむ、城取りを考えておるが、だちゃかんのう」

信長は白い歯なみを見せた。

四方をあけはなした生駒屋敷の泉殿表座敷を青東風《あおごち》が吹きぬけていた。

信長は湯帷子《ゆかたびら》の両袖を肩までまくりあげ、上座にあぐらを組んでいた。生駒八右衛門と親戚《しんせき》の前野将右衛門、蜂須賀小六、佐々内蔵助、森可成が信長と向いあっている。

陽灼けた太い二の腕をあらわした信長は、吉野との逢瀬《おうせ》をひとときを過ごしたあと、腹心の彼らと密談を交していた。

信長は平手長政の家来坂戸与右衛門が、その日の朝も那古野城下から清洲城へ、ひそかに向ったと森可成から知らされ、顔つきを険しくひきしめた。

「坂戸と申すのは、儂《わし》が初陣の吉良大浜攻めの際に、無礼を働きおった長政の郎党だがや。与三、そやつは清洲よりいつ戻るのじゃ」

可成は眼をすえ、答えた。

「坂戸は夜の明けぬうちにわが屋敷を立ちいで、陽が暮れてのちに戻りまする」

「ならば今夜のうちに坂戸を引っ捕え、この屋敷へ連れて参れ。長政め、儂が知らぬ顔をしてやるのをよいことに、方図なきふるまいじゃ。この辺りで胆を冷やしてやらずばなるまいぞよ」

「承知いたしてござりまする。されば早速《さそく》に立ちいで、夜分に坂戸を連れ帰ってござりまするに」

可成は信長に平伏したのち立ちあがり、袴《はかま》を鳴らし座敷を出ていった。

「長政めはいまだご糾問されませぬか」

八右衛門の問いに、信長は鷹《たか》のような眼を向ける。

「あやつは、政秀《まさひで》の存命するあいだは、まだ使い道があろう。ひとりで動けるほどの性根はなし、後陣備えに働かせ、使えぬようになったるうえで、成敗いたさばよかろうがや」

「ご明察にござりまする」

八右衛門は、信長が譜代衆の平手長政に警告を与えるため、長政の郎党坂戸与右衛門を殺すのは、時宜を得た判断であると思った。

信長が坂戸を首にして長政のもとへ返せば、長政は生命の危険を感じ遁走《とんそう》するか、萎縮《いしゆく》して暗躍をやめるかの、いずれかである。

長政には父に背き清洲の織田広信に同心するほどの、度胸はないと、八右衛門も見ていた。長政は暗躍を信長に知られたのちは、清洲との交流をやめるであろう。

信長は譜代衆の中核である平手父子の兵、およそ二百を、まだ手放してはならなかった。

信長は森可成が去ったのち、八右衛門たちから諸方の情勢を聴いた。

八右衛門、小六、小六の朋友《ほうゆう》である前野将右衛門は、いずれも細作（間者《かんじや》）を手足に使い、尾張内外の動静について、くわしく探っている。

彼らは座頭《ざとう》（按摩《あんま》）、遊行僧《ゆぎようそう》、猿楽師、鉢叩《はちたた》き、歩き白拍子、歩き巫女《みこ》、鉦叩《かねたた》き、猿飼いなどの、七道の者と呼ばれる大道芸人に、細作の役をさせていた。八右衛門はいう。

「織田広信は、宿老坂井大膳を使い、末盛の林美作《みまさか》兄弟に通じ、お殿様に逆心あいくわだておる様子にござりまする。しかし、ご舎弟勘十郎様には、いまだ何の怪しき御気色《みけしき》もなく、大事には至らぬかと存じまする」

「うむ、勘十郎には儂と一戦交えるだけの了簡は、いまだなし。しかし、先は分らぬ」

今川義元の勢力は、三河から尾張へと次第に侵入し、尾張席捲《せつけん》の布石をおこないつつあった。知多郡一帯はすでに今川方になびいていた。

信長は今川勢の攻撃をうけるまえに、尾張下四郡の統一を果しておかねばならない。そうでなければ、義元の大軍勢が怒濤《どとう》のように侵入してきたとき、万にひとつの勝ちめもないことになる。

――尾張一国のうちでは、主人、家来、兄弟、親戚がたがいに隙《すき》をうかがいあい、相手の領分を掠《かす》めとろうと鵜《う》の目鷹の目じゃ。それを上手に捌《さば》くのさえ大事であるのに、今川がやってくればどうなるかや。今川は三万の同勢じゃ。それに二千や三千、精かぎりの人数を集め五千の味方で当って、どうなる。まず死ぬと決まったも同様じゃ。生きのびられるようなことがあらずか。儂の寿命も、こののち五年とはもつまい――

信長は、わが前途をひとごとのように考える。

いま尾張一国の豪族が協力すれば、今川に対抗し、三河を攻め取ることも可能になるかも知れなかった。

だが、そのような僥倖《ぎょうこう》はのぞめない。信長は胸のうちに氷片のうちあうような、焦燥の感触を覚えると、幸若舞《こうわか》いの敦盛《あつもり》のひとふしを声を出さずにくちずさんだ。

〽人間五十年、下天《げてん》のうちをくらぶれば

夢まぼろしのごとくなり
ひとたび生《しょう》をうけ
滅せぬもののあるべきか

下天とは、仏教の倶舎論《くしゃろん》にいう四王天のことであった。四王天は六欲天の最下層の天であったので、下天と呼ばれる。

人生五十年は、下天では一日一夜にあたるという。

幸若舞いははじめ越前舞いと呼ばれ、京都で流行した。はじめはひとり舞いであったが、桃井幸若丸によって、二人の連れ舞いに仕立てられるようになった。

永享（一四二九〜四一）の頃、朝廷では幸若舞いに乱世の声があり、不吉として禁じたが、まもなく赤松の乱がおこったといわれている。

暗い熱情を抑えつつはじまる舞いの手ぶりと唄声《うたごえ》は、しだいに怪しく動揺し突如奔騰して、観客の魂をゆさぶり戦慄《せんりつ》させ、野性を目覚めさせる力にみちていた。

信長は、彼のうちでせめぎあう生への欲望と、いつ訪れるかも知れない死の不安の重圧を、一気にひとり舞いのうちに吐きだしてゆく。

泉殿の縁先に、吉野がいつのまにか姿をあらわし、正座して信長の端麗な舞い姿に、思慕をつのらせていた。

生駒屋敷に逗留《とうりゅう》する、清洲町人友閑の唄声と打ちならす小鼓の音が涼風の吹きかよう座敷に座しているひとびとの心に、戦の予感をうごめかせる。

――お殿さま、いつまでも息災でいてちょーだいあすわせ――

吉野は胸乳をしめつける、あつい思いにあえいだ。

尾張の野に赫奕《かくえき》と照っていた白熱の陽が、やや赤みをくわえ西の空に傾いた頃、森可成が数騎の家来とともに、生駒屋敷へ戻ってきた。

可成につづく逞《たくま》しい八寸《やき》の馬の鞍上《あんじょう》には、坂戸与右衛門が縛りつけられていた。

猿ぐつわをかまされた坂戸は、後ろ手に括《くく》られたまま、泉殿の庭に突き落される。

「与三、はやばやと引っ捕えて参ったのう」

「さようでござりまする。私が細作どもに知らせに清洲へまぁりまいたるところ、こやつがお天道《てんとう》さまをもはばからず、大手門から出てきぁりまいたで、人気のなき松並木で押え、連れて参ってござりまする」

信長は坂戸に、ひびきのある高い声で呼びかけた。

「坂戸、面《つら》をあげよ」

坂戸は土埃《つちぼこり》に汚れた顔をあげる。頬《ほお》がすりむけ、血がにじんでいた。

「そのほう、清洲の城へなにしにうせたのじゃ」

信長に聞かれ、坂戸は前歯の折れた口から黒い血の塊を地面に吐き、かすれ声で答えた。

「勘十郎さまより、清洲の広信さまへおさしあげの鯉をば、お届けに参ったのでござりまするに」

「ほう、清洲彦五郎（広信）は夏の痩せ鯉を喰《く》らうのか」

信長は天を仰ぎ、高笑いをひびかせた。

西陽を背にした信長のかげりを帯びた顔に、坂戸はうずまく殺気のなまぐさい気配を感じとり、絶望に視野がかすんだ。

「とろくさあことを、吐《ぬ》かす奴《やつ》だぎゃ」

信長は坂戸を睨《ね》めすえた。

「そのほう近頃しきりに清洲へ参るとな。平手の郎党が、いつのまにやら勘十郎が近習に主替えしおったか。これより、詮議《せんぎ》してつかわすほどに、こなたへ寄れ」

戦場往来をかさねた猛者《もさ》の坂戸が、立ちあがるとき足をすべらせ、よろめく。

「こやつが、膝を震わせてか。それでも侍か、見下げはてし不覚悟だわ」

信長に罵《ののし》られ、坂戸は蒼白《そうはく》の顔をふりむけ、土埃をあげ四股《しこ》を踏んだ。

「はばかりながら坂戸与右衛門、死ぬときまったからには震えませぬぞ。それがしが寄親《よりおや》平手長政へのご疑念あると、案じこそすれ、わが身命を惜しむ気はさらにござりませぬ」

信長が顔にまつわりつく藪蚊《やぶか》を払いもせず、坂戸に応じた。

「ならばこなたへ夙《と》く寄れ」

坂戸は草鞋《わらじ》をふみしめ、信長のほうへ歩み寄る。

信長は腰の九字《くじ》兼定に手をかけていないが、いつ抜きうちに斬られるかと、坂戸は柄頭から眼をはなさない。

坂戸は信長の五間ほど手前で立ちどまる。

「もっと寄れ、ゆるりと詮議いたしてやろうず」

坂戸は足をふみだす。

彼の背後に、刀を腰に差した富樫惣兵衛がはだしであらわれ、音もなく近づいてゆく。

「いま一間ほど寄れ、よかろう、その石に腰をおろせ」

坂戸が信長にいわれるまま、庭石に腰かけようとしたとき、富樫が大きく右足をまえに踏みだしつつ、刀を抜きつけ、横一文字に振った。

抜きうちは抜きながらの唐竹割《からたけわ》り、抜きつけは左から右への横薙《よこな》ぎである。

濡《ぬ》れ蓆《むしろ》を打つ音が走り、富樫は刀の物打ちどころで手応えもなく坂戸の首を両断した。

信長は黒い棒のように伸びてきた血を避け、身をそらすが、帷子の胸から片袖へしたたかに浴びた。

坂戸の首は切りくちが縮むいきおいで、信長の顔のそばを弾丸のように飛び、三間あまり先の地面に激突した。剝《む》きだした坂戸の眼が幾度もまたたき、口が開閉し地面を嚙《か》んだ。

地面を嚙む首は、祟《たた》りがあるといわれている。富樫はゆっくりとけいれんしている坂戸の草鞋をはずし、両足のうらへ十文字に斬りつけ、祟り封じをした。

七月七日の七夕まつりには、手芸に巧みになることを祈る子供たちの、牽牛《けんぎゆう》織女《しよくじよ》への手向《たむ》けがおこなわれる。色とりどりの短冊を吊《つる》した笹竹が、那古野の町家の軒につらなった。

祖先の精霊をむかえる月なかばの盂蘭盆《うらぼん》には、寺社町堂がにぎわう。さきのしなう竹竿《たけざお》に、人魂を象《かたど》った灯呂《とうろ》を吊す盆灯呂、大灯呂の赤い火明りが、熱気のこもる闇《やみ》のなかに、金の瓔珞《ようらく》をつらねたようにかがやきあった。

信長は戦支度をひそかにととのえ、清洲勢の仕懸けてくるのを待っていた。

「いまは銭惜しみをいたす時ではござりませぬ。お殿さまのご運がひらけるか否かの、きわどき瀬戸際でござりまするほどに、私は金銀のすべてをはたいても、ご合《こう》力《りよく》をいたしまする」

生駒八右衛門は、軍資金兵粮《ひょうろう》を惜しみなく差しだす。

蜂須賀小六も、前野将右衛門と協同し、七人の頭衆《かしら》を督励して、馬匹《ばひつ》、鉄砲の買いあつめに奔走した。

信長はふだんとかわりなく、陽のあがるまえの涼しいうちに、二の丸際の馬場で弓衆、槍衆、鉄砲衆の調練を指図したあと、庄内川まで馬を走らせ、水浴びをする。

戻ってくると、主殿《とのも》の書院にこもって祐筆の記した書状、判物《はんもつ》（証文）に眼を通し花押《かきはん》をする。

「虚空蔵坊今式寺領ならびに先達の事か。この判物は何だでや」

祐筆は信長の硯《すずり》の墨を磨《す》りつつ、答える。

「これは津島神社の虚空蔵坊に、師匠より譲りうけたる坊領と、五ヵ村の白山先達職を、お殿さまがご安堵《あんど》（保証）なされまする判物で、ござりまするわなも」

「であるか」

信長はうなずき、筆に墨をふくませ、判物に記されたわが名の下に、花押を記す。

「つぎはこれにお花押を、お願い申しあげまする。浅井源五郎殿へのお礼状にてござりまするに」

「うむ、大竹二十本の礼状か」

信長はうつむき、近頃鼻下にのばしはじめた口髭《くちひげ》を撫《な》でつつ、文面を読み下した。

近頃、領地内の土豪、神官、僧侶に与える判物が増えてきていた。戦費を彼らから集める見返りとして、権利の保証、商業特権の許可を与えねばならない。

信長は莫大《ばくだい》な軍資金を惜しげもなく費消して、長槍、鉄砲を大量に買いととのえていた。

信長は清洲の坂井大膳がいつ攻めかけてきても応戦できる態勢でいた。彼は武勇抜群の叔父《おじ》、守山城主織田信光を味方にひきいれている。信光は精兵四百を擁していた。

坂井大膳の率いる清洲衆と、信長勢との戦端は、天文二十一年八月十六日辰《たつ》の刻（午前八時）にひらかれた。

清洲城の小守護代をつとめる宿老《おとな》、坂井大膳は、重臣坂井甚介、河尻左馬丞《かわじりさまのじょう》、織田三位らと協力し、前の日のうちに松葉城へ兵を急遽《きゅうきょ》すすめ、弱年の城主織田伊賀守を人質にとっていた。

深田城主の織田右衛門尉は、かねて坂井と意を通じており、清洲衆と同調して兵をおこした。清洲衆は総勢二千余が、その日清洲から三十町ほど南へ下った萱津《かやつ》に進出した。

萱津は那古野城からも一里余の近傍にある。信長勢、信光勢は十六日払暁に行動をおこした。総数千五百、庄内川を渡って一手に集結し、萱津に迫った。

那古野を進発したのち、伏勢を掃蕩《そうとう》しつつゆるやかに前進したので、思いのほかに時が経っていた。

戦場に達すると佐々内蔵助、同孫助、丹羽源六、小坂源九郎ら柏井衆が、信長勢の先鋒《せんぽう》となって敵陣に殺到した。

秋の虫がすだく薄《すすき》野原での合戦は、双方が一歩もひかず、息つく暇もない激闘がはじまった。

敵味方三千ちかい人数が、地を踏みとどろかせ、いり乱れて殺しあう。

「えい、えいえい」

密集した長槍の部隊が先頭に立ち、押し寄せてゆくと、弓、鉄砲は沈黙し、白兵戦がはじまる。

一番槍、二番槍につづいて、敵味方がいっせいに槍を突っこむ。双方血みどろになって突きあい、はねあげる槍先で、具足がちぎれ飛ぶ。

槍衆は眼がうわずり、口から泡を吹きつつ、攻め太鼓にあわせ、死力を尽くしてわがまえに立ちふさがる敵の群れに、突き勝とうとする。

「かかれ、かかれ」

信長の甲高い大音声が、ひびきわたった。

彼は本陣におさまってはおれず、馬腹を蹴《け》って先手の兵をかきわけ、まえへ出た。

近習たちが、信長を追い前進してくる。彼我いり乱れての乱闘が、先手ではじまった。兵たちは長槍を捨て、太刀を抜く。

自分差物、袖印《そでじるし》をひるがえし、侍、雑兵が白刃をうちあわせる。戦場には、折れた槍、薙刀《なぎなた》、鉄砲袋、鞍覆《くらおお》い、鐙《あぶみ》、馬柄杓《まびしやく》などが、足の踏み場もないほどに散乱し、割れた西瓜《すいか》のように疵口《きずぐち》のひらいた首を腰につけた侍が、刀をかつぎ次の敵を求め鬼のような形相で走った。

向う鉢巻に腹巻、臑当《すねあ》てをつけ、大脇差を腰に差した荒子《あらしこ》が、攻め太鼓を背に担ぎ、泥人形のように土埃にまみれた顔を振って、矢玉のなかを前へ走った。

桴《ばち》を持った足軽が、あとについて太鼓を破れよとばかり打ち鳴らす。

旗差物、馬標《うまじるし》持ちは、旗を巻いて背に担ぎ、ひとところに集まり槍をつらね、肉迫してくる敵を懸命に追い退ける。

先鋒の佐々内蔵助ら柏井衆と信光勢が、敵の主力に分断され、土煙のなかで四分五裂の有様となった。

敵の侍、足軽が長巻、刀をふるい、信長勢の一の先、二の先の陣を破り、前備えになだれこんできた。

前備えの足軽勢が、三間半柄の長槍を上下に打ち振り、敵の甲冑《かつちゆう》を殴りつけ、転倒させる。

直進を阻まれた敵の群れは、右手に向きを変え、筒先も焼けよと鉄砲を撃ちかけている川並衆に襲いかかった。

卍《まんじ》の旌旗の下、三列に布陣していた鉄砲勢は浮き足立つ。小六は配下の足軽たちに、声をふりしぼって下知した。

「梻杖《かるか》を背負い、太刀を抜け」

小者が足軽から鉄砲を受け取り、後方へ退く。

梻杖を曲げないよう背につけた川並衆は、刀を抜きはなち、地を踏みとどろかせてくる敵を迎え討った。

小六はわが声と思えないような、天地を震わす喚声をはりあげ、くらくかげった視野のなかを、牡牛《おうし》のように突きすすんできた敵をめがけ、太刀を振りおろした。

力まかせの太刀先が空を斬って地面にくいいり、しまったと立ち直ろうとするところを、冑のうえから長巻のようなもので、力まかせに殴りつけられた。立ちすくむ一瞬に体当りをくわされて、不覚にもあおむけに転倒する。

はね起きようとすると、蹴飛ばされ背にまたがられた。敵の左手が小六の喉《のど》にかかり、万力《まんりき》のように締めつけつつ首を持ちあげようとした。

このまま直垂《ひたたれ》を絞りあげられ動きを封じられたなら、首を掻《か》かれるばかりであると、小六は死力をつくしてもがき、敵の草摺《くさず》りをつかみ、身をよじってあおむいた。

敵はなおも左手で小六の喉輪をつかみ、右手で脇差《わきざし》を抜こうとするが、帯が緩んでいて鞘《さや》がともに抜けてくる。小刀《さすが》は持っていないようであった。

いまだ、と小六は前帯をまさぐり小刀を抜き、敵の股座《またぐら》へ力まかせに突きこみ、えぐりたてた。

辰《たつ》の刻（午前八時）に戦端がひらかれてのち、申《さる》の刻（午後四時）まで、鎬《しのぎ》を削りあう白兵戦がつづき、両軍は一進一退をつづけた。

「雑兵葉武者《ぞうひようはむしや》にかまうな。名のある者を討ちとれ」

馬上で血わたに汚れた槍をふるい、信長はくりかえし叫びたてる。

彼に従う旗本両脇備えの精鋭は、弓、鉄砲を足軽に放たせ、敵勢のただなかへ馬を乗りいれ、密集隊形を崩さないまま、敵の侍大将のひるがえす手長旌《てながばた》を目あてに、襲いかかる。

武勇を誇る馬廻り衆が敵を蹂躪《じゆうりん》するのを見た、織田信光の近習勢もふるいたった。信光の小姓赤瀬清六は、合戦数度の場数を踏み、功名かくれもない勇者であったが、僅《わず》かな味方とともに敵の本陣めがけ、突入した。

「御大将に見参」

赤瀬は敵の大将坂井大膳に肉迫し、大膳の弟甚介と渡りあう。

古つわものの甚介は、刃渡り五尺にあまる大野太刀をふるい、長巻をふるう赤瀬と互角に斬りあった。

赤瀬はしだいに甚介を斬りたてたが、木の根に足なか草鞋《わらじ》の紐《ひも》をひっかけ、よろめくところを佩楯《はいだて》もろともに太股《ふともも》を深く斬られ倒れた。

甚介の中間《ちゅうげん》が、倒れた赤瀬の腹へ槍を突き刺し、赤瀬は槍の柄を長巻で斬り折ったまま、絶命した。

だが、赤瀬のあとにつづく信長の旗本勢が、死闘に疲れはてた甚介をたちまち討ちとる。

旗本勢の迅速な動きは、平素の合戦稽古《げいこ》の成果であった。彼らは清洲衆の侍大将を、押し包んでは馬からひきずり落し、首級《しるし》をあげた。

萱津の戦場で討死にした敵勢は、坂井甚介をはじめ、坂井彦右衛門、黒部源助、野村与市右衛門、海老半兵衛ら、歴々の衆五十余騎に及んだ。

陽が西空に傾くまでに、敗色歴然となった清洲衆は二十町を後退し、外曲輪《そとくるわ》を棄て、真嶋の大州崎という要害で踏みとどまろうとしたが、弓、鉄砲の猛攻を支えきれず、本城へ逃げこんだ。

深田城は松葉城とちがい、草原のただなかにある砦《とりで》であったため、城方は城外三十町まで出張って陣を張っていたが、信長勢は苦もなく彼らを追い崩す。そこでも城方屈強の侍三十余騎が討死にした。

織田右衛門尉、織田伊賀守は、松葉、深田の両城を棄て、清洲城へ退いた。

戦勝にいきおいを得た信長は、清洲城下まで攻め寄せ、兵に命じ田畠薙《でんぱくな》ぎをおこなわせた。

田畠薙ぎとは、田畠の作物を刈り取ることである。旧暦八月中旬の田畠には、水稲をはじめ豊富な農作物が熟しはじめている。

信長が田畠薙ぎを終え、清洲城を包囲しているとき、城内から簗田《やなだ》弥次右衛門という武士が忍び出てきた。

簗田は清洲城の斯波義統の家来で、小者一人を召し使っているだけの、小身者であった。彼は信長に目通りを請うた。

「そのほう武衛《ぶえい》さまの寄子か。いかなる用向きで参ったか」

簗田は鬢髪《びんぱつ》にしらがのまじった、不惑に近い年頃にみえる侍であった。

色白で眼鼻だちがととのい、骨格たくましく人眼に立つ武者振りである。

「されば清洲城中に武衛さまを押したつる、われら家来の計《はかりごと》がござりますれば、お耳にお入れいたしたきものと、ひそかに城を出で参上《い》いたしてござりまする」

「うむ、いかなる計でや。申してみよ」

信長は簗田の才気ばしった顔を見すえる。

「私は清洲の侍にて那古野弥五郎と申す者と、年来ふかく若衆かたの知音《ちいん》して親しみおりますれば、この弥五郎にすすめ清洲城主織田彦五郎に背かせ、城中をふたつに引き割らせまする。弥五郎のほかにも武衛さまはじめ、彦五郎が宿老《おとな》どもを味方にひきいれ、謀叛《むほん》の計はもはや成ってござりまするに、このうえは信長さまには寄せ手のご人数繰りだすべく、ご下知願わしゅう、お頼み申しあぐる次第にござりまする」

那古野弥五郎とは、いま織田広信の被官であるが、もとは斯波義統の家来であった。

年頃は十五、六、美少年で聞えており、家来三百人を率いる有力な豪族であった。弥五郎の父も同名であったが、武勇の誉れがたかく、天文十一年（一五四二）八月三河小豆《あずき》坂での今川義元勢との合戦で、功名をあげ討死にした。

「那古野弥五郎の同勢なら、働きはあろうがのん」

信長は気をひかれた。

簗田という小身の侍は、弥五郎と男色の間柄にあるという。この男のいうように動いてみてもよいと、信長は思った。

信長は簗田のすすめるままに、清洲の町を焼き払った。人口数万といわれた尾張最大の町並みは、夜空に火柱をあげ、燃えさかった。

家を焼かれた町人百姓の嘆きを哀れとは思うが、清洲衆の戦力を殺《そ》ぐためにはやむをえない。

簗田弥次右衛門と那古野弥五郎は、協力して城を攻めた。弥五郎は広信の味方をよそおい、三百の手兵とともに清洲城に入り、城内を撹乱《かくらん》する計略をたてていたが、城方の警戒は厳重で、入城は許されなかった。

清洲城内の武衛公が、城を乗っ取るたくらみをしているという噂が、城方にひろまったため、用心堅固でつけいる隙もなかったのである。

信長は数日の城攻めののち、包囲を解いた。

「お殿さまには、なにゆえ兵をお引きになられまするのじゃ。いまひと押しいたさば、城は落ちまするものを。やっとかめにて清洲まで追いつめたる彦五郎の首級《しるし》を見ずに、引きあぐるは無念と存じまするに」

荒武者の柴田権六が髯面《ひげづら》をゆがめ、力攻めを主張したが、信長は許さなかった。

「権六、短慮を申すでないぞ。城をば力ずくの我責《がぜ》めにいたさば、手負い死人を数知れず出さねばならぬ。この先、合戦の数をどれほど重ぬるか、分らぬときに、急ぐは拙策だわ。清洲衆は今日の戦で宿老、物頭のおおかたを失うた。放っておかば次第弱りになろう。つぎの潮時をゆるりと待つが上策というものだで」

信長は、傷ついた獲物の息の根をとめようと、焦らなかった。

迅速な戦闘行動を果敢に展開する信長であったが、意外なほどに慎重な反面をそなえていた。

彼は傍にひかえる平手政秀に、話しかける。

「儂《わし》はいらぬことには、手を出さぬのだわ。戦に強しと余人に見せつけ、人気を煽《あお》って、軍勢をふやさねばならぬこともなし。すべて急《せ》くことはないのだで」

政秀は甲の錣《しころ》をふるわせ、平伏する。

「仰せの通りにて、ござります」

彼は長男長政の郎党、坂戸与右衛門が信長の成敗を受けてのち、憂悶《ゆうもん》の皺《しわ》を顔にきざみつけていた。

長政は信長の父信秀の乳兄弟であるのをかさに着て、信長に楯つくふるまいが多く、末盛城の勘十郎信行に心を寄せている。長政は信長の使う諜者《ちょうじゃ》の組織の恐ろしい力を、知らなかった。

清洲衆との一戦に大勝して、信長の威勢はにわかにつよまった。

戦巧者《いくさこうしゃ》の清洲小守護代、坂井大膳の挑発に正面から応じ、松葉、深田両城を抜き、清洲城をはだか城としてしまった信長勢の戦力は、尾張の諸豪族に衝撃を与えた。

五穀のみのりゆたかな地元に割拠する土豪たちは、永年にわたり富を蓄え、兵を養い、強力な庇護者《ひごしゃ》をつねに求めている。

彼らに養われる寄子の侍たちは、主人のもとめに応じいつ戦場へ出なければならないか分らない、不安な生活を強いられているので、酒と博打におぼれる刹那の楽しみを追う。だが、内心では彼らも将来の安定を望んでいる。

尾張の広大な沃野《よくや》の諸所で、土豪主従は信長の評判を語りあう。

「のう、那古野の信長というがんさいは、うつけじゃというていやったが、なかなかの武辺だぎゃ。さすがに戦奉行の家筋に生れただけあって、こたびの戦じゃ清洲衆が総出で仕懸けたに、とちめんぼかわく（あわてふためく）目に逢わされたようなのう」

がんさいとは、悪童の首領という意味である。

「そうきょん、旦那《だんな》もそう思いなさるか。どうやらうつけ殿は、このうち尾張随一の弓取りとなられるでや。旦那もいまのうちに家来についたほうが、よかろうがなも」

利益に敏感な土豪らは、急速に信長になびく動きをあらわしてきた。

清洲、岩倉、犬山など、尾張国内の強大な勢力に属する被官のうちからも、ひそかに信長に通じる者がふえてきた。

信長は父信秀の死後、家中が不統一となった責任を親戚《しんせき》、譜代衆から問われていたが、彼らの評価も微妙に変ってきた。

那古野に近い中村三郷を知行する、織田秀敏は、信長の祖父信定の弟で、愚痴の多い人物であったが、その年の十月になって、わが領地の安堵状《あんどじよう》を信長にもとめてきた。

下四郡守護代織田広信の運命を、破滅寸前にまで追いこんでいる信長の行動力に、信を置いたためである。

信長は清洲城を近い将来に陥落させるつもりでいた。織田広信を倒せば、下四郡の支配権は名実ともに信長の手に入る。

——あわてることはないのだで。潮時を待つだけだわ。それまで地固めすることじゃ——

彼は譜代衆のうちにひそむ、異分子を取りのぞこうと考えていた。平手長政を誅《ちゆう》するのである。

信長にとって、宿老平手政秀は父信秀にひとしい、身近な存在であった。血のつながりはなくとも、襁褓《むつき》のうちから育てられた長年月の記憶が、信長の心にからみついている。

信秀亡きあと、政秀はあやうい立場にいる信長をかばい、もりたててきた。彼は、文雅の道に長《た》け、諸事都ぶりを尊ぶが武勇の誉れもたかく、分裂の動きを再三あらわした信長家臣団の統率に、力を尽くしてきた。

信長は政秀の力倆《りきりよう》をたかく評価していた。家臣のうち、信長直属の親衛隊は御馬廻り、御小姓衆、御弓衆、御鉄砲衆の約八百人のみである。

親衛隊をのぞく家臣団は地侍である。信秀在世の頃より、その数は二千から三千人に達していて、平手ほかの四人の宿老が統率していた。

とかく向背の多い地侍の寄親《よりおや》として、彼らの団結を崩させないために、宿老の政治力が必要であった。

信長のもとで、政秀とならぶ権勢を保っている林新五郎通勝は、信を置きがたい人物であった。彼は信長を嫌い、末盛城の勘十郎信行をもりたてようと、機をうかがっている。

政秀は林をおさえ、家中を統一する重要な役割を果していた。

信長は政秀の働きに免じて、彼の長男長政の暗躍を咎《とが》めだてすまいとしてきた。

信長は、自分に反抗する者のひそかな動きを、すべて把握している。

林新五郎は、長政とともに信長家臣団の侍大将である柴田権六をも、わが腹心にひきこもうとしていた。

そのうえ、織田信光にも、信長と離反させようと、働きかけている。信光の率いる守山衆は、松葉城攻めで甚大な被害をこうむった。信光は損害にくらべ恩賞が僅《きん》少《しょう》であると、不満を抱いていた。

平手長政は、亡き信秀とおないどしというのに、年甲斐《としがい》もなく林に躍らされ、信長に反抗の姿勢を崩さない。松葉、深田の戦いののち間もなく、長政は信長が許せないふるまいを、あえてした。

晴れわたった初秋の朝であった。那古野城の二の丸馬場で馬を責めていた信長は、本丸曲輪《くるわ》のほうから、馬取りの小者が曳《ひ》き綱を持って、ゆるやかに肥馬《ひば》を歩ませてくるのを見た。

信長は思わず見とれた。すこやかに四肢ののびた、見とれるほどに形のよい、大柄な白馬であった。

馬術にことのほかすぐれている信長は、馬の姿勢、色艶《いろつや》を一見しただけで、駿馬《しゅんめ》か否かを見分けることができる。

駿馬は体格、素質に恵まれているうえに、主人に毎日乗りまわされ、脚力を養っていなければならない。

素質のよい馬でも、主人が日頃責めたて鍛えていなければ、いたずらに肥えふとり、合戦に際し山坂を疾駆すれば、もろくも乗り潰《つぶ》され泡をふき死ぬ。

信長は馬場にあらわれた白馬が、鍛えぬかれた名馬で、南蛮の血がまじっていると見た。

「その白は誰の馬ぞ」

信長に聞かれ、馬取りの小者は地にひざまずいた。

「平手五郎右衛門が持ち馬にござあーいまするに」

信長は聞いたとたん、白馬に歩み寄っていた。

「長政には過ぎたる馬じゃ。せっかくの逸物《いちもつ》を、あやつならば飼い潰しにいたそういら」

彼はいいつつ、鞍《くら》をかけたままの馬にかろやかにまたがり、平頸《ひらくび》をしずかにたたき、跑足《だくあし》でしばらく歩ませ、輪乗りをかけた。
五、六度馬場のうちをまわったのち、彼は近習に命じた。
「長政を呼べ、二の丸の公事《くじ》の間あたりにおるいら」

近習が二の丸へ走り、まもなく肩衣小袴《かたぎぬこばかま》の長政が馬場へあらわれた。

大兵《だいひょう》の長政は、よく通る声音で信長に呼びかけた。

「三郎さま、御用にござりまするか」

長政は信長をお殿さまとは呼ばなかった。

彼にとって信長は、性の悪い小冠者《こかじゃ》にすぎず、主君としての器量など認めてはいない。

長政は信長がわが持ち馬に乗っているのを見て、顔つきを変えた。

「この馬は、そのほうのものか」

「さようでござりまする。大白《おおしろ》と申し、先月津島の馬市にて求めしものにござりまするに」

「薩摩《さつま》渡りであろう」

「いかにも」

薩摩にはアラブ種の馬匹《ばひつ》が、天竺《てんじく》からもたらされて久しい。

天竺種の馬は、日本の地馬とちがい体格、脚力ともに強大であった。

信長は長政に告げた。

「この馬は向後《こうご》、儂《わし》が乗るでのん。さよう心得よ。そのほうごとき馬術未熟の者が持たば、乗り潰すぎゃん」

長政は顔に朱をそそぎ、喚《わめ》きたてるようにいいかえした。

「おそれながら、さようなる仰せには従えませぬ」

「なにゆえじゃ、主人によき馬を献上いたすのが不足であるか。無礼千万なる口のききようだで」

長政は信長の刃物のような眼差《まなざ》しを浴びても、ひるまなかった。

彼は郎党坂戸与右衛門を、理由もしかと明かさず、手打ちにされたのを恨んでいた。坂戸が首になって帰ってきたとき、長政は父政秀さえ承知すれば、弟二人とともに清洲の坂井大膳のもとへ奔《はし》っていた。

「三郎さま、五郎右衛門は武者でござりまするに、持ち馬は大事にいたさねばなりませぬ。平《ひら》に御免下されませ」

信長は無言で馬を下りた。

彼は近習、御馬廻《おうままわ》りの侍たちのまえで、長政に恥をかかされたのである。

長政のいうところは、道をはずれてはおらず、馬を献上しなかったからといって、信長は彼を罰することはできない。

しかし自分の要求を長政に拒まれた事実は、信長の心に傷となって残った。主君としての威信にかかわるのである。

長政は日頃、主君に対し背信の所業をくりかえしていた。彼のひそかな行動は、細作によって逐一、信長のもとに知らされている。

「あやつは、どうせやらねばならぬのだわ。見逃しておかば、ほかにも謀叛《むほん》をたくらむ奴、二股膏薬《ふたまたこうやく》をきめこむ奴が出てきおるだぎゃ」

信長は森可成を呼び、命じた。

「そのほう、五郎右衛門が屋敷に忍びいり、動静を探って参れ。怪しきことあらば、ただちに注進いたせ」

「かしこまってござりまする」

可成はすでに幾度か平手長政の屋敷に忍びいり、彼の言動を探っていた。

信長は長政の死命を制するような、重大な事実をつかんでくるよう、望んでいる。長政を叛逆《はんぎゃく》の罪によって処断するに足る秘密を、可成はつきとめねばならなかった。

彼はその夜、わが屋敷で黒地刺子《さしこ》筒袖上衣《つつそでうわぎ》に踏んごみ山袴《やまばかま》をつけ、真綿底の足袋をはき、すおう色の頭巾《ずきん》をかぶり、腰に一尺五寸の中脇差を差す。闇《やみ》にまぎれ戸外へ忍び出たのは、亥《い》の刻（午後十時）を過ぎた深夜であった。

平手長政の屋敷は、那古野城大手門外の外曲輪《そとくるわ》にあり、父政秀の屋敷と隣りあっていた。一帯には重臣の屋敷が築地《ついじ》をつらね、陽が暮れると住民の往来もない。

森可成は道の片脇を築地に沿い歩いた。長政の屋敷の勝手は、あらかじめ調べている。可成は美濃の斎藤道三、駿府《すんぷ》の今川義元の寝所にさえ、忍びいったことのある男であった。

彼は屋敷の裏手にまわり、辺りの気配をうかがったのち、築地にとびあがり、内側へ音もなく下りた。

しばらくしゃがんでいるうちに、待っていたものがきた。闇のなかに嵐《あらし》のような鼻息がきこえ、唸《うな》り声がした。

放し飼いされている、仔牛《こうし》のような猪犬であった。可成はしずかに息討ち筒を口にくわえる。猪犬は唸りつつ近づいてきた。一間ほど離れたところで、飛びかかろうと身構えたのを見すまし、可成は長さ五寸、径一寸ほどの筒を吹いた。

筒口には細い銅管がはめこまれていて、吹きぐちからつよく吹けば、唐辛子の汁で煮つめ煎《い》り乾かした金剛砂が、まっすぐ三間ほど飛ぶ。

猪犬はたちまち悲鳴をあげ、逃げ去った。嗅覚《きゆうかく》の鋭敏な鼻孔に砂がはりついたから、たまらない。

犬を追いはらえば、あとは無人の野をゆくようなものである。可成は主殿《とのも》に忍び寄り、客人のつから上《かみ》の雪隠《せっちん》の汲《く》みとりぐちからなかにはいる。

忍者は肩の関節を自由に外せるので、思いがけない狭い孔から出入りできる。可成は廊下を滑るように歩いた。

長政の居室の手前、小座敷をひとつはさんで宿直部屋《とのい》である。そこからは灯台の明りが洩《も》れていて、屈強な侍が七、八人で博打《ばくち》をしていた。

可成がそのまえを通りすぎても、誰も気づかない。可成は小座敷の敷居に腰の水筒の水をこぼし、襖《ふすま》を音もなくあけなかにはいり、閉める。

彼は柱を伝い長押《なげし》に足をかけ、長政の居間との境の、欄間《らんま》にとりつき、透かし彫りの隙間からのぞきこむ。長政は眼の下にいた。

彼は小袖の二枚重ねで、布団にもたれ、高坏《たかつき》に盛った菓子を食べつつ、絵草紙を見ていた。そばに長政とおなじく小袖二枚重ねの女が侍《はべ》っている。

文雅の道に長《た》けた政秀の息子ともなれば、かように柔弱な暮らしをしているのかと、可成は長政の色白な横顔を眺めおろす。

長政は日頃、侍大将らしくもなく剣槍弓馬の技を磨こうとはせず、わが身を鍛えていないが、天性の器用で戦場での働きは人なみであった。

忍者にとって、夜更かしをする屋敷ほど仕事をしやすいものはない。寝込んでのち明けがたまで、家人が熟睡するからである。

こやつはいつ眠るのであろうかと、可成は考えているうち、長政の見入っているのが絵草紙ではなく、城郭の絵図であるのに気づいた。

視力の鍛練を積んだ可成が眼をこらすと、どうやらそれは那古野城の図のようであった。

——長政め、やはり何事かたくらんでおるのだわ——

可成は長政が寝たのち、居間の棚に置かれている手文庫、その下にあるにちがいない隠し戸棚を探るつもりでいた。

長政は一言も語らず、側女《そばめ》は居睡《いねむ》りをしている。しばらく待つよりほかはないと思ったとき、遠侍《とおざむらい》の辺りで人声がおこった。

やがて足音が主殿のほうへ近づいてくる。長政が顔をあげた。廊下にひざまずいた宿直侍が、襖越しに声をかけた。

「旦那《だんな》さま、大旦那がおいでなされたでなも」

「なに、父上がおわせられたと。お通しいたせ」

側女が立ちあがり、寝所のほうへ布団、高坏などを運んでいった。

居室にひとり残った長政は、円座にすわりなおした。まもなくせわしい足音がして、政秀がきた。

白髪頭に烏帽子《えぼし》をつけた政秀は、座敷に入り長政と向いあった。

「父上、夜中《やちゅう》に何事でござりまするか。御用ならば私が伺いまするに。何ぞ火急の御用向きで」

政秀は眉間《みけん》に縦皺《たてじわ》を寄せ、苦りきっていた。

「宵のうちにくりゃ、近所の眼がうるさいのだわ」

「父上が息子のところへ来やあすのに、遠慮がいるものでござりまするかなも」

「お前がようなうつけ息子ならば、親父は気をつかうわえ」

おもしろい風向きになってきたと、可成は耳を澄ませた。

政秀は辺りを見まわした。

「隣り座敷には、誰もおらぬか」

「おりませぬ」

長政はいいつつ座を立ち、さかいの襖をあけた。

可成は欄間にとりついたまま、息をひそめ、眼をそらす。長政に眼を向ければ、微妙に視線を感じとられるおそれがある。

長政はくらい小座敷のうちを眺め渡したのち、襖をしめる。

「長政、こなたへ寄れ」

灯台の炎に片頬《ほお》を照らされた政秀が、膝《ひざ》もとに長政を招き寄せる。

政秀は低い声音で、長政をなじった。

「お前は今朝がたに、お馬場で信長さまに大白《おおしろ》を所望され、進上いたさなんだとか。城中もっぱらの評判じゃと聞きしが、まことか」

長政は力のこもった声音で答えた。

「いかにも、ご免こうむってござりまするに」

政秀はおしかぶせるようにいう。

「なにゆえ差しあげ参らせぬ」

「私は武者でござりますれば、馬は戦道具なれば、たとえ主人にでも渡せぬ道理でござりまするわなも。主人のために働くには、良馬を養うておかねばなりませぬのだわ」

政秀は眼をいからせ、長政を睨《にら》んだ。

「さような分りきったる理屈は、方便というものだぎゃ。お前は大白を惜しんだのであろうが。主人の欲するものを差しあぐるが臣の道じゃ。ご免こうむるがようなふるまいをいたす者が、あらずか。お前は、信長さまのご威勢にさかろうたのだで。信長さまは、われに異をとなうる者あらば、容赦なく退治いたさるる、怖ろしきお人柄じゃ。お前も譜代衆寄親《よりおや》として信長さまに仕える身なれば、明朝にもさっそくお城に出向き、お詫《わ》び申しあげ大白を進上いたして参れ。承知いたしたのん」

長政はうつむき、黙りこんでいた。

政秀は白髪頭をふるわせ、いい聞かす。

「信長さまは身上《しんじょう》さだまらず、無頼をよそおうておられしが、いまは父君にも肩をならべるほどの、たのもしき武辺者《ぶへんもの》とあい分った。このさきいったん陣触れあらば、下の郡《こおり》一円の地侍衆が、こぞって旗本へ参集いたすは必定だわ。まず三千四、五百はお味方となろうず。近頃信長さまには、五体陽気あがり、朝日の昇るごときお勢いだで。逆心を抱かば身の破滅じゃ」

政秀は嫡男の了簡《りょうけん》ちがいをためなおそうと、懸命であった。

しばらくの沈黙を置き、長政は口をひらいた。

「父上の仰せながら、私は大白を三郎さまに進上いたしませぬ。父上は武辺をご賞揚なさるるが、私には三郎さまは腑《ふ》ぬけの若殿と存じおりまする。三郎さまが私に遺恨を含まれ、成敗せんとたくらまれなば、私はいったん美濃あたりへ逐電《ちくてん》いたし、勘十郎さまお旗揚げの時を待ちまする」

政秀はいきりたった。

「なんと心得違いを申す。譜代恩顧のわれらが、思いたつべきことか。逆意の心底けしからず、たとえ息子なりとも許さぬぞ」

長政は父の言葉をさえぎり、膝をのりだした。

「父上はさように仰せらるるが、三郎さまは四囲お手ふさがりもよきところだわ。守山《もりやま》の信光さま、末盛の勘十郎さまは、機を見て三郎さまを退治なされようとの、密約誓紙を交しておられまするのだで。また犬山の訃巌（信清）さまも、お二方にご同心なされましょう。父上さえご承引下されば、私は勘十郎さまにおすすめいたし、三郎さま討滅の旗揚げをいたしまする。いまならば清洲彦五郎、坂井大膳の両人に気脈を通じ、三郎さまを討ち取るはたやすきことに、ござりまする」

政秀は長政の肩を拳《こぶし》で打擲《ちようちやく》した。

「聞くもけがらわしきことをほざくな。明朝さっそく、信長さまにお詫びを言上《ごんじよう》いたし、大白を差しあげよ。さもなくば、儂《わし》はお前を見放すしかないのだわ」

欄間に顔をおしつけ、親子の応酬《やりとり》を聞いていた可成は、長政が立ちあがり床板に手をかけるのを見た。

可成が想像していたように、書院の小床の板は長政が手で押すとはずれ、隠し戸棚があらわれた。

長政はそこから折りたたんだ和紙包みをとりだしてきて、政秀の膝もとに置いた。

「私の申しあげたることに、いつわりはございませぬ。父上、ご覧《ろう》じませ。これは勘十郎さまと信光さまが取りかわせし誓紙でござりますのだわ。私が命に替えお預かりいたしておるのだで」

長政は包みをひらき、墨痕《ぼっこん》をつらねた紙片を政秀のまえに、押しやった。

政秀は無言でのぞきこみ、やがて顔をあげた。

「かように容易ならぬものを、お前ごとき浅慮《あさはか》なる者が持っておっては、いかなる悪人に奪われるやも知れず」

彼はいうなり、紙片を手にとった。

長政はおどろき、政秀の手から誓紙をとりもどそうとした。政秀は長政の制止をしりぞけ、座を立とうとする。

「何をなされまする、父上、お返し下されませ」

政秀は誓紙をやぶろうとした。

親子の揉《も》みあうさまを見た可成は、猿のように欄間から柱を伝い下り、襖《ふすま》をあけるなり、ふりかえり眼をみはる長政の顔に息討ち筒をむけ、したたかに金剛砂を吹きかける。

みじかい叫び声をあげ、脇差に手をかける長政のこめかみに、可成は拳打ちで当て身をくわえた。長政は声もなくくずおれた。

政秀は誓紙を手に、廊下へ走り出ながら、叫びたてようとした。可成は追いすがり、中脇差を鞘《さや》ごとひき抜くなり政秀の脇腹に鐺《こじり》を突きこむ。

政秀はみじかい叫喚を残し、敷居に膝をつく。可成は延金《のべがね》を張った鞘で政秀のぼんのくぼを横に払った。うつ伏せに倒れた政秀の手から、誓紙を奪った可成は、廊下に出た。

宿直《とのい》部屋から侍が一人あらわれ、こちらをうかがっている。可成は襖に身を沿わせ動きをとめた。

侍は朋輩《ほうばい》に声をかけた。

「お襖があいておるだわ」

「いまのお声は、何事じゃ」

数人が部屋から出て、廊下を小走りにこちらへくる。

可成は廊下のくらがりを音もなく奥へ走った。

「旦那《だんな》さま、何ぞお呼びでござりまするかなも」

政秀父子によびかける侍たちは驚愕《きようがく》の叫びをあげた。

「こりゃ、何ということじゃ。大旦那さまも絶えいってござるだぎゃ。お屋敷に曲《くせ》者《もの》が入ったぞ。出会え、出会え」

可成は主殿《とのも》裏手の遣《や》り戸の枢《くるる》をあけ、外の闇《やみ》に忍び出た。

家来たちに介抱され、正気に戻った政秀父子は、誓紙が消え失《う》せたのに気づき、色を失った。

「父上、曲者はいずれよりうせおったのでござりましょう。三郎さまの細作ではござりませぬか」

政秀は蒼白《そうはく》な頬に、ゆがんだ笑みをうかべた。

「おおかたさようなことだで。早飯、早駆け、早仕舞いが身上《しんじょう》の信長さまじゃ。誓紙をご覧のうえは、今夜のうちに何分のご沙汰《さた》があろうで」

彼は長政の眼をのぞきこんだ。


那古野城へ戻った可成は、火急の用向きを告げ、二の丸の信長寝所へ通された。

信長は白絹の閨着《ねやぎ》のまま、灯台の光りの輪のなかにあぐらを組んでいた。

「与三、はやばやと用を足して参ったか」

可成は敷居際に手をついた。

「今宵長政の屋敷に忍びいり、いま戻ってござりまする。まずはこれをご覧あそばいてちょーでいあすばせ」

彼は懐中から分厚い杉原紙の誓紙をとりだし、信長にさしだした。

うけとった信長は、灯にかざして文言《もんごん》を読むうち、眼差しが獲物を見すえる蛇《くちなわ》のようにするどくなった。

「与三、これがなにゆえ長政の手もとにあったのじゃ」

「私が長政の座敷をうかごうておりまいたるところ、政秀さまが参られ、父子にて口論をはじめられ、そのうち長政が隠し戸棚よりそれを取り出だしたのでござりまするに」

「うむ、子細を申せ」

可成は長政の屋敷でおこったすべてを、詳細に告げた。

信長は黙って聞いていたが、可成が語りおえると、低い声音で労をねぎらった。

「与三、大儀であった。過分のはたらきは格別のものだで。そのほうならではできぬことだわ。今宵のこと、一切他言なきよう心得ておれ」

「承知いたしてござりまする」

可成は御殿を退出した。

信長は、ひとり灯台の下で、わが弟と叔父《おじ》の血判のあともくろずんだ誓紙をみつめていた。一方が戦をおこしたとき他方が援軍を出すという、攻守同盟の約定《やくじょう》が記されているだけで、信長への叛逆《はんぎゃく》行為についてのとりきめはなにひとつ述べられてはいないが、二人の意図はあきらかであった。信長を倒すためでなければ、彼らが盟約をむすぶ理由はない。この誓紙はわが懐中におさめ、いましばらくは知らぬふりをしているのがよいと、信長は判断する。

夜があければ、まず長政を断罪せねばならないと、信長は考えた。

――儂の気性を知りつくしておる政秀は、長政を迎えに近習をつかわせば、おおかたその場で息子に腹を切らすか、手討ちにいたすぎゃん。それでわが身内のかためはけりがつく――

彼は誓紙を手文庫に納め、床に身を横たえたが、荒涼とした思いが胸中を去らず、夜のあけるまで眠れなかった。

信長が閨で眼ざめていたとき、政秀も長政の寝所で起きていた。突然あらわれた曲者に当て身をくわされた、脇腹とぼんのくぼが疼《うず》く。

長政も懊悩《おうのう》に疲れ血走った眼をすえ、政秀と向いあっていた。

政秀はすでに死を覚悟して、下人《げにん》を走らせわが屋敷からあたらしい襦袢《じゅばん》、褌《ふんどし》と愛用の鎧通《よろいどお》しを持ってこさせた。

勘十郎信行が信光ととりかわした誓紙を奪っていった曲者は、信長の細作にちがいなかった。信長のほかに長政の屋敷をうかがわせる者はいない。

政秀は膝に置いた鎧通しの鞘をはらい、氷のように磨ぎすました相州無銘の刃面に眼をやる。

四十数年前の初陣からこのかた、数えきれない合戦で、政秀はその鎧通しを用い、敵の首級《しるし》をあげてきた。大勢の男たちの血を吸った乱れ刃文《はもん》は、はるか昔の勝ち戦、負け戦を思いださせてくれる。

彼は自分でも意外なほど、おちついていた。つららのように磨ぎ減らせた刃で、わが腹を切り、首の血脈をえぐりたてるさまを想像しても、動悸《どうき》は高まらない。

――儂《わし》も六十一の年齢《とし》までながらえてきた。考えようでは生きすぎた。いま死んでもさほど現世《うつせ》に未練はない――

政秀は文雅の道に長《た》けてはいるが、散り際の名を惜しむ武将であった。戦場で人の死を見なれてきた彼は、生への執着がうすい。

あきらめてしまうと、死の恐怖は心中から去っていた。彼は信長の使者を待ちつつ、長政にいい聞かせる。

「儂はもはや隠居で、このさきなにほど生きたとて、さほど物の用には立たぬのだで。お前は性根のすわらぬ息子ながら、儂の後継ぎじゃ。よいか長政。じきに信長さまより迎えがくるのだわ。そのときは、儂がお前の身がわりに死んでやろうず。あいわかったな」

長政は父のまえに膝をのりだす。

「私がひきおこせし大事に、父上が何の責めを負いなさるので、ござりまするかなも。かくなるも、長政が武運はかなきためでござりましょう。お城よりの迎えが参ったなれば、この場にて腹掻《か》き切ってご覧にいれまするでや」

政秀は乾いた笑い声をたてた。

「短慮なることを申すな。腹を切るのは儂ひとりでよし。儂が皺腹《しわばら》を切ったなら、信長さまはお前をお見逃し下されよう」

政秀は、鶏鳴が遠近《おちこち》で聞えはじめた暁の冷気のなかで、使者のおとずれを待っていた。

明け六つ（午前六時）の寺院の鐘が鳴り、女中が廊下の蔀戸《しとみど》をあげてまわった。早朝のあおざめた光りが、欄間から寝所のうちにさしこむ。

政秀は、死をもって信長に詫びるよりほかはないと、考えていた。そのひとすじ道のほかに、彼の歩むべき方向はない。

いまさら長政のいうように、勘十郎信行に味方する気はなかった。政秀は煩悩に翻弄《ほんろう》され、現世を生きてゆくのに飽きた。

――信長さまはこののち、地獄のような乱世をきりひらいてゆかねばならぬのであらあず。思うがままになされればよし。儂は長政の命をつないでやりたいという、ちいさき煩悩がために命を捨つるのだわ――

瞑目《めいもく》し思いにふけっていた政秀は、眼をひらくと灯台の炎を吹き消し、つぶやくように長政にいう。

「儂が死んだのちは、お前は望むがままにやればよからあず。勘十郎さまにつくのも自儘《おのがまま》じゃ。儂は先代さまへの義理をたてるのだべし」

長政は、政秀を説得しようと焦っていた。

「父上、さようなことを仰せられず、いま早速に清洲へ退散いたすが上策。一族ひきつれ坂井大膳を頼らば、よきはからいをいたしくるるでござりましょう」

「逃げたとて無駄足だわ。信長さまはいま時分、見張りを立てておらすでや」

政秀は信長の猜疑《さいぎ》に満ちた執念ぶかい性格の、暗黒の深さを知っている。

ただ、信長と政秀の心のむすびつきは、林通勝や他の重臣たちとはちがう。政秀は信長にとって、弟信行、叔父信光より近い存在であった。

信長は父信秀を失ったあとの、心の空虚な部分を、政秀によって埋めているのかもしれなかった。

政秀は胸のうちで、信長に語りかける。

「吉法師さま、爺《じい》は最後のお頼みを聞いていただきまするわなも」

遠侍《とおざむらい》の辺りが騒がしくなったのは、夜があけて間もなくであった。

廊下をあわただしく走ってくる足音が、寝所のまえで停まると、宿直侍《とのい》が注進した。

「旦那さま、ただいま信長さまがお渡りなされてござりまする」

「なに、三郎さまとな」

長政は膝をたてた。

「父上、私はただいま三郎さまと刺し違え、死にまする」

「好きにいたせ」

政秀の声音はうつろであった。

脇差の鍔《つば》もとをおさえ、廊下へ走り出た長政は、はやくもこちらへ向ってくる信長を見て、みぞおちを灼熱《しゃくねつ》の棒で刺しつらぬかれるような、衝撃にうたれた。

信長は腰に大小を帯び、数十人の近習を従えている。廊下を埋めた近習たちは、いずれも腕まくりをし、刀に反りをうたせていた。

長政は茫然《ぼうぜん》と立ちすくみ、なすすべもなく廊下に坐《すわ》りこむ。彼のうしろで、「えいっ」とかけ声が聞えた。

信長は長政に眼を向けもせず、彼の肩をまたいで寝所へ大股にはいり、みじかく呻《うめ》いた。

寝所の中央に政秀が坐り、もろ肌をぬいで鎧通しを左の下腹へ、ふかく突きたてていた。切先を浅く突き刺すうちは、痛みは鈍いが、腸へとどくまで刺すと、頭蓋《ずがい》がひび割れるかと思えるほどの疼《うず》きが湧《わ》きたつ。

政秀は歯をくいしばって激痛をこらえ、全身をふるわせつつ、左から右へ力まかせにわが腹を引き切る。

創口《きずぐち》がおおきくひらき、黄色の脂肪層のあわいから大腸がなだれおちる。政秀は幾度か息をつき、右まで引き切って直角に切りあげる。

袴《はかま》を黒血に染め、肩で息をつく政秀に、信長は声をかけた。

「爺、こりゃ何事でや」

政秀は額際に玉の汗をうかべ、灰色に血の気のひいた顔をわずかにあげ、信長の声のする方向へ向ける。

「若さま、なにとぞ長政にお許しを」

信長はみじかい間をおいて答えた。

「承知した、長政は仕置きいたさぬゆえ、安んじて参るがよい」

信長は立ちはだかったまま、政秀の最期を見守る。

「かたじけなし」

政秀はかすれたつぶやきを残すと、しばらく息をととのえ、眼球を剝《む》きだし、残りの気力をふりしぼる。彼は鎧通しを腹から引き抜き、双手に握るなり気合もろともみぞおちに突き刺す。

「うーむ」

政秀はふるえつつ、切羽際《せっぱぎわ》まで埋めた鎧通しを力まかせに押しさげる。徳利から酒を流すように、黒血が脈うってあふれでた。

幾度か前のめりになりかけつつも、政秀は臍《へそ》の下まで刃を切りさげ、そのままうつ伏した。

「爺、見事なる十文字腹にてあったるぞ」

信長が政秀の耳にとどけと、声をふりしぼって叫んだ。

利《り》刃《じん》

平手政秀《ひらてまさひで》が自害して間のない天文二十二年四月下旬、美濃《みの》の斎藤山城入道道三《どうさん》よりの使者が、那古野《なごや》城に来着した。猪子《いのこ》兵助という、侍大将である。

信長は早速に引見《いんけん》した。

「舅殿《しゆうとどの》よりの使い、大儀じゃ。伝言の趣を申すがよい」

猪子は平伏し、道三の言を告げる。

「主人入道の仰せには、信長さまと聟舅《むこしゆうと》となりて久しきにもかかわらず、いまだ一度もご対面申さざること、まことに本意《ほい》なき次第なり。されば近日、富田庄正徳寺の院内まで参るなれば、そこにてご対面致したしとのことにてござりまする。おそれながら信長さまには、この段ご承引下されましょうや」

信長は袖《そで》をちぎった湯帷子《ゆかたびら》から、陽灼《ひや》けた両腕をあらわした、ばさらな身なりにふさわしく、軽々しく応じた。

「それはよからあず。儂《わし》も舅殿にご対面いたしたい。対面の日限は、五日さきといたせ。午《うま》の刻（正午）に着到いたすゆえ、立ち帰りしうえは、さように舅殿へ伝声いたしてくれ」

信長は猪子兵助に酒肴《しゅこう》をふるまい、引出物を与え帰した。

――道三は政秀が腹を切ったと聞いて、儂がうつけのほどを、わが眼でたしかめとうなったのでや――

信長は猪子の口上《こうじょう》を聞くなり、道三の心中を察した。

彼の推測は当っていた。道三は美濃に伝わってきた、信長愚昧《ぐまい》の風聞を耳にし、わが眼で聟の器量のほどをたしかめたくなったのであった。

「織田信長という大名は、たぐいもなき大たわけにて、気随第一にふるまい、狐を馬に乗せしごとく思慮なき男」

という世評が真実であれば、尾張に手ごわい武将は存在しないことになる。

信長の叔父《おじ》信光も、武辺の聞え高かったが、死んだ信秀にくらべると、粒がちいさかった。

――信長が大うつけならば、真偽を見定めしうえにて、尾張《おわり》に攻め入ろう――

道三は戦のまえに濃姫《のうひめ》を那古野城から、美濃へ連れ戻す手だてを、すでに立てていた。

彼が対面の場所に指定した富田の地は、美濃街道に沿う尾張中島郡《ごおり》にあった。戸数七百戸あまり、富裕の土地で、正徳寺は浄土真宗大坊主《だいぼうず》のいる、連枝寺《れんしでら》である。

大坂本願寺門跡より差しつかわされた代僧が院主となり、尾張、美濃両国の守護より諸役免除の朱印をうけている大寺であった。

那古野城から道三の居城稲葉山城までは、ほぼ十里の距離である。

「与三、小六。稲葉山の行列支度がいかようなものか、探って参れ」

「かしこまってござりまする」

森可成《よしなり》と蜂須賀《はちすか》小六が、手足に使う細作《さいさく》は、美濃の動静を細大洩《も》らさずつかんでいた。

二人は百姓姿に身をやつし、稲葉山城下で一日をついやす。飯屋で酒をくらっているうちに、望む情報は細作どもがすべてあつめてきた。

可成たちは夜のうちに那古野城に戻り、信長に目通りした。彼らは気早な主人の性格をのみこんでいる。

信長の猛禽《もうきん》のような眼差《まなざ》しに射すくめられつつ、弁口の立つ可成が言上する。

「おそれながら道三さまには、お殿さまを行儀知らずの無造作人と、聞き及んでおらるるようにござりまする。されば道三さまはご対面の場に、古老の者ども七百人あまりに、折りめ高なる袴《はかま》、肩衣《かたぎぬ》をつけさせ、慇懃《いんぎん》古風なる装束をいたさせて、ご対面の場に居ならぶとのこと。古風を構えてお殿さまが仰天召されるようとの趣向と存じまする」

「与三、小六。役目大儀じゃ。それにてよし、あいわかったでや」

信長は翌朝、三の丸の濃姫の御殿に足を向けた。

広敷で出迎えた老女が、平伏する。

「いらせられませ」

「帰蝶《きちよう》はおるか」

「ただいま、お化粧《けわい》をなされておりまする」

信長は濃姫の居間に通され、しばらく待つ。やがて衣摺《きぬず》れがきこえ、濃姫は声もなく敷居際に手をついた。

「朝はやきうちに、何ぞご用にござりまするか」

濃く白粉《おしろい》を刷いた顔が、まっすぐ見つめた。

「四日のちに、お舅さまが富田まで参られるのだわ」

濃姫はまじろぎもせず、信長に聞く。

「父《てて》さまが、何の用向きにておわせらるるのでござりまするか」

何の、何のと重ねて聞く奴《やつ》じゃと、信長の疳癖《かんぺき》がうごめいた。

「儂に対面に参らるるのだぎゃ。言伝てがあらば、申すがよい」

「とりわけて、ござりませぬ」

「ふん、そなたの家来ども、いつとはなしに稲葉山へ往来いたしおるゆえ、とりわけていうこともなしか」

信長はそのまま立ちあがり、座敷を出ていった。

道三と対面の当日は、まえの日に雨が降ったあとなので、野山の若葉もつやめかしく、輝くばかりの晴天であった。

信長は林、青山、内藤ら宿老を従え、卯《う》の下刻（午前六〜七時）に那古野城を出た。近習、小姓衆、馬廻《うままわ》り衆、弓鉄砲衆が、新調の衣裳《いしよう》を美々しくよそおい、行列をととのえ従う。

足達者の足軽百人あまりを先に走らせ、つづいて弓鉄砲五百挺《ちよう》、三間半柄の朱塗りの槍《やり》五百本をおしたてた、千人の軍兵が、地を踏みとどろかせてゆく。

後につづく供の侍は七百余人であった。合戦がおこるかと思える、きびしい武装をととのえた密集部隊が、旛幟《はたのぼり》をひるがえし、土煙をたなびかせ、雲雀《ひばり》のうたう野辺を進んでゆくと、見物の男女は耳目をおどろかせ、ひざまずいて見送った。

信長のその日のいでたちは、ふだんにまさって異風であった。髪は人目にたつ萌黄《もえぎ》の平打ちの糸で巻きたて、天突き茶筅《ちやせん》に結いあげる。

衣裳は湯帷子の袖をはずし駿馬《しゆんめ》にまたがる。

金銀箔《はくお》押しの刀脇差《わきざし》は、大小ともに派手な柄長《つかなが》のこしらえで、柄は藁縄《わらなわ》で巻きしめてさらにふとい苧縄《おなわ》を腕輪としていた。

そのうえ腰廻《こしまわ》りには猿回しのように、火打袋、瓢箪《ひょうたん》など、七つ八つの小物をぶらさげている。

半袴《はんばかま》はさすがにつけてはいたが、虎の皮、豹《ひょう》の皮で四所がわり（交互）に縫いあげたものであった。

一行は木曾《きそ》川を川並衆の渡船で越え、威風辺りをはらいつつ、富田の町なみにはいった。道筋には町びとが黒山の人垣をつらねて見物している。

木曾川を渡ったとき、信長は森可成から注進をうけていた。

「道三さまは富田の町はずれで、お殿さまのおいでの様子を、隠れてご覧《ろう》ぜられておりまするに」

「うむ、大儀じゃ」

信長は肥馬《ひば》の鞍上《あんじょう》で、わざと湯帷子の片肌をぬいだ。

汗に濡《ぬ》れた陽灼けた胸に、濃い胸毛が見えた。信長は背をそらせ、馬に跑《だく》をふませつつ町なみに入ってゆく。

行く手に正徳寺本堂の大屋根が見えてきた。

行列が街道を埋め到着するのを、斎藤家の侍衆、同朋衆《どうぼうしゅう》（茶坊主）が出迎える。

信長は広大な境内に立ちならぶ道三の槍衆に眼もくれず、控えの間に入った。

「さて支度をいたすぎゃん。早ういたせ」

彼は湯帷子をぬぎすて、湯殿で水を浴びると、下帯ひとつであぐらを組む。

髪結いが、いそいで信長の茶筅髷《まげ》をほどく。

「生れてはじめて、髪を折り曲げにするのだわ《わ》。形よういたせ」

髪結いは油でしごきたてた髪を、折り髷にしたてあげる。

信長は思いきったばさらな風体で、道三をおどろかすことができたであろうと、想像していた。道三は、信長のひき連れた、弓鉄砲衆、槍衆の武装にも、意表をつかれているにちがいなかった。

正徳寺に到着した信長の行列を見た、斎藤家の侍たちが、一様に気圧《けお》された表情になったのを、信長は見逃さなかった。

滋籐《しげどう》の弓三百五十張には、斎藤勢もおどろきはしないが、油を塗りたてた銃身に眩《まぶ》しく陽をはじく、六匁筒百五十挺には眼を奪われたようであった。

斎藤家は、鉄砲を五十挺もそろえてはいない。

そのうえ、朱塗り三間半柄の大身の槍五百本が林立して、見る者を威圧する。斎藤家の槍衆は二間柄の槍をたずさえているので、はなはだしく見劣りがした。

信長は髪を結いあげると、いつ染めておいたのか誰も知らなかった褐色《かちんいろ》の長袴をはき、これも人に知らせずこしらえておいた小刀を花車《さすが》に差し、古風の儀礼にのっとったいでたちとなって、屏風《びょうぶ》のうちから姿をあらわした。

「これはいかなることでや。お殿さまには、いつのまにさようなるお衣裳を、お支度なされたのでござりまするかなも」

宿老《おとな》、近習たちも、ただ眼をみはるのみであった。

道三は、町はずれの小屋にひそみ、信長が噂《うわさ》通りのばさらな姿であらわれたのを見て、やはりうつけ者であったかと期待を裏切られなかった。

だが、彼を先導する勇猛な荒子《あらしこ》の群れ、弓鉄砲衆、槍衆の凄《すさ》まじい外見には、興をさました。

――これはただのうつけではなさそうじゃ。とんだくわせ者かも知れぬぞよ――

道三は汗を拭《ふ》きつつ、対面所へ急ぎ足に戻ってきた。

正徳寺本堂の前庭から縁先にかけ、肩衣、袴に威儀をただした斎藤家の諸侍が、午《うま》の刻（正午）まえに列をつくって居ならんだ。

彼らは林、青山、内藤をはじめ主立った家来を従え、あらわれた信長のいでたちを見て、眼をみはった。

斎藤の宿老堀田道空は、津島に居館を構えており、信長の亡父信秀とは昵懇《じっこん》であったので、接待役の春日《かすが》丹後《たんご》とともに迎えに立った。

彼は廊下を歩んでくる信長の、竹のように背筋をのばした姿に、気を呑《の》まれた。

――さては信長が日頃のばさらなる装《な》りは、わざとたわけめいてつくりしことであったか。小倅《こせがれ》と思うて軽うは見られぬ。気心の知れぬ大将じゃ――

道空はひるんだ気持ちをたてなおそうと、立ちどまる。

彼は息子のような若者に、意表をつかれたのがいまいましくてならず、虚勢を張り、本堂への階段を昇ってくる信長に、声をはげまし呼びかける。

「これは信長さまにておわせらるるか。お早うおいでられませ」

信長は道空に眼を向けたが、会釈もせず足取りを変えもしない。

彼は七百人の斎藤家諸侍が、肩衣、袴を鳴らし挨拶《あいさつ》するのをしりえに見て、怯《お》ず臆《おく》せず無人の境をゆくように廊下を過ぎ、本堂の正面に立った。

そのまま縁側に腰をおろし、柱にもたれ辺りを眺めまわしもしない。

町はずれから走りもどった道三は、大広間の奥手、屏風のかげに坐《すわ》っていたが、おちつきはらった信長が面《つら》にくく、屏風を手荒く押しのけ、進み出て大座布団に坐りこむ。

信長は道三の剃《そ》りあげた頭に一瞥《いちべつ》をくれたが、何も見えなかったかのように視線をそらす。

道三は思わず顔をしかめた。彼は美濃太守である自分を無視する聟の気持ちを計りかねる。美濃の米高は五十四万石、道三の現在の戦力は、信長のそれの数倍にも達している。

だが信長は、道三を恐れはばかるどころか、切れながの眼に、まったく動揺のいろを見せなかった。

堀田道空がたまりかねて傍に寄り、道三を指さして示した。

「おそれながら、あなたにおわすは山城守《やましろのかみ》さまにござりまする」

信長は、虫けらを眺めるような無感動な眼差しを向けて言った。

「であるか」

信長は立ちあがり、敷居のうちへはいった。彼がいかようなふるまいをするかと、満堂の美濃衆が見守るなか、信長は平手政秀に教えられた、都ぶりの儀礼をはずすことなく、道三のまえに坐り色代《あいさつ》をする。

「こたびはお舅《しゅうと》さまには、尾張においで召され、はじめてご拝顔をかたじけのうし、おうるわしきみ気色のほど、祝着至極と存じまする」

「うむ、今日のよき日和がように、聟殿の水際立ったるいでたちをば、はじめて眼のあたりにして、縁組みいたせしは誤りならずと、道三このうえものう、うれしゅう存ずる。まずはごゆるりとおくつろぎあれ。盃事《さかずきごと》などいたそうではないか」

堀田道空が指図して、酒肴《しゅこう》の膳《ぜん》がはこばれる。

ふだんは物事の順序をはぶき、性急な談議を好む信長が、道三の話しぶりにあわせ、おとなしくあいづちをうつさまは、林通勝ら織田の宿老の眼にも、ひとが変ったかのように思えるほどであった。

「聟殿には、六匁筒をいかほどお持ちかな」

「さよう、およそ二百挺《ちょう》がほどでござりまする」

道三は、信長の応答《いらえ》を聞き、眉《まゆ》の辺りにかげりをみせた。

南蛮渡来のあたらしい武器の、数をそろえた信長に、圧迫されるものを感じたからである。

「鉄砲は弾丸《たま》込めに暇がかかり、合戦にはさほど役立つまいが。大枚をついやして二百挺もそろえられしは、なにゆえかのう」

道三は盃を手にしつつ、信長をけなし、狼狽《ろうばい》させてやろうと、毒のこもった話しぶりであった。

信長はいっこうに、道三の悪意を感じないふうをよそおう。

「さよう、仰せらるるごとく、鉄砲は値《あたい》も高きうえに、一挺では埋伏しての狙《ねら》い撃ちほどのことにしか役立たず。しかし数をそろえなば、使いようにてなかなかに戦の用に立つものでござりまするに」

道三は胸のうちで、さもあろうとうなずく思いであった。

彼のみならず合戦の年功を経た武将は、鉄砲というあたらしい飛び道具を、毛嫌いしていた。

「あれは弱き武者の使うものじゃ。音ばかり大きゅうて、なにほどの働きもない」

「馬を走らせなば、弾丸込めする間に踏みにじれよう。また弓矢のほうが勝負は早かろう」

鉄砲の効能を否む声はたかいが、信長のいうように数をそろえれば、恐るべき戦力となるにちがいなかろうと、道三は思った。

同朋衆《どうぼうしゅう》が湯漬けの膳をはこんできたが、道三は見向きもせず、信長に聞く。

「聟殿には鉄砲稽古《けいこ》をなさるとか。撃ってどれほどの的に当てられるものであろうかのう」

信長は大盃の酒をひとくちあおってから、答えた。

「さよう、十五間さきなら飯茶碗《めしぢゃわん》がほどの的に当てられまする。人馬ならばまず、一町さきまでは外しますまい」

「弾丸込めの手間は、どれほどかかるものであろう」

「まず駆け走る人なら、二町を走る間でござりましょう」

火縄筒が人馬に命中させうる射距離が一町なら、一発を発射したのち次弾を発射するまえに、敵が眼前に斬《き》りこんでくる。

「うむ、一挺に弾丸をひとたび撃つのみならば、弓矢のほうがましであろうが」

道三はわざとけなしてみる。

「そうとばかりは申せませぬ。五挺の鉄砲をかわるがわる弾丸込めさせ、ひとりの射手が撃ち放すなれば、絶えまなく撃てまする」

信長は道三が予想した通りの返答をした。

「方便はさもあろうが、よき射手をそろえ、弾薬の加減をも心得ねば、鉄砲の数をそろえしのみにては使いものにはならぬでのう」

信長はきれいな歯なみをみせた。

「お舅さまには、こなたの痛きところをご存知でいらせられまするに。仰せのごとく、それがむずかしき手順にござりまする」

鉄砲には、銃身の微妙なひずみによる癖がある。また黒色火薬の原料である硝石、硫黄、木炭は湿度に敏感であった。

春夏秋冬の季節によって配合率を変えねばならないし、朝と夕刻、晴天、曇天、雨天によって装薬の分量を加減しなければならない。

弾薬を銃腔《じゅうこう》に装塡《そうてん》したのち、槊杖《かるか》によってのつきかための具合も、経験をかさねなければ分らない。

熟練した射手を養成しなければ、百挺の鉄砲を合戦に用いても、実際に機能を発揮できるのは、十挺しかないというような状態におちいるわけであった。

道三は信長の明るい笑顔に脅かされる。この男はいずれは鉄砲を合戦の用にたてるであろうと、道三は察した。

「お供の槍衆が三間半柄の槍も、聟殿のご工夫か」

「さようでございまするに。戦稽古をさせてみたならば、柄の長き槍衆が短き槍に勝つと、きまっておりまする」

道三はしだいに苦い附子《ぶし》を嚙《か》んだような顔つきになってきた。

正徳寺での対面は、未《ひつじ》の刻（午後二時）に終った。

「やがてまた参会いたそうほどに、それまで息災にていられよ」

「お舅さまにも御身御按配《あんばい》よく、お過ごし召されませ」

那古野城へ戻ってゆく信長一行を、道三は乗馬で二十町ほど見送った。

陽はまだ頭上にあかあかと照り渡り、道三はまぶしげに眉をひそめ、不機嫌の内心が隠しようもなくあらわれている。

美濃衆の行列は、威勢において那古野衆にあきらかに劣っていた。道三は信長より暇乞《いとまご》いをうけ、見送ってのち、言葉もなく稲葉山へ帰ってゆく。

――あの信長では、たやすくは仕懸けられぬ。寸分の油断なき小伜じゃ。帰蝶をひそかに連れもどすなどは、思いも及ばぬ――

屈託した思案顔で、馬に揺られている道三を見て、侍大将の猪子兵助がなぐさめるようにいう。

「やはり世間の評判というものは、はずれなきものにござりまする。織田信長さまは、まぎれもなくうつけ人にてござりまいた。いかが思し召されまするか」

道三は力なく答えた。

「お前はさように申すが、いまに見よ。この道三が子供は、やがてあのうつけ者が家来として、門前に、馬をつなぐようになろうは必定《ひつじょう》じゃ。それを思わば口惜しくてならぬ」

道三は、信長のなみはずれた器量を見抜いていた。

信長はわが立場を知りつくしている男であった。虚勢を張るところがなく、言葉に無駄がない。刃物のように磨ぎすまされた神経が、動作にまであらわれている。合戦で死なず、生きながらえておれば、四隣を脅かす謀将になるのは、眼にみえていた。

対面の二日後、信長は細作《さいさく》どもからの注進で、稲葉山城下の侍たちの間での、彼の評判から、道三が猪子兵助に洩《も》らした言葉に至るまで、知っていた。

信長は対面の席で、道三から有事の際はたがいに協力しあう約束を、とりつけていた。尾張には信長を凌駕《りょうが》する能力をそなえた武将がいなかった。

道三は、愛娘《まなむすめ》帰蝶を人質にとられているためだけではなく、信長を今川義元《よしもと》の侵略への防壁として利用する理由からも、同盟しなければならなかった。

天文二十二年の夏から秋へかけ、信長は座をあたためる間もない、忙しい日を送っていた。

今川義元は三河《みかわ》から尾張へ、国境を越えて侵入し、信長攻撃のための城砦《じょうさい》をふやしつつあった。

清洲《きよす》城の守護代織田広信、小守護代坂井大膳《だいぜん》らは、敗戦の痛手を癒《い》やしつつ、反撃の機をうかがっている。

信長は、織田広信がひそかに守山《もりやま》城の織田信光と誼《よしみ》を通じはじめているという、容易ならない情報をも得ていた。

叔父《おじ》信光は利にさとく、情勢しだいではいつ敵に寝返るか知れない人柄であった。権謀に長じた織田の血統につながる親戚《しんせき》は、すべて油断ならない。

犬山城の織田信清も、いまは信長に慇懃《いんぎん》を通じてはいるが、美濃の道三と協力して那古野城を陥れようとくわだてた、前歴のある姦物《かんぶつ》であった。

五月の端午の節句、六月の衣更え、夏越《なごし》の祓《はらい》、七夕まつり、八朔《はっさく》の中元。

月々の行事が季節のいろどりを宿してゆく日々、信長は五、六騎の供を連れ、城を出る。柄長《つかなが》の太刀に三五縄《みごなわ》を巻き、槍の柄を腕に固定するための腕貫《うでぬき》をつけた野《の》伏《ぶせ》りと見まがう風体で、遠駆けに向うのである。

今川方、清洲方の細作が尾張の国内に横行し、信長はいつ埋伏した敵によって危難をこうむるか知れなかったが、怖れるふうもない。

「馬を責めておくのが、侍の心掛けだで。食い肥やした馬は、合戦の場で疾駆《はやが》けはできず、死ぬるばかりだぎゃ」

彼は野鳥の群れているのを見ると、小姓に持たせた鉄砲をとり、狙撃《そげき》する。撃ち落した獲物は、かならず附近の住民にくれてやった。狐狸《こり》、兎が飛びから荒野のただなかの、軒のかしいだ茅屋《ぼうおく》にも気やすく足をとめ、百姓どもに作物の話などを聞くこともある。

信長が百姓と気やすく口をきくのは、彼らが細作をうわまわるほどに、世間の噂にくわしいためであった。

百姓を味方につけておかねば、合戦には勝てないと、信長は承知していた。生駒《いこま》八右衛門はかねがね信長に世間の裏面を察知する手段として、百姓と親しむことを教えていた。

「大将分たる者は、賤《いや》しきともがらと口をきくは、貫目《かんめ》を自ら失うことという人もおりまするが、さようなる了簡では、闇夜に提灯《ちょうちん》を持たず歩くがようなることに、なりまする」

春さきから秋へかけて、那古野城外の河原で、槍衆、弓衆、鉄砲衆が寄りおうての合戦稽古が、連日砂塵《さじん》をまきあげおこなわれた。

いつ敵が押し寄せてくるか見当をつけがたい、緊迫した情勢のなかで、軍兵《ぐんぴょう》どもは眼をいからせ声を荒げ、実戦さながらの働きをする。

「それ、いまじゃ。突くでない。槍先をそろえ、ぶっ叩《たた》くのだぎゃ」

砂まみれの脚絆《きゃはん》をつけた槍足軽小頭《こがしら》が、声をからし、叱咤《しった》する。

一尺五寸はあろうと見える巨大な穂先にぼろ布を巻いた、三間半柄の槍を構えた足軽勢が、横長に密集し下段に構える。

「それ、陰、陽。陰、陽。陰、陽」

小頭のかけ声で、足軽たちは歯をくいしばり、槍を上下に振りたてる。

五百人の槍衆が大身《おおみ》の槍をつらね、前進してゆくと、さえぎるものをすべて突きくずす、一個の武器と化した。

「それ、遅れるでないぞ。まっすぐ歩め、陰、陽。陰、陽」

弓衆は河原の一町さきに立てた大的めがけ、雨のように矢を射こんでいた。

狙いを定め、射放ったたびに「えーっ」と放つ矢声が、どよめきたっていた。

小頭が喚《わめ》く。

「そこの小倅《こせがれ》、打ち飼い袋（弁当）を首のうしろへまわせ。弦にひっかかるだぎや」

「合戦のときゃ、ゆっくり狙いをつけるのだで。馬に乗った敵なら、馬を狙うのだわ」

六尺弓を迅速に引く足軽たちのなかで、弦を切った者が、小頭に尻《しり》を蹴飛《けと》ばされる。

「これ、汝《うぬ》は折れ目のついた弦を張ったな。さようなうつけがあらずか」

信長は百五十挺《ちょう》の筒口をそろえた、鉄砲衆にまじって、角撃《かく》ち稽古《けいこ》をしばしばおこなった。

彼のそばには、熟練した小頭が五人ひかえていた。いずれも蜂須賀党の頭衆である。彼らは五挺の鉄砲に巧みに弾薬を装塡《そうてん》し、信長に手渡す。

信長は右肩に掛けた輪火縄の火口《ほくち》を吹きつつ、つるべ撃ちに一町先の角をめがけ発射してゆく。

硝煙がたちこめ、陽射しを暗くかげらせる。百五十挺の鉄砲が咆哮《ほうこう》する光景は、ひそかにうかがう敵の細作どもの心胆をこおらせるにたる、すさまじさであった。

信長は戦費の調達に心を砕いていた。

豪富の生駒八右衛門からの献金も心強い支えであったが、財源の過半は信長と主従の関係にある、津島商人たちに依存していた。彼らから莫大《ばくだい》な矢銭を召しあげるために、信長は見返りとして、種々の特権を許した。

天文二十二年十一月二十二日、信長は津島商人服部《はっとり》弥六郎に対し、商業上の種々の保護を与える保証書（判物）を与えている。

「弥六郎が買入れた田畑等につき、売主が闕所《けっしょ》（全財産没収）の処分をうけたときも、売買を無効としない。また地下人《じげびと》、信長の家来らが無法な要求を持ちかけても、事情を糾明してしかるべき成敗をする。理不尽に問責の役人を踏みこませたりはしない。また要脚（貨幣）を随時に集めることを免許する。奉公人が無法なふるまいをするときは、厳重な成敗を加えるべきである」

十二月九日には、津島神社社僧虚空蔵坊に、諸税を免除し、社屋に陣取りし、放火するなどの行為をしないとの、判物を与えた。

同月、津島神社神主氷室《ひむろ》兵部少輔《ひょうぶしょうゆう》に、天文九年以前の借銭と質物は免除し、社領は先例の通り安堵《あんど》する旨の判物を与える。

信長は槍一本、矢一筋でも数をふやさねばならないと、戦備を急いでいた。

夏の頃から、今川勢が大挙して岡崎に着到在陣し、尾張方の山岡伝五郎がかためた重原城（知立）を兵粮《ひょうろう》攻めで攻め落していた。

さらに重原城を兵站《へいたん》基地として小河城（知多東浦）の、水野金吾忠政を攻略する動向をみせる。

今川勢は大兵を発して、大府に近い村木に進出し、短時日のあいだに堅固な砦《とりで》を築いた。

村木砦には三千人といわれる駿河《するが》の軍兵がたてこもり、半田の寺本城は今川勢の恫喝《どうかつ》に屈し、降伏して、小河城との連絡を断った。

信長は年があければ、早々に村木砦を攻撃しなければならない。敵中に孤立した譜代の家来、水野忠政に援兵を送らず、見殺しにすれば、今川勢は前進をやめず尾張の野になだれこんでくるかもしれない。

今川義元は、小田原の北条氏康が東方から駿河侵入の機をうかがい、しばしば越境攻撃してくるため、尾張攻めに全力を集中できないでいるが、状況は楽観を許さなかった。

信長が小河城を見棄てれば、義元は強気になるにちがいなかった。

粉雪が眼路《めじ》をおおって降りしきる、師走はじめの朝、信長は小姓前田犬千代のほか、近習五人をともない、那古野城を出た。

彼は近頃買いいれた、「ものかわ」という葦《あし》毛《げ》の駿馬《しゅんめ》を、手綱と鐙《あぶみ》をつかい責めたて、西へ向った。

「ものかわ」は、向い風をつき、たてがみをなびかせ泡を嚙《か》んで、野道を疾駆する。

狩衣《かりぎぬ》に毛皮のむかばき、塗笠《ぬりがさ》をつけ、物射沓《ものいぐつ》をはき、手套《しゅとう》、頭巾《ずきん》の防寒のよそおいをした主従は、背をまるめ馬上に身を躍らせる。

信長は尾張南西部の中島郡で所用を足したのち、郡村の生駒屋敷に向う。彼は戦支度にあわただしい日を送りむかえる合い間に、吉野《きつの》に会いにゆく。

——早う支度せねばならず。村木へ寄せるからには、二千の頭数をそろえねばならず。舟手、荷駄は年のうちに支度じゃ。煙硝も足らぬだわ。細作《さいさく》もなお多く放たねばならず——

信長は合戦に必要な資材の調達、軍兵、夫丸人足《ぶまるにんそく》の駆りあつめなど、数多い雑事に気をつかううち、頭脳が疲れ、夜も安眠できず、始終いらつきが納まらなくなってくる。

不快な焦燥のかたまりが身内にふくれあがると、彼は馬を駆って吉野に会いにゆく。吉野はたおやかな外見からではうかがえぬ、おちつきと毅《つよ》さをそなえている女《にょ》性《しょう》であった。

信長は吉野とともにいる時、凝りかたまった心がほぐれる。

彼女とひとときをすごし、乾いた気持ちにうるおいを得ると、信長は勇気と決断力をとりもどせる。吉野は彼にとって、思いものであるとともに、やすらぎ身をゆだねられる慈母のような存在であった。

――吉野、儂《わし》は間なしに着くでや――

信長は唸《うな》りをたてる風に乗り、波うって吹きつけてくる雪を身にうけつつ、吉野の幻に胸のうちで呼びかける。一刻も早く生駒屋敷へ着きたいと気が急《せ》くのは、いつものことであった。

信長主従は中島郡西御堂村の土豪、祖父江五郎右衛門の居館をおとずれ、馬上のまま矢倉門のうちに駆け入る。

祖父江は、中島郡の八ヵ所に散在している、信長直轄地の代官であった。

「五郎右衛門、出て参れ」

信長は藁葺《わらぶ》きの主殿《とのも》の縁先に馬をとめ、大声で呼ぶ。

庭前に群れている鶏が、おどろいて樹上に飛びあがった。

信長の呼び声に応じ、毛皮の胴服を着た祖父江五郎右衛門が、座敷の明り障子を手荒くひらき、縁先に走り出てきて膝《ひざ》をついた。

「これは信長さま、急なるお渡りで。まずは奥へお通りあすばせ」

「先をいそぐゆえ、この場でよい。五郎右衛門、村木攻めの槍仕《やりし》は、数をそろえておるか」

五郎右衛門は信長の刃物のような眼光に射すくめられ、平伏する。

「仰せのごとく、二百五十人を出立いたさせまするほどに」

しおけ」

「よからあず。日限が参ったるのちに、とばくさいたさぬよう、早めに支度をいた

信長はいいつけると、馬首を返した。

「おあがりあそばいてちょーでいあすばせ。この雪空に、おいそぎになられずとも、ようござりましょう」

五郎右衛門がひきとめるのをふりかえりもせず、門外に出た信長は馬腹を蹴った。

一望平坦《へいたん》な野面《のづら》に、雪が積りはじめていた。五郎右衛門の館《やかた》を出て、郡村への道程のなかばを過ぎた辺りから、街道の両脇に疎林が迫った。

近習たちは弓を手に、左右に眼をくばる。その辺りは信長の領地であるので、危険はないとみてよいが、近頃では今川方の細作が那古野城下まで入りこんでいるとの、風説がたっていた。

頭上で笛のように鳴る風音、雑木の枝から雪の落ちるひびき、馬の藁沓《わらぐつ》が雪面を踏みしめてゆく音を、信長は聞きつつ進んだ。

馬がつづけさまに、鼻を鳴らした。信長は行く手の林間を、なめるように見渡してゆく。

「お殿さま、危のうござりまする」

あとにつづく犬千代が、突然甲高い叫び声をあげるのと同時に、信長の顔のそば

を黒い影がかすめた。

信長は矢羽根の唸りを聞くなり、馬上に身を伏せた。近習たちが騎馬のままつづけさまに矢を射た。

林のなか、半町ほどはなれた木蔭《こかげ》に人影がふたつ、動いていた。逃げてゆく彼らのうち、信長を狙撃《そげき》した弓を持つひとりが、近習たちの矢を浴び、倒れて動かなくなった。

「いまひとりは、儂が討ち留めるでや。槍《やり》を持て」

信長は犬千代から二間柄の馬上槍をうけとった。

雪中の人影は、木の間を必死に逃げようとしていた。

――あやつは、向いの森へ身を隠すつもりだで――

信長は馬上槍の鞘《さや》をはらい、小脇にかかえこみ、左手で手綱をとって巧みに樹間を縫い、馬を走らせる。

弓を手にした近習たちは、たちまち信長からひきはなされた。彼らは左右に間隔をひらき、信長を狙う敵が目につきしだい射倒そうと、周辺に気をくばりつつ、向うみずな主人のあとを追う。

「ものかわ」はときどき雪のふかみに足をとられつつも、均衡を失わず、曲者に追いついた。

信長は右手で槍の柄のなかほどよりややまえをにぎり、耳の脇まで差しあげる。

氷のように磨ぎすました穂先は、曲者の背に向けている。

分厚い麻布子《あさぬのこ》にかるさん袴《ばかま》、狸皮の袖《そで》無しをつけ、柿色頭巾で頭を覆った曲者は、背後に迫ってくる馬の足音に、絶望にひきゆがんだ顔を向け、信長に向い手裏剣のようなものをふりあげた。

彼我の距離は四、五間であった。信長はむぞうさだが練りあげた、流れるような動作で槍を投げた。

槍はまっすぐに飛び、曲者の胸に当った。からの桶《おけ》を棒で叩《たた》くような、胸郭を貫く音響が高鳴り、曲者は田楽刺しになり横ざまに倒れた。

投げ槍の名手である信長の手練を見せられた近習たちは、追いついてゆき、感嘆の声をあげる。

信長は犬千代をふりかえり、命じた。

「こやつにとどめを、さしてやれ」

太刀を抜きはらい、辺りを睨《にら》みまわしていた犬千代は、馬を下り、やわ雪を踏みしめ曲者に近寄る。

背中に槍の穂先が突き出ているのに、曲者は口から血を吐きつつ、まだ意識があった。

犬千代は曲者をあおむけさせ、襟もとを左手でつかむ。曲者は血走った眼を向けたが、あきらめたように瞼《まぶた》をとじ、風音に消されるほどのかすかな声で、「南無《なむ》」とつぶやく。

信長は犬千代と近習二人が力をあわせ、死者の体から槍を引き抜くのを見下しつつ、ひとりごとのようにいう。

「この面は、駿河面だで」

信長主従はしばらく辺りの気配をうかがう。

「出てこぬようでや」

信長は馬上槍を手にしたまま、近習たちをうながし、疎林を出る。

「犬千代、このさきの村の長《おさ》百姓を召しだしておけ」

「かしこまってござりまする」

犬千代は太刀を鞘におさめ、鐙《あぶみ》をあおって行く手の村落へ先行する。

信長は近習たちに身辺を護《まも》られ、ゆるやかに馬を進めた。村落は三町ほどはなれた森蔭にあった。

鞍上《あんじょう》に揺られ近づいてゆくと、犬千代に導かれ、四、五人の男たちが路傍にむかえる。いずれも野良着姿で、三間半の長槍を提げていた。

信長は馬上から声をかける。

「そのほうが村長《むらおさ》か」

白髪の目立つ初老の男が雪上にひざまずく。

「さようでござりまするに」

「委細は小姓より聞き及んだであろうが、先刻、儂に矢を射かけし曲者《くせもの》が出おったのだわ。二人連れのそやつらは逃さず殺したが、ほかにも細作の連れがおるやも知れぬ。そのほうこの辺りの在所に指図して、早速に野を駆りたて、胡乱《うろん》なる浮浪人どもを一人のこらずひっ捕えよ。あい分ったか」

村長は雪に額をすりつけた。

信長は、尾張の農民たちにつよい支持をうけていた。祖父信定、父信秀が、木曾川治水に実績をのこしていたためである。

——那古野のお殿さまは、軍奉行《いくさ》さまのお血筋だで。儂らがついていくお方が、ほかにあらずか——

木曾川下流の流域は肥沃《ひよく》な土地で、農作物の生産力が旺盛《おうせい》であったが、農民たちは木曾七流が十五流にも変貌《へんぼう》する、春秋の洪水に悩まされていた。

洪水によって川砂が流れこめば、せっかくの美田もつかいものにならない葦原と化してしまう。

農民たちは風雨の荒れる季節になると、あばれ狂う木曾川の沿岸に築堤をおこない、治水の実をあげてくれる、強力な政権の出現を待ちのぞんだ。

信長が力を得たなら、かならず治水を実現してくれると、彼らは信じていた。信長は他の大名たちとはちがい、日頃から百姓仕事の苦しみに耳をかたむけ、いつかは築堤をすると、約束してくれていた。

村長は、信長を狙う胡乱者は許さぬと、勢いこんで村の男手を集めに駆けもどっていった。

飛雪は昼まえになっていきおいを増してきた。一町さきは白ひといろに塗りつぶされ、天地の境も見分けがたい。

乱れる風に押され、雪は頭上のみではなく、足もとからも吹きあげてくる。

郡村生駒屋敷では、土居、掘割の鹿柴《ろくさい》に沿い、寄食の牢人《ろうにん》衆を立たせ、不時の出来事にそなえていた。

悪天候に乗じ、敵がいつ討ちいってくるかも知れない。犬山城主織田信清が、近頃危険な動向を示していた。信長の従兄弟《いとこ》である信清は、生駒の縁戚《えんせき》でもあったが、油断はできなかった。

信清は岩倉城主織田信安とのあいだに、於久地《おぐち》三千貫文の領地争いをつづけており、武辺を誇るつわものであるだけに、不意に果断の行動をおこすおそれがある。

蜂須賀小六は朋友《ほうゆう》前野将右衛門とともに、十一月なかばに木曾川中洲の川並衆の砦から、生駒屋敷にきて、細作の役目をつとめていた。

二人は行商をなりわいとする七道の者に身をやつし、知多郡へ幾度も潜入して、今川勢のたてこもる村木砦の陣備えを、探っている。

前夜おそく、知多から生駒屋敷に戻った小六たちは、酒をしたたかにくらい、熟睡《うまい》をたのしんでいたところを、朝はやく八右衛門に揺りおこされた。

「起きんかなあ、これ、いつまで寝ておる。この風音を聞けば侍たるもの、屋敷見回りなどいたさんと、思うであらあず。どうじゃ、それに今朝は雪も降っておるぎゃん」

小六は渋い眼をこすりつつ、起きあがる。

「これしきの風が吹こうと、雪が降ろうと、何にもあらまいが。雲球殿、さほどにあらけなくいわるものでないわ」

二人は小声で悪態をつきながら身ごしらえをして、屋敷の見張りに立たされた。

「よう冷えるだぎゃ、火にあたらにゃ身にこたえる。しばらく長屋へひっこんで、寝ようず」

寒気を凌《しの》ぐため、土居の内を歩きまわっていた小六たちは、昼まえに八右衛門の眼をかすめ、長屋へ戻ろうとした。

だが、幾足も歩まないうちに、土居のうえの見張りが叫びたてたので、おどろいてひきかえす。

「馬に乗った侍がうせおったでや。ひい、ふう、みい、七人だで」

見張りの声を聞くと、小六たちは信長がきたと察した。

信長は矢倉門の手前、老杉の下で馬を下りると、大股《おおまた》に門内へはいった。

小六と将右衛門は、走り寄って雪中に片膝をついた。

「出迎え大儀じゃ。そのほうども、ここにきておったか」

いいすて、奥庭の離れ屋へいそごうとした信長を、小六が呼びとめる。

「おそれながら、火急にお耳にいれたき儀が、ござりまするに」

信長は小六を睨みつけた。

「あとにいたせ」

足早に二、三歩通りすぎかけ、信長は思いなおし足をとめる。

「何用じゃ」

小六は辺りを見まわし、口ごもる。

門前に牢人衆が十人ほど、集まっていた。

「よからあず、さきに聞くでや」

信長はうなずき、主殿《とのも》へ足を向けた。

八右衛門が急ぎあらわれ、色代《あいさつ》をする。

「これはお殿さま、ようこそお越しなされまいた。いざ、こなたへお通り下されませ」

信長は青畳のにおいのこもる広間に入り、床を背にあぐらを組む。

八右衛門、小六、将右衛門が下座に坐《すわ》った。

「手焙《てあぶ》りをお召しなされませ」

八右衛門がさしだす素焼きの手焙りを、信長はあぐらのうちにかかえこむ。

「小六、将右衛門、なにごとじゃ、申すがよい。村木砦が見聞であろう」

小六が畳に両手をつく。

「されば申しあげまする。お殿さま、村木三千人の駿河衆の采配《さいはい》を振るうは、松平《まつだいら》越中守《えっちゅうのかみ》にござりまするが、二、三日まえより、今川治部大輔《じぶだゆう》が岡崎より出馬いたし、ひそかに着陣いたしてござりまする」

信長の眼が玻璃玉《はりだま》のように光った。

――今川の劫経《こうへ》し狢《むじな》めが、いよいよ、出てきおったか。それならば、眼にもの見せてやらねばならず――

駿河衆三万の総大将が、信長の戦のかけひきを実見に出向いてきたのである。

信長のみぞおちから全身に、冷水の流れるように緊張がひろがった。

「今川義元めは、武田と手を組みなおせしゆえ、尾張に手をのばしてきおったのだわ。したが、思案のようには参らぬぞ。眼にもの見せてくれるだぎゃ」

信長の手もとで、鈍いひびきがおこった。手焙りを握りつぶしたのである。

甲斐《かい》の守護大名武田氏と、駿河、遠江《とおとうみ》二州の守護大名今川氏は、名門どうしで早くから姻戚《いんせき》となっていた。

今川義元の妻は、武田信玄の姉であった。この二氏にくらべれば、北条家は初代早雲が今川家の食客のとき、わずかな兵を借りうけ伊豆《いず》を攻め、小田原に本拠を築いたもので、家系はあたらしい。

たがいに国境を接する強力な戦国大名である三者は、戦い、同盟することをくりかえしてきた。

今川義元は天文のはじめ、東三河を制圧し、天文十八年（一五四九）、尾張の強力な武将、織田信秀が病死すると、彼が勢力を扶植《ふしょく》していた西三河をも席捲《せっけん》し、さらに尾張領内に侵入し、西上の足がかりを築いた。

義元が、西上し上洛《じょうらく》する望みを果すためには、東方から隙《すき》をうかがう北条氏が障害であった。

風雲険しいおりから、天文十九年、義元の正室が死んで、武田氏との姻戚関係が消滅した。義元は軍師太原崇孚《たいげんすうふ》のすすめにより、天文二十一年に娘を信玄の嫡男義信に嫁がせる取りきめをした。

その年十一月、輿入《こしい》れの儀がおこなわれ、今川と武田の絆《きずな》はふたたびつよめられた。

信長はつぶやくようにいう。

「村木を攻むるには、三千は頭数がいるのだで。まず揃《そろ》うであろうか」

八右衛門が答えた。

「生駒衆、川並衆総出にてご加勢いたしまするゆえ、頭数は揃うべしと存じまするが」

信長が、握りつぶした手焙りの灰を、膝になすりつけつつ、八右衛門に向け、顔をつきだす。

「与三の注進では、新五郎が手を抜くかも知れぬのだわ。それゆえ、あやつの四百人はあてにはならぬ」

八右衛門がおどろいたように聞く。

「一の宿老《おとな》の新五郎殿が、なにゆえに兵を出されぬのでござりまするか」

「いま村木を攻めなば、清洲勢が留守を攻めてこよう。腹背に敵を受けたなれば、自滅のほかはなしと勘考いたしおるようだぎゃ」

「されど、那古野の後詰めには、山城入道さまの御加勢が参るのでござりましょうに」

「うむ、入道はその由もはや承引なされておるだで」

「ならば新五郎殿が、合戦に出でねばなりますまいに」

信長は口もとをひきゆがめ、苦い表情をみせた。

「あやつには、あやつの了簡《りょうけん》があろうず。いまは思うがままにさせておけば、よからあず。いずれは成敗いたすのじゃ」

信長は、短時日のうちに村木攻めを成功させねばならなかった。長びけば戦費にこと欠くのである。林新五郎通勝《みちかつ》の成敗までは、手が及ばなかった。

蔀戸《しとみど》を打つ風音が、いちだんとつよまった。信長は宙を睨《にら》み、考えをめぐらす。

舅《しゅうと》の斎藤道三は、腹背に敵をひかえる聟のために、那古野城の留守居役として、一千余の兵を加勢する約束をしてくれたので、信長は窮状を救われた。

道三は信長を滅亡させては、今川義元の圧迫を直接にうけることになるので、加勢を承知したのである。

信長は大小いくつかの勢力のはざまに、あやうい存在を保っているわが立場に、絶望することなく、苦痛を噛《か》みしめつつ堪えぬこうとしていた。

「村木は一日で落したいのだわ」

ひとりごとのようにいう信長の気持ちは、小六たちにはよく分っていた。

「何とかなるあず。八右衛門、小六、儂は今川の砦めを、ふるえあがらせてやるだぎゃ」

信長は傍の者がおどろくほどの高笑いを、座敷じゅうにひびかせる。

「八右衛門、村木が見取り図を出せ」

八右衛門が、細作たちが協力してつくった、村木砦の外曲輪《そとくるわ》の見取り図を、床脇の戸棚から出す。

信長は、砦の輪郭を指でなぞった。

「北は切り立ったる崖《がけ》にて、東は追手、西は搦手《からめて》か。南の大堀は幅ひろいか」

小六が答えた。

「大堀は亀甲《きっこう》の形に掘りあげ、向う岸の霞《かす》むばかりに広うござりまするに。ただ深うはござりませぬ」

「ならば筏《いかだ》を組み、押し渡らばよからあず。敵の狭間《はざま》はわれらが鉄砲にて、撃ちすくめてやるだぎゃ。駿河衆の胆を冷やしてやろうず。のう小六」

「さようでござりまするに」

信長は鉄砲の引き金を引く手つきをし、膝《ひざ》もとの盃《さかずき》に注がれた諸白《もろはく》の酒を、ひといきに呑《の》みほし立ちあがった。

「合戦の手回しは、早々にいたしておけ。よいか、年がかわればじきに仕懸けるのだで」

信長はいいすてたまま、ふりかえりもせず広間を出た。

彼は物射沓《ものいぐつ》を足さきにつっかけ、奥庭の離れ屋へ急ぎ足に向う。

「あなたさま、お待ち申してござありましたものだで。早うおいであすわせ」

綸子《りんず》小袖《こそで》の重ね着をした吉野が縁側に坐《すわ》り、頬をほてらせもどかしげに呼びかける。

「立ちゃあせ」

信長は狩衣《かりぎぬ》姿のまま、縁先に吉野を立たせ、しなう腰を抱きしめた。

窓を閉めきったほのぐらい湯殿の、濛々《もうもう》と湯気のこもるなかで、信長は風呂《ふろ》に身を沈めていた。

吹雪がせわしく窓を叩《たた》いている。信長の身内に、自分を狙《ねら》った曲者を殺したときの気の昂《たか》ぶりが、余燼《よじん》をくすぶらせている。

彼はわが手をひろげて見た。濡《ぬ》れた手首を見るうち、それが体から斬《き》りはなされ、戦場に落ちているさまを頭にえがく。

合戦の場で、死神は燐光《りんこう》を発して身近にいた。男たちは疵口《きずぐち》から黄の脂肪、臓腑《ぞうふ》、脳漿《のうしょう》、眼球などさまざまのものをはみださせ、死んでゆく。

深手の者は、ひと思いに死んだほうが苦痛を知らずにすむ。戦場で外科手術をおこなう金創座敷《きんそう》は、四隅に青竹を立て、しめなわを張り神聖な外見をよそおっているが、怪我人《けがにん》をいたずらに苦しませる場所にすぎなかった。

信長は疵の手当てをうけつつ、痛みをやわらげる真言の呪文《じゅもん》を必死にとなえる怪我人が、苦痛に顎《あご》をふるわせつつこときれるさまを宙にえがき、われにかえって湯に顔を沈める。

彼は低い声音で、愛誦《あいしょう》する小唄《こうた》をくちずさむ。

〽死のうは一定《いちじょう》

しのび草には何をしよぞ

一定かたりおこすよの

吉野は信長が脱ぎすてた狩衣、下着をたたんでいた。彼女は恋しい男の肌のにおいのこもった衣裳《いしょう》を置き重ねるうち、思わず頬《ほお》ずりをする。

湯殿の戸があき、吉野は閨着《ねやぎ》をいそいで持ってゆき、信長に着せかける。

「いらぬだわ」

信長はおしのけ、吉野の手をひき臥所《ふしど》へ誘った。

ふたりは香のただよう臥所で、獣のように睦《むつ》みあう。吉野は信長のはたらきかけに、思いがけないほど、はげしく応じることがある。

「今日はちがいまするに」

汗ばんだ信長の背を抱く吉野が、不意にいう。

「何とした、ちがわぬに」

信長の問いに吉野は答えず、くりかえす。

「なんとのう、ちがいまする」

吉野は両腕に力をこめ、信長にわが身をおしつける。

「いつまでもながらえていてちょーだいあすわせ。あなたさまが合戦よりお戻りにならねば、私も自害いたしまするわなも」

吉野の頰は涙に濡れていた。

天文二十三年（一五五四）正月二十日、美濃斎藤道三よりつかわした千余人の軍勢が、那古野城下に到着した。

主将安東伊賀守をはじめ、田宮、熊沢、甲山《かぶとやま》、安斎、物取《ものとり》ら歴戦の物頭《ものがしら》が、先手《さきて》、旗本、本陣、後備えの行列を固め、色あせた甲冑《かっちゅう》、旗差物のよそおいもものものしく、城下の志賀、田幡《たばた》の両郷に着陣した。

信長はみずから美濃衆の陣所構えの手配りをしたのち、安藤伊賀守に陣取り御見舞いに出向いた。

黒糸縅《おどし》一枚胴具足をつけた伊賀守に、丁重にむかえられ、信長は加勢の礼をのべる。

「こたびは頼もしきお味方、よりすぐられし御同勢来着下され、まことに心丈夫にて、後ろをかえりみることなく合戦にのぞむことができまする。三州境への出陣は明日と決めてござりますれば、留守居の固め、くれぐれもお頼みいたす」

伊賀守は陣所の床に手をつき、返答をした。

「信長さまには、われらごときにお手あつきお言葉を賜り、恐れいってござりまする。われら一統、那古野のお留守居を承りしうえは、いかなる敵が攻め寄するとも、かならずお城を護り抜き、渡すものではござりませぬゆえ、お心安うご出陣されませ。ご武運おさかんにて、ご帰城あそばさるるよう、お待ち申してござりまする」

信長は美濃衆の精兵《せいびょう》たちの面構えを見て、これなら後詰めを任せてよしと安堵《あんど》した。

那古野城では翌日の出陣支度で、軍兵、夫丸《ぶまる》人足の群れが内曲輪、外曲輪に篝火《かがりび》を焚《た》き、忙しく立ちはたらいている。夕刻に戻った信長は、大手門で緊張した顔つきの小姓に迎えられた。

「お帰りなされませ。ただいま二の丸御評定《ひょうじょう》の間にて、勘十郎さま、守山さま(信光)、宿老衆、林さま、青山さま、内藤さま、ほかに柴田さま、佐久間大学さま、おなじく次右衛門さま、佐々内蔵助《さっさくらのすけ》さま、生駒八右衛門さま、林美作守《みまさか》さまが、お待ちなされておりまする」

信長は小姓にうなずき、足早に二の丸へ向った。彼は親戚、重臣を呼びあつめてはいない。

――新五郎め、なんぞ異見をおこし邪魔いたすか。儂《わし》を追い落そうとの魂胆であろうが、そうは参らぬのだわ――

雪催《もよ》いの寒気のなかを、胸を張って歩む信長を見た軍兵たちが、立ちどまり地に膝《ひざ》をつく。

「会釈はいらぬだで。早うはたらくがよい」

信長は眼差《まなざ》しをやわらげていう。

二の丸の土間に足を踏みいれたとき、彼の顔は夜叉《やしゃ》のように憤怒の隈《くま》どりを宿していた。

親戚、重臣たちは評定の間で、灯台のほの明りに具足の金具を光らせ、居流れていた。

信長は上座につき、右端にひかえる林通勝に聞いた。

「いま時分、頭《つむり》をそろえ何の軍議じゃ。新五郎、そのほうが皆を呼びあつめしか」

広間はたがいの表情が読めないほどに暗い。信長の口調は、おだやかであった。

林通勝は合戦采配《さいはい》できたえあげた、ひびきのある声音で答えた。

「さようにござりまする。このたびの村木攻めは、清洲彦五郎にうしろをうかがわれてのことなれば、いついかなる転変のおこらんとも知れず、まことに容易ならざる形勢にござりまする。それゆえに、信長さまのご存念を承りたく宿老をはじめ主立ちし者を呼び集めし次第にござりまする」

――こやつは儂に正面から楯《たて》つく気構えだわ。平手政秀がように、情義をたつるやつではなし。儂が主命に背いたとして成敗しようといたそうものなら、おのれが寄子《よりこ》、足軽の末まで引具して、清洲へ奔《はし》りかねぬ痴《し》れ者に相違ない。儂はいまは折れてやろうず。こやつが手に乗り、家中をいくつにも割るがごとき下策はとらぬ――

信長は、みぞおちから喉《のど》もとへ押しあげてくる怒りをおさえつつ、通勝に問いかける。

「いまさら何の存念があろうかや。明朝には熱田湊《あつたみなと》へ兵をすすめるよりほかに、何も考えてはおらぬのだわ」

通勝は声を大にして、意見をのべた。

「水野金吾が小河城は、信長さまが取りいそぎ後巻《うしろま》きなされずとも、いまだ落城の気遣いはござりませぬ。このたびのご出陣は思いとどまられ、清洲を攻め落したるのちのこととなさるるが、上分別と存じまする。なにとぞいま一度ご勘考あそばいて下されませ」

佐々内蔵助がなにごとかいいかけるのを、生駒八右衛門が袖を引き、制した。

八右衛門の隣りにひかえた通勝の弟、林美作守が、能弁につけくわえた。

「形勢あやうき合戦をおしていたすは、お家のためになりませぬ。われら代々の臣でなくば、かような気くばりはいたさぬものでござりましょうが」

内蔵助、八右衛門が固唾《かたず》をのむうち、聞きなれた信長の野放図な笑い声が、広間にひびきわたった。

「何なりともよからあず。そのほうらの不足は聞き置くまでだわ。儂は主人ゆえ、決めたことは変えはせぬ。合戦に出るに不服があるなら早々にひきとり、わが知行地の守りでもいたせ。咎《とが》めだてはせぬゆえにのう」

信長はまた、乾いた笑い声をたてた。

林通勝、美作守兄弟は、宵のうちに四百五十人の手勢を連れ、那古野城を退散し、寄子の前田内蔵助の荒子城に陣を移した。

信長の帰還までそこにいて、清洲衆にそなえるというのである。

青山、内藤らの宿老は、林の意をうけているのであろう、弱気をかくさなかった。

「林が一統罷《まか》り退《の》きたるうえは、いかがなされまするか」

信長は青山与三右衛門の問いかけを、一蹴《いっしゅう》した。

「これほどのことは、すこしも苦しからず。小河に着陣いたしたうえは、水野金吾が家来もともに出勢《しゅっせい》いたすゆえ、頭数に不足はなし。何の気懸かりもないのだわ」

翌二十一日、信長は熱田に軍兵、小荷駄をあつめ、その夜は熱田社に泊った。

熱田湊にはかねて雇いあつめた千石船など、伊勢《いせ》通いの便船数艘《そう》、沿岸の運送をこととする枝舟百余艘が待機して、夜通し小荷駄の積み込みをおこなった。

陸路をとって小河城に達するには、知多郡に進出し、城砦《じょうさい》を構えている今川の勢力と衝突しなければならないため、信長は海路をえらんだのである。

連日吹いている北風を帆にうけ、知多半島の西岸へ一気に進出し、小河城に入城しようとする作戦であった。

信長は熱田社の宿で酒をあおり、眠れぬ夜をすごした。風が戸をたたき、嵐のように烈しく吹きつのってきたからである。

翌朝、天明とともに信長は浜へ出た。空は晴れていたが、ちぎれ雲が南へ走り、海上は険しく白馬を走らせていた。

軍兵、馬匹《ばひつ》が枝舟で便船に運ばれている。海辺に帆柱をつらねる枝舟の大群は、きしみ声を上げ、うねりに乗って上下していた。

潮煙の立ちこめている浜辺に信長が出ると、叔父《おじ》の信光、柴田権六《ごんろく》らが近寄ってきた。

信光が小手をかざし、沖を見つつ、信長に知らせた。

「今朝はもってのほかの大風じゃ。見ての通り木の枝を折り、砂を吹きたて、眼もあかれぬだわ。水主《かこ》、楫取《かじと》りも、この風での渡海は至極の難事じゃと申しておる。いかがいたすかのう」

合戦のたびに先陣を承る、慓悍《ひょうかん》無類の柴田権六も、怯《おび》えた眼を沖にむけていた。

熱田で一日滞陣すれば、士気がゆるみ合戦は負けると信長は判断した。風はその日のうちに納まるとはかぎらない。

もし、船が転覆したときはそれまでのことだと、信長は決断を下した。窮地に陥ると、彼の身内にひそむ攻撃の本能が燃えたった。

熱田湊の波止《はと》の辺りに、船頭、楫取りが四、五十人群れ集い、鬢髪《びんぱつ》を風に吹き乱されつつ声高に話しあっていたが、墨絵陣羽織の裾《すそ》をひるがえした信長が、織田信光、柴田ら将領を従え近づくと、砂浜に膝をついた。

信長は彼らのまえに立ちはだかり、大音《だいおん》に問いかける。

「そのほうども、船を出すのが難儀といいおるか。子細を申せ」

潮灼《しおや》けした千石船の船頭が、顔をあげた。

「お殿さまに申しあげまする。かように荒吹く日和でござりまするに、渡海はとても叶《かな》わぬまいと、勘考いたすでござーいますもんだで、日延べをお聞き入れ願いとうございまする」

信長は船頭を睨《にら》みすえた。

「船が覆《かや》るというか」

「さようでござりまする。この風に帆をあげたなら、船は吹き倒さるるでござりまするがなも」

「ならば三艘ずつ苧縄《おなわ》にて横つなぎにつないでゆけば、よからあず。たがいの舳《へさき》と艫《とも》を二本の太縄で引きあうならば、覆るまい」

荒天に遭遇した漁船が、三艘ずつ横列にならび、船首と船尾に二本の苧縄をかけわたすのは、転覆を免れる最後の手段であった。

船頭は信長がそのような航法を知っているとは思わなかったので、思わず言葉の継ぎ穂を失う。

信長はすかさず、船頭を説得する。

「大船、枝舟あわせて百をこえる数が、それぞれ三艘ずつ引きおうて渡海いたさば、追風に乗りて矢のごとき船足となるは必定だわ。いかに船頭、鳥目《ちょうもく》はなみの三層倍は払うてやろうず。参らねば汝《うぬ》ら水主《かこ》、炊夫《かしき》の端にいたるまで、斬って捨てるゆえ、覚悟いたせ。いま渡海いたさぬなら、合戦はこなたの負けだで。儂も汝らもともどもに、死ぬよりほかはないのだぎゃ。よう思案して返答いたせ」

信長は血走った両眼をみひらき、刀の柄に手をかけた。

船頭は仲間と額を寄せあい、相談をはじめた。信長は大喝した。

「なにをあれこれ迷うておる。早速に返答いたせ。ここで死ぬるか、船を出すかのふたつにひとつだぎゃ」

船頭が信長のまえに、あわてて膝をついた。

「あのなも、ここで死ぬよりゃ命懸けでやりまするがのんし」

信長はつめたい眼差《まなざ》しを船頭に向け、うなずいた。

二千五百人の軍兵と小荷駄を乗せた船団は、辰《たつ》の上刻（午前七〜八時）に熱田湊を出帆した。

湊ぐちを出離れるまでは、船頭たちのおそれたように、海上に三角波が打ちあい、船はいつ転覆するかと胆を冷やすばかりに揺れた。右舷《うげん》に打ちあたった波が網の目のように頭上にひろがり、左舷へなだれおちるので、船の垣立《かきたつ》のうちにひしめきあう軍兵たちは、菰《こも》をかぶり、装束を濡らすまいとする。

左右にひろがった船団の中央、御座船の帆柱を背にあぐらを組んだ信長は、船が片端からくつがえり、軍勢が海中へ投げ出される破局のさまを、宙にえがいていた。

「これは儂《わし》の運試しだわ。武運が強けりゃ渡海できるがのう。どうなるか分らぬに」

彼は歯をくいしばり、丘のように盛りあがってくる波が、船腹に轟音《ごうおん》とともになだれてくるときの、震動に押し転ばされまいと、帆柱にしがみつく。

だが、沖へ出ると海面のうねりがしだいにゆるやかになった。三角波が消え、朝陽に映える緑の海面が、なめらかに上下する。

船頭がしわがれ声で喚《わめ》いた。

「お殿さま、もはや安気《あんき》になされてちょーだいあすわせ。帆をあげりゃ、坂道を走《は》せ下るげな船足で、まぁーりまするだで」

彼は舳《へさき》へ立ちはだかり、指図する。

「苧縄を切れ、帆をあげやれ」

蓆帆《むしろほ》があがり、いっぱいに風をはらむと、御座船は弦《つる》をはなれた矢のように走りはじめた。

船団の大小の船は、帆をあげ御座船を追う。信長は動悸《どうき》の高鳴るのを、抑えられない。

「儂が運試しは勝ちと見えたぞ。このいきおいならば、村木攻めも勝ち戦だで」

彼は傍らの近習たちにむかい、大音声《だいおんじょう》に叫んだ。

船団は四里の海路を半刻（一時間）のうちに帆走し、知多横須賀の入江に着岸する。横一列に並んだ船団が岸へ近づいてゆくと、先行していた細作が狼煙《のろし》をあげ、近隣に敵勢が不在であると知らせた。

無事に上陸した信長勢は、野陣を張り一泊して、態勢をととのえる。二十三日払暁に、隊伍《たいご》をととのえた同勢は、弓衆、鉄砲衆をさきに立て、小河城への街道を進んだ。

小河城主水野金吾は数百の兵を連れ、信長を迎えに出た。

小河城は知多半島の東北、衣ヶ浦にのぞむ台地に、東西五十間、南北百三十間の土居をつらねた要害であった。

信長は宵のうちから、軍兵を城内の陣所で休ませた。城主水野金吾は、城攻めの井楼《せいろう》、筏《いかだ》、梯子《はしご》、竹把《ちくは》、屛風楯《びょうぶだて》などの支度を充分にととのえていた。

信長は本丸で諸将と攻撃の手筈《てはず》をきめた。

「南の口は、誰が仕懸くるとも、攻めがたきところだで、儂が請けとろうでや。西の搦手《からめて》は守山の衆、東の追手口は当国の案内に詳しき水野父子が請けとるが、よからあず。明朝一番鶏《どり》の啼《な》くを合図に押しだし、村木砦を押しつつむ。手筈のととのい次第に、三方より隙間なく、我責《がぜ》めに攻めたつるのだぎゃ。明日の戦は手加減いたさず、死人、怪我人の多かろうともひるむことなく、陽のあるうちに敵を追いおとさねばならず。そのほうども、一命を儂にくるるつもりにて、はたらいてもらいたいのだわ。頼んだでや」

座敷を埋める将領たちのあいだに、緊張の気配が流れた。

信長は向うみずなようでいて、合戦の際の兵の進退には慎重であった。麾下《きか》将兵の戦闘能力を、すべて消耗しつくすような、猪突《ちょとつ》猛進をつつしみ、充分な余力を残して陣を引くのが、彼の特徴であった。

前々年、清洲衆と戦ったときも、松葉、深田の二城を陥れた余勢を駆って、清洲城を攻め落すのがさほどの難事ではなかったのに、城下を焼き払ったのみで攻撃をやめた。

一気に我責めをして兵を損ずるよりも、清洲衆は先行きしだい弱りになり、楽勝できる好機がいずれくると読んだためである。

それほどに用心深い信長が、死傷をいとわず村木砦を我責めに陥《おと》せと命ずるのは、よほどの覚悟があってのことであった。

あと数年のあいだは、今川義元に尾張攻めを思いたたせては信長は窮地に陥る。信長はせめて尾張下四郡を、完全にわが手に掌握したうえでなければ、今川に対抗する態勢をうちたてられない。

彼は、いままで鍛えあげてきた馬廻《うままわ》りの精兵八百とともに、拙速を承知の猛攻を加え、今川勢を是が非でも村木砦《とりで》から追い退けねばならなかった。

家来たちのみか、陣頭に立つ彼自身が生死の関頭に立たされるのである。

軍議が果てての ち、信長は矢倉に登った。森可成、蜂須賀小六が、物見の兵とともに天候を測っていた。

「日和は変らぬか。風が落ちたがや」

可成が答える。

「さようでござりまするに。明朝は上天気で、風も立たぬでござりますわなも。すばる星が、あのように光って見えておりまするで」

六個のすばる星（牡牛座《おうし》）が隠れたときは、かならず天候が崩れると見てよかった。

「お殿さま、あなたの山のうえに、ホソマイ雲も見えますれば、雨、雪などの降る懸念はござりませぬ」

可成が、東の空を指さした。

布を長く引きのばしたような白雲が、ひとすじ空にかかっていた。

「いまのうちに、お寝《よ》りになられませ。明日は大事な采配をいたさるる御身でござりまするに」

信長はうなずき、矢倉を下りた。

彼は身のひきしまる寒気のなかを、座所へもどる。たとえ一刻（二時間）でも睡っておかねば、軍勢の進退を決する判断力が鈍る。

信長は宿直《とのい》の小姓たちに囲まれ、鎧櫃《よろいびつ》にもたれ、つかのまの熟睡《うまい》に落ちた。

「お殿さま、一番鶏が啼いてござりまするに」

前田犬千代に声をかけられるまえに、信長は眼ざめていた。

曲輪《くるわ》うちは、軍馬のいななき、足軽たちの呼びかわす声、武具のうちあうひびきが湧《わ》きたっていた。

口をすすぎ、冷水で顔を洗った信長の身内に、疲労は残っていなかった。彼は五つ木瓜《もっこう》の旌旗《せいき》、金の傘の馬標《うまじるし》を立てた本陣の旗本衆が、馬首をつらねるなかへ、愛馬「ものかわ」にまたがり分けいった。

水野父子の手勢五百を加えた三千の信長勢は、昧爽《まいそう》の冷気をついて曲輪うちを埋めていた。信長馬廻り衆の先手には、黒糸縅胴丸に身をかためた柴田権六が小馬標を押したて、きおいたつ乗馬を乗りしずめている。

同勢のすべてが隊形をととのえると、母衣侍《ほろざむらい》が信長の傍に馬を走らせてきた。

「お殿さま、ご采配《さいはい》をなされて下されませ」

信長が馬上に背をそらせ、金の采配を頭上にさしあげ振りおろす。

太鼓が鳴りわたり、軍勢は村木砦に向い動きはじめた。

早朝の澄みわたる大気のなか、村木砦は逆茂木《さかもぎ》、鹿柴《ろくさい》を土居のうえに立て、隙間もなく旗差物をつらねていた。

のぼりはじめた真紅のいろもあざやかな朝陽に照らされる、山野の眺望はおだやかであった。

遠方で鶏が啼き、犬が吠《ほ》える。近在の百姓たちが、合戦の巻きぞえにならないよう、避難をはじめているのである。

信長は馬廻り衆を率い、村木砦南堀端をとり巻く。生駒衆、川並衆五百人も、信長に従っていた。

搦手口は柴田権六、織田信光、追手口には水野父子が、前夜に決めた手筈の通り、押し寄せる。

搦手外曲輪が、もっとも堀が狭く攻めいりやすい。信長と水野父子は、柴田権六と信光が搦手から突入しやすいよう、わがほうに敵をひき寄せてやらねばならない。

信長は堀端に出て、砦の土居を眺め渡す。屏風楯に囲まれた彼の身近に、土居の矢狭間《やざま》から放つ矢が、唸《うな》りをたてて飛んでくる。

「攻め口は、あの堀と堀のあわいじゃ」

信長は本丸の大堀の右手をかぎる出丸への通路へ攻めこみ、城内への突破口とするつもりでいた。

南堀端で唯一の弱点であるその附近には、防備の敵が密集している。信長は鉄砲衆と蜂須賀党の高麗筒を先手に立て、矢狭間を射すくめ、旗本衆を土居に取りつかせる段取りを組む。

鉄砲衆、弓衆のあとに長巻、太刀を手にした侍たちが、竹束、楯を手にひしめきあってつづいていた。

信長両脇備えの近習、小姓に至るまで、すべて攻め手に加わっている。

辰の上刻（午前七～八時）、攻撃の支度がととのった。

敵砦は静まりかえったまま、しきりに矢を射かけてくる。信長の旌旗にも、十本ほどの矢が突き刺さっていた。

信長は鐙《あぶみ》を踏んばり、馬上に身をおこす。

「寄せ貝じゃ、掛かれ、掛かれ、掛かれ」

信長の甲声《かんごえ》が敵味方の静寂をつんざき、ひびきわたった。

砦の周囲から一度に寄せ手の法螺貝《ほらがい》、太鼓、鉦《かね》の音が鳴り渡る。

「えいえい、えいえい」

楯《たて》を担いだ荒子《あらしこ》が先をあらそって走り、味方の人波が天地も崩れよと鬨《とき》の声をおらびたてる。

信長は鉄砲衆の先頭に立ち、重量のある十六匁筒に弾丸《たま》を込めた。

風が落ちたままで、敵味方の旗差物はひるがえっていない。砦の敵勢は、矢狭間から弓鉄砲をつるべ打ちに放って、寄せ手を近づけまいとする。彼らが土居のうちに巨木、岩石を積みあげているのが、石垣の下から見あげても分った。

信長は荒子の楯に守られ、大堀右手の出丸に向い前進した。彼のまわりに立てつらねた楯に、つづけさまに矢が命中し、堅牢《けんろう》なトガ材がひび割れる。竹束に弾丸が当るたびに、雀のさえずりのような音がする。土居のうえに硝煙がたちこめてきた。

信長は百五十挺《ちょう》の鉄砲を乱射すれば、矢狭間からの敵の狙撃《そげき》を沈黙させられると、判断した。鉄砲衆、弓衆は信長に従い、密集隊形のまま、大堀と出丸のあいだの通路へ入りこんでゆく。

聞くだけで身の疼《うず》く矢玉の擦過音が、楯のかげで中腰になっている信長の頭上の空間を、縦横に引き裂いている。

鉄砲衆が左肩にかけた輪火縄のいぶるにおいが、辺りに満ちてきた。信長は湧《わ》きたつ鬨の声を圧倒する大音声で、後続の侍たちに呼びかける。

「儂《わし》はのう、正面から右へ三つの狭間をば請取ってやろうず。各々心安う思うて塀をば乗りこえよ。あい分ったか」

彼はいうなり立ちあがり、矢玉の雨のなかに半身をあらわし、立ち放しの姿勢で十六匁筒を轟然《ごうぜん》と発射した。

傍にしゃがんでいる足軽が筒をうけとり、あらたな筒を手渡す。信長はすばやく左足を踏みだし、筒の火蓋《ひぶた》を切るなり台尻《だいじり》を頬《ほお》につけ、二発めを放った。

「次じゃ」

信長は、筒を投げ渡し、あらたな筒をうけとる。

彼が三発めを撃とうとしたとき、百雷一時に鳴りわたるように天地を震撼《しんかん》させ、鉄砲衆がいっせいに発砲をはじめた。

信長は身近に老練な鉄砲足軽を三人つきそわせ、弾丸込めした十六匁筒をかわるがわるさしださせて、隙間もなく発砲をつづける。

「おのれ、当ったか。それ、まだか」

彼は矢玉に身をさらす恐怖を忘れ、射撃に没頭する。

出丸の石垣下に硝煙が濃くたなびき、陽射しをくらくかげらせた。四百匁のバラ玉を装塡《そうてん》した高麗筒が、まわりの軍兵の聴覚を奪い、咆哮《ほうこう》しはじめた。

気をたかぶらせた鉄砲小頭が、両手をふりまわし、喚《わめ》きたてる。

「それ、撃ちやれ。もっとだぎゃ、矢狭間をひとつも余さず、潰《つぶ》しやれ」

朝陽をうけ、大口あけて配下を煽《あお》りたてていた熟柿《じゅくし》のような赭顔《しゃがん》のまんなかに、敵の矢が突き刺さり、小頭は暴風に吹きとばされるように、のけぞりひっくりかえる。

抜きはなった太刀、長巻を肩にかけた侍衆が、荒子たちのさしかける楯に守られ、鉄砲衆の横手へ進み出てきた。

侍大将柴田権六がいかつい体をかがめ、先頭に立っている。

苦戦を強いられる南堀端への増援にもどった柴田は味方の矢玉に射すくめられ、鳴りをひそめかけた出丸の石垣にとりつく好機を、うかがっていた。

「いまじゃっ、それいけ」

柴田が叫び、楯を蹴《け》り倒し躍り出た。

鉤縄《かぎなわ》をかついだ軽装の荒子の群れが、柴田を追い越し、石垣めがけ疾走する。見る間に四、五人が矢をうけ転倒するが、石垣にとりついた者は、鉤縄を投げあげた。

逆茂木のうえに身をあらわにした敵兵が、土塀にひっかかった鉤縄を叩《たた》き切ろうとして、狙撃《そげき》され、石垣の下へ転げおちる。

柴田が喉《のど》も裂けよと喊声《かんせい》をあげ、石垣へ走った。侍衆がうねり流れる波濤《はとう》のように、叫びながらわれがちにつづく。

鉤縄につかまり、猿のようによじ登ってゆく侍衆の背後へ、大堀をへだてた本丸の土居から、遠矢が雨のように射掛けられる。

信長の弓衆が向きを変え、懸命に応戦するが、石垣にとりついている侍たちは、片端から矢玉をうけ、転げ落ちた。

ようやく塀のうえに辿《たど》りついた信長勢は、刀をとりなおすいとまもないうちに、敵に突き落され、斬り倒される。

駿河衆は北条の長物と呼ばれる大太刀、大槍、鉞《まさかり》をふるって、必死に這《は》いあがる信長の近習、小姓を甲冑《かっちゅう》のうえから叩き潰す。

柴田が与力の侍たちを連れ、死力をふるいようやく塀を乗りこえた。彼らのあとに続き、蟻のようにうごめき塀にとりついた信長勢が、不意に塀もろともになだれ落ち、地面に叩きつけられた。

「吊《つ》り塀じゃ、塀にたかるでないぞ」

物頭《ものがしら》が声をからして叫ぶ。

算木《さんぎ》を乱したように倒れ伏す怪我人のうえに、敵の矢玉が降りそそいだ。

信長は歯をくいしばり、鉄砲を撃ちつづけた。

石垣の下に立ち、侍衆の指図にあたっていた生駒八右衛門が、高麗筒を射放している蜂須賀小六のもとへ駆けもどった。

「小六、このままでは侍どもが皆殺しにさるるじゃわな。追手口の水野が陣へ走って、井楼《せいろう》を曳《ひ》いてこい。邪魔だてすりゃ、味方なりとも斬りすてよ」

小六は硝煙ですすけた顔を、おおきくうなずかせる。

「承知じゃ親爺《おやじ》殿、曳いてくるだぎゃ」

彼は地響きをたて高麗筒を発砲したのち、一群の足軽を呼びあつめ、追手口のほうへ走り去った。

信長は出丸の一角にようやくとりついた柴田らが、塀際で敵勢と必死に斬りむすぶさまを見て、鉄砲を投げだし、本陣を固める近習勢とともに、石垣をよじ登ろうとした。

「お待ちなされ。御大将が血迷うてはなりませぬぞ。いまに小六が井楼を持ち来りまするほどに、しばしのご辛抱をなされませ」

八右衛門が信長に組みつき、懸命にひきとめる。

信長は八右衛門を突きのけ、佩刀《はいとう》を抜きはなち走りだそうとして、前のめりに膝をつく。

「お殿さま、いかがなされた」

八右衛門と近習たちが、信長を抱きおこす。

「やっ、これは」

八右衛門が叫び声をあげた。

信長の冑《かぶと》の右の吹き返しから後頭部の𩊱《しころ》へかけ、弾丸の射抜いた孔があいている。

った。

信長は血の気のひいた顔をあげ、八右衛門の首に腕をまわし、ようやく立ちあがった。

銃弾にかすられた右の頰骨のあたりが、たちまち紫いろに脹《は》れあがってくる。

八右衛門は信長を屛風楯の内へ担ぎこむ。信長は地面に幾度か生唾《なまつば》を吐く。八右衛門が差しだす気付け薬をふくみ、苦みをこらえ嚙《か》みくだくうち、めまいがおさまってきた。

「猪口才《ちょこざい》なる奴輩《やつばら》め、眼にもの見せてくりょうず」

信長は抜き身を提げ、立とうとした。

「いけませぬ、おちつきなされよ」

「お殿さま、いま出ては死にまするに」

近習たちがとりすがり、押しとどめるうちに、背後に喊声《かんせい》があがった。

ふりむくと高さ五間の大井楼が、大勢の足軽に押され、揺れながら近づいてくるのが見えた。

二間四方に組みたてた井楼のうえには、鉄楯《てつたて》をめぐらし、十数人の鉄砲足軽が乗っていた。

小六も高麗筒を抱き、井楼にいた。敵の矢玉を浴びつつ、出丸石垣際まで押し出た井楼から、銃火が敵陣に降りそそいだ。

小六たちは、出丸の土居のうちを見おろす高さから、拳《こぶし》さがりに射撃する。土塀の矢狭間《やざま》に寄っていた敵勢が、将棋倒しに射倒され、浮き足立った。

出丸の片隅で皆殺しの危機にさらされていた、柴田たち侍衆が生色をとりもどした。

「よし、待っとりゃあよからあず。ええものをやるがや」

小六は足軽に手伝わせ、高麗筒に弾丸をこめる。

前日から水に漬け、充分にしめりをくれた樫《かし》の木の砲身は、皮で巻きたてたうえを鉄輪で隙間《すきま》もなく締めている。重みは充分にあるが、発射のときの反動ではねあがらないよう、縄でしばった石塊を、いくつも架台のあいだにぶらさげていた。

小六は慎重な手つきで、四百匁の弾丸を砲身に押し込む。厚紙三枚でこしらえた弾体には、おびただしい鉛のバラ玉が入っている。

土居のうちで、まだ踏みとどまっている敵の頭上にバラ玉を発射すれば、密集しているほど被害は大きくなる。

楯のあいだから、筒口も焼けよと発砲する轟音で、井楼のうえは叫び声も聞えない。小六は手まねで足軽に手伝わせ、高麗筒を敵兵の渦巻くあたりに向け、口火を点じた。

耳朶《じだ》を撲りつける衝撃とともに、井楼がおおきく揺れうごき、高麗筒が火を吐いた。敵勢のなかに土煙があがり、人影が薙《な》ぎ倒される。

砲撃に浮き足だち、なだれをうって砦《とりで》の奥へ逃げる敵を、柴田たちが追いかける。土居のうえに敵影が消えたのを見て、信長勢がいっせいに石垣にとりつきよじ登った。

駿河衆は、まもなく織田信光勢に搦手《からめて》口を打ちやぶられた。信光麾下《きか》に名を知られた猛者《もさ》の六鹿という侍が、外曲輪を押し入って一番乗りをする。

後続の軍兵がなだれこみ、声をあわせ勝鬨《かちどき》をあげた。

「あれは味方の勝凱《しょうがい》だで。こなたも声をあげよ」

出丸を奪取した信長が、家来たちに命じた。軍兵たちは血と埃《ほこり》に汚れた顔をふるわせ、空に向い勝鬨をおらびたてた。

午《うま》の上刻（午前十一時～正午）を過ぎる頃から、西風が吹きはじめた。

水野父子が攻める追手口の敵は、もっとも頑強に抵抗したが、未《ひつじ》の下刻（午後二～三時）に手負死人続出して、ついに砦の北方高台に退いた。

信長勢は三方から敵を追いあげ、矢玉を雨と降らせたあげくに、喊声とともに斬りこんでゆく。

駿河衆は死にものぐるいの防戦をつづけ、一刻（二時間）の死闘ののち、申《さる》の上刻（午後三～四時）に至って精根つきはて、笠《かさ》を振り降参を申し出た。

信長は日も昏《く》れかけ、味方の死傷者が砦の内外に、足の踏み場もないほどに転がっている有様を見て、敵の守将松平越中守《えつちゆう》の申し出をうけいれた。

彼は越中守の軍使を引見し、申し渡す。

「そのほうども一人のこらず責め殺したきは山々なれども、この度ばかりは命を助けてつかわすゆえ、砦をあけ渡し、すみやかに落去いたせ」

使者は地面に額をすりつける。

「ご寛恕《かんじよ》のおもむき、かたじけなく存じ奉る。早速に主人に言上いたし、仰せのごとくにいたしまする」

殺気だち、眼をいからせた信長勢に囲まれ、決死の覚悟の使者は、役目を全うできるよろこびに、声をうわずらせた。

信長は胸に噴きあげる敵意をおさえて聞く。

「今川治部大輔は、いまいずれにおってじゃ」

「大殿さまには、重原の城におわせられまする」

使者の返答を聞くと、信長は思わず口走った。

「命冥加《いのちみようが》なる奴めが、ここにひそみおったるなれば、かならず素っ首捻《ね》じ切ってくりょうものを」

駿河衆が退去したあと、信長は砦を水野父子に預けた。

「お殿さま、この勝ち戦にて、ご武運末広がりはうたがいなしと決ってござりまするぞ」

「やれめでたや、われらが殿は武辺ならびなきお弓取りよ」

生駒八右衛門、佐々内蔵助ら侍大将たちが、口々に祝詞を述べるのを尻目《しりめ》に、信長は地面を覆い倒れ伏す味方の手負死人をたしかめに歩く。

「お前も死んだかや。うむ、お前もか」

彼は血と泥にまみれた死者を悼むうち、顔を手でおおい、肩をふるわせ号泣した。

桶狭間《おけはざま》

晴れわたった空に雲のかげもないのに、どこから降るのか、粉雪が舞いおちてくる。

東方につらなる三河《みかわ》の山なみが、すんだ陽ざしの下で、白銀のよそおいをきわだたせていた。

永禄《えいろく》三年（一五六〇）正月のまひるどき、岡崎城下の大手通りに沿う商家が四、五軒、表をあけ品物をあきなっている。

商家のまえの陽溜《ひだま》りには莚《むしろ》がのべられ、市が立っていた。二と七の日にひらく六斎市の当日で、ふだんは昼間も人影のない往来が、近在から集まった老若でにぎわっている。

京都から旅わたらいをしてきた傀儡師《くぐつし》が、あやつり人形の芸で人を集めているので、大手門前の広場に組まれた桟敷には、祭礼でも見かけないほどの群衆が、笑いどよめいていた。

彼らをめあての甘酒売り、煮豆売りの行商人が、やかましく呼び声をあげている。

岡崎城は空堀、土塁にかこまれ、鬱蒼《うっそう》と茂った樹木のあいだに、風雨にさらされくろずんだ矢倉、柵門《さくもん》を点在させていた。

ふだんは城郭、城下町はともに、幻影であるかのように森閑と動きをあらわさない。正月の祝儀といっても、侍屋敷で胡鬼子《こぎのこ》（羽子板）の音がまばらに聞え、凧《たこ》がひとつふたつ揚がるぐらいのものである。

市日には、連尺《れんじゃく》に荷をかついだ行商人が大手の通りへまばらにあらわれるが、いつもは客の出もすくなく、その日のような人出はめずらしい。

市の片隅に莚をひろげ、鍔《つば》と手貫《てぬ》き腕貫きの緒をならべている男がふたり、あぐらを組み、まぶしげに眼をほそめていた。

彼らは漬物、干魚、古着、油などをあきなう者のように、手をたたき声をあげて客を呼ばない。

黙って坐《すわ》りこんでいるだけであったが、品物はよく売れる。

垢染《あかじ》みた鎧下《よろいした》の直垂《ひたたれ》のうえに、狸、猪などの皮胴着をつけた足軽たちが、城内から二、三人連れできてはしゃがみこみ、安価な鉄鍔や手貫き緒を買ってゆく。

合戦にあけくれる彼らの顔は、疲労にくろずみ、血走った眼球が、殺戮《さつりく》をなりわいとする者に特有の、野獣のようなかがやきを帯びていた。

「お前《め》っちゃ、どこからきたずら」

彼らは駿河訛《するがなまり》で問いかけてくる。

「伊勢《いせ》でございますで。伊勢の鍔は上物ですら」

愛想《あいそ》笑いをする、煮しめ手拭《てぬぐ》いで頬《ほお》かぶりをした商人は、蜂須賀《はちすか》小六であった。彼と並んでいるのは、森可成《よしなり》である。

森可成が如才なくすすめる。

「旦那《だんな》さま、さような大鍔は人目についてようございますで。斬《き》りあいになったときにも、敵の刀をうけとめやすうて、使いやすうございますわい。また差し添えの小脇差《わきざし》の鍔は、なるべく小ぶりな丸鍔を使うのが、心得というものやそうで」

客の足軽が濁った眼をすえ、気味わるい笑みをうかべ、可成を見る。

「お前っちゃ、諸事心得ておるようじゃな。合戦に出たことがあるずら」

可成は額をたたき、頭をさげる。

「手前は生れついての商人《あきんど》で、刀の持ちようも知りませぬが、鍔の商いをながらくするうちには、いろいろ聞きおぼえ耳学問をいたしまするで」

「そうずらか、たしかにお前っちのいう通り、合戦で組打ちとなりゃ、大鍔は帯につかえるよう。よし、俺っちゃ、その金の箔押《はくお》しの小鍔を買うぞ。包んでくりょう」

足軽は鍔を買い、懐にいれる。

「鍔屋、お前っちゃ伊勢商人なら、このつぎにくるときゃ、籠手《こて》、手甲《てっこう》を担いでこい。いくらでも買ってやらあ」

　可成は莚に額をすりつけ、よろこんでみせる。

「それはありがたいことで。また合戦でござりますか」

「そうずらよ、春には駿府《すんぷ》より大殿さまがご出陣じゃ。駿、遠、三の軍勢およそ五万で、尾張《おわり》一国に乱入するんだよう」

　可成は小六とともに、眼をみはり、おどろいてみせた。

「五万とは、そらおそろしきご人数《にんじゅ》でござりますなあ。手前どもは、それほどの人間が集いしところを、見たこともないですら」

　足軽は長い顎《あご》をつきだし、うなずく。

「俺っちも、いまだ見たことはねえずら」

「五万もの軍勢が乱入なされたなら、尾張はたちまち駿府の大殿さまのものに、なるのでござりますやろう」

　足軽は仲間と顔を見あわせ、鼻さきで笑った。

「ふん、織田の小倅《こせがれ》ごときは、石臼《いしうす》ですりつぶさるる小豆《あずき》のごときものずらよう」

「駿、遠、三に尾州を加えたなら、駿府さまのご身代は、天下にならびないものになりますやろう」

可成のおだてにのり、足軽は得意げに告げた。

「俺っちゃ、京都まで行くんだよう。大殿さまは、将軍になるずら」

足軽たちは高笑いをのこし、酒売りの店のほうへ去った。

小六と可成は、まえの日に岡崎へきた。

尾張から三河へ入る海道の関所は、松平党が旅人の身許《みもと》あらためを厳重におこない、織田方細作《さいさく》の潜入を防いでいた。だが可成は毎年の春秋に、鍔商人に身をやつし、三河から遠く駿河まで商いにまわっており、松平党、駿河衆の侍を多く顧客にもっていたため、労なく関所を通過できた。

岡崎に到着するまでに、道をゆきかう牛車、駄馬の数が多いのに、小六たちは気づいていた。

岡崎へ向う牛馬は、米麦の俵を運び、戻ってくるものは、空車を曳《ひ》いている。馬糧とみられる乾草を山積みした牛車の後押しをしている百姓に、小六は聞いてみた。

「親爺《おやじ》さんよう、こりゃ秣《まぐさ》じゃろうが。がいに積んで、どこへ持っていくんじゃ」

百姓は汚れた顔を向け、小六を白眼で見て答えた。

「お城だで」

「ほう、岡崎のお城か」

返事は戻ってこなかった。

「与三、雲行きが怪しいだわ」

小六がささやき、可成はうなずく。

「また合戦をしかけてくるでや」

「その様子だわ」

二人はあやしく高鳴る動悸《どうき》をおさえた。

岡崎の松平衆は六年まえの村木の合戦ののちも、今川家の手足となって、しきりに尾張へ侵入し、織田勢と合戦をくりかえしていた。

かつて織田家の人質であった松平衆の頭領松平竹千代は、弘治《こうじ》元年（一五五五）に元服し、今川義元の一字をもらい松平元康と名乗り、今川の侍大将となっていた。

元康は永禄元年（一五五八）春には、織田方に属していた三河の寺部、広瀬の二城を攻め、勝利を得て、尾張知多郡を制圧している。

小六と可成は、松平衆がまた織田の領地に侵入し、小競り合いをしようと合戦支度をしているのだと、納得しようとつとめた。

二人とも、そう思いたかった。しいてなにげないふうをよそおいつつ、みぞおちのあたりに、氷塊のようなするどくつめたい不安を感じている。

今川の狢《むじな》めが、動きだすのではないかという懸念をふりはらいながらも、膝頭《ひざがしら》がだるくなり、爪先《つまさき》が空を踏むような心地になってくる。

駿河衆が合戦支度をはじめているという噂《うわさ》は、まえの年の秋から聞えていた。諸国の商人から獣皮を大量に買いあげている事実は、織田方の細作が探知していた。

二人の不安は的中した。岡崎城下に到着してみると、おびただしい駿河衆の軍兵が、徘徊《はいかい》していた。

松平党の兵も城内に陣小屋をつらね、騒がしく立ちはたらいている。彼らは番匠《ばんしよう》を追いつかい、城郭の修理を急いでいた。

小六たちは顔色を変えた。

「雪の降る時候に、これだけの人数が集まるのは、ただごとじゃねえだで」

「うむ、今川の手の者は千はおるぞ。吉内のところへすぐ参ろうず」

二人は城下へ行商にくるたびに宿をとる、百姓の家へいそいだ。

極寒の時候に、数千の軍兵が岡崎城に集まっているのは、非常事態である。城の外曲輪《そとくるわ》に住む侍衆はともかく、足軽、荒子《あらしこ》たちは、ふだんは家にいて農耕などの手仕事に従事し、城から知らせがあってはじめて集合する。

彼らは野良ではたらいているとき、城で鉦《かね》を打ち鳴らせば家に帰る。太鼓が鳴れば武装して腹ごしらえをし、さらに法螺《ほら》貝《がい》の合図を聞いて城に駆けつけるのである。

小六たちは雪に覆われた畦道《あぜみち》を辿《たど》り、吉内の家をたずねた。

下肥《しもごえ》のにおいのこもった藁《わら》葺《ぶ》き屋根の暗い家内へ入りこみ、声をかける。

「吉内どん、伊勢の与三と小六が来たでや。おるかえ」

厨《くりや》の囲炉裏ばたから、返事がもどってきた。

「伊勢のお人かや、ようござったなもし」

四十がらみの親爺が立ってきて、煤《すす》によごれた顔をみせた。

「お前さんらは忘れずと、毎年きてくれるで。ありがたいら。こなたへおいでなされや」

「そんなら、茶をひとつくれっされ。野面を風に吹かれてきたで、火にあたれるのはありがたや」

吉内の女房が欠け茶碗《ぢゃわん》に、奈良茶をついでくれる。

可成は茶をすすり、なにげなく聞く。

「吉内どん、今年の正月はえらいにぎわいじゃな」

「明日は市日だで、なおにぎわうだわ」

「お城の衆が、なんで仰山《ぎょうさん》歩いとるのえ」

「あれはのう、兵粮《ひょうろう》とかいば集めだわ。駿河の大殿さまが、五月頃にゃ大勢家来を連れて尾張を攻めなさるでのんし」

小六は親爺の言葉に身内をしぼられるような緊張をおぼえた。

「わしは小便びょっくらしてくるほどにな」

彼はいそいで立ちあがった。

百姓吉内に、今川義元出陣の噂を聞かされた小六と可成は、霹靂《へきれき》に五体を打ち砕かれたような衝撃に、しばらくは口をきく気力もなかった。

下腹から震えが湧《わ》きおこり、おさえようとすればなおつよくなりまさる。顎をひきしめていなければ、歯音が立つ。

小六が裏の畑へ出ると、可成もついてきた。

「連れ小便だで」

可成は顔をゆがめ、無理に笑ってみせ、前をまくった。

二人は雪のうえに、ながながと尿《ゆばり》を垂れた。

「いよいよじゃ。大事の出来《しゆつたい》だわ」

「うむ、いずれは通り抜けにゃならぬ、針のめどじゃ。逃れるわけにはいかんでのん」

「討死には覚悟のうえだで。首を遣《や》ると覚悟をきめておりゃ、怖えものはなかろうぎゃん」

可成は小六に聞く。

「お主の党には、細作をはたらく飛びの者は、どれほどおる」

「まず三、四十はおるぎゃん」

可成はうなずき、小六を見据える。

「小六よ、今日よりのちはわれら忍びが、千載に一度のはたらきを見するときだで。総出で三河一円に埋伏して、細作せにゃならぬだぎゃ」

今川義元の尾州乱入は、まだ先のことであろうと推測していただけに、小六たちの動揺はおおきかった。

義元は六年前の、天文二十三年（一五五四）夏、軍師太原崇孚《たいげんすうふ》の斡旋《あっせん》によって、嫡子氏真《うじざね》の室に北条氏康の娘を迎えた。

これと前後して、信玄の娘が氏康の嫡子氏政に嫁ぐ。義元の娘はすでに信玄の嫡子義信の室となっていたため、武田、今川、北条の姻戚《いんせき》関係による同盟が成立したわけであった。

三国が手を結べば、北条氏康は関東にもっぱら力を向け、関東管領を応援する宿敵上杉謙信と戦うことができる。

武田信玄は川中島の合戦に全力を集中し、信濃《しなの》一国を斬り従えたうえで、北条家と協力して関東の征覇にも乗りだせる。

今川義元は、北条による後方攪乱《かくらん》の懸念が解消し、三河から尾張へと西上の鉾先《ほこさき》を進められるようになる。

義元はその後、着実に尾張侵入の計画を実行に移してきていた。

可成は吉内の家に旅装を解く間もなく、岡崎城外曲輪の、荒木田という松平衆足軽大将の屋敷をたずねた。

荒木田は可成から鍔などの武具を買う、顧客であった。

裏手の小門からいりこみ、馬洗い場から台所へゆくと、男衆がせわしげにへっついの焚《た》きぐちを火吹き竹で吹き、魚鳥を料理していた。

女中たちも煮炊き、味つけに立ちはたらき、酒樽《さかだる》を奥へ運んでゆく。

「ご免下され、伊勢より参じてござりますが、今日はなにやらおせわしいようで。また出直しまする」

可成が声をかけ、背を向けようとすると、男衆が走ってきて袖《そで》をひきとめる。

「ええのだで、与三どん。待っとりゃあせ、旦那《だんな》を呼んでくるほどに」

たずねるたびにみやげを遣《や》っているので、男衆は親切であった。

しばらく待つうちに、主人が廊下を踏みならしあらわれる。

「おう与三か、内庭へまわれ。今日は駿河の客人衆と、連歌の催しをいたしおるところだわ。いや、儂《わし》は下手だで」

ひとのよい主人は、与三と小六を呼びいれる。

与三たちは、客座敷の縁先に荷をひろげた。

「鍔に、手貫《てぬ》き腕貫きか。よからあず、持って参っただけ置いていけ。銭は台所で貰《もら》うがよい」

主人はひとわたり眺めていう。

「ありがとう存じます。旦那さま、また合戦でござりまするか」

与三の問いに、主人はこともなげに答えた。

「いまだいつときまってはおらぬがのう。儂らは今川公のご采配《さいはい》で尾張攻めをいたすのだわ。尾張は生り物《なりもの》の多き国だで、今川公もご執心じゃ。そのほうども、伊勢へ戻る道すがらに、尾張攻めを触れ歩いてくれ。さすれば織田の小倅は、戦わざるうちに風をくらい逃散《ちようさん》いたすであろうほどにのう」

その夜、小六は眠れなかった。

与三も眼ざめていて、囲炉裏ばたの茣蓙《ござ》のうえで、幾度も寝がえりをうっていた。

小六は吉内をはばかって、与三と話を交すことができないので、ひたすら物思いにふける。

あと半年ほどのあいだに、今川勢が乱入すれば、織田方は城を枕《まくら》に討死にを覚悟せねばなるまいと、小六は背筋に氷をはしらせる。

信長は村木砦《むらきとりで》の攻防では勝利を得たが、その後六年間を同族あいあらそう合戦に過ごすうち、三河から国境をこえてくる今川義元の圧迫を支えきれず、後退をかさねていた。信長は天文二十四年（一五五五）四月、織田広信を討ち、清洲《きよす》城を奪い、居城とした。国境に近い那古野《なごや》城は廃城としていた。

今川の領地は米高百万石に達しており、実勢で三万人ちかい軍勢を動員できる態勢にあった。大軍勢を他国へ侵入させるには、厖大《ぼうだい》な戦費と武器、兵粮が必要である。

駿、遠、三を領有する今川義元は、尾張のうち、知多、河内の二郡をも制圧し、領地としていた。

知多郡は、三河の岡崎城から西へ安祥《あんじよう》城、重原城、鳴海《なるみ》城へとつらなる、清洲攻撃の兵站線《へいたんせん》のうちにとりこまれ、今川の支配をうけざるをえない状態におちいっている。

今川勢は、鳴海城の東にある沓掛《くつかけ》城、西南の大高城をも、織田方から奪いとっていた。

生駒《いこま》八右衛門は、岡崎から清洲を狙いのびてきている攻撃の布石を、蛇にたとえ、小六たちに語った。

「絵図に描いてみりゃ、分るであらあず。清洲のお館《やかた》は、目白の巣でや。岡崎、安祥、重原とながい胴をうねらせてくる目白を狙う大蛇は、沓掛、鳴海、大高と三つ頭の怪物《えてもの》だわ。ほかにも小蛇が二匹あらあず」

八右衛門がいう、二匹の小蛇のうち一匹は、清洲の東北方、尾張の品野《しなの》城であった。

信長勢は品野城に対抗し、向城《むかいしろ》を築き戦を挑んだが、今川勢の強大な戦力に一蹴《いっしゅう》された。

いま一匹の小蛇は、清洲の西方、木曾川河口の、河内一郡であった。今川義元は海路伊勢湾を横断し、河内の地に軍勢を派して拠点を確保した。

河内郡には一向宗を信奉する長島の土豪、服部《はっとり》左京進がいて、信長と対立していたため、義元は彼らと手を組んだのである。

河内を制圧した今川勢は内陸に侵攻し、清洲城の西南方、蟹江《かにえ》城を占領していた。

鳴海城は清洲城の東南六里、品野城は東北方八里、蟹江城は西南四里に位置する。三方から狙われている清洲城は、外郭をすべて破却された裸城も同然の、危険な状態に置かれていた。

清洲城に拠《よ》る織田勢が、兵数において八倍から十倍に達する今川の大軍に、三方から攻めたてられたときは、西北の方角へ潰走《かいそう》するより道はない。

敗兵は木曾川を渡るまえに、一兵もあまさず掃蕩《そうとう》され、全滅の悲運を辿《たど》ることになる。

岡崎城下が六斎市でにぎわった午後、北風が吹きはじめ、気温がさがった。

小六と可成は陽の沈まないうちに茣蓙《ござ》を巻き、荷をまとめ連尺《れんじゃく》で背負う。

「早う去《い》のまいか。八右衛門殿に一刻も早う、今川の動静を聞かせてやらねばならず」

「うむ、儂もいそぎ川並衆の頭《かしら》をあつめ、細作《さいさく》稼ぎの指図をせにゃならぬでや」

二人はうなずきあい、城下を去った。

忍びの修業をつんだ可成は俊足であるが、小六もなみはずれた健脚であった。寒風が金切り声をあげている暮れがての海道を、彼らはかろやかな足取りで西へ戻ってゆく。

「今夜は天白《てんぱく》川の畔《ほとり》まで歩こうでや。善照寺へ泊ろうぞい」

「それがよからあず」

善照寺には、織田の砦《とりで》があった。

善照寺砦は、信長が永禄二年、鳴海城の敵に対抗するため築いた要塞《ようさい》で、東西三十間、南北十七間の平山城であった。

守将は織田家物頭、佐久間右衛門尉の弟左京である。織田の砦は、善照寺のほかに丹下、中島の二ヵ所にもあり、三砦で鳴海城を包囲していた。

信長は清洲城を狙う三つ頭の大蛇の、いまひとつの頭である大高城の東北の高地にも、鷲津《わしづ》、丸根の二砦を設けている。

いずれも善照寺砦より小規模な要塞であったが、信長麾下《きか》より選抜された精兵《せいびょう》が守備を固めていた。

「こののちしばらくは、お主らは稼ぎどきだわ。儂が落人《おちゅうど》となったるときは、養うてくれ」

可成がせわしく足を運びつつ、小六にいう。

「それはこころえておるでや。しかし、信長さまが降参となれば、川並衆がなんで安泰であらずか。ここまで深う肩入れいたしおれば、自然に共倒れにならずにはおれまいがや。儂をはじめ川並衆の武運も、風前の灯というべきだで」

小六が吐きだすような、荒い口調になった。

可成は信長の家臣であったが、小六は川並衆の首領として、自由な立場にあった。

彼は信長からは知行を受けてはいない。

そのかわり、莫大《ばくだい》な利益を生みだせる御墨付きを、拝領していた。

小六は永禄元年（一五五八）正月、信長から次のような特権を得た。

「国中《くになか》郡内の各関々に至るも、人馬荷駄通り抜けの儀、夜中深更に及ぶも構いなし」

尾張の国内で商業をいとなむ場合、いずれの関所をも時刻をかまわず、無賃で通行できる権利は、小六を感激させるにたるものであった。

信長は小六に知行を与え、召抱えようと幾度も誘ったが、そのたびに拒まれた。小六の身内には、思うがままに生きてきた野性の血が流れている。信長の協力者として命を賭《か》けようとも、家来として飼いならされるのを、ためらう気持ちが彼にはあった。

小六の朋友《ほうゆう》前野将右衛門は、信長から知行をうけ、いったんは奉公し、清洲城の戦《いくさ》奉行の配下となった。だが半年もたたぬうちに、大力にまかせ朋輩と喧嘩《けんか》口論し、信長から勘気をこうむり、もとの牢人《ろうにん》となった。

彼はいま宮後《みやうしろ》の蜂須賀屋敷、川並衆の砦を往来し、無頼遊行《ゆぎよう》の徒と交わる日を送っていた。野人は所詮《しょせん》、主持ちができない。

信長は将右衛門を勘当したが、内心では許していた。将右衛門は小六とともに、村木攻めののちの六年間を、信長の手足となり、はたらいてきた。

六年の歳月のあいだに、信長は尾張を統一するため、対抗する同族をすべて討ち滅ぼした。兄弟、叔父《おじ》をも殺害して、ようやく生存競争にかちぬいてきたのであった。

小六たちは信長に従い、いつ破滅の淵《ふち》につきおとされるかも知れない、危険な月日を生きてきた。

織田一族のなかで、信長だけが他を抹殺して生き残れるという見込みは、まったくなかった。小六は信長が叔父の信光、弟の勘十郎信行、清洲城主織田広信、岩倉城主織田信安、異母兄信広、犬山城主織田信清らを粛清、制圧できる強運の持ち主であるとは、思ってはいなかった。

彼は川並衆の郎党たちと、常に語りあっていた。

「われらは稼ぎがあれば、どの大名の手にもつくのだわ。いまは信長さまの器量についてゆくだけじゃ。旗色がわるうなりゃ、離れりゃよからあず」

小六は信長とのあいだに、利によって従う関係だけを保っているつもりであったが、ふりかえってみれば、勘定をわすれ生死を賭けた奉公を、幾度かつくしてきた。

小六と可成は凍《い》てつく寒夜の道をいそぎ、寝しずまった池鯉鮒《ちりゅう》の宿場を通りすぎた。

「この先、二里ほどのところに松平衆の関所があるでや。ちと北へ回り道すりゃ、夜中でも咎《とが》めなしに通り抜けられるだわ」

可成がいい、二人は海道から脇道へそれる。

「北にゃ鎌倉道というて、ええ道があるだわ」

可成は三河の地理に精通していた。

小六は頭上にかかる月を眺めつつ、可成に話しかける。

「思うてみれば、われながらにふしぎだで。木曾七流をおさえる蜂須賀党の総大将で、苦労もなしに身過ぎのできる儂《わし》が、なぜに信長さまのために、極寒の夜道を駆け走り、細作のはたらきまでをいたすのかのう。儂はいつでもおのれにいい聞かせておるのだわ。あの殿は油断のならぬ疑ぐりぶかき気性ゆえ、いつ痛まぬ腹を探られて、成敗さるる憂き目を見るやも知れぬとな。ご合力《こうりよく》もほどほどにと心掛けておるのに、気づいてみれば命のかぎりの奉公をいたしおる。美濃尾張の無頼どもを思うがままにはたらかすこの小六を、小者がように追いつかうとは、あの殿ならではの器量だわ」

可成は応じた。

「そうきょん。信長さまにゃ、生れつき家来どもを引きずってゆく生気があるのだがや。儂も、あの殿のまえに出ずれば、気が晴れて、いかなる大事をもなしとげらるるごとき気持ちとなり、ついていきとうなるでや。ひとつしくじりをいたさば、おそろしき仕置きをされかねまじき、まことに怪しきお人柄なれど、衆にすぐれてかしこき主人ゆえ、はたらき甲斐《がい》があろうというものでや。こののちしばしは、信長さまがご運に従い、博打《ばくち》をいたすよりほかはあらまいか」

信長は智謀《ちぼう》にたけている。

彼は絶えず四囲の情勢を勘考し、これときめた目標を達成するために、ああでもなし、こうでもなしと、縦横の糸を織りなすように策謀を練っては崩す。

ようやく納得できる計略をたてると八右衛門、小六、可成など、腹心の細作たちに任務を与え、実行に移した。

信長は清洲城をわが手中に納め、尾張下四郡の主人となるのに、合戦をせず一兵をも損じなかった。

正面から攻囲すれば、手痛い損害をうけるにちがいない、織田彦五郎広信、坂井大膳《だいぜん》らに二千にちかい手勢を動かさせず、謀略で破滅させたのである。

村木の戦いが終って間もない天文二十三年（一五五四）七月、清洲城で守護代織田広信と同居していた武衛《ぶえい》さまこと尾張守護、斯波義統《しばよしむね》が殺害された。

下手人は広信と、小守護代坂井大膳である。広信らは七月十二日、義統の嫡子岩龍丸が川狩りに出て、城内武衛館の若侍がすべて出払った機を狙《ねら》い、襲いかかった。

義統の家来は年老いた者が数十人、留守居をしているのみであった。彼らは不意をつかれたが、死を決してよく戦い同朋衆《どうぼうしゅう》にいたるまで比類なきはたらきをみせた。

義統は切腹し、岩龍丸は川狩りのいでたちのまま、那古野城へ逃げ入り、信長に援助を乞《こ》うた。

信長は義統亡きあとの嫡子を保護し、衰えたりとはいえ、先祖譜代の主君である義統を討った織田広信を討滅する、大義名分を得た。

広信、大膳らが義統を討ったのは、義統が信長と通じ、清洲城を奪取する企てありとの風評が、さかんに立ったためである。

噂を流布したのは、小六、可成たちであった。

「武衛さまは、いまこそ威勢も衰えておられ、日頃兵法稽古《けいこ》もなおざりになさるるといえども、勇ましきご心底であられるだぎゃ。那古野の信長さまに内通し、城の内にて乱を起され、清洲を昔の武衛家のものとなさるのだで」

義統は日夜歌舞、能楽を好み、酒色に明け暮れる柔弱者であったが、広信たちはたやすく流言に躍らされた。

清洲の城郭は堅固で、大兵を擁しているが、さきの信長との合戦に、坂井甚介、河尻左馬丞《かわじりさまのじょう》、織田三位ら将領をそろって討ちとられていたため、頽勢《たいせい》を盛りかえすべく、広信たちは焦っていたのである。

信長は義統の死後、清洲城攻撃の口実がととのっても、ただちに行動をおこさず、いつ押し寄せるかも知れないと敵に思わせるように、合戦の支度をととのえておく。

彼は天文二十四年（一五五五）四月まで、表面では何の行動をもおこさなかった。

その間に、小六たちは信長の命により、清洲城下で触れ歩いた。

「守山の孫三郎（信光）さまが、甥御《おいご》の信長さまと仲違《なかたが》いだぎゃ。村木の合戦での恩賞が不足じゃと、孫三郎さまが怒ってござるとよ」

噂はたちまちひろまった。

信光には、天文二十一年夏、信長がはじめて清洲城を攻めたとき、織田広信に通じようとした前歴があったからである。

天文二十四年四月十九日、信光は守山城を弟孫十郎信次に預け、手勢を率い清洲城に移って南矢倉に居をさだめた。

尾張の士民はさては信光が清洲の織田広信と手をむすび、信長討滅の戦をおこすのかと、おどろき騒いだ。

亡き信秀が秘蔵の舎弟であった信光の武勇のほどを、知らぬ者はなかった。信光が広信に加勢すれば、信長の運命はあやうい。

小六たちは、信光が清洲へ移るのをあらかじめ知っていた。信光はまえの年の暮れから、ひそかに清洲の広信と坂井大膳に、同盟をはたらきかけていた。

清洲城と守山城のあいだを、たがいの使者が幾度も往来し、年がかわってまもなく、坂井大膳が守山城に出向き、信光と終日一室にこもり、密談を交した。

小六、可成らは、信光の行動を逐一見張り、信長に注進していた。

「よからあず、こののちも油断なく見張っておれ」

信長は小六たちに細作を命ずるばかりで、詳しい状況の推移は教えなかったが、可成と生駒八右衛門は小六とちがい本手の忍者であるため、どこからともなく事態の輪郭を探ってきた。

「孫三郎さまは、坂井大膳とこのさき表裏あるまじと、七枚起請《きしよう》を取りかわしただわ。間ものう清洲城へ入られて、彦五郎ともどもに守護代におなりじゃとな」

七枚起請を神に誓えば、違背したときは命を失うとされていた。

信光がそれほど固い約定までむすんで清洲城に入るのは、信長に好餌《こうじ》で釣られているからであった。

八右衛門は小六に教えた。

「お主は生死をともにいたす身内ゆえ教えてやろうず。信長さまは、孫三郎さまを清洲城へ入れ、寝返りをうたせ、城を首尾よく乗っ取ったるうえは、下四郡のうち、河東二郡を礼として渡すとの約定を、なされておるのだわ」

河東二郡とは小田井川（庄内川）の東二郡のことで、信光は信長と下四郡を二分することを条件に、謀略に加担したのである。

信光は清洲に到着した翌日、坂井大膳が南矢倉へ挨拶《あいさつ》にくるのを、さっそく討ちとろうと、物蔭《ものかげ》に家来を埋伏させ、待ち構えていた。

まず大膳に先んじて参上した彼の兄、坂井大炊助《おおいのすけ》が、信光の郎党どもに組みつかれ、たちまち首を刎《は》ねられた。

兄が討ちとられたあと、南矢倉へ出向いた大膳は、迎えた信光の近習たちの顔色がただならないさまを、見てとった。

口調、物腰はおだやかであるが、眼中にすさまじい殺気がただよっている。大膳は一瞬に信光の謀計を察知した。

彼は身をひるがえし、もときたほうへ駆けもどる。寄騎《よりき》の侍たちが、おどろいてあとを追う。

「お殿さま、いかがなされてか」

南矢倉の狭間から、大膳の逃れるさまを見た信光は、大音声で指図を下した。

「掛かれ、掛かれ、一気に本丸を乗り潰《つぶ》すのだぎゃ」

矢倉下にひかえていた数百の甲冑武者は、喊声《かんせい》をあげ土煙を巻いて本丸に殺到する。

大膳は肩衣小袴《かたぎぬこばかま》のまま厩《うまや》に駆けこみ、馬をひきだすなり必死に鞭《むち》をくれ、城外にのがれ出た。

城の外曲輪《そとくるわ》には二千余の広信勢がいたが、不意をうたれ甲冑をつける暇もなく、惣《そう》長屋から走り出て、魞《えり》のなかの魚群のようにあなたこなたへ、右往左往するのみであった。

信光は大膳を取り逃すと、ただちに狼煙《のろし》をあげた。那古野城で待ちかまえていた信長は、七百騎を連れ、はやてのように駆けつける。

信光と信長は一手となって、広信が死にものぐるいに抵抗する本丸に殺到した。逃げ場を失い、天井裏にひそんだ広信を可成が発見し、組みついて刺し殺したのは、騒動がおこって半日のちのことであった。

一挙に清洲城を手中にした信長は、信光に河東二郡と那古野城を与えた。信光は下四郡を信長と二分し、信長後見役となったが、七ヵ月後の十一月二十六日、近習の坂井孫八郎という者に、不意に殺害された。

孫八郎は翌日熱田まで落ちのびたが、信長の討手に追跡され討ちとられた。孫八郎は聞えた美男で、主君信光の室と通じ、密会の場を信光におさえられたため、窮《きゆう》鼠《そ》かえって猫を嚙《か》むこととなったとの噂が、世間にひろまった。

信光は七枚起請を反古《ほご》にしたため、天道の祟《たた》りおそろしく落命したのだと、取り沙《ざ》汰《た》もかまびすしかったが、小六たちは真相を知っていた。

信光を殺害させたのは、信長であった。下手人の口を封じてしまえば、叔父《おじ》殺しが知れることもない。

信長は将来強力なライバルとなりかねない信光を亡きものとし、労することなく尾張下四郡の主となったのである。

信光が那古野城で殺害された日に、四日先立つ十一月二十二日、美濃稲葉山城でも大事件がおこっていた。

斎藤道三《どうさん》の長男義龍《よしたつ》が、孫四郎、喜平次の二人の弟を仕物《しもの》（謀殺）にかけたのである。

道三は家督を義龍に譲り、隠居していたが、孫四郎、喜平次を愛していた。とりわけ三男の喜平次に眼をかけ、右兵衛大佐に任官させている。

彼は義龍をうとんじていた。いずれ機を見て義龍を暗殺し、喜平次を美濃国主とすべく、ひそかに謀《はかりごと》をめぐらせていた。

だが、父親の胸中を読んだ義龍のほうが、いちはやく反撃の行動に移ったわけであった。

孫四郎たちが殺されたとき、稲葉山下の屋敷に避寒していた道三は、法螺貝《ほらがい》を吹き軍兵を集め、城下を焼き払い、稲葉山城を裸城とした。そのうえで、長良《ながら》川を越え、北へ奔《はし》り山県《やまがた》郡の山中、大桑城にたてこもった。

道三は美濃の山なみに陽春の陽ざしが照りわたる、翌弘治二年（一五五六）四月十八日に、行動をおこした。彼は稲葉山の西北一里余の鷺《さぎ》山という小丘に陣をすすめ、義龍と対戦する。

義龍は身長六尺四、五寸、膝《ひざ》の厚さ一尺二寸余という肥大漢で、蝮《まむし》といわれた道三に勝るとも劣らない、智謀の持ち主であった。

美濃衆のうち、義龍方に参集した者は一万七千五百余人、隠居の道三に就いた者は二千七百余人の少数であった。

家中あい打つ父子相剋《そうこく》の合戦は四月二十日におこなわれたが、信長は道三から戦に先立って美濃一国の譲り状を受けた。

信長は道三の書状を披見すると、ただちに軍勢を美濃に向けた。

「親父殿に合力《こうりよく》いたさずば、儂《わし》の義理が立たず。見殺しにしてよからずか」

彼は道三に呼応して木曾川を渡って、道三が布陣しているという美濃の大良《おおら》口(羽島《はしま》市正木《まさき》町大浦《おおうら》)に進出した。

このとき東蔵坊という寺院に本陣を置いたが、陣所には銭亀がどこもかしこも銭を敷きつめたように這《は》いまわっていた。

銭亀がおびただしくあらわれるのは凶兆である。信長勢は、道三勢と連絡もとれないままにいるうち、尾張上郡守護代の岩倉城主織田信安が兵をあげ、信長不在の機に清洲城攻撃に動いたとの飛報がはいった。

信長の旗本両備えに加わっていた小六と可成は、土埃《つちぼこり》にまみれ駆けつけた母衣《ほろ》武者《しゃ》の信長への注進を聞き、鳥肌の立つ思いであった。

岩倉城主織田信安は、信長の父信秀の従兄弟《いとこ》である。彼は平生、猿楽《さるがく》、歌舞を好み、日夜酔興に過ごしていたが、強力な譜代の軍勢を従えており、信長にとって油断ならない相手であった。

小六たちが、信安敵対と知って顔色を失ったのは、美濃の国情に詳しかったためである。

信安の正室は斎藤家から出ており、彼が信長攻撃に動いたのは、義龍からの要請があってのことにちがいなかった。

清洲から駆けつけた使い番は、緊張にふるえる声音で信長に言上した。

「岩倉の人数輩《ばら》、春日井《かすがい》春日《かすが》村に押し寄せ、下の郷の村々に火をかけてござります る」

「あいわかった。早速《さそく》に立ちかえろうず」

信長は迅速に対応した。

彼は二千余の軍勢をただちに後退させようとして、陣所をひきはらったが、義龍の軍勢があらわれ、攻めかかってきた。

両軍は木曾川北岸で衝突し、乱戦となった。

鈍い月光に浮きあがり、ひとすじ白い山道は、ところどころ枯草、茨《いばら》に覆われ、とぎれているが、可成は迷わなかった。

「あと一里ほどで天白川《てんぱく》だで。ちと休むか」

「よからあず」

可成と小六は道端の凹地《くぼち》に風をよけ、坐《すわ》りこむ。

「大良の合戦のときは、お主もあやういところであったわなん」

小六は往時を思いだすままに、話しかける。

「うむ、すんでのところで首を掻《か》かれるところであったがのん。鞍《くら》の前輪に帯の端を括《くく》りつけておったで、落馬せずにすんだのだわ。こう冷える晩には、四年前の古《ふる》疵《きず》が痛んでならぬだで」

可成は腰の打ち飼い袋から、干飯《ほしい》をとりだし頰ばりつつ、左の膝を撫《な》でる。

「こんど今川治部大輔に攻められりゃ大事じゃが、これまでにも危うい崖縁《がけっぷち》を通り抜けてきたものよのう」

二人は顔を見あわせ、笑いあう。

可成は木曾河原の合戦で、義龍勢の猛者《もさ》千石又一と馬上で渡りあい、草摺《くさず》りのうえから野太刀でしたたか左膝を斬りこまれ、かろうじて退いた。

信長は軍勢、牛馬をさきに渡河させ、船一艘《そう》を河中にのこす。自分は船中にとどまり、追跡の義龍勢に銃火を浴びせ、殿《しんがり》をつとめた。

斎藤道三は、援軍を率い大良に進出した信長に逢《あ》うこともなく、長良川北岸で息子義龍の大軍勢と戦い、敗死した。

「道三入道が果ててこのかた、四年があいだは、心安う過ごせし日もなかったでや。

信長さまもわれらも、死する覚悟で通りにくき針のめどを、何とか抜けてきたのだわ」

可成がいう通り、危険にさらされつつ生きてきた四年間であった。

「思えば信長さまは、ふしぎなるご仁でや。難儀に逢えばふるいたち、恐れを知らずおふるまいじゃ。強気の我責《がぜ》めが勝ち運を誘うこともかさなれば、儂らとて信長さまに戦さ神が憑《つ》いたるごとく思え、お指図のままに動きとうなるのだで」

小六は、信長の強運がこののちもつづくと信じたかった。

今川義元が三万であろうと五万であろうと、どれほどの大軍勢を率い攻め寄せても、信長は突破口を見出すのではなかろうかと、楽観に傾くのである。

「信長さまは、人を生きたる虫ほどにも思われぬお方じゃ。義元が攻めてくると聞かれたとて、われらのように動転はなさるまい」

「うむ、さような御大将ゆえ、離れられぬのだぎゃ」

信長は、四方手づまりの窮地に陥ると、かえって活気をあらわす。

道三亡きあと、義龍は信長打倒の戦略をつづけさまに打ちだしてきた。彼はまず尾張末盛城主の勘十郎信行を煽動《せんどう》し、弘治二年八月に謀叛《むほん》をさせた。

信行は、信長の次弟であった。母親の土田御前の愛を一身にあつめ、末盛城で同居しており、信長のように奇矯《ききよう》粗放《そほう》のふるまいがない。

義龍の煽動に信長の筆頭宿老、林通勝《みちかつ》が乗った。通勝は舎弟美作守《みまさかのかみ》、柴田権六《ごんろく》らを誘い、謀叛をくわだてる。

信長は、信行、通勝謀叛の風評がさかんに流布されはじめると、事実をたしかめるため、異母弟安房《あわ》守一人を同道し、那古野城をおとずれた。

那古野城は信光の死後、林に預けていた。林の手勢が充満する城内に、兄弟二人で乗りこむのは危険きわまりない暴挙であったが、信長は林兄弟を物の数とも思っていない内心を見せつけたかった。

美作守は兄通勝が信長兄弟を接待している広間の隣りにいて、兄をそそのかす。

「いまこそ天の与える好機でござりまするぞ。組みつき討ちとられませ」

通勝は三代相伝の主君を、仕物（謀殺）に掛けるのを、ためらった。

信長のばさら者の血は、危機に遭遇すると騒ぎ立ってくる。

林通勝は信長の気魄《きはく》に負け、彼を仕物に掛けなかったが、一両日を置き叛旗《はんき》をひるがえした。

通勝は五、六百の兵を率い、信長直轄地の篠木《しのぎ》三郷の村々に放火し、押領をくわだてた。

生駒衆、川並衆、佐々衆が柏井《かしわい》吉田の城に入り、信長御台地《みだいち》を必死に護《まも》った。

七月頃より通勝方の人数がふえ、信長は佐久間右衛門尉信盛に命じ、小田井川東端の名塚に砦を構えさせた。

味方は五百余人で名塚砦に籠《こも》ったが、八月二十四日に至り、末盛城は総力をあげ、攻めかけてきた。

柴田権六は千余の兵を率い、末盛城を出る。林美作は七百の兵を那古野城より出した。

おりから連日の大雨で小田井川の堤が決壊し、名塚砦は浮島のような有様となっていた。二十四日は朝から風雨つのり、倒木道をふさぎ、田畑に水は溢《あふ》れ畔道《あぜみち》を歩めば臍《へそ》まで泥中に没する。

乗馬は足を泥土に埋め立ち往生し、動けない。信長は七百の手勢をともない、名塚救援に駆けつけたが、馬を棄て徒歩《かち》立ちで敵陣に肉迫する。

幟《のぼり》、旗を林立させた敵は、信長勢を充分に誘いこんだのち、横手から六百余の伏兵で不意打ちをしかけてきた。

猛将柴田権六の指図する伏兵は、貝を吹き鳴らし、鬨《とき》の声をあげ突進してきた。

小六と可成は信長本陣両脇備えにいたが、崩れたってくる味方に押され、なすすべもなく押し戻された。

「泥田に入るなよ、踏みとどまって突き合え。田に入れば死ぬぞ」

信長勢の物頭《ものがしら》が声をからし、叫びたてるが、敵の槍先《やりさき》に追いたてられた先陣はなだれをうって田に追い入れられ、進退に窮し、片端から討ちとられた。佐々孫助ら歴々の士が数多く討たれるなか、小六たちは懸命に踏みとどまり応戦する。

雨と泥にまみれ、三間半柄の槍をふるううち、突然馬上の信長がどこからともなくあらわれ、味方を大音声で叱咤《しった》した。

「皆の者、柴田の槍先がなにほどだぎゃ。儂につづけ。末代までの高名をあげるは、このときじゃ。武門の面目忘るでないぞ」

信長は三尺五寸の大太刀をふりかざし、敵中に突入する。馬廻《うままわ》りの屈強な侍たちは奮起した。面ひきつり、口ひんまげ槍をふりかざし、天魔のように敵勢に襲いかかった。

小六は総崩れの瀬戸際に追いやられていた味方が、信長の指図をうけると風向きが変ったかのように、たちまち生色をとりもどし、押し寄せてくる敵勢に遮二無二斬りいった光景を、思いだす。

槍持ち中間《ちゆうげん》まであわせ、ようやく四十人ほどの小勢が、六百の敵中へまっしぐらに突入したのである。

馬上の信長が先頭にいると思うだけで、小六の萎《な》えちぢんでいた胸中から恐怖が消え失《う》せ、勃然《ぼつぜん》と勇猛心が湧《わ》きおこった。

——あやうき場にのぞんだ信長さまは、いつでも狂うたかと思うほどに、いきりたっておはたらきなされるのだで。儂らはあのときも信長さまのいきおいにひっぱられ、生きのびられたのだわ——

小六は、自分がいつからか信長に不動の信頼を置くようになっているのに気づく。

大太刀をふるい、真一文字に柴田勢のうちへ斬りいった信長は、懸命に采配《さいはい》をふるう柴田権六を見るなり、雷のような大音声で呼ばわった。

「やい権六、汝《うぬ》はいかなる面目あって儂の顔を見られようぞ。ここへ参れ、早々に槍先を合わせよ」

権六は顔を伏せ、馬を返し引き退いていった。信長の威光にうたれ、気落ちした権六を見て、彼の手勢は浮き足立った。

残兵を集め、数をふやした信長勢は、反転して林美作の軍勢へ、横手から攻めかかった。

信長の近習が美作を発見し、突きかけたが、相手は剛の者である。反対に左手を斬り落された。信長は近習を助けようと槍をふるい美作を突き伏せる。

信長に付き添う中間の杉若が、脇から躍りかかって美作を斬り倒し、首級《しるし》をあげた。信長は味方の軍勢へ大音《だいおん》に知らせる。

「林美作は、ただいま儂が討ちとっただぎゃ。のこるは柴田でや。討ち洩《も》らすな、構えて掛かれ」

織田勢はどよめきたって、柴田勢にむかい殺到した。

前田犬千代が奮戦したのも、そのときであった。十九歳の犬千代は敵方の宮井という荒武者が射た矢に右の眼の下を射られたが、抜くこともせず宮井を討ちとめた。

信長の身辺にいるだけで、家来たちはいずれも勇気凜々《りんりん》とふるいたってくるのであった。


岡崎を日暮れまえに立った小六と可成は、天白川を西へ渡ったのち、織田方の善照寺砦に泊るつもりであったが、気のせくままに、郡村の生駒屋敷まで十四、五里の道程を、休まず進んだ。

郡村には朝陽の昇る刻限に着いた。戸毎に小豆粥《あずきがゆ》を炊き、一年の息災を祝う正月十五日を過ぎて間のない尾張の野山は、風もなくおだやかな冬の薄陽が照っていた。

二人は生駒屋敷門前の老杉が見えてくると、足をはやめた。矢倉門をくぐると、庭掃除の下人《げにん》がおどろき腰をかがめる。

「これは早うにお戻りなされた。すすぎを持って参りまするわなも」

台所口に入り、縁先で脚絆《きやはん》、草鞋《わらじ》の紐《ひも》を解いていると、御長屋の牢人《ろうにん》たちが入ってきて声をかけた。

「ご両人、三河表よりお戻りか。何ぞめずらしき風聞はござったか」

可成が立ちあがりつつ答えた。

「おおありだで。御辺《ごへん》らの武運が天に昇るか、断絶いたすかの大戦が、間ものう起るともっぱらの噂《うわさ》だわ」

「なに、聞き捨てならぬお言葉だで。三河より松平衆が仕懸けてくるのでござろうか。まさか今川義元の出陣でもあらまいが」

可成は問いかける牢人たちにふりむきもせず、八右衛門の居間へ向った。

廊下を幾度か折れ、主殿《とのも》の裏手へ歩いてゆくと、八右衛門の談笑の声が聞えた。

二人は明り障子のそとに膝《ひざ》をつき、声をかける。

「蜂小、与三、ただいま戻ってござりまする」

「うむ、よきところへきたでや。なかへ入りゃれ」

八右衛門が答え、二人は障子をあけ、座敷へ入りこむ。

土火鉢の熱気のこもる座敷には、近在の地侍が十数人、車座となって酒をくみかわしていた。

小六の朋友前野将右衛門とその兄孫九郎、佐々内蔵助《さっさくらのすけ》の顔も見えた。

「いま戻ってか。夜通し歩いてきたのでや」

「うむ、急ぎ知らせたきことがあったでなん」

小六は将右衛門と言葉を交す。

「ならば体が冷えとろうのん。まず一献呑《の》め」

小六は盃《さかずき》をうけとり、呑みほした。

小六は盃を可成にまわし、てのひらで口をぬぐう。

「静かで、よき正月だわ」

川並衆棟梁《とうりよう》の、荒砥《あらと》でこすったような髭面《ひげづら》に、血の色が浮いていた。

「親爺《おやじ》殿、儂らはこれで正月の仕納めとなるやも知れぬでのん」

狸皮の袖《そで》無しを着た背をまるめ、ほのぐらい上手にあぐらを組んでいる八右衛門が、寂《さ》びた声音《こわね》で聞いた。

「何だでや、小六。いいたきことを早う申せ」

小六は寝不足に血走った眼を、みひらく。

「極寒の正月さなかというに、岡崎城下には駿河衆、松平衆が幾千と集うておったわのん。何しにきておると思わっせるかのん」

彼は一座を見まわす。

家内の暗さに慣れてきた眼に、軍師遊佐河内《ゆさかわち》守、富樫惣兵衛《とがしそうべえ》の顔が見えた。河内守が白鬚《しろひげ》をしごき、一言答えた。

「駿河衆が秣《まぐさ》支度であろうず」

「その通り」

小六が膝をうった。

佐々内蔵助が、せきこんでいう。

「ならば、義元が出て参るのかや」

「そうだわ、駿河の大狢《むじな》めが、日和のよき五月に駿、遠、三、数万の軍勢を引き連れ、尾州へ乱入いたすと、岡崎表では百姓の口の端《は》にものぼってござるでや」

車座になった男たちは言葉を失い、たがいに顔を見あわすのみであった。

やがて八右衛門が口をひらく。

「小六、与三、秣支度はいかようにいたしておったのじゃ」

「されば、海道筋は秣を山積みいたせし牛車、馬が、織るがごとく行き交うてござったでのん」

八右衛門はうなずく。

大量の秣集めは、大軍勢が移動する際に欠くべからざるものであった。軍馬、駄馬の秣は、あらかじめ沿道に野積みにしておかねば、大量の消費に間にあわなくなるのである。

八右衛門は震えをおさえた、呻《うめ》くような低い声でひとりごとのようにいう。

「清洲御館《おやかた》さまは、何とこころえておらるるかのう。大軍を野に迎えうつには、味方は小勢に過ぐるだで。清洲のお城にたてこもったとて、数万の敵に囲まれ、糧道を断たれなば、所詮《しょせん》は蟷螂《とうろう》の斧《おの》だわ。尾張一国いまだ定まらざるときに、義元めがうせおったならば、織田上総介《かずさのすけ》信長の名もそのときかぎりとなりかねぬわ」

廊下に足音がして、女中が肴《さかな》をならべた掛盤を運んできたので、話がとぎれた。

「これは雉《きじ》の焼物に、鯉汁か。とびきりの馳走《ちそう》だわ」

汁椀《しるわん》の蓋《ふた》をあけ、ひと口すすった可成が、女中が出ていくと声の調子を変えた。

「われら両人、今川治部尾張乱入の支度を眼の辺りにいたせしときは、五体の武者震いとどまらずでござった。されば親爺殿をはじめ、御一統中に物申す。清洲屋形籠城《ろうじよう》となったるうえは、御城を枕《まくら》に討死には覚悟のうえだで。弓矢のはたらきをば充分にいたせるよう、兵具のととのえ致しおかれい」

可成の言葉を、八右衛門がうけた。

「うむ、合戦まで幾月あるかは知らぬが、月日は矢のようでや。矢玉の調達、甲冑《かつちゆう》刀槍《とうそう》の手入れ、馬の足ならしと、なすことはいくらもあるのだで。早々に支度いたさねばならず」

小六は今川勢の乱妨を警戒していた。

「先代信秀さまの御世には、川を越え他国の領地に出て、取りあいをいたせしが、尾張の土を馬足にかけられしことはない。それゆえ、御一統には分るまいがのん。

今川が動きゃ、大軍勢が尾張の諸村に屯《たむ》ろいたし、放火狼藉三昧《ろうぜきざんまい》は止《とど》まるところを知らざる有様となるぎゃん。儂らは知行所もなき無足人《むそくにん》ゆえ、さほど苦にすることもないが、親爺殿、将右衛門らが屋敷では、爺婆《じじばば》、女子供は早めに河内の川並衆の砦《とりで》にあずけておかるるが、よからあず」

たがいに真剣な眼差《まなざ》しを交し、話しあう。

信長の性格からすれば、義元に降参することはありえない。今川勢が三万人で攻めてくれれば、信長は手のとどくかぎりの人数を糾合しても、精々五千人の小勢で迎えうたねばならなかった。

三万人と五千人が原野で激突すれば、小勢のほうがかならず負ける。譜代の家来のほかは戦勢危うしとなればいちはやく逃げ散り、恩賞稼ぎが目あての雑兵《ぞうひょう》どもは、寝返りをうつ。

小六は、一年まえの永禄二年(一五五九)三月、信長に従い岩倉城の織田信安を攻めたときの、敵方の惨状を思いだす。

美濃の斎藤義龍と通謀し、画策しきりであった信長の伯父《おじ》は、人望衰えてはいたが、さすがに上四郡守護代にふさわしく、譜代衆に粒よりの勇士が多かった。

彼らは最後まで奮闘し戦死した。信長勢の挙げた岩倉衆の首級は、八百にものぼった。

今川義元が攻めてくれば、信長勢に破滅の淵へ向う順番がめぐってくるわけであった。

一座のうちに言葉が絶え、静まったとき、女中が知らせにきた。

「清洲の御館さまが、おいでになられてござりまするわなも」

「なに、信長さまのお渡りか。与三、小六、いますぐに三州の風聞をばお耳にいれておけば、よからあず」

八右衛門が二人を連れ、いそいで居間を出た。

奥庭の離れ屋では、にぎやかに子供の声が聞えていた。信長が吉野《きつの》とのあいだにもうけた嫡子奇妙と次男茶筅《ちゃせん》が、たわむれているのである。

奇妙は四歳、茶筅は三歳であった。縁先に侍している小姓が、障子のうちへ知らせた。

「生駒殿がお越しになられてござりまする」

「通すがよい」

信長の声がして、障子があく。

二十七歳の春を迎えた信長は、膝に抱きあげた奇妙と茶筅に、頬のあたりをなぶらせ、かたちのよい歯ならびをみせ、笑っていた。

「おう、小六と与三も参ったか。まずあがれ」

信長は小袴《こばかま》もつけず股《もも》はばきをあらわし、あぐらを組んでいた。

小六と与三は座敷にあがり、信長と吉野に挨拶《あいさつ》する。

「これはお殿さま、御台《みだい》さま、若さまおそろいにておくつろぎのところを、ご無礼つかまつりまする。ご免なされてちょーだいあすわせ」

吉野が衣摺《きぬず》れの音をさせ、信長の手から茶筅を抱きとりつつ、こたえる。

「なんの、気遣いはいりませぬに。両人ともにいつにかわらぬご奉公、うれしゅう存じておるわなも」

信長が三人と向いあう。

頬がこけ、切れ長の眼に暗い表情をたたえた信長は、機嫌のよいときでも家来たちを威圧する気魄《きはく》を身辺にただよわせていた。

「用向きを申せ」

小六は股はばきのうえに垂らした信長の、ながい指に気圧《けお》される。

八右衛門が話しはじめた。

「小六、与三の両人は、さきほど岡崎表より戻ってござりまするが、岡崎には正月と申すに幾千の軍兵集まり、かいば揚げをいたしおる様子にござりまする。駿河より参りし足軽どもの申すには、この春に駿、遠、三の軍勢およそ五万にて、尾張一国に乱入いたすとのことにござりまするようで」

信長は黙って聞いていた。長い指さきが歌の拍子をとるように動きはじめた。信長の薄い上唇に、笑みともつかないかすかな表情があらわれ、小六は自分たちが嘲《あざけ》られているような気がした。

「そりゃ風聞かや」

信長は指で拍子をとりつつたずねる。

八右衛門が、小六と可成をふりかえる。こういうとき弁口のたつ可成が、言上した。

「駿河の足軽、松平党の足軽大将がともに、春時分には今川治部大輔采配《さいはい》にて尾張攻めをいたすと、口外いたしておりまするに」

「口どめもいたさぬか。駿府の狢《むじな》め、この信長を軽うあしらえるつもりだで。あやつがそう思うたとてあたりまえであろうがのん」

信長はふた呼吸ほどのあいだ、くいいるような真剣な眼つきになったが、すぐにもとの表情にもどった。

「狢めがいま出て参って、ふしぎはなかろうでや。すべて物事には潮時というものがあるでのう」

信長はわが身にふりかかる危難を何と思っているのか、ひとごとのような口ぶりであった。

「小六、与三。三州表に細作《さいさく》を撒《ま》いておけ。志段味《しだみ》、品野など尾張のうちにも、人を伏せておくがよからあず。このさき世間の風聞、三州の動静、細大洩《も》らさず注進いたせ」

「かしこまってござりまするに」

小六、可成は畳に額をすりつける。

八右衛門が信長に、不安を抑えたものものしい口調で話しかけた。

「お殿さまには、手前が住いにお渡りの際いつにかわらず小姓五、六騎召し連れ、いとも手易《たやす》きご警固にておわせられまするが、これよりのちは今川の間者《かんじゃ》どももご領内へ入りこみまするゆえ、さようなことにてはなりませぬ。お供のご人数多数ご用意あられまするよう、お願い申しあげまする」

八右衛門は、常に手元不如意をかこつ信長のため、金子《きんす》を用立て、度かさなる合戦に軍《いくさ》の費《つい》えおびただしく、いまでは金蔵も空になりかけていた。

信長は八右衛門にはきびしい言葉をかけなかったが、忠告を無視した。

「儂《わし》が小姓どもは一騎当千ゆえ、何事が起ろうとも気遣いはないのだで」

彼ははやくもふだんの物腰に戻っていた。

「小六、与三。そのほうども、これより古川の魚取りをいたすゆえ、手伝いいたせ」

小六は耳をうたがう。

一大事の出来《しゅったい》を知ったいま、さっそく戦評定《いくさひょうじょう》をひらき、戦備えをすべきであるのに、信長は得意の鮒《ふな》、鯰《なまず》のつかみどりをやろうというのである。

八右衛門が思わず不満を顔にあらわすのを構わず、信長は座を立った。

「伝左衛門、藤八、瀬切りの支度をいたせ。鍬《くわ》、畚《もっこ》は、猿に担がせて参れ」

縁先にひかえたお供衆市橋伝左衛門が、矢倉のほうへ走った。

八右衛門は眉根《まゆね》に縦皺《たてじわ》を寄せ、信長を見送った。吉野は庭木戸の口まで見送った。

「お風寒《ふうかん》をお召しになりませぬよう、夕方ははやめにお帰りなされてちょーだいあすわせ」

「あいわかった」

信長は素足に足なか草鞋《わらじ》をつっかけた軽装で、表へ出てゆく。

あとにつづく小六と可成は、信長の棒のようにまっすぐな後ろ姿に従ううち、顔をみあわせて苦笑いをした。

二人は信長の、破滅の危機をもおそれないばさらな性格が好きであった。

――この殿は、諸事桁《けた》はずれだわ。儂らはこの怪気に、ついひきずられてしまうのだで――

小六は腰帯のまわりに、火打袋、瓢簞《ひょうたん》など七つ道具をぶらさげた信長の早足に遅れまいと、小走りになった。

門前には信長の乗馬の口取り、佐脇藤八と、お小人《こびと》の猿こと木下藤吉郎がいた。

藤吉郎は尾張の国中《くになか》中村の後家の子である。父木下弥右衛門は織田信秀の足軽であったが、天文十六年に病いで世を去った。

藤吉郎は十五歳で郷里を出て、遠江久能《くのう》城の松下嘉兵衛という侍に中間《ちゆうげん》奉公をしていたが、三年後に尾張に戻った。

彼が信長の草履取りになったのは、弘治二年（一五五六）の夏であった。はじめ針売りをして生駒屋敷をおとずれ、出入りするうちに小才がきくので、八右衛門が下男として傭《やと》った。

藤吉郎は諸事に機転がきく。主人の望むことをすみやかに察し、すべて先まわりして仕事をする。

駿、遠、三を放浪していたため、八右衛門、小六、可成も感心するほど諸国の事情に通じていた。

「木藤吉《きとうきち》はなかなかの才覚者だで。面がまえこそ猿のように見ゆるが、よき男だわのん。親爺殿、あやつを儂が家来にくれぬかや」

小六が藤吉郎を気にいり、家来にもらいうけた。

藤吉郎は生駒屋敷で、小六の家来としてはたらくうち、吉野に眼をかけられるようになり、やがて信長の眼にとまって、お小人にとりたてられたのである。

昼ちかくなって、陽射しがつよまった。風は落ちたままで、川狩りにはあつらえむきの日和である。

寒中の鯉、鮒、鯰は動きが緩慢であるためつかみ取りにしやすい。

信長が矢倉門のそとへ出ると、藤吉郎が畚《もっこ》、唐鍬《とうぐわ》を手に、川役人とともに待っていた。

「猿、もはや参ったか、川役人も同道いたせしか。儂が魚取りをいたすと、推量してのことかのん」

信長より二歳年下の藤吉郎は、いつも語尾をはねる威勢のよい早口で答える。

「さようにござりまする。今日は古川の水も淀《よど》み、お殿さまには飴《あめ》を伸ばしたるごとき川面にお眼をとめられなば、魚取りをあすばされぬはずはあらまいと、支度をいたし、お待ちいたしておったのでござりまするに」

信長は歯なみをあらわし、たのしげに笑った。

「よからあず。猿、さきに参り、水の替え取りをいたせ」

「合点、かしこまってござりまするに」

藤吉郎は平手で額を音たかく叩《たた》き、川役人をうながし、畚、唐鍬を担いで木曾川べりへ走り去った。

信長は笑って彼を見送り、小姓たち、小六、可成を連れ、木曾川支流の古川へ、ゆるやかな足取りで向った。

小六は歩きつつ、藤吉郎は変った才覚を持つ男だと、感じいる。彼は他の家来が誰にかぎらず信長のまえへ出ると、刃のような眼光に射すくめられ、気が萎《な》えるのに、ふだんとかわらない態度を保つことができる。

藤吉郎が吉野に気にいられたのは、彼女の側に侍して機嫌をとりむすぶのが巧みであったからであった。

生駒屋敷の牢人たちは、藤吉郎の才覚におどろかされ噂をする。

「木藤吉の口巧者《くちごうしゃ》め。吉野さまの御前に出でしときもはばかりなく、人の口にいたしかねたる色話をば、いささかも恥と思わずぬけぬけ語りおって、それでお気にいられるとは、まさしく鬼子《おにご》だわ」

藤吉郎は、信長の面前でもはばからず剽《ひょう》げ話を、仕草もおもしろく語る。

信長は考えごとにうち沈んでいるときでも、藤吉郎の話を聞くうち、愉快げに笑い出すのである。

八右衛門は、藤吉郎が信長に武者奉公するときまったとき、反対した。

「汝《うぬ》がごとき小兵《こひょう》、腕ぢからもなく太刀振りもおぼつかなきに、心得違いもはなはだしや」

だが、藤吉郎はいまではことのほか信長に気にいられていた。

木曾川南岸の一帯は、見渡すかぎりの荒野原であった。

人の背丈を没するほどの枯草のつらなる野には、狐狸《こり》、兎が跳び走り、たまには鹿もいて、卍《まんじ》の馬標《うまじるし》のもとにつどう蜂須賀党の、鉄砲の妙手たちの的となっている。

野のなかには病いで斃死《へいし》した牛馬の捨て場があり、白骨累々《るいるい》として異臭を放っていた。

信長が好んで魚取りをするのは、冬でも蠅の舞う牛馬捨て場に近い古川の淀みであった。

葦《あし》にかこまれ池のような入江になっているその辺りは、水深は膝までであるが、魚が無数に集まっている。

ことに冬季は陽に温められ水温がたかいためか、動きのにぶくなった魚が、坐りこんだようになっていて、川岸から注意ぶかく眺めると、姿が見えた。

信長が川岸に着くと、藤吉郎ははやくも伝左衛門、藤八とともに、巾着《きんちゃく》の口のようになっている入江の本流につながる水路を、瀬切りにかかっていた。

三人は寒気をものともせず、尻《しり》をはしおり、岸辺に置いている朽ちた川舟を押し、水路をふさぐ。舟のまわりに畚で土をはこび、盛りあげれば、入江は出口のない池となる。

信長を見て、藤吉郎が走り寄った。

「お殿さま、そこな柳の枝のさしでた下に、古木が沈んでおりまするに、そのかげに大鯉がおりまするで、眼の下二尺はござりまするわなも。ご覧あそばされてちょーだいあすわせ」

信長は足なか草鞋の足を汀《みぎわ》の泥に踏みこみ、光りの反射を避け水底をのぞきこむ。川狩りに馴《な》れない者の眼にはとまらないほどだが、水底の朽木の下で黒いものがあらわれては見えなくなるのを、くりかえしている。

信長はそれが大鯉の尾びれであると見分ける。

「猿、早う水の替え取りをいたせ」

「合点でござりまするに」

藤吉郎は紅生姜《べにしょうが》のように赤らんだ足で汀を走り、水桶《みずおけ》を抱え水をかいだす。川役人、小六、可成も袴《はかま》を脱ぎ、水にはいって、藤吉郎たちを手伝う。小柄な藤吉郎は頭から泥をかぶり、めまぐるしいほどにはたらく。

水が減ってくると、水面が波立ちはじめた。魚のなめらかな背中が見えてくると、信長は待ちきれずに飛びこみ、魚を手づかみにして岸辺へ投げあげた。

古川の岸辺に歓声があがった。

生駒屋敷の食客たちがあとを追ってきて、信長が水中に両手をついての巧みな魚のつかみ取りに、手をうちはやしたてる。

入江の水はしだいに減り、水底の泥があらわれてくると、魚の群れは押しあい盛りあがりつつ深みへ移動する。

黒光りのする魚をつかんでは放り投げる信長のそばへ、小六と可成が寄ってきたが、泳ぎまわる魚に足をすくわれ、よろめく。

「もっと腰をおとさねば、尻もちをつくでや」

信長がいうよりはやく、可成が水のなかへ尻もちをつきかけ、かろうじて四つん這《ば》いになったが、顔じゅうに泥を浴びた。

信長は前後から足にあたり、すりぬけてゆこうとする魚の、鰓《えら》のあたりを両手ですくいあげるようにし、滑りおちようとはげしく身もだえするのを放さず、汀へ放った。

「つかみ取りは、お殿さまに敵う者がないでや」

岸辺の牢人たちも草履をぬぎ、川にはいってきた。

信長は水しぶきを頭から浴びつつ、逃げまわる魚を押えこむ。

――儂《わし》は、たやすうは息の根をとめられぬだぎゃ――

信長は胸のうちでくりかえしつつ、弾力のある魚体をつかむ。

――勘十郎は儂を殺せなんだ。岩倉の信安も、美濃の義龍も、儂を殺せなんだ。

儂の武運がつづくかぎりは、いかなる障《さまた》げに遭おうとも、死にはせぬ――

信長は尾張統一のために、対立する血縁者たちを薙《な》ぎ倒し、没落させ、臣従させてきた年月をふりかえる。

――勘十郎が生害されしときも、この魚がように、跳ねまわりしとのことであったが――

魚を浅瀬へ追いつつ、信長は弟の小賢《こざか》しい学生面《がくしょうづら》を思いうかべる。

勘十郎信行は弘治二年（一五五六）八月の、名塚の戦で惨敗を喫したのち、降伏した。信長は信行と、彼に味方した林通勝、柴田権六の謀叛《むほん》の罪を許してやった。

信長はできることならば、弟の命を奪いたくはなかった。だが、勘十郎はまもなく岩倉城主織田信安にそそのかされ、領地に城砦《じょうさい》を新築し、ふたたび謀叛をたくらむ。

信行の謀叛を信長に密告したのは、柴田権六であった。信行は近習の小姓津々木十蔵という者を寵愛《ちょうあい》し、智略、武勇もない彼に、末盛城の総頭《そうがしら》を命じていた。

弘治三年（一五五七）正月五日、信行は城内に伺候した重臣に椀飯《おうばん》の饗応《きょうおう》をしたが、宿老の権六には何の沙汰《さた》もしないうえに、言葉をもかけなかった。権六は津々木と仲が悪かった。

猛将権六は、心中熱湯のたぎるような憤怒をこらえ、御前を退出し、心やすい朋友の手をとって、わが瞼《まぶた》にあてさせる。

「どうじゃ、熱かろうがや」

朋友はうなずいた。

「いかさま、猛火のごとく熱しておるだわ」

権六は、信行を見限った。

彼はためらわず清洲城へ出向き、信長に信行の密謀をすべてうちあけた。

「よからあず、そのほうはただちに末盛に立ち帰り、かわらず勤仕いたしおれ」

信長は、名塚の戦で信行麾下《きか》の屈強の郎党ら四百五十の首級《しるし》をあげていた。

ふたたび合戦となれば、敵味方ともに手痛い損耗を蒙《こうむ》らねばならない。尾張衆が同士討ちで人数を減らすのは、愚かな仕業《しわざ》であった。

信長は信行を仕物《しもの》（謀殺）にかけようとした。彼は仮病をよそおい清洲城に籠《こも》り、他出をせずに日を過ごす。

夏から秋へかけ、信長重病の噂はひろまった。雪の降る季節がふたたびめぐってきた。

信長は十月末に信行のもとへ使者を遣わした。使者は口上を伝えた。

「上総介《かずさのすけ》さまご病気日を追いさかんとあいなり、治することはなりがたく、ついては家督をば信行さまに譲らんと存ぜられておりまする」

信行と同居する母の土田御前は、ただちに信長の見舞いに清洲へおもむく。

土田御前は信長の意中をたしかめたのち、信行を清洲城へ呼び寄せた。

信行は瞞《だま》されたとは知らず、十一月二日、信長と対面するため清洲城へ到着する。

信長の寝所のある矢倉へ向う信行を、討手の侍たちが、廊下で取りかこみ、斬りつけた。

信行は全身したたかに刃を浴びたが、血達磨《ちだるま》の姿でその場を切りぬけ、土田御前の座所へ逃げこもうとした。

あとを追った信長の乳《ち》兄弟、池田勝三郎信輝《のぶてる》が組みつき、三太刀刺してついに討ちとめた。

信長は額ぎわと右の顎《あご》に、牡丹《ぼたん》のはなびらのような疵口《きずぐち》をひらいていた、信行の死顔を思いうかべ、背に寒気を走らせ胴震いをする。

——儂もお前が最期のようなる姿に、いつなりはつるとも、知れぬのだわ——

信長は信行の幻に胸のうちで話しかけ、うつろな眼差《まなざ》しになった。

信長を地獄へひきずりおとそうとする敵は、身辺にいくらもひそんでいた。異母兄信広もその一人であった。

信広が謀叛《むほん》をたくらんだのは、名塚の合戦が終って間のない、弘治二年十月であった。

信広は美濃の斎藤義龍と通じ、計略をたてた。

「まず美濃より軍勢を出されなば、信長は侍どもを引き連れ、かるがると駆け向いまする。そのあとにてそれがしが人数ひき連れ出陣いたすとき、清洲の町通りを通行いたしまする。されば清洲城代の佐脇なる者が町はずれまでご見送りに出できた《い》り、馳走《ちそう》をふるまい、それがしに暇乞《いとまご》いを仕《つかまつ》ったるうえにて帰城いたすが、通例となっておりまする。このとき佐脇を討ちとり、城を乗っ取って合図の狼煙《のろし》をあげまするほどに、吾殿《わどの》は一気に攻め寄せられよ。さすれば信長ははさみ討ちとなり、進退に窮し自滅は必定《ひつじょう》にござろう」

義龍は信広と密約をむすび、清洲へ兵を向けた。

信長は斎藤勢が大挙して木曾川を渡り、攻め寄せてきたとの物見の注進をうける。

「美濃衆およそ四千余、陣立てを固め、押し寄せて参りまする」

信長は聞く。

「斎藤が人数に、常にかわりし色はなきか」

物見は答えた。

「軍勢のはたらきいつもより浮きたち、何とやらん気負いたるごとく見えてござりまするに」

信長はかねて信広の動静を探っていたので、たちまち感づいた。

彼は城代の佐脇藤右衛門を呼び、命じた。

「儂が城を出でしのち、いつもの通りに大隅《おおすみ》守（信広）が人数出陣を、見送りに出ずるは無用といたせ。そのうえ町々総構えを固め、城門を鎖《とざ》し、用心をきびしくいたしおくのじゃ」

信長出陣のあと、信広は手勢七百を引きつれ、清洲へ参陣するとの名目であらわれたが、町の道路はすべて閉《とざ》され、鉄砲足軽が蟻のようにむらがり警固していたため、なすすべもなく引き揚げた。

斎藤勢もあてがはずれ、信長勢と対峙《たいじ》したのみで、一戦を交えることなく引き揚げていった。

斎藤義龍と協同しての清洲攻めに失敗した信広は、やむなく七百余の手勢を率い信長と幾度か小競り合いをしたが、後につづく味方はなくついに降参した。

信長は彼を宥《ゆる》した。信広に庶子のひがみはあっても、是非にも信長にとってかわろうとする野望もなく、器量も狭小であると判断したからである。

信行、信広の兄弟たちの謀叛を鎮めてのち、尾張で信長に対抗する勢力は、上四郡守護代岩倉城主の信安と、犬山城主信清のみとなった。

信安は信長の父信秀の従兄弟《いとこ》、信清は信長の従兄弟であったが、いずれも強大な武力をそなえたライヴァルであった。

信長が信行、信広を陰で煽動していた信安の打倒を実行に移したのは、永禄元年（一五五八）五月である。

信長は岩倉攻めに際し、信清を味方にひきいれようとした。

信長は信安が信清に協力してともに彼に当ろうと、懇請をくりかえしている内情を探知していた。

二人が同盟のうえ、美濃斎藤義龍を後《うし》ろ楯《だて》としたときは、信長が単独ではるかに及ばない武力をそなえることになる。

信長は腹中を火で炙《あぶ》られるような焦慮に、夜も眠れないほどであった。彼は信清を岩倉方と同盟させないため、生駒八右衛門を使者にたてた。

八右衛門は信清と縁戚《えんせき》の間柄であるため、非常の事態を打開する使者として、最適である。

八右衛門は犬山城におもむき、信清を説得した。

「岩倉伊勢守ならびに伜信賢は、さしたる武辺のたしなみもないまま、守護代の権威にのみ汲々《きゆうきゆう》としてござれば、三州境、美濃境に心を用うることもなく許しがとうございまする。そのうえ家老どもすでに異心を抱き、あさましき次第」

八右衛門は、岩倉織田家の乱脈な内情を告げ、信清が信長に協力した場合の見返り条件を申し出る。

「信長さまには、こなたのご合力《こうりょく》これあるときは、かねてよりお望みの於久地《おぐち》三千貫文、すみやかに進上いたすとのご所存におられまする」

石高に直せば約四万石の於久地の土地は、信清がながらく信安とのあいだで、所領争いをしていたものであった。

八右衛門の口上を聞いた信清は、思いがけない反応をたちどころにあらわした。

彼は顔をひきつらせ、日頃から重なる憤懣《ふんまん》を激発させた。

「猪口才《ちょこざい》なり上総介、あやつが腹中こそ見えたでや。己れが旗色よしと見て、いまに至りて儂《わし》を侮るだぎゃ。浅ましき心底こそ憎らしいぞよ」

大兵《だいひょう》の信清が手にした扇子を二つ折れにせんばかりの憤怒のさまを見て、八右衛門は額を畳にすりつけ平伏する。

彼は信清の気分がやわらぐのを待ち、おもむろに頭をあげ、宥《ゆる》しを請うた。

「使者の役目とはいいながら、お殿さまのみ気色を損ぜしは、それがしが罪にござりまする。平にご容赦下されませ」

八右衛門は必死であった。もし信清を味方につけられないときは、信長への申しわけに死なねばならない。信長が破滅すれば、八右衛門と吉野もおなじ道を歩むことになる。

八右衛門は虎の尾を踏む思いで、信清の説得にかかる。

「それがしはお殿さまのご先代さまの御世よりご恩を蒙《こうむ》るは、海よりも深く山よりも高く、一日も忘却つかまつりませぬ。いたずらに上総介さまに加担、ひいきいたしおるのではござりませぬ」

八右衛門は上眼づかいに信清を見て言葉をつづける。

「すべては時節にござりまするに、当今、上総介さまはもはや尾張一円にて並ぶ者なき強者にござりまする。ご采配《さいはい》に異をとなうる者あらば、ご兄弟一門衆、伯父御《おじご》たりとも容赦なくご退治。下郡はいうに及ばず上郡の地侍どもまで、いったん陣触れあるときは日を移さず六千余騎、清洲城下に参集いたしまする。朝日の昇るいきおいとは、このことにござりましょう。岩倉七郎兵衛尉（信安）さまといえども、上総介さまに弓引くなれば、このあといくばくも保《も》ちこたえられぬは、あきらかにござりまする。それがしごとき老いぼれが、さしでがましき意見なれども、ただお家ご安泰唯一と心掛け、推参つかまつりし次第にござりまする。何卒《なにとぞ》、よくよくご分別あすばされ、上総介さまにご同心のご誓紙賜りますよう、平にお願い申しあげまする」

信清は剛気一徹であるが、ひろく世情をこころえる八右衛門の説得を、無視できなかった。

「よからあず、そのほうが申すふしもあるでや。岩倉の伯父御では、上総介に勝てることはあらまい」

八右衛門は無事大役を果したのちも両膝のふるえがしばしとまらなかった。

入江の泥水に臑《すね》から下を沈めて立っていた生駒《いこま》屋敷の牢人《ろうにん》が、足をすくわれ倒れかけ、朋輩《ほうばい》の肩をつかんだが、二人ともしぶきをあげ、尻《しり》もちをついた。

「何だでや、そのざまは。魚に突きまろばされたか」

笑い声を浴び、濡《ぬ》れた衣服を絞りつつ岸へあがる牢人たちを、見送っていた川役人が激しい水音をたて、あおむけに転んだ。

藤吉郎が叫ぶ。

「見たこともないほどの、大きな魚がおるでのん。そこじゃ、あっ、あれに見えたで」

信長は水面を波立たせ通りすぎた黒い背中を見るなり、指図をする。

「あれは鯉だわ。大物だで、浅場へ追うてゆけ」

男たちが、水面にあらわれては沈む丸太のような魚体を、浅場へ、棒で追いこむ。

泥のうえで、横倒しになって銀鱗《ぎんりん》を光らせるなり、ひと跳ねして水に逃げこんだのは全長四尺はあろうかと思える大鯉であった。

「よし、槍を持って参れ」

信長は小姓から馬上槍をうけとり、鞘《さや》をはらった。とても手づかみにできる鯉ではない。

「いま一度、追いあげよ」

信長は槍をしごき、水面に刃物のような視線をおとす。

——あれは義元じゃ。儂は義元を討ちとめる——

信長は真剣な表情になった。

——義元は五万の人数で、尾張に乱入いたす。五万と触れて、まず三万を動かすが精かぎりであろうが、儂の手勢は、とても五千は集まらぬ。義元におそれをなし、逃げ隠れいたす者も多からあず。まず使える数は三千じゃ。三万に三千の合戦は、いかがいたすか。清洲の城に籠《こも》ったとて、十日も保たぬ。万にひとつの勝ちを拾うなら、義元をこの鯉がように、身動きできがたき羽目に追いこむより手はなかろうず——

槍を構えたまま、思いふけっていた信長は、藤吉郎の甲高い呼び声にわれにかえった。

「お殿さま、鯉はそなたへ参りまする」

信長は槍をしごき、待ちうける。

大勢が水を叩《たた》き、鯉を泥のうえへ追いあげようとする。水中からあらわれた魚体が宙に躍りあがり、泥のうえへ落ちた。

信長は敏捷《びんしょう》に槍をくりだし、大鯉の胴を貫き汀《みぎわ》へ投げあげる。

岸辺の牢人たちが、はねまわる鯉のそばへ走り寄った。

いつのまにか陽がかげり、風がつめたくなった。

信長は獲物を大だらいに入れ、藤吉郎と川役人に担がせた。生駒屋敷に戻ると、彼はまっすぐ奥庭へ向った。

小六と可成は顔を見あわせ、あとを追うのをやめた。信長が二人の存在を忘れたかのようであるのは、岡崎表の風聞をいま一度聞く気がないためであろう。

「信長さまのご了簡《りょうけん》は、いかがなものであろうかのん」

「さあ、くったくないご様子だで、お策はあろうが、何せご胸中は分らぬ」

二人は首を傾げつつも、心奥に信長への信頼を宿していた。

信長は小六がはじめて眼通りをしたはたちまえの頃とは、別人のように峻厳《しゅんげん》な性格をあらわし、立居に重みが添うてきていた。

信長が憤怒すれば、荒武者の柴田権六でさえ顔色蒼《あお》ざめる。

かつて池田勝三郎の家来、左介という者が盗みをはたらいたことがあった。押しいられた家の者から訴えがあり、火起請《ひぎしょう》となった。

左介に灼熱《しゃくねつ》した手斧《よき》を握らせ、神棚まではこばせ、落さなければ潔白であるとする裁判である。

左介は手斧をとりおとしたが、勝三郎は信長の乳《ち》兄弟である権威をかさに着て、彼を成敗さすまいとした。

たまたま鷹野に出ていた信長が帰城し、子細を聞くと眼をいからせ、おそろしい顔つきとなった。

「何ほどに手斧を赤めたのでや。左介が握りしように、いま一度赤めてみせよ」

信長は検断の場にいる者に告げた。

「儂が赤めた手斧を手にうけ、棚に置くほどに、こともなく火起請いたさば左介をこの場にて成敗いたすゆえ、さよう心得よ」

彼は透きとおるほど真紅に焼けた手斧を、左のてのひらのうえに受けた。

皮膚の焦げるにおいと白煙があがったが、信長は大股《おおまた》に三歩歩き、手斧を神棚に置いた。

「これを見たかや。左介を引きすえよ」

彼は小姓に抜かせた佩刀《はいとう》を右手で振りかぶり、袈裟《けさ》切りに左介の首筋へ打ちこむ。

血しぶきが輪のかたちにひろがって飛び、断頭のひびきとともに左介はまえに倒れ伏した。

信長が怒れば、何をするか見当もつかないという畏怖《いふ》が、居あわせた家来たちの畏怖は信長への強固な信頼につながるものであった。

胸裡《きようり》にくいいった。

生駒屋敷離れ屋裏手の湯殿で、信長は透明な湯に身を沈め、湯船の縁に頭をもたせかけていた。

湯加減はちょうどよい。信長は肌を刺すほどの熱めの風呂《ふろ》にはいるのが、好きであった。熱い湯につかっていると、常時体を締めつけている緊張がうすらぎ、疲れが抜けてゆくような気がする。

ほのぐらい湯殿のそとで、木曾川の河原で聞いた風音が鳴っていた。日暮れになると、西風が吹きはじめるのである。

――儂《わし》は今年の栗の花房を見られぬかも知れぬでや――

信長は木曾川へ追いつめられ、今川勢の矢玉を浴び、河原に屍《しかばね》をさらすわが姿を、ゆらめく湯気の奥にえがく。

信長は敗死する自分を、ひとごとのように想像する。常時危険に身をさらしているので、恐怖を抑制する慣性が、いつのまにか身についていた。

湯船からあがり、糠《ぬか》、むくろじなどの洗い粉袋を手にとらず、簀子《すのこ》にあぐらを組んだまま、おなじ考えを追っている。

義元はどの方角から攻めてくるか。清洲城を攻めるのに、東北方の品野、西方の蟹江に三万の大軍の主力をふりむけるのは、地形から見て無理であった。駿遠《すんえん》の野を埋めて移動する今川勢が尾張へ乱入するには、岡崎から池鯉鮒、沓掛へと、海道を西進する正攻法しかないと、信長は見た。

――義元の先手備えは、まずこなたの砦《とりで》を片端より潰《つぶ》すであらあず。義元は道中の妨げを取り払わせたるのちに、中軍をすすめてくるだわ。中軍が国境を越える半日ほどが、生死をわかつ勝負どころだぎゃ――

丹下、中島、善照寺、鷲津《わしづ》、丸根の味方の諸砦は、今川勢の怒濤《どとう》の進撃を阻むには、無力であった。

彼我の兵力の差がひらきすぎている。犬山城の信清には勝ちめのない信長に同調し、運命をともにして戦う意志はないと見なければならない。

――国境《くにざかい》より清洲までは、半日の道程だわ。道筋には山も大川もなければ、籠城して三日、五日を支えたとて何の益もあらずか。まずは国境の野陣の取りあいに、死中の活を求むるよりほかはないのだで――

信長は尾張と三河の境の桶狭間《おけはざま》と呼ばれる、丘陵のあいだの窪地《くぼち》の地形を、熟知していた。日頃鷹野《たかの》に出ては、高処から低地へと馳《は》せまわるので、眼をつむればまならうらに山谷の姿を手にとるように浮かべることができる。

義元が桶狭間を通過するとき、信長勢が起伏する小丘陵のあいだを潜行し、接近するのは可能であった。

その一帯にはせいぜい百尺（三十数メートル）から百四、五十尺までの隆起が、波のようにつらなっており、斜面は松柏《しょうはく》の疎林に覆われているので、二、三千の軍勢が丘のかげにひそんでいても、発見されにくい。

義元の本陣は、旗本両脇備えが固めている。人数は七、八千もあろう。大軍が隘《あい》路《ろ》を移動する場合、高所に物見、嚮導《きょうどう》を歩かせ、厳重な警戒をおこなうものであった。

信長勢は義元本陣への接近に成功したとしても、発見されたのちは数倍の敵を相手に死闘を演じなければならない。

――義元を殺さば合戦は大勝ちとなろうず。逃がさば味方は屍の山を築き、皆殺しとさるるだわ――

今川勢は大将義元を討ちとられたならば、総崩れとなる。

三万の大軍勢は女王蜂を失った蜜蜂《みつばち》の集団のように、活動力を失うのである。軍兵たちは恩賞をあてにして、命懸けで戦うので、主人を失ったのちにただ働きはしない。

信長は桶狭間の丘陵のあわいで合戦を挑めば、五分五分ではないまでも、四分六分ほどの条件で渡りあえるだろうと考える。

地利に詳しい信長勢は、両軍が激突したのちしばらくは、義元の旗本備えを圧倒できるかも知れない。

だが、時が経ち今川勢が立ちなおれば、寡勢のほうが当然不利になってくる。

――まず百に一つの勝算はあらあず。されば死も覚悟で野陣に駆けまわすよりほかはないのだで。死のうは一定《いちじょう》だわ。遅かれ早かれ誰もが死ぬる――

信長は考えのめどをつけると、ふたたび湯に身を沈めた。

見通しのきかない起伏がつづく桶狭間の攻めどころは、せいぜい四十町（四キロ余）ほどであった。

――義元には先を急がせぬよう歩ませねばならず。さすればわれらが砦は、たやすく敵に渡すよりほかはなし――

信長は、丸根砦に佐久間盛重を守将とする六百余人、鷲津砦には織田信平の四百余人を置いている。

それらの諸砦が攻撃されたとき、援兵を出さず見殺しにすれば、義元は安心して道を急がず、悠々と尾張の野に侵入してくるであろうと、信長は考えつく。

離れ屋の軒端で、奇妙と茶筅のはしゃぎ騒ぐ声がしていた。

「雪じゃ、雪じゃ」

「降れよ、降れよ」

明り障子のそとに、雪の降る気配がする。

信長は古川で獲ったばかりの鯉、鯰《なまず》などの料理をならべた掛盤をまえに、吉野の酌で酒を呑む。

川狩りのあとのこころよい疲れが酔いをはやめた。信長は夜を吉野とすごし、翌朝清洲に帰るので、くつろいで酒をたのしめる。

いまでは清洲城に濃姫はいない。信長は彼女を、道三の死後間もない弘治二年(一五五六)の夏、離縁して美濃へ帰した。

濃姫は父道三を殺害した異母兄義龍のもとへは帰れず、生母小見《おみ》の方の実家である明智城に身を寄せた。だが間もなく明智城は義龍勢に攻められ、九月に落城し、城主光安は自害、濃姫も死んだとの噂が聞えていた。

濃姫が去ったあと、吉野が正室の座を継ぐことになったが、信長はいまだ彼女を清洲城へ迎えないでいる。

吉野と三児を生駒屋敷に預けているほうが安全であると、信長は考えていた。

清洲城では、いつどのような椿事《ちんじ》が起るか知れなかった。かつての下四郡小守護代坂井大膳が、いまは今川義元の幕下にいて、清洲へ向けさかんに間者《かんじゃ》を送っていた。

信長はいつ仕物（謀殺）にかけられるかもしれない、緊迫した情勢のなかでの朝夕をすごしている。

彼はともに戦場を馳駆《ちく》して、生死をともにしてきた譜代の家来たちにも、心を許してはいなかった。

信長直轄の御台地《みだいち》、春日井三千貫文の代官、佐々内蔵助は、信秀《のぶひで》の代からかわらず忠節を尽くしてきた譜代の侍大将であったが、信行謀叛《むほん》のとき、たまたま風邪をわずらい、高熱のため病臥《びょうが》していた。

信長は清洲城への参向が五日遅れた内蔵助を疑い、腹を切らせようとした。

八右衛門、小六が懸命にとりなし、信長はようやく思いとどまったが、一時は内蔵助の郎党、長《おとな》らが、主人が成敗をうけるまえに信長を討ち果そうと、仕物の計略をたてたほどの騒動であった。

信長の胸奥には、自分をとりまく肉親、近臣への疑念が、黒雲のようにわだかまり渦巻いている。

まぎれもなく、己れの唯一の味方であると信じている吉野と言葉を交しているときでさえも、不意に彼女への疑いが頭をもたげることがあった。

座敷の土火鉢に盛りあげられた白炭が、灰をすかして赤熱した色をみせ、金物を打ちあわせるような音をたて、ひびわれる。

「酒《ささ》をお召しになられませ」

紫と白の重ね小袖《こそで》に束ね髪の吉野は、陶器の肌のようになめらかな襟あしにほつれ毛を散らし、朱漆塗りの湯差しにみたした酒を、信長の手にする湯呑みに、こぼれんばかりに注ぐ。

「吉野はおもしろき女子《おなご》だのん」

「なにゆえにござりまするか」

「いつにかわらず、酒をこころゆくまで呑めと、すすめおるだわ」

歯を見せる信長に、吉野はなにげない風情《ふぜい》で応じる。

「呑みたきものを呑めば、よいのでござりまするに。欲するままに呑んでお寝《やす》みあそばいて、身に毒になろうはずはござりませぬわなも」

信長はおちつきはらっている吉野に、そういわれると、気分がなごやかになる。

吉野は信長の気質、嗜好《しこう》をすべてこころえていた。彼女は信長に惚《ほ》れこんでいるので、努力することなく、恋人の性格に同化している。

つまり、二人は一心同体であるといえた。

信長が熟睡できるのは、吉野と閨《ねや》をともにした夜だけであった。

彼は生駒屋敷に泊ると、翌日の陽が中天にのぼるまで、ひたすら熟睡《うまい》をむさぼることもめずらしくはなかった。体内に溜《たま》った疲労が、泥のように溶けて流れ出ていったのがわかる。こころよいめざめのときを迎えるまで、吉野は信長を寝かせておいた。

奇妙、茶筅の二人の男児と、生れてまだ一年にならない徳姫を、信長とのあいだにもうけた吉野は、いまでは彼をがんさい（いたずら）息子のように見ることができた。

「あなたさま、さきほど兄さまより聞き及びしに、駿河の治部大輔が間者ども御領内へ入りこみ、ご難を加うるやも知れずと、肝を寒うさいたしおりまするほどに、これよりのちお外出の折りには、かならずお供のご人数《にんじゅ》を多数ご用意あすばされて、ちょーだいあすわせ」

信長は酒をふくみつつ、吉野をながしめに見た。

「戦ごとは、女性《にょしょう》の口出しいたすところにあらず。さようなることは申すでないぞ」

吉野は黙らなかった。

「間者風情に命をとられては、犬死にと申すものでございまするに」

信長は、険しい眼になった。

信長は彼の死を口にした吉野に、心を刺された。疑心が黒雲のように湧きあがってくる。

「吉野は、儂《わし》が死ぬのを待っておるのかのん」

信長の薄い上唇が、内心の不興を示しひんまがった。

吉野は表情を変えた。

「なにを申されまする。吉野があなたさまより後に残って、なにを楽しみに生きられまするかなも。あなたさまがお果てになったるときは、私も死にまするものを、なんでさようなことを勘考いたしましょうぞ」

信長は吉野のはげしい口調に、気勢を挫《くじ》かれた。

――この女子は、いつわりを申してはおらぬだわ――

吉野の上気したあでやかな顔を見つめる信長の心中に、感動がひろがる。

吉野は黙りこんで酒をふくむ信長に向ううち、眼差《まなざ》しにいつくしみの色をあらわす。彼女は、次の間にひかえる女中に聞きとられぬよう、声をひくめていう。

「あなたさまは、くたびれておられますわなも。大勢の敵味方を死なせてこられしゆえに、吉野さえも疑わしゅう見えるのでござりまする」

吉野のかぼそい指さきが、信長の腕にとりすがる。

「私はあなたさまを、なににも替えがたきばかりに、好きでござりまするに。はじめてこの館《やかた》に通うておわせられし頃より、心持ちはかわらず、深うなりまさるばかりでござりまするわなも」

「子供よりも、儂が好きか」

「口にするまでもござりませぬに。子供が百人おろうとも、吉野はあなたさまのほうが大事にござりまする。吉野がもとにおわせられしときは、よくおやすみなされ、快気をおとりもどしあそばいで、ちょーだいあすわせ」

信長はただひとり、自分を裏切ることのない人間を眼前にして、陶然と酔いに身を任せた。

彼は合戦にあけ暮れる日をすごすうち、心の乾きをしずめるため、清洲城に幾人かの側室を置いていた。

濃姫の侍女であった中将という女。坂という侍の娘とのあいだには、茶筅とおないどしの男児を儲《もう》けていた。

吉野は信長がはじめてほかの女に手をつけたとき、すさまじい嫉妬《しっと》に狂いたった。吉野はものしずかなふだんとは別人のように、歯嚙《はが》みして女中に聞かれるのもかまわず、信長を罵《ののし》った。

「私と申す女子がありながら、なんぜさようなみだりがわしきことを、いたさねばならぬのかなも。えい、さようなこと、私は許せぬ」

信長は思わず吉野の頰を打つ。

「慮外者《りょがいもの》め、家来どもが聞えをはばからぬか」

吉野はいきりたつ。

「なにぬけぬけと、主人めかして」

彼女は信長の頰を引っ搔《か》く。

信長はこめかみから高頰のあたりへひきつる痛みをおぼえ、思わず手をあてて見る。

てのひらに薄い爪《つめ》で削られた皮膚が、毛屑《けくず》のようについた。

信長は血相を変え、声を押し殺して告げた。

「こたびは許す。二度ととり乱すでないぞ。かようなことをいたさば、そのままには置かぬだわ」

彼は眉根を寄せ、泣き伏す吉野をあとに足音も荒く立ち去った。

吉野が嫉妬を燃えあがらせたのは、そのときだけであった。彼女は、いつまで続けられるか分らない信長との生活を、できるだけ楽しくすごそうと、思いなおしたのである。

彼女は八方塞《ふさ》がりの情勢のなかで、ひとり奮闘をつづけねばならない、信長の苦悩に満ちた生活を知りつくしている。

彼女は信長を、わが傍にいるときだけでもくつろがせ、重い心の疲労を癒《いや》させてやりたかった。

閨《ねや》のうちで、吉野は信長の望むがままに身をまかせ、かぎりなく優しかった。

信長はほのぐらい寝部屋のうちで、けざやかに白い、吉野のしなう体を抱くとき、他の側女《そばめ》を相手にしていて味わうことのない、ふかい安堵《あんど》に包まれた。

「儂《わし》もお前も、あと半年足らずで三途《さんず》の川を渡ることに、なろうも知れぬでや」

信長は吉野のなめらかな唇にわが唇を触れつつ、つぶやく。

吉野はわがうえに体をかさねた、信長の裸の肩を抱きしめた。

「いつ果つるとも、わが身に悔いはござりませぬに」

死ぬときは信長と、三人の子供たちともろともにゆこうと、吉野は思い決めていた。


月日は風のようにはやばやと過ぎた。

野山に霞《かすみ》たなびき、桜が景色にはなやかないろどりをそえる頃、信長は領内諸郡に地子《じし》銭《せん》、段銭《たんせん》の諸税を半減する、徳政の高札を立てさせた。

各地頭にも同じ趣意の触れ書きをまわす。徳政をおこなう理由は、永禄このかた合戦がつづき、在郷諸村に命じる軍役、陣夫役もたび重なり、男手すくなく田畑の荒廃がはなはだしいためであった。

諸村の疲弊は、信長の治世になっていやまさるばかりである。郷中の勇士はいうにおよばず、百姓衆の屈強な若者たちが陣夫として狩りだされ、落命して帰ってこない。

種播《たねま》きの季節がきても、男手がなければ耕作もできぬままに、老人、女子供は故郷を捨て、村抜けして流浪《るろう》の旅に出た。

信長が今川勢との存亡を賭《か》けた一戦をまえに、戦費の窮迫にもかかわらず徳政をおこなったのは、領民の村抜けが跡を絶たず、しだいにはげしくなってきたからであった。

今川義元が尾張乱入の風聞は、領民には内密にしておいたが、どこからともなく聞え、諸村ではさまざまの流言が騒然と交されている。

巷《ちまた》の流言は今川方の細作《さいさく》が広めているものであった。駿《すん》、遠《えん》、三《さん》の大軍が尾張に乱入すれば、信長はひと支えもできず、城を捨ていずれかへ敗走いたし、首を取らるるであろうと、口伝えに伝わる。

清洲開府以来の危急のときと知った百姓どものなかには、村抜けをしても合戦に狩りだされまいとする者も多かった。

「荒れ田に眼をくれて、迷うておるときではないでや。命あっての物種じゃ。尻《しり》に帆かけていこまいか」

信長がせっかくの徳政の効果も、人心をしずめるには至らなかった。

戦乱が続いているため、諸村の困窮はきわまっていた。屋根傾き、雨漏りがしても、親戚《しんせき》一統集うての屋根葺《ふ》き替えをする余裕もなく、諸物は払底している。

清洲城では宿老《おとな》、侍大将が総出の軍議が、再三ひらかれた。

評定の場では、諸将の意見が交されたが、これという妙策もない。戦力のはなはだしい懸隔が、作戦を成りたたせなかった。

信長は何の意見をも述べなかった。大手の広場から吹きこむ暖風をここちよげに、眼をほそめ鼻毛を抜いているのみである。

「お殿さまのご勘考は、いかがでござりまするか」

たまりかねた宿老が聞くと、ひとごとのように答える。

「いまさらに、何の手だてもあろうかや」

譜代の重臣たちは、こめかみに青筋をうねらせ、心労に血走った眼をすえ、信長に詰め寄る。

「御大将が軍議の座にて、何の手だてもなしと仰せらるるは、あまりにかるはずみなるお言葉と存じまする。弓箭《きゅうせん》の家の誉れをもって、このままに打ちすぎ、策もなく合戦にのぞまば、お家の面目はさらにござりませぬ。よろしくご勘考のほどを願いあげまする」

信長は家来どもを見すえ、答えた。

「推参なる奴輩《やつばら》めが、何を申しおるかや。我の手五千が、三万の敵を迎え撃つに、いかなる勘考ができようぞ。籠城《ろうじょう》いたせしとて、糧道を断たれなば十日とは保たぬ。野陣の合戦は、尾張一国に、山もなき平地なれば、策を立つるすべもなきことは、そのほうどもが先刻承知いたしおるだわ。いまさらあれこれ勘考いたしたとて、労あって益なしというものでや。儂はのう、俎上《そじょう》の鯉となってやらあず」

信長は天井を仰いで大笑し、座を蹴《け》って立つ。

軍議が長びけば、信長はかならず中座し、そのまま小姓五、六騎を連れ、生駒屋敷へ馬を走らせ川狩りに興ずるか、鷹野に出た。

彼は譜代衆が非難の眼を向けてくるのを知っていて、無策をよそおっていた。家来どものなかには、今川に内通している者がかならずいる。

いま軍議評定の座で、能もなき譜代衆に本音をあかせば、戦うまえに今川義元にこちらの手のうちを、すべて読まれることになる。

彼は口をひらけば、ひたすらおなじ言葉をくりかえしていた。

「人もなければ、矢玉、兵粮《ひょうろう》もなし。拠《よ》るべき要害もこれまたなければ、いざとなっては死ぬのみだぎゃ。そのほうども、いまに信長が死に狂いを見せてやらあず」

陽気があたたかくなるにつれ、信長は顔も手もざまもなく陽灼《ひや》けして、野外での遊行《ゆぎょう》に興じた。

彼は自ら国境《くにざかい》のほうへ足を向けなかったが、ひそかに森可成、蜂須賀小六らを駿遠、三の各地へ細作に派し、今川勢の動静を探らせていた。

可成、小六は、前野将右衛門以下屈強の細作三十余人を、三河の国境から駿河の府中城下に及ぶ要所に、潜入させている。

剽《ひょう》げ踊り、唄《うた》の巧みな可成と小六は、京都ではやりの小唄を、竹筒に赤小豆《あかあずき》をいれた小切子《こきりこ》の手玉で拍子をとりつつ唄い歩く、放下師《ほうかし》に化けていた。

つつじがいまを盛りと咲きほこり山野に紅のいろどりを添えている三月晦日《みそか》、信長は諸村に触れをまわし、在郷の百姓どもの端に至るまで、上下構わず呼びあつめ、生駒屋敷で剽げ踊りを催した。

当日集まった者は、蜂須賀党、川並衆、前野党六十余人をはじめ、津島五ヵ村の主だった年寄どものほか、附近の老若男女をこぞっての大勢であった。

生駒屋敷の広庭は、赤鬼、黒鬼、餓鬼、地蔵、弁慶、判官など、さまざまのいでたちもおもしろく、笛、太鼓、摺《す》り鉦《がね》にあわせ、踊り狂う群衆で、足の踏み場もない有様であった。

信長は女装で、小鼓を打ちつつ天人の舞いを披露するが、夜も更け、篝火《かがりび》がにぎにぎしく天を焦がすなか、踊りの熱気がいちだんと高まってくると、帷子《かたびら》の尻をはしょり、頬かむりで得意の剽げ踊りをはじめる。

〽わかき時、さのみ賢者もいやで候
　人のいいよる便りなし
　歳がとりての後悔なれ

小切子をはげしく打ちならし、拍子をとる男女の踊り手が、信長の滑稽《こっけい》な身振りにどよめき笑い崩れる。

見物の人垣のなかに、奇妙、茶筅をつれた吉野もいた。彼女は信長の剽げぶりに笑いを誘われつつ、眼頭に涙を宿していた。

まもなく今川勢をむかえ決死の一戦にのぞむ信長が、領民の動揺をしずめようとの懸命の胸のうちを、知っていたからである。

亥《い》の刻（午後十時）になって、篝火の明りに浮きあがった生駒屋敷の矢倉門を、二人の旅商人がくぐり、主殿に向った。三河表から戻った小六と可成である。

二人は頬かむりの手拭《てぬぐ》いをはずし、旅装の土埃《つちぼこり》をはたきつつ、下人《げにん》を呼ぶ。

「親爺《おやじ》どのを、早速にここへ呼んでくれ。この騒ぎは何事でや」

「清洲のお殿さまが、剽げ踊りのご張行《ちょうぎょう》でござりまするに」

小六は、いまいましげに可成と顔を見交す。

「踊りじゃと、この火急の際におそれいったるおふるまいだで」

二人が縁先に腰かけ待つうちに、八右衛門が庭木戸をあけ、足早に姿をあらわした。

八右衛門は小六たちを見ると、辺りに人影のないのをたしかめたのちに聞く。

「いま戻ったのきゃあな」

「そうでや。儂《わし》らは駿河府中より三州表までの海道筋の動静を見て参ったのでござるだわ。親爺殿、すでに道には兵粮、かいばを五、六町ごとにうずたかく積み、駿河衆はおよそ五、六千人も岡崎表へ出張っておるでや。治部大輔が府中を発向いたさば、四、五日のうちには三万の軍勢が尾張国境へ乱入は必定でござるでのん。関所の固めはもはや合戦の前とかわらぬきびしさだで。儂らは山谷を這《は》うて三河境を越えてきたのだわ。この動静、早速にお殿さまに注進せねばならぬゆえ、お取りつぎ下されし」

八右衛門は頰をひきしめ、うなずく。

「あい分ったでや。儂について馬場先まで参れ」

小六と可成は八右衛門に導かれ、地を踏み鳴らし踊りに興じる人影のいりみだれる広庭へ入り、築地《ついじ》際に膝《ひざ》をつき控える。

鉦、太鼓、津島笛、小切子の囃子《はやし》が湧きたつなか、篝火の明りを背にうけ、信長が軽やかな手ぶりで踊りつつ近づいてきた。

八右衛門が小走りに寄って、信長の耳もとで告げる。

「ただいま蜂小、与三の両人、あれにひかえておりますれば、なにとぞ三州表の様子お尋ねあるよう、願いあげまする」

信長は汗に濡《ぬ》れた顔をあげ、踊りの手を休めないままに、いい放った。

「不敵なる奴輩《やつばら》めが、踊りの場にまで推参いたせしか。今宵は無礼講なれば、弁慶なりとも、判官なりとも罷《まか》り候え、罷り候え」

小六と可成は築地際で声もなく手をつく。

このようなときに、木下藤吉郎がいたなら、上手にとりなしてくれるのだがと、小六たちは気を揉《も》む。

信長の性格には、常人のものさしでは計れない一面がある。小六たちが緊急の知らせをもたらすために来ていると知っていても、遊びの興を殺《そ》がれると、烈火の癇《かん》癪《しゃく》を激発させかねない。

信長は大勢の津島衆の先頭に立ち、砂埃《すなぼこり》をたて踊り狂いつつ去ってゆく。眼をほそめ、痴呆《ちほう》のような笑みをうかべ、差す手引く手に興じる信長の姿には、血戦を間近にひかえている切迫した様子は、さらになかった。

「お殿さまは、いま手をとめる気はあらまいでや。ちと待つよりほかはなかろうのん」

八右衛門は近づいてくる摺り鉦のけたたましい音に、眉をひそめた。

燃えあがる篝火の火の粉が降ってくる築地際で、小六と可成は半刻（一時間）あまりも、膝をつきひかえていた。

八右衛門はたまりかね、踊りにわれを忘れているかのような信長の傍へ寄り、腰を折り声をかける。

「おそれながら申しあげまする。あれにひかえ神妙なる両人、三州表の動静をばご注進に参じておりますれば、しばらくは御手をやすめられ、御拝謁をゆるされてしかるべく存じまするが。なにとぞ、お聞きいれ願わしゅうござりまする」

信長は立ちどまり、舌打ちをした。

「無粋なり八右衛門、せっかく興に入るべきところをひきもどされ、気もさめはてたるわ」

彼は近習を呼び、命じた。

「今宵は蒸しあつく、喉《のど》も渇いただわ。茶など一服いたそうゆえ、書院に支度いたせ」

信長は汗と土埃のしみをつけた踊り装束のまま、まっすぐ書院へ向う。

八右衛門は小六と可成に、いいふくめた。

「今宵のお殿さまは、とりわけてご機嫌ななめゆえ、このうえみ気色《けしき》を損ぜぬよう、物いいに心いたせ」

彼は二人を連れ、書院庭先へまわった。

信長は縁先に出てくるなり、小六たちに鷹のような眼光をむけ、さきほどまでの剽げぶりとは一変してのおそろしい顔つきで、大音《だいおん》に叱咤した。

「無粋なる奴輩めが、夜中に推参いたしおって、何用でや」

小六はひるまず、言上する。

「踊り御興中《ごきょうちゅう》、夜分に推参いたせし非礼の段、平にご容赦下されませ。さりながらそれがしども、御家危急の出来《しゅったい》にて、ご不興をかえりみるゆとりさえござりませぬ。三州一円はもはや治部大輔に加担いたし、松平党が先手にて、国をあげての合戦支度に余念もござりませぬ。さればこの月を待たず治部大輔が西上のはこびとなるやも知れ申さず。府中、掛川《かけがわ》、浜松、いずれも軍兵小荷駄充満いたし、諸事あわただしく、岡崎に着陣いたせし駿河衆の人数は、五千をこえてござりまする」

信長は両眼に磨ぎすました刃の輝きを点じ、黙然と小六のいうところに耳をかたむける。

小六は言葉をつづけた。

「合戦おこらば、国境の御味方、鷲津、丸根らの砦はいずれも、荒海に投げだされし孤舟も同然の様とあいなるべく、お殿さまにはいかがなされますするか。捨て殺しになさるるおつもりにてござりまするか」

灯台を背にした信長の姿は、影絵のように暗かった。

小六は一言も答えない信長の態度が歯がゆく、いいつのった。

「砦には急ぎご加勢をおつかわしなされ、堅固に取りかためねばなりませぬに。このままに打ちすぎたれば、尾張一国は焦土となりはて、御家の面目をたつる道はござりませぬ。小六も日頃のご恩に酬ゆるため、ただちに川筋の一統を糾合いたす所存にござりまする。川の男どもを残らず呼び集めなば、その数二千をくだるまじく、寸時を惜しむいま、陣触れお指図あってしかるべきと存じまするが」

信長はようやく口をひらいた。

「与三は別といたして、八右衛門、小六はいずれも野にある無足人《むそくにん》なれば、合戦の勝敗見通しには聡《さと》きはずだわ。しかるに思いのほかの口のききようだで。敵は三万、味方は小六が加勢を数に加えてなお、五千ほどにて、いかなる手だてがあらずか。世迷言《よまいごと》もほどほどにいたせ」

信長は声荒く小六を叱りつけ、ふりかえると小姓が茶の支度をととのえたのもかえりみず、奥の間に入り、襖《ふすま》を閉めた。

「親爺殿、これはいかなるご了簡《りようけん》でや、儂はこのままで去《い》なれるものか。お殿さまのあとを追うて、膝詰めにてご本意をたしかめずにはおられぬがや」

　可成が血相をかえ、信長のあとを追おうとするのを、八右衛門がひきとめる。

「推参なるふるまいをいたしたとて、お殿さまがご存念《ぞんねん》をあかされまいがや。まずはおちつけ」

　三人が険しく言葉を交しあっていたとき、小姓が縁先へ戻ってきた。

「方々には疾《と》く奥のお座敷へ、お通り召されい」

「なに、お召しかや」

　八右衛門たちはうなずきあう。小六と可成は泥足もかまわず草鞋《わらじ》をかなぐりすて、書院を横切り奥の間に入った。

　四方の襖を閉めきった、十二畳半の座敷の中央に、一穂《いっすい》の灯台を置き、信長が端座していた。

「与三、襖のそとは宿直《とのい》に見張らせてはおるが、怪しき気配はなきか見まわって参れ」

　信長はさきほどまでとは物腰が豹変《ひょうへん》し、おちついた口調であった。

「かしこまってござあーいまするに」

　可成が忍者の足どりで、座敷の隅《すみ》に寄り、畳に耳をつけた。

　襖のそとで、摺《す》り鉦《がね》、太鼓、踊り行列の男女の囃《はや》し声が、潮騒《しおさい》のように高まっては遠ざかり、また近づいてくる。

灯台の明りの及ばない一隅に、しばらく動かないでいた可成は、柱に手をかけると欄間に守宮《やもり》のように登った。

やがて下り、足音もなく信長のまえに戻って坐《すわ》る。

「怪しき奴輩はおりませぬ」

信長はうなずき、三人を膝元《ひざもと》へ招いた。

男たちは、たがいの呼吸が聞えるほどに、顔を寄せあう。

信長は低い声音で語りはじめた。

「これより申すは密々のことだで、決して口外すな。そのほうどものほかに儂《わし》がまことの存念を承知いたしおるは、佐々内蔵助、簗《やな》田《だ》弥次右衛門、鬼九郎のみでや」

八右衛門たちは息をひそめ、信長の言葉を待つ。

「このたび今川治部西上のいきおいすさまじく、尋常にては相撲は取り組めぬ。駿河の軍兵三万が、軍配兵法にのっとり幾段の備えにて攻め寄せなば、これを打ち崩すは至難の業でや。たとえ天魔鬼神がわが身に乗りうったとて、灯前の夏の虫と化し、死ぬるほかはあらまい。ここにただひとつの手だてといたすは、日暮れを待ち、夜討ちを仕懸け勝負を決することだで。したが夜討ちとて、国境より清洲までわずか半日の道程なれば、夜を待つうちに尾張の在所には敵勢満ちあふれ、仕懸けの機を逸するに違いなしとなれば、いかがいたす」

八右衛門たちは声もなく、唾《つば》を呑《の》むばかりであった。

信長の両眼が、彼らの鼻さきで鏡面のように光っていた。

「われに残りし策はただひとつ、今川治部鉄桶《てっとう》の備えといえども、勝ちに乗ぜしむればすなわち油断を生ずることうけあいなれば、わざと勝たせるのだわ」

信長の声音はさらに低くなり、八右衛門たちの耳もとで、ささやくようであった。

「鷲津、丸根の砦は、敵の正面に立ちはだかっておるに、守兵はあわせ一千余り、敵方が攻めかからば、半日を待たず落城はあきらかでや。儂は両砦へは援兵を送らず、捨て殺しといたす。もしも援兵をつかわし懸命の防戦をいたさば、三万の敵は必死にあいなり、駆け向うてくるは必定だわ。たやすく落つれば油断をいたし、先手が清洲城に達するとも、中軍は国境の隘路《あいろ》を過ぎてはおるまい。儂をあなどり、長途の大兵の足なみは遅れよう」

信長の表情には、千に余る譜代の家来を死なせても勝機をつかもうとする、鋼のような意志があらわれていた。

信長は小六の眼をのぞきこみ、語りかける。

「分るであろうがや、蜂小。儂が申すは無策の策だわ。ふだん野にあるそのほうどもは、今川が軍路の足をとどむる策をば、練りに練って勘考いたせ」

「かしこまってござあーいまするに」

小六は答えつつ、感動がみぞおちを熱くするのをおぼえた。

――この殿は、ただでは死なぬお方でや。命を捨てるからには、治部大輔と刺しちがえるだけの覚悟を持っていなさるだわ――

小六は国境の味方の砦を囮《おとり》として、勝機をつかもうとする信長を、冷酷であるとは思わない。

織田勢全滅の危機を回避するためには、犠牲なしではすまされないのである。信長には武将としての不屈の魂があった。

信長は小六につづき、八右衛門、可成の表情を読む。三人とも心の昂《たか》ぶりをあらわにして、信長の言葉にひきつけられていた。

「よいか、敵と立ち向うときに、いっち肝要なるは潮時の見切りでや。家中の宿老《おとな》どもは意見まちまちにて、いたずらに取り乱し、一陣とはなりがたし。さようなる仕儀にてよからずか。儂はあやつらはあてにいたさず、太刀抜きはなち今川治部に立ち向うでや。太刀の下は地獄なれども、生死は一定《いちじょう》のさだめごと。この期《ご》に及び迷いはあらず。そのほうども、儂が真意を体し、折角《せっかく》はたらいてくれ」

心中をあかした信長は、八右衛門と小六に命じた。

「比良《ひら》の佐々が手勢百余人は、今夜のうちに信州道往還へまかり出《い》で、猪子石、岩作より竜泉寺まで三十余町のあいだを相固めることとなっておるのだわ。生駒党、蜂須賀党は明日にも前野、柏井のともがらを嘯集《しょうしゅう》いたし、小田井川向いの竜泉寺山へ駆け向い、陣を固めたるうえにて、下知を待て」

「かしこまってござあーいまするに」

八右衛門と小六が、声をそろえて応じた。

竜泉寺山には、いまは廃墟《はいきょ》となっているが、信長の弟信行の築いた城郭があった。城は小田井川南岸の崖上《がけうえ》に築かれ、尾張平野を北から南へかけ、一望のもとに俯瞰《ふかん》できる要衝の地であった。

竜泉寺山は、清洲城から東方へ四里の地にあり、今川方の尾張攻撃の拠点である品野城と清洲との中間に位置していた。

信長は猪子石から竜泉寺へと、南北に清洲城の防衛線を敷く必要に迫られていた。

永禄三年（一五六〇）五月朔日《ついたち》、今川義元は全軍に出兵の令を下した。

府中（駿河）城下には、騎乗、歩卒をあわせ二万を超える精兵が集結していた。彼らは府中周辺および以東の兵で、三州岡崎に待機している先発隊と合流すれば、二万八千の大軍団となる。

充分に戦備をととのえ、待ちかまえていた今川勢の士気は、天を衝《つ》くいきおいであった。城下を埋め野陣を張っている軍兵は、旗差物を林立させ遠雷のようなどよめきをあげている。

五月十日、十一日の両日、新暦では梅雨入り前後の六月十三日、烈日の照りつける空の下を、先手の兵一万が海道を西へ向った。

今川義元は十二日、嫡子氏真を府中に残し、本陣旗本備えを率い、雷発する。

義元西進の目的は、上洛《じょうらく》して将軍に謁し、天下を統一して兵権を掌握するにあった。

当時東国より西上の経路は、海道を辿《たど》って尾張に至り、それより美濃路を経て東山道をとるものであった。

義元は上京の要路にあたる尾張の織田上総介信長、美濃の一色左京大夫義龍、江南の佐々木左京大夫（六角承禎《じょうてい》）、江北の浅井下野守久政らの諸大名を撃破する覚悟をかためていた。

最初に尾張の信長を血祭りにあげねばならない。五月十五日、先手の精鋭は三州池鯉鮒《ちりゅう》に到着した。

十六日、本陣旗本備えは美々しい甲冑《かっちゅう》に陽を弾《はじ》き、原野を埋め三州岡崎に陣をすすめた。義元は岡崎城に入り、人馬は城下で休養をとりつつ待機し、松平勢と合流した。

十七日には今川勢一の先手、二の先手十四隊四千五百人が池鯉鮒より知多郡一帯に放火、田畠薙《でんぱくな》ぎをおこない攻撃の足場をととのえる。

本陣はその日のうちに池鯉鮒に前進し、国境に至った。翌十八日には尾張に侵入し、義元は鎌倉道を西に向い今川方拠点の沓掛《くつかけ》城に入る。

同夜、沓掛城内で軍議がひらかれた。義元は幕下諸将に、進撃の役割をふりあてる。鳴海城守将岡部元信が伊賀の諜者《ちようじや》九十人を放ち、織田方の防備の実状を詳しく探索していた。

今川勢進撃の正面に立ちふさがる、織田方の丸根、鷲津の二砦は、いまに至るも兵力を増強せず、これを粉砕するのは難事ではないとの見通しがついている。

丸根砦へは松平元康（家康）が二千五百人、鷲津砦へは朝比奈備中守が二千人を率い、十九日払暁より攻めかけることに、手筈《てはず》が決した。

五月十八日深更、風が落ち蒸し暑い熱気のよどむなか、天を焦がす篝火《かがりび》の火の粉を散らし、敵の来襲を待ちうける丸根砦の陣営柵門《さくもん》に、野良着姿の男があらわれた。

「何者でや、そこを動くな」

殺気立った見張りの軍兵が、磨ぎすました大身《おおみ》の槍をつきつけ、声をあらげ誰何《すいか》する。

「手前は祐福寺村の村長《むらおさ》、藤左衛門が家の者にござりますいら。佐久間のお殿さまに火急のご注進に、参ったのでござりまするがのんし」

頬かむりをとった百姓が、息をきらせて答えた。

足軽小頭が走って、本陣の佐久間盛重に知らせた。盛重は軍装をととのえ、床几《しょうぎ》に腰かけ朝を待っていたが、うなずき答えた。

「よからあず、注進を聞こうでや。これに通せ」

夜があければ、六百の城兵とともに討死にの覚悟をきめている盛重は、眼を吊《つ》りあげ、夜叉《やしゃ》の相貌《そうぼう》となっている。

軍兵にともなわれてきた百姓は、盛重を見るなりひざまずき、地に額をすりつける。盛重はおだやかに声をかけた。

「そのほう、藤左が家の下人《げにん》かや。儂《わし》にいいたきことあれば、遠慮なくいうがよからあず」

藤左衛門は、かねて蜂須賀党と昵懇《じっこん》であった。

今川勢が国境を越え、沓掛城に進出してのち、地元に住む藤左衛門は、敵の動静をしばしば盛重のもとにもたらしていた。

使いの百姓は、沓掛城内での今川勢軍議の内容を盛重に注進した。

「駿河衆は今日の午《うま》の刻（正午）に沓掛城に入ってござりましたがのんし。大将も入来《じゅらい》して、旗本備え五、六千参着とのことにござりますいら」

盛重が呻《うめ》くような声音で応じる。

「うむ、今川治部めが沓掛に入りしか」

「さようでござりまするやなもし。大将は夜に入って家来を集め、軍議評定をいたし、明日の天明とともにこなたと鷲津のお曲輪《くるわ》を囲むと決してござりまするで。早々にお支度あられまするよう、申しあげますでのんし」

「うむ、よくも知らせてくれただわ。藤左は、敵の攻めくちをいかに申しておったでや」

「へえ、こなたへは松平衆二千五百人、鷲津へは駿河衆二千人が押し寄せるとのことにござりますいら。手前がこなたへ参りまする三里の山道は、もはや数も知れぬ軍勢の松明《たいまつ》で、昼のようでござりましたでのんし」

盛重は差添えの脇差を、藤左衛門への引出物として使いの下人に与え、帰らせた。

佐久間盛重はただちに使い番を清洲城へ走らせ、今川勢が十九日の天明とともに、鷲津、丸根両砦を攻囲するとの急報をもたらした。

注進の母衣《ほろ》武者は途中敵勢に遭遇し、矢を受け傷ついたまま清洲城に駆け込み、懸命に信長に注進した。

「もはや鷲津、丸根は敵勢に十重《とえ》、二十重《はたえ》に囲まれてござりますれば、合戦開かればいくばくの間も持ちこたえられず、なにとぞ後巻《うしろま》き、身継《みつ》ぎの人数お繰りだしあすばされまするよう、お頼み申しあげまする」

信長は使い番に向い、いい渡した。

「あい分った。役目大儀、武者溜《だま》りにて疵所《きずしょ》の手当てをいたせ」

信長の身辺に詰める馬廻《うままわ》り物頭《ものがしら》たちは、殺気立ちひしめきあって下知を待つが、何の指図もない。

負傷した使い番は、主人盛重とともに斬死にするといいすて、手当てもそこそこに単騎丸根砦へ戻っていった。

信長は黙然と座所にあぐらを組んだままであった。一門衆、織田造酒介《みきのすけ》、玄蕃佐《げんばのすけ》ら血気の物頭はたまりかね、信長を促す。

「御大将なれば、いまにして御下知なされよ。治部大輔沓掛に至りしというに、御陣触れもなければ、馬場先溜りの人数はわずかに三百ばかりでや。かようなる小人数にてはいかようにも術《すべ》はなし。至急ご陣触れあってしかるべきと存じまする」

信長は気をたかぶらせ、いいつのる彼らに、一言の返答もせず、睨《にら》みつけるのみであった。

造酒介たちは破滅のときを座して待つに忍びず、宿老《おとな》たちをせきたて、戦評定《いくさ》をひらかせた。

宿老筆頭の林通勝が、それまでくりかえし唱えつづけている戦法を、渋りつつ口にした。

「敵は三万、味方はわずかに三千を揃《そろ》うるが精かぎりなれば、平場《ひらば》にてのご合戦には打つ手もござりませぬ。ただ、要害として知られしこの清洲にたてこもり、戦をひきうけ相戦うよりほかの策はなしと、存じまする」

信長は林の申し出を一蹴《いっしゅう》した。

「そのほうが戦策は、大軍勢を小勢にてひきうくるに、籠城《ろうじょう》がよしといたす、世間の者十人が十人ともに思いつくごとき、何のかわりばえもなきものだわ。さような戦をいたさば、敵は思い通りの布石をば生かしてくるだわ。いまは今川治部が思いのほかの手をうつときだでや」

信長は評定の場に居流れる侍大将どもを見渡した。

信長の内部で、なにかが砕け散った。

——儂は明日は死ぬ。されば思うがままに戦うてやらあず——

窮地に追いつめられた信長の脳中から忽然《こつぜん》と恐怖が失せ、闘争本能が燃えあがった。

彼は幕下諸将を睨《ね》めまわし、いいはなった。

「いにしえより英雄といわるる者の興亡は、たんだひとつ、機を得るやいなやにかかっておったのだぎゃ。城をたのんで戦機を失い、生死の関頭に及び生命を全《まっと》うせんとするごとき者は、すべて自滅せざるはなし。父上のご遺誡《ゆいかい》には、他国より攻め来りしとき、籠城いたさば、将は心臆《おく》し、卒は気変ず。ゆえにかならず国境を越え、野戦に生死を決せよと仰せられておるのだで」

信長は心中に激するものをおさえかね、円座のうえに仁王立ちとなり、叫ぶように諸将に命じた。

「儂はのう、夜が明けりゃ城を出て今川の狢《むじな》めを退治いたすでや。儂について参る者は力を尽くし大功をいたせ。われに十倍の敵と決戦いたすは、男子の本懐と申すべし。男たるもの、大敵を避け城に隠るるは、恥もきわまりしというべきでや」

林ら宿老たちは、不興げに顔をそむけたが、気鋭の諸将たちは、信長の本心を聞きふるいたった。

物頭のひとり岩室長門《ながと》守が立ちあがり、朋輩《ほうばい》に呼びかける。

「このたびわれらが猪武者殿に与《くみ》して一命を棄てんか。これいわゆる前世の悪因縁と申すものよ。かくなるうえは、われら輩《ともがら》いざともに打ちいでて、死に花を咲かすべし」

評定の間に、つわものどもの不敵な笑い声が湧きおこった。

彼らは笑いつつ感きわまり、節くれ立った両の手を顔に押しあて、涙をかくした。

評定が果て、小姓、女中が酒肴《しゅこう》をはこび、出陣の宴がひらかれた。

「今生《こんじょう》のおもいでに、わが殿が敦盛《あつもり》の舞いを拝見つかまつりとうございまする」

声に応じ信長は扇子を手に立った。

城中に招かれていた宮福太夫の謡にあわせ、彼は悠々と舞う。

〽人間五十年、下天《げてん》のうちをくらぶれば
夢まぼろしのごとくなり
ひとたび生《しょう》をうけ
滅せぬもののあるべきか

清洲城下では町屋の上下動転し、西方の美濃に向う諸道には避難の人があふれ、犬は吠《ほ》え馬はいななき、開府以来の騒動となっていた。

五月十八日夜半、竜泉寺城に集結していた軍勢のうち、佐々内蔵助は手勢三百余人を率い、信州道から鎌倉古道を南下し、六里弱を移動して平針《ひらばり》城に入った。

平針城は、今川勢本陣の進出した沓掛城の北西、一里半の距離にあった。附近の地形は田畑のあいだに灌木《かんぼく》の茂った小丘があり、池沼が多いので見通しはよくないが、城のある高処からは沓掛一帯の空を赤く染める今川勢の篝火が見える。

遠雷のようにひくくぐもって、どろどろと聞える物音は、夜中に進発する人馬のひびきであった。

後方の竜泉寺城まで、中継点として岩作城、猪子石城に前野衆、蜂須賀党が小人数ながら詰めていた。

翌朝の今川勢の動静に応じ、彼らは奇兵として北方から今川本陣へ斬りこむのである。

清洲表の信長がいつ出陣するかは、蜂須賀党の飛び人（伝令）が注進してくる手筈《はず》になっている。佐々衆は信長本隊と同時に行動しなければならない。単独で攻めかけても、三百の小勢ではたちまち今川勢の馬蹄《ばてい》に踏みにじられ、蒸発してしまう。

蜂須賀小六は、沓掛城間近の祐福寺村の村長《むらおさ》藤左衛門の住居にひそんでいた。彼と同行しているのは、朋友《ほうゆう》前野将右衛門ほか屈強の蜂須賀党十八人である。

彼らは百姓姿に変装し、翌朝今川義元が通過する沿道に先回りして、義元本陣旗本備えの移動する足取りを信長に通報する、重大な役割をうけもつ。

小六は将右衛門たちにいいふくめていた。

「明日はわれらが信長さまの耳目となるのだわ。味方が勝つも負くるも、われらがはたらきしだいでや。こなたが正体、敵に露顕すりゃ命はないが、最期のときは義元の輿《こし》に、一騎駆けにてくらいつき、刺し違えて死ぬまでよ」

泥に汚れた野良着を身につけたつわものどもは、眼をぎらつかせうなずきあう。

小六は尾張へ向う今川義元の足を、できるだけ遅らせる計略をたてていた。藤左衛門ら村人とともに沿道を土下座して義元を待ちうけ、戦勝祝いの品々を献上するのである。

今川勢本陣旗本備えの通過する村々で、手分けして戦勝祝いを言上すれば、義元はよろこびそのたびに輿をとめ会釈するにちがいなかった。

そうなれば、義元が桶狭間《とりで》を通過する足どりが遅くなる。

今川勢の丸根、鷲津両砦への攻撃は、払暁にはじまった。

丸根砦力攻にさきだち、松平元康（家康）は軍使を送り、開城を勧告したが、守将佐久間盛重は拒絶する。

松平衆は石川家成、酒井忠次を先手に立て、小砦を一気に蹂躙《じゅうりん》すべく正面からの我責《がぜ》めを掛けた。

織田方の応戦はすさまじく、矢玉を雨のように放ち、松平正親、松平親重ら侍大将が弾創をこうむり落命する。

武者押しの声は天に沖《ちゅう》するが、攻め手の死傷は続出して、押し寄せる足どりが鈍りがちになった。

守将盛重は機をみて柵門をひらき、麾下《きか》士卒とともに城外に進出して、松平衆先手《さきて》に斬りこんだ。

元康はただちに諸隊に命令を発した。

「人数すくない敵が、城を守らず討って出るのは、決死の覚悟をきめたためである。命を捨て、雌雄《しゆう》を決しようとしているのだ。かような敵には、味方の多勢をたのみ、軽々しく仕懸けては大怪我をするぞ」

元康は全軍を正兵、奇兵、旗本備えに三分した。

まず松平家広の指揮する正兵が、守兵に矢玉をそそぎかけたのち、正面から激突する。元康は黒煙をあげて斬りあう彼我の白兵戦の機を見て、横手から奇兵を投入した。

刀槍《とうそう》をきらめかせ、自分差物をひるがえし地響きたてて襲いかかる奇兵の鋭鋒《えいほう》を、佐久間勢はものともせずはねかえした。

守兵は三倍余の松平衆を相手に一歩も退かず死に狂いに斬りたてる。松平衆の松平重利、高力《こうりき》正重ら侍大将が斬死にし、苦戦の様相が濃くなってきた。

守兵の側も新手を繰りだしてくる敵を相手の死闘にようやく疲れてきた。身動きもかなわなくなって討ちとられる者がふえてくる。

陽が頭上にあがった頃、全身に返り血を浴び、鋸《のこぎり》のように刃こぼれした太刀をひっさげ、阿修羅のように荒れ狂っていた守将佐久間盛重は、狙撃《そげき》されついに絶命した。

主人を失い浮き足立った守兵は、しだいに柵門へ追い戻される。殺到する松平衆を防ぎかねた佐久間の残兵六、七十人が砦に入り、門を閉めようとしたが、打ちやぶられた。

守兵のほとんどが討死にをとげた丸根砦に火が放たれたのは、巳《み》の刻（午前十時）の頃であった。

丸根砦陥落と同時に、鷲津砦攻囲の火蓋《ひぶた》がきられた。

守兵四百に対し、駿河衆馬場民部少輔幸家ほかの六隊二千余騎、後詰めの朝比奈備中守八隊二千余騎が、奔流のように押し寄せた。

砦の守兵は猛攻を受け、たちまち飯尾定宗をはじめほとんどが戦死し、わずかな残兵のみが清洲へ向い血路をひらき敗走した。

丸根攻略を果した松平元康は、ただちに敵の首級七つを沓掛の本陣に送りとどけた。

義元は天文二十三年（一五五四）正月の村木砦の戦に、織田勢の奮闘によって苦杯を喫していたので、緒戦の帰趨《きすう》を気づかっていたが、自軍の快勝を知り安堵《あんど》した。

「我が旗の向うところ、鬼神もこれを避く」

義元は意気さかんな心中を口にした。彼は本陣に元康を召し、松平一族、麾下将卒多数の損傷をねぎらい、松平衆に休養をとらせるため、自軍の拠点大高城の守備を命じた。

元康は清洲攻めの先手を願ってやまなかったが、義元は彼を慰留し許さなかった。大高城の守将鵜殿《うどの》長照の父は、義元の妹婿である。彼は元康と役目交替を命じられ、勇躍して笠寺《かさでら》に兵を進めた。

今川勢は、誰もが先手をひきうけ、はなばなしい戦歴を飾りたいと望んでいる。織田主力が前途をはばむとも、鎧袖一触《がいしゅういっしょく》に屠《ほふ》るべしと楽観をつよめていたのである。

丸根、鷲津に武者押しの喊声《かんせい》が天にとよもしていた刻限、蜂須賀小六、前野将右衛門らは、海道筋新茶屋の辺りで、今川勢本陣旗本備えの通過を待っていた。

新茶屋は桶狭間の手前三十町の辺りの集落であった。沓掛城から新茶屋に至る沿道には、利に賢《さか》しい地元の僧侶《そうりよ》、神主、長《おさ》百姓らが、今川勢の戦捷《せんしよう》をいちはやく知り、義元の機嫌をそこねては後日に難儀をかけられるやも知れぬと、歓迎の列をなしていた。

小六たち十八人は、祐福寺村長《むらおさ》藤左衛門とともに百姓になりすまし、道端にかねて用意の献上の品々を運び、白布のうえに置きならべた。
一、勝栗　壱斗
一、御酒　拾樽《たる》
一、昆布　五拾連

一、米餅　壱斗分
一、粟餅《あわもち》　壱石分
一、唐芋　煮付け拾櫃《ひつ》
一、天干大根　煮〆《にしめ》五櫃分

草いきれのにおいが息もつまるほどに、野辺に満ち、ひとをせきたてるような蟬の啼《な》き声が、天地を領していた。

小六と将右衛門ら十八人が坐《すわ》りこんだ海道筋新茶屋の附近は、青草なびき蝗《いなご》の飛ぶ野原ばかりで、木立のかげもない。中天にかがやく白日のもと、堪えがたいまでの暑気に、遠見の景色はゆらめいていた。

小六たちは脳天から陽に灼《や》かれ、野良着を汗に濡《ぬ》らして待っていた。草木もちぢみ、眼もくらむばかりに暑熱のたかまった、午《うま》の上刻（午前十一時〜正午）とおぼしい刻限、はるか沓掛城の方角から十数騎の武者が、砂煙をあげ、馬に鞭《むち》をいれつつ駆けてきた。

藁沓《わらぐつ》をはいた馬蹄《ばてい》の地を踏みとどろかす響きが近づいてくると、小六たちは動悸《どうき》を押ししずめ、道端に額を押しつける。

騎馬武者は、村人たちが人垣をつくり屯《たむ》ろするのを見ると、矢庭に斬りつけるように激しい叱咤《しった》の声を放った。

「こりゃそのほうども推参なり。間《ま》なしにお屋形さまがお通りぞ。眼ざわりなる奴輩、ただちに退散いたせ。不遜《ふそん》の者これあるによっては、この場において斬り棄てようぞ。退散、退散」

胴丸具足に身をかためた武者たちは、筋兜《すじかぶと》の下におそろしげな面頬《めんぼお》を光らせ、乗馬の胸懸け、しりがいを揺りたてつつ、輪乗りをして道端の人影を追いたてようとした。

村長《むらおさ》藤左衛門は進み出て、声をはげまし返答する。

「おそれながら、手前どもには、不遜の心得など、みじんもございませぬでのんし。お屋形さまのご大勝、手前ども百姓もいずれ御徳を頂戴《ちょうだい》いたせるものと、恐悦至極にござりまするでなも。されば長き道中の御軍旅をば、おなぐさめ申したく、お見舞いに出できたりし次第にござりまするに。何分にも百姓へのご憐愍《れんびん》下されまするよう、ひとえにお屋形さまへお取次ぎ言上いただきとう、存じまするでのんし。なにとぞ、お聞きわけ下されませ」

小六たちは藤左衛門の言葉とともに、平伏したまま哀願の声をあげた。

「よろしゅうお頼み申しあげまするわなも」

騎馬武者のうち、黒糸縅《おどし》の胴丸をつけた頭《かしら》らしい者が、藤左衛門らの口上を聞き、口調をやわらげ答えた。

「そのほうども殊勝なる心得じゃ。さればお屋形さまご出陣御行列の妨げとならぬよう、道脇にひかえておれ」

彼らは百姓どもの出迎えを許し、沓掛城へ駆け戻っていった。

小六は汗の滴《しずく》を顎《あご》からしたたらせつつ、気を揉《も》む。

「信長さまは、いずれの辺りまでおわせられたかや。義元の出立《しゅったつ》あまりに遅れしときは、今川先手《さきて》と行きあいて、合戦はじめらるるやも知れぬだわ」

信長は払暁に清洲城を進発しているはずであった。

小六たちが朝から新茶屋の往還で義元を待ちうけていることは、信長旗本備えに加わっている、簗田弥次右衛門、鬼九郎父子が知っている。

彼らは小六から義元の動静を聞き、信長に注進する飛び人役であったが、いっこうにあらわれない。

「弥次右衛門らは、はや討死にいたせしかや。ならば、こなたより飛び人を走らせねばならず。したが信長さまがいずれへ参らるるか、分らぬだぎゃ」

焦慮に身を焼くうち、法螺貝《ほらがい》の音が鳴りひびき、今川勢本陣旗本備え先触れの騎馬隊があらわれた。

前衛三隊が武器甲冑《かっちゅう》のすれあう響きもいかめしく、汗と皮革のにおいを放ち通りすぎたあと、手槍《てやり》、手筒をつらねた旗本衆にかこまれ、網代輿《あじろこし》が近づいてきた。

四方にすだれのない男輿には、大兵肥満の武将があぐらを組んでいた。胸白《むなじろ》の鎧《よろい》に、金で八竜《りゅう》を打った五枚兜《かぶと》をかぶり、赤地錦《にしき》の陣羽織を着て、重代《じゅうだい》の松倉郷の太刀に、一尺八寸の大左文字《さもんじ》の脇差《わきざし》をつけた、今川義元である。

義元は沓掛城を進発の際、青毛五寸《ごき》（馬高一六六センチ）の駿馬《しゅんめ》に金覆輪《きんぷくりん》の鞍《くら》を置き、乗ろうとして落馬した。

出陣に際しての落馬は不吉とされていた。義元につきそう宿老たちは、ただちに輿をはこばせ、義元を乗せた。

「来たでや、あれが義元であらあず」

小六たちは地面に這《は》いつくばる。

揺れながら近づいてきた輿が、眼前にとまり、小六は胸もやぶれんばかりに動悸《どうき》を高鳴らす。

語尾に張りのある、おちつきはらった声音が聞えた。義元の声であった。

「そのほうども、炎天の出迎え殊勝なり、村長《むらおさ》はいずれにおるぞ」

藤左衛門が、すかさず膝行《しっこう》してまえに出た。

「こたびのご大勝、お屋形さまのご威光ならびなく、おめでとう存じあげまする」

小六は、義元がわが頭上にいると思うだけで、体内に氷のような殺気が走るのを覚えた。

義元は藤左衛門に言葉をかけた。

「こたびの余が出馬は、織田の小倅《こせがれ》一人を討ち取り退治いたすためにはあらず。これより京にのぼり乱国を平定いたし、諸将に号令、帝《みかど》の神慮を安んぜんがためじゃ。しからば当国織田上総介信長ごとき、余に服せざるがゆえ、これを退治いたすに手間いらず。尾張国中《くになか》をひとならしのうえは、百姓に安堵《あんど》せしむべく、徳政をほどこす所存じゃ。そのほうども、よくよくこころえよ」

藤左衛門、小六たちは感謝の嘆声をあげ、くりかえし義元を伏し拝んだ。

新茶屋から鳴海へ向う海道は、たらたら坂のゆるい下り道であった。今川本陣勢がまっすぐ海道を西進して、田楽狭間《でんがくはざま》に近い落合の辺りまで移動するのに、思いのほかに時が過ぎたのは、沿道に堵列《とれつ》して迎える百姓どもに、義元がいちいち会釈したためであった。

献上の品を路傍に積みかさね、義元を迎えたのは、おおかたが小六の意をふくんだ祐福寺村の男女であった。

「弥次右衛門は、まだこぬか。せっかくの勝機を、やりすごすでや」

小六が足踏みをしていらだち、もはや待てぬと、信長勢を探しに走りだそうとしたとき、海道北側の丘陵に待たせておいた家来が、駆け戻ってきた。

「ただいま、弥次右衛門殿父子、来着いたしてござります」

小六は人目をはばかり、小用を足すふりをしてくさむらに入り、一散に丘のうえへ走りあがった。

弥次右衛門父子は、水を浴びたように汗をかき、泡を嚙《か》む馬の手綱をおさえ、樹間に身を隠していた。

小六はせきこんで聞く。

「信長さまは、どの辺りまで出張《でば》られたかや」

鎖胴丸に身をかためた弥次右衛門は、口早に答えた。

「善照寺から中島へ進んでおざるでや」

小六は眼をみはり、声をはずませる。

「よからあず、それなら間にあうでのん。今川本陣前備えは、海道をはずれ田楽狭間に入ったようだで。義元はいったん大高城に寄って陣形をととのえたうえ、熱田表へ一気に攻めかける手筈《てはず》にちがいなし。大高までの狭間《はざま》道は十五町、木立多く山谷また多し。奇兵を仕懸けるにこのうえなき場所だで。いまこそ乾坤《けんこん》に勝負の見切りを決するときだわ。火急のご注進、一刻も早ういたせ」

小六の言に応じ、弥次右衛門父子は馬に飛び乗り、鞭《むち》をいれつつ駆け去った。

信長は五月十八日夜の評定で、翌朝今川義元を迎撃し、野戦に勝負を決するときめたのち、一刻（二時間）あまりのあいだ寝所へはいった。

「この期《ご》に及び、いかようなる思案も役立たず。連日寝もやらずおったるなれば、いざとなりても槍先くらく、雑兵《ぞうひょう》一人をも討ちとれぬだわ。いましばらくは寝候え、寝候え」

剽《ひょう》げ踊りの口調めかしていたが、信長は斬死にの覚悟をきめたとたん、抗《あらが》いようもない睡気《ねむけ》に襲われていた。

彼はそれまでの幾夜かを、一睡もせず過ごしていた。しだいに迫ってくる今川勢に、どのような戦術で対応すればよいかと、くりかえし考えつづけ、つまるところは最初の考え通り、国境の狭間道で、今川勢本陣を急襲するよりほかはないときめて、緊張がゆるんだのである。いま笠寺、戸部、中島にいる敵の先手が、十九日朝に清洲城をめざしてくるのは、細作《さいさく》の注進によって判っているが、その進路はつかめなかった。

葛山《かずらやま》信貞の率いる八千人の先手と、丸根、鷲津をおとすであろう松平元康、朝比奈備中守ら四千五百人が十九日の日没まではどのような動きを示すかは分らない。大高城に拠る鵜殿長照の軍勢も、本陣旗本備えの前進とともに、尾張に侵入してくるであろう。

義元本陣を奇襲するといっても、桶狭間で遭遇するまでに、諸方から侵入してくる今川勢と対戦しなければならない状況に、追いやられるかも知れなかった。

信長は国境一帯に細作を埋伏させていたが、彼らも刻々と変化する敵軍の動静を、完全には捉《とら》えられない。

信長は不眠にすごした夜のあいだ、嘔《は》きけをもよおすほどの絶望感にさいなまれていた。

——儂がいま、ものを考えているこの頭が、わが身よりはなれ、地面に転がる。この両手が斬られて落ち、土埃にまみれるのだで——

せっぱつまった思いは、恐怖の燐火《りんか》をふちどりした血なまぐさい想像をかきたて、信長をいやがうえにも疲労させた。

このまま戦場へ持ってゆかねばならぬかと思っていた、体内の重い恐怖は、評定が決してみると、せきとめていたかけがねがはずれたかのようにどこかへ流れ出てしまい、脳中が空虚になった。

「一番鶏《どり》で起すがよからあず」

信長は小姓に命じ、臥所《ふしど》に入ると前後もわきまえず熟睡した。

五月十九日払暁、小姓が寝所の戸をあけるよりはやく、信長は起き出た。

みじかい熟睡《うまい》が、彼の身内に活気をよみがえらせていた。

「貝を吹け」

信長の指図に応じ、曲輪《くるわ》広場に走り出た貝役が、法螺貝を大、大、大と余韻を引き吹き鳴らし、聞く者の腸《はらわた》にひびかせた。

「具足を持て」

丹羽五郎左衛門、佐脇八郎ら、すでに戦支度をととのえた小姓たちが、信長の具足をならべた台を担ぎ、座所に入った。

鎧直垂《よろいひたたれ》、足袋《たび》、草鞋《わらじ》、臑当《すねあて》、佩楯《はいだて》と、手早く身につけつつ、信長は命じる。

「湯漬けじゃ、馬曳《ひ》け」

胴丸を着込み、太刀を佩《は》いたのち、信長は立ったまま湯漬けを三杯食う。

「よからあず、これにて支度は整ったでや」

彼は「眼の下頬」をつけ、兜《かぶと》をかぶる。

脳中が燃えあがるような昂奮《こうふん》に、信長は小姓も怯《おび》えるほどのすさまじい形相になっているが、体の芯《しん》では冷静な計算を忘れてはいない。

「はいっ、どうどう、どおっ」

座所の前庭へ、腹巻をつけ足ごしらえもかいがいしい木下藤吉郎が、栗毛の軍馬を曳いてきた。

薄雲《うすぐも》と呼ばれる銃弾に打ちぬかれた左耳の目立つ牝馬《ひんば》は、信長が愛馬十二頭のうち、もっとも気にいっている逸物《いちもつ》であった。

お小人《こびと》の藤吉郎は、信長が命じたわけでもないのに、今朝出陣の乗馬は薄雲であると察して、曳いてきた。

信長は庭に飛びおり、二、三度四股《しこ》を踏んだのち、身軽く薄雲にまたがる。

「猿、そのほうは清洲に残り、城の番をいたせ」

信長は馬上から、いいわたす。

「それでや、お情のうござりまするに。合戦のお供、何卒《なにとぞ》お許しなされて下されませ」

「ならぬ、そのほう三の丸に詰め、奥向きの警固をいたせ」

信長は非力な藤吉郎を決戦の場に引きつれても、無駄死にさせるのみであると見ていた。彼はなにごとか叫びつつ追ってくる藤吉郎をふりかえりもせず、馬に跑足《だくあし》を踏ませ、大手門を出た。

味爽《まいそう》の涼気のなか、信長は手綱と鐙《あぶみ》を巧みにあわせてつかい、薄雲を疾駆させては輪乗りをして、後続の士卒を待った。

清洲城大手門を出馬するとき、彼に従ったのは、岩室長門守、ほか四騎と、弓衆、槍衆、鉄砲衆の軍兵二百余人のみであった。

宿老林通勝、柴田権六をはじめ士卒のおおかたは、迅速な信長の出陣に追随できず、支度をととのえた者からあわてふためきあとを追った。

「やれうたてや、お殿さまはいつもの韋駄天《いだてん》駆けかや」

苦情をこぼしつつ、旗差物を朝風にひるがえし、五人、十人と城門を走り出る荒子《あらしこ》たちのあいだに、決死の出陣にもかかわらず笑い声が湧《わ》く。

乗馬に鞭《むち》をくれて走りだす寄騎《よりき》侍の兜が、緒の締めかたがゆるかったのか、うしろへずりおち、あわててひきあげるのを見て、笑ったのである。

歴々の譜代衆が、馬上から兵粮《ひょうろう》をいれた腰苞《こしづと》、軍扇を落すのを、足軽が拾い追いかける。

「若、首袋じゃ。忘れものでやー」

白髪の下人が、若主人を声をからして呼びつつ走り、石に蹴《け》つまずき転ぶ。

性急な信長の出陣によってひきおこされる、いつものような騒動が、軍兵たちに活気をよみがえらせた。

今日もまた、猪武者の主人に鼻面とって引きまわされ、夢中で戦ううちに勝利を得られるのではないかという、楽天的な考えが、彼らのうちによみがえった。

馬術の名人である信長が、薄雲を疾駆《はやが》けさせれば、追いついてゆける者は蜂須賀小六ぐらいである。

「遅いでや」

信長は海道をしばらく走って踏みとどまり、幾度となく輪乗りをかける。

彼は追いついてくる家来どもの、緊張をゆるめさせようとして、鞍《くら》に横向きに乗り、前輪と後輪《しずわ》に手をかけ、上体をのけぞらせ小唄《こうた》をくちずさむ。

沿道の百姓たちは、そのさまを見て嘆いた。

「とろくせえでや。あの大将では勝ち戦になるようなことは、あらずか」

信長は陽のあがるまえの東の空が、赤く色づいているのを見ていた。

前日まで三日のあいだ、雲ひとつない晴天がつづいていた。今朝も東南の風がゆるく吹きはじめている。いずれも雨が近いのを告げる予兆であった。

信長は清洲城より熱田までの三里余の道を、追いついてくる兵を掌握しつつ進み、熱田神宮で隊形をととのえる。

早朝から照りつける陽ざしはきびしく、野道に土埃《つちぼこり》を雲のように立て、長蛇の列をなしてくる士卒の甲冑は、手を触れると火傷《やけど》するほどに熱していた。

さかんな蟬の声のなかで、信長は後続の兵数を調べる。

黒糸縅丸胴具足に、兜をつけず額鉄《ひたいがね》だけの柴田権六が、信長のまえで下馬しようとした。

「そのままにて、よからあず。権六、人数《にんじゅ》は千を超えたかや」

「さようにござりまするに。およそ二千はおるやと見えまする」

歴戦の柴田の目づもりに狂いはなかった。

小姓、使い番が走りまわって、神域に集結した同勢を数えあげると、千九百ほどであった。熱田社前の海は満ち潮どきで、満々と水をたたえ、北東風《きたごち》が吹き渡ってゆくと、海面に皺《しわ》ばみが立った。

信長は小姓に命じ、熱田浜の塩焚《た》き人足の頭領を呼びだした。

「明けがたよりことのほかの蒸せようだで。この暑さは間なしに雨気《あまけ》を呼ぶと見たが、そのほうが見立てはいかがでや」

頭領は信長に見すえられ、緊張して鼻さきから汗をしたたらせつつ、返答した。

「さようでござりますのんし。ここは一番、雨がなけらな納まらんところでござりますかえ」

「雨は近いか」

「お殿さまには、お天道《てんと》さまがすぐの脇に、黒くすみし影がお見えかのんし」

信長は小手をかざし、空を仰ぎ見た。

晴れわたっているとばかり思っていたのに、白熱する太陽の近くに、黒雲のかげのようなものが見えた。

「かように蒸せる日和にて、黒き影の出るときゃ、まんず午《うま》の刻よりのちには、雨にならあずとは、手前どもが見立てにござりまするがのんし」

「よからあず、大儀であったでや」

信長は馬を下り、兜をはずし、社前の湧水で顔の汗を拭《ぬぐ》った。

「お殿さまに申しあげまするに。ただいま鎮皇門（神宮西門）に下馬いたせし者、桶狭間の住人とて、是非にもお目通り許されたしと願うておりまするが、いかがあすばされまするか」

近習が走り寄って告げた。

信長の傍にひかえる宿老林通勝は、近習の注進を聞きとがめた。

「桶狭間の者が、なにゆえここまで参ったでや。お殿さまが一命を狙う敵の細作《さいさく》やも知れず。油断すな」

信長の敗北は必至と見た、国境に近い辺りに知行地を持つ織田方の地侍たちが、前日から今川方に寝返りをはじめている。

河内二の江の一向《いっこう》宗徒服部左京亮が、軍船数十艘《そう》に軍兵、兵粮を満載して海路知多に渡り、黒末《くろずえ》川口より大高城に入城できたのも、織田方侍大将、渥美《あつみ》太郎兵衛という者の内通があったためと、細作の報告がとどいていた。

「気にせずともよからあず。連れて参れ」

信長は床几《しょうぎ》に腰かけて待った。

体を探られたと見え、髷《まげ》を乱し、鎧直垂だけを身につけた若侍が、両脇から素槍《すやり》をつきつけられ、信長の面前にあらわれて平伏する。

信長は侍を一見し、気品のある顔貌《がんぼう》に心をひかれた。

「そのほう、桶狭間の住人かや」

「さようにござりまする。落合に住まいいたしおりまする。この度信長公には今川義元と一戦なさるると聞き、熱田社にてお迎えいたせしにござりまする」

信長は侍を見据え、聞いた。

「今日の合戦が帰趨《きすう》は、いかがでや」

信長の薄い上唇に、皮肉な表情があらわれていた。

侍はよどみなく返答した。

「信長公がご必勝なるは、疑いをいれざるところにござりまする」

信長は侍の表情を読んだのち、うなずいた。

「こなたへ寄れ」

侍は怯《おび》える気色《けしき》もなく膝をすすめた。

「そのほう、何者でや」

信長の問いに、彼は答えた。

「それがしは、甲州武田が家人《けにん》、原加賀《かが》守が末子にござりまする。齢《よわい》十三にして、僧として駿州庵原《いはら》郡大乗寺に預けられ、僧となるは本意ならざるも、父命辞しがたく寺に住まいいたせしところ、齢十八にてやむを得ず人を討ち、寺を立ち退き当国に来りしものにござりまする。もとわが家の家人にて、いま百姓となりし者、落合の辺りに住まいいたしおりますれば、これを頼り、姓名を桑原甚内とあらため、いまは医をなりわいといたしておりまする」

信長は甚内の述べるところに、偽りがないようだと察した。

甚内に槍を突きつけている近習たちを、信長は退かせた。

「そのほう、突拍子者《とっぴょうずもの》だで。今日の戦に儂が勝つとは、なんぜ分るのでや」

信長に眼中をのぞきこまれ、甚内はよどみなく応答《いらえ》をかえした。

「されば方今《ほうこん》、今川が士風すこぶる驕奢《きょうしゃ》にて、武事を尊ぶ気風はござりませぬ。義元が頼むは、ただ大軍というにすぎざれば、信長公が勝機をえらばるるに、たやすかるべしと存じまする。それがしはこれよりお供いたし、義元を見るに及べば、きっと討ちとり、首級《しるし》を献上いたしまする」

信長の形相がかわった。

「そのほう、義元が面を見知っておるのかや」

「さようにござりまするに。大乗寺へは義元いくたびか参詣《さんけい》いたしおりますれば、よく見覚えておりまする」

信長は吼《ほ》えるようにいいはなつ。

「よからあず、そのほう儂が馬側をはなるるでないぞ。こたびの合戦に義元を見出し功をたてなば、家来としてやるでや」

甚内はかぶりをふった。

「知行は望みませぬ。それがし駿州におりし頃、今川家中の侍どもにいやしめられしにより、恥辱をすすがんとの望みあるのみにてござりまする。さればこたびの合戦に大勝なされ、駿河へ攻めいらるる日に、それがしを先手の侍大将となし下さるならば、本望と存じまする」

義元を見知っている甚内が、合戦の直前にあらわれたのは天佑《てんゆう》だと、信長はきおい立った。

信長は義元をかいま見たこともなかった。家来のうちにも、義元を知る者は一人もいない。今川本陣旗本備えの、五、六千もの人数に斬りこみ、乱戦となれば義元を発見できる可能性は、きわめてすくない。

敵勢と激突するまえに、義元を木の間がくれに見届けた細作が戻ってくれば、案内に立てようと心積りはしていたが、遠眼に甲冑姿を望んだだけでは、いかに常人に倍する忍者の眼力でも、頼りがたい。

奇兵を率い今川本陣に斬りこんでみても、義元をとりにがせば、つまるところは大軍にとりかこまれ、自滅の運命を辿《たど》るであろうと推量していた信長は、内心歓喜して、左文字の佩刀《はいとう》を甚内に引出物として与えた。

熱田の神域で兵をまとめた信長は、祐筆《ゆうひつ》武井夕庵《せきあん》にしたためさせた長文の願文を社前で読みあげ、必勝を祈願したのち、東方国境に向い、進発した。

沿道の集落にはすでに人影が絶え、遠近《おちこち》で犬が啼きかわすのみである。混乱に乗じた野盗に荒されたのであろう、百姓家の前庭に家財が散乱し、ぼろぎれのように斬りきざまれた屍体《したい》に、鳥がたかっていた。

織田勢は、いつ伏勢《ふせぜい》に襲われても応戦できるよう、前後左右に槍衆を配した槍《やり》衾《ぶすま》の輪形陣で、山崎から戸部を過ぎ、進路を山手に転じた。

直進すれば、笠寺、市場、本地に陣を張る有力な今川勢先手と、衝突しなければならない。信長は熱田で住民を駆りあつめ、子供の菖蒲《しょうぶ》節句の幟《のぼり》、白布などを括《くく》りつけた長竿《ながざお》を持たせ、陣列に加えていたので、人数はよそめには二千を超えて見えた。

黒末川を厳重な警戒のうちに東岸へ渡渉した頃、丸根、鷲津の方角に二筋の黒煙が天に沖するのが見えた。

織田勢は戦闘態勢のまま、粛々と行進し、国境の両砦陥落を覚《さと》りつつも、私語する者もいない。

やがて行く手から母衣武者一騎が、疾駆して近づいてくる。前衛の槍衆がとりかこむと、母衣武者は下馬し、信長の馬前に走り寄って注進する。

「お殿さまに申しあげまする。丸根、鷲津はいずれも落ち、佐久間大学さま、飯尾近江さまは討死になされてござりまする。それがしは丹下砦水野が手の者にて、お殿さまご出馬、お待ちいたしおりまする。火急の場なれば、これにてご免」

母衣武者は乗馬に飛び乗り、鞭《むち》うってもときた方角へ駆け戻ってゆく。

信長は近習に持たせた銀の大数珠を肩にかけた。

「大学（盛重）は儂より一刻（二時間）を先んじたかや」

嘆声を発した彼は、大音声で麾下将卒に呼びかける。

「そのほうども、今日こそは一命を信長に預けよ。あいわかりしか」

馬上に背をそらせた信長に、織田勢は怒濤《どとう》のような鬨《とき》の声で応じた。

信長は敵の眼をかすめ、鎌倉古道を進み、無事丹下砦に到着する。砦の守兵は信長本陣に合流し、さらに善照寺砦へ前進した。

織田勢は善照寺砦の守兵のほか、諸方から間道を伝い馳せあつまった地侍たちをあわせ、三千ちかい人数となっていた。

信長は砦で士卒に腹ごしらえをさせた。善照寺砦を出ると、西方数町の距離にある今川方の鳴海城からの攻撃を、覚悟しなければならない。

鳴海城と一帯の丘陵からは、敵の喚声、法螺貝《ほらがい》、陣鉦《じんがね》のひびきが流れてくる。おびただしい旗差物の数から見て、優勢な先手の軍勢が進出しているものと思えた。

「これより中島へ向うでや」

信長は馬上で団飯《だんぱん》を喫したのち、ただちに城門をひらかせ、中島砦へ移動を命じた。

西方の高処の敵は、しきりに矢玉を射掛けてくる。いつこちらへ殺到してくるか、予断をゆるさない一触即発の形勢である。

信長は丹下砦を進発する際、先手の侍大将佐々隼人正《はやとのしょう》、千秋四郎らに三百の軍兵を預け、鳴海の今川勢にそなえ、側衛として行動させていた。

彼らは敵の顔が見分けられるほどの間近に接近し、織田本隊の行動を援護している。

佐々隼人正は内蔵助の兄、千秋四郎は熱田神宮の神主である。ほかに岩室長門守も抜けがけで行動をともにしていた。

佐々らは、本隊を前進させるための捨て石であった。信長が善照寺砦を進発しようとする直前、彼らの潰滅《かいめつ》のときがきた。

鳴海の丘上に蜂のように群れていた今川勢が、天地も崩れよと鬨の声をあげ、地響きたてて襲いかかってきたのである。

今川勢は幾千とも知れない人数を、怒濤のように繰りだし、織田別手の小勢を押しつつむ。

剣戟《けんげき》がひらめき、攻め太鼓が豪雨のように打たれ、土煙のなかで三百の織田勢はたちまち隊形を乱し、旗差物を打ち折られ四散する。

佐々、千秋、岩室が敵の槍玉にあげられ、具足、陣羽織もちぎれ飛び、首をとられる無残な最期のさまが、砦から手にとるように見えた。

信長は歯を噛み鳴らし、身を震わせ逆上する。

「打って出ずるはいまだで。佐々どもがはたらきを無にいたすな」

彼は大音声に命じ、陣頭に立ち中島砦へ向おうとした。

中島砦は、善照寺砦の南半里にある。

今川勢に落されたばかりの丸根、鷲津両砦は、中島砦の南西半里余のところにあった。当然、附近一帯には勝ち誇った今川勢が充満している。

しかも、善照寺から中島へ向うには、深田のなかの細道を通過しなければならない。

「お待ちなされませ」

「いま出ずるは、死を求むるにひとしゅうござりますれば、おとどまり下されよ」

雨のように遠矢の射かけられてくるなかへ、薄雲の馬腹を蹴《け》り駆け出ようとした信長の前に、馬から飛び下りた林通勝、柴田権六、池田勝三郎、毛利新助らが立ちふさがり、くつわにとりつき押しとどめた。

柴田が声をはげまし、信長をいさめた。

「ここより先は、田のなか一騎駆けもいたすに難渋の細道にござりまするに、われらが人数のすくなきさまが、敵に見てとられまする。さなきだに勝ちを重ね威勢つよき敵なれば、いまはこの場にて待ちうけ、ご合戦願わしゅうござりまする」

慓悍《ひょうかん》をもって鳴る柴田権六が、血の気を失い、信長を懸命に押しとどめるほどの、危険きわまりない形勢であった。

だが信長はまなじりを裂けんばかりに見ひらき、大喝した。

「ここな慮外者めが、邪魔立てすな。およそ合戦のならいは、人数の多少によらぬのだぎゃ。敵はいかに人数多かろうとも、鷲津、丸根の戦に辛苦いたし疲れはてたる軍兵だで。大勢といえども強からず。こなたは新手にて、生きて帰らぬ覚悟を定めし精兵でや。敵の思いもよらぬところへ無二に掛かって突き崩さば、勝ちは儂が手に得られようでや」

柴田らは信長の気魄《きはく》に打たれ、引きさがった。

信長は兜を傾け、矢玉のなかを中島砦へ向け、疾駆した。

彼は今川本陣に突入し、義元と雌雄を決することのみを、念願していた。地理に詳しい織田勢は、遠近を埋める今川勢の旗幟《きし》の隙を縫い、虎の尾を踏む思いで中島砦に到着した。

烈日のもと、万余の敵勢を目前にした中島砦数百の守兵は、粛然と旌旗《せいき》をひるがえし、斬死にの覚悟を定めていたが、思いがけない信長の来援に狂喜した。

信長は家来たちを叱咤し、ふるいたたせた。

「敵の本陣は近間にあらあず。この戦場へ出ずる者は、家の面目、末代までの高名だぎゃ」

信長は中島砦にもとどまらず、さらに敵中ふかく兵をすすめようとした。

午《うま》の下刻（正午～午後一時）を過ぎ、未《ひつじ》の上刻（午後一～二時）に近づく頃、北東風《きたごち》のいきおいがつよまり、野辺の埃を捲《ま》きたて、林をゆるがすほどになった。

頭上に白熱した太陽が照りつけているが、いつからか北方の空が薄墨を刷いたように曇っていた。

信長は進発の隊形をととのえ、善照寺砦から小六のもとへ走らせた、飛び人の簗田弥次右衛門、鬼九郎父子の戻るのを待っていた。

砦の周囲には、潮の満ちてくるように今川勢の旗差物がふえてきた。

日頃豪強を誇る信長の馬廻《うままわ》り近習の若侍たちは、命を捨てると思いきめたからには、何の怖れるところがあろうかと、十数人がひそかに砦を出る。

彼らは地形を利して今川勢先手に忍びより、叫喚して襲いかかり、ひとあて蹴散《けち》らして戻ってきた。

いずれも馬側につけた首袋には、鮮血したたる敵の首級が納められていた。信長は彼らの献ずる首を、実検する。

具足に返り血を浴びた屈強の近習たちのなかには、前田犬千代もいた。彼は先年信長の寵臣《ちようしん》愛智十阿弥《えちじゆうあみ》を斬り、勘当され諸国流浪の身のうえであったが、主家の危急を知り、駆けつけてきたのである。

信長は床几《しようぎ》に腰かけ、汗の塩を白くふかせた近習たちが、折敷《おしき》にのせて差しだす兜首《かぶとくび》を作法通り左の目尻《めじり》で睨《にら》みつける。

血なまぐさいにおいが、日向の熱気のなかに息もつまるほどにただよい、信長の頭はつめたく冴《さ》えわたる。

おおかたの首は、焦点を失った眼をみひらいていた。舌を垂らしているものもある。

——人間一度は死ぬのでや。おなじ死ぬならば、犬死にしてはならず——

信長は首実検ののち、「眼の下頬」をつけなおし、薄雲に騎乗する。

簗田父子の姿は、まだ見えなかった。おそらく山野に充満する今川勢に見咎《みとが》められ、殺されたのであろうと、信長は判断した。

進発の法螺貝も鳴らさず、織田勢は隊伍《たいご》をかため中島砦を出た。旗差物を巻いた、隠密行動である。

地面から風に捲きあげられる砂塵《さじん》が、霧のように立ちこめては流れ去るなか、信長は馬背に揺られつつ考えをめぐらす。

今川義元の率いる本陣勢は、海道をまっすぐ西進しているものと、彼は推量していた。

その日、織田勢が丹下砦から善照寺砦、さらに中島砦へ行進する状況は、今川勢物見に逐一看視されていた。

物見のうち、松平衆旗本の石川六左衛門は、いちはやく警戒の報《しら》せを今川先手の諸隊にもたらした。

石川はあまたの合戦に出陣し、顔を十文字に斬られ、首筋をなかば斬られ全身刀疵に覆われている古つわものである。

「織田の武者どもは、はやりたち、身ごなしが躍るがごとくにござる。あれほどに勇める敵のうちに、これと名ある武者は数多きはずじゃ。斬りあえば、われらの倍もつよかろう。ご油断召さるな」

石川は織田勢の人数を、約五千と見ていた。旗差物の数が多かったので、過大に勘定したのであろうが、信長麾下《きか》のあたるべからざるいきおいを、正確に把握している。

だが、多数をたのむ今川勢は、六左衛門の報告を無視した。彼らは細作《さいさく》によって、織田勢の実動兵力を知っていた。

「なんの五千があろうや。上総介が痩《や》せ腕に動かせるは、二千が精かぎりじゃ」

緒戦に勝利をかさねた今川勢は気が奢《おご》り、織田本隊が中島砦から東北へ向うのを見て嘲笑《あざわら》った。

「われらに尻を向け、いずれへ参るのじゃ。はや逃ぐるのか」

織田勢が進発してまもなく、風向きが変った。

野末を鳴りとよもし西風が吹きはじめたのである。丘陵高処に立つ松、楠《くすのき》などの大樹の枝がへし折れるほどの強風が、野辺の礫《こいし》を飛ばして濛々《もうもう》と砂塵を捲きあげた。

「いまだでや、敵の物見を振りきれ」

信長は全軍を間道伝いに海道北側の太子ケ根という丘陵めがけて疾駆させた。

織田勢を追尾する今川の物見は突風に妨げられ、重なりあう丘陵のあわいで目標を見失った。

信長は太子ケ根に登り、海道を見下ろせば、今川勢本陣の所在がたしかめうるかもしれない、と考えていた。

義元本陣をつきとめても、勝利を得られるとはかぎらない。むしろ、雲霞《うんか》の敵勢のただなかに入りこむにつれ、全滅の可能性はたかまってくる。

ここまでくればゆくしかないと、信長はひたすら前進する。

相原という小集落にさしかかったとき、道の傍の竹藪《たけやぶ》から突然二騎の武者が駆けだしてきた。

「お殿さまか、簗田弥次右衛門戻ってござる」

先頭の武者がおらびあげた。

弥次右衛門父子は、信長の前で馬を飛び下り、あえぎつつ注進する。

「お殿さまに申しあげまする。今川本陣備えは、ただいま海道をそれ、田楽狭間に入ってござりますれば暑気を避け、狭間道を伝うて大高城に入るは、疑いをいれませぬ。いまこそ千載一遇のよき潮時にござりますぞ。丸根、鷲津を落せし敵は、いまだ陣を変えず、今川勢後詰めが替って前に出でたれば、義元が本陣備えが殿《しんがり》軍となり、後ろに続く人数はござりませぬ。力をふるい義元が手もとにつけいり、雌雄を決するはこの時にござりまする」

土埃を頭からかぶりつつ、弥次右衛門は身をふるわせ、心せくままに荒々しい口調であった。

「弥次右衛門、よくぞ戻ったのん。皆の者、聞いての通りでや。これより田楽狭間を目指すだぎゃ」

信長はいいすてるなり、薄雲に鞭《むち》をいれた。

使い番が隊列の後尾へ走り、行き先を伝える。

「義元本陣は田楽狭間に向うただぎゃ。いまよりわきめもふらず斬りこむゆえ、お殿さまがあとを追え。おくれて後悔すな、急げや急げ」

相原から太子ヶ根の狭間伝いに、田楽狭間までは一里たらずの距離であった。

当時の日本馬は蹄鉄《ていてつ》を打たず藁沓《わらぐつ》をはき、体格も小柄であったため、甲冑武者を乗せて走る速力は、時速四〇キロメートルが限度であったと推測されているが、一里の道程であれば、遅くとも十分あまりで目ざす辺りに到着したはずである。

義元の所在をつきとめた信長は全身に烈火の闘志を燃えたたす。彼は鞭と鐙《あぶみ》をあわせ、丘をのぼり沢に下り、たちまち田楽狭間の間近に至った。

織田勢が太子ヶ根の木の間がくれに今川本陣勢に接近しているとき、天候が急変した。頭上の穹窿《そら》に黒雲が急速にひろがってきて、辺りは宵闇《よいやみ》のように暗くなった。稲光りが眼をうち、雷鳴の轟音《ごうおん》が天地を引き裂くうちに、豆粒のような雨が降りはじめ、たちまち滝水のたぎりおちるいきおいとなった。

風勢は雨をまじえ、いよいよさかんとなり、織田勢の後ろから田楽狭間の方角へ吹きつける。

「これこそ熱田神霊のお助けでや」

士卒は武者ぶるいをしつつ、雨中の山あいを進んだ。

田楽狭間北方の丘陵に織田勢が達したとき、風雨はもっともはげしく、ふたかかえもある大木が倒れるほどであった。

「敵は思わぬあらしに難渋いたしおるにちがいなし。あとを追うはいまのうちだで」

信長は雷鳴豪雨のなか、馬をすすめる。

いつ敵勢と遭遇するかもしれないので、嚮導《きょうどう》の兵を先行させていた。

「この下辺りが田楽狭間だわ。今川の人数が見ゆるはずでや。旗幟《はたのぼり》がなけらな、ならぬがのん」

険路をたくみな手綱さばきで、馬を歩ませる信長は、突然間近に人の叫び声を聞いた。

彼は木の間から狭間を見おろす。眼下の窪地《くぼち》で今川勢の肩印をつけた雑兵たちが、朱、萌黄《もえぎ》などさまざまな色あいの胸懸け、しりがいをつけた軍馬の群れを、木陰に導いていた。

「武者どもが馬を下りておるとは、何事でや。さては義元め、ここにて足をとめたにあらあず」

信長の動悸《どうき》が、胸苦しいまでにたかまってきた。

田楽狭間は周囲を丘陵にとりかこまれた、長さ一町余の平坦地《へいたんち》であった。大高城の方向に向い、左方が森、右方が谷戸田《やとだ》である。田には水が張られ、そのうえを萍《うきくさ》が覆っていた。

今川本陣勢は、ここで中食《ちゅうじき》休みをとったに相違ないと、信長は推測した。八隊の旗本備えは狭隘《きょうあい》な窪地で停止し、おりからの暑熱を樹下に避け休息するうちに、豪雨に見舞われたのであろう。

信長は馬側に従う桑原甚内にささやく。

「義元は、きっと近間におるげな。そのほう抜かりなくはたらいて、首級《しるし》をあげよ」

馬の口に枚《ばい》をふくませ、丘の上を潜行するうち、嚮導の荒子《あらしこ》が、十数人の甲冑武者とともに行く手から小走りに戻ってきた。

信長は先に立ってくる練り革鱗《うろこ》具足のいでたちの目立つ武者が、蜂須賀小六と知って、思わず鐙のうえに立ちあがり、手招いた。

兜まで泥をはねあげた小六は、顎《あご》からしずくをしたたらせつつ信長に注進した。

「この下一帯の林中には、今川本陣旗本備えの人馬がひしめき、雨を避けてござりまする」

「義元はいずれでや」

「これより先は敵の物見が尾根筋に立ちならび、近寄りがたき形勢にござりますれば、分りかねまするに」

信長はうなずき、頭上にさしあげた采配《さいはい》を前におろした。

今川義元が大高城に向う途中、田楽狭間で隊列を停止させたのは、鳴海の戦場から織田方の侍大将、佐々隼人正、千秋四郎、岩室長門守の三人の首級がとどけられたためであった。

義元が輿から下り、首実検をするあいだ、酷暑に汗みどろとなった士卒は、かげふかい木立の涼風に吹かれ、蘇生《そせい》の思いであった。

重代の甲冑《かっちゅう》をつけた義元は、肥満しているので暑気が耐えがたい。木蔭のない沓掛城から海道筋へかけての道中を、息もつまらんばかりの湿気をふくんだ熱風に吹かれてきたので、疲れきっていた。

彼は朝から戦捷《せんしょう》の報をあいついで受け、敵将の首級をあらためるうち、有頂天となっている。

痩せ大名のくせに意地のつよい信長が、いかなる死に狂いをいたすものかと懸念していたのが、不安のかげりは心中から拭いさられた。

義元はかたわらにひかえる遠州二俣《ふたまた》城主、松井左衛門佐《さえもんのすけ》に命じた。

「この場にて中食をいたすよう、家来どもに申し伝えよ。里人どもが献上いたせし酒肴《しゅこう》は、分けてとらせよ。大高城へは半刻（一時間）がほど遅れて参ろうず」

本陣旗本勢、八隊五千の人数が田楽狭間に停止すると、近辺の神官、百姓が、馬の背に酒樽《さかだる》、肴《さかな》を積んで、ひきもきらず届けにくる。

各隊は義元の幕屋を中心に、四方へ七備えに陣形を立て、見張りの兵を要所に置いたうえで、兜を脱ぎ、酒宴をひらいた。

義元は楠の古木のもとに陽を避け、宿老たちと酒をくみかわす。

彼は戦捷をよろこぶあまり、謡いを三度も朗々とうたった。

突然の豪雨が降りだし、烈風雷鳴に天地も鳴動せんばかりの有様となったときも、義元は機嫌を損じなかった。

雨に暑気を洗い流したうえで進発すればよいと、おちつきはらっている。

義元を取りかこむ七備えの軍兵たちは、雨中に陣形を解かず、武器をひきよせ油断なくひかえていた。

まもなく風のいきおいは弱まり、雨は小降りとなり、やがてあがった。青空が雲間にのぞき、蟬の声がもどってきた。

軍兵たちは濡れた戎衣《じゅうい》の袖をしぼり、進発の隊伍をととのえようとしていた。

太子ケ根の丘上を、足音をしのばせてゆく織田勢の上に青空がひろがり、灼熱《しゃくねつ》の陽射しが降ってきた。

眼下の草原にはおびただしい敵勢が、甲冑に陽を反射し、濡れた旗差物を林立させ、井楼《せいろう》、竹把《ちくは》などの陣営具をたずさえて、進発の支度をととのえていた。

信長は義元の所在を林間からうかがうが、発見できない。

今川勢の物見が、樹間を埋め迫ってくる織田勢を、さきに見つけた。合図の鉄砲を放とうとしたが、硝薬が雨に濡れ、発砲できなかった。

「尾張方が来てござるぞ。敵じゃあっ、敵が来てござるぞ。出会え、出会え」

物見は声を嗄《か》らし、味方に急を知らせる。

附近に散在していた物見の仲間が、いっせいに喚呼して転がるように丘を駆け下ってゆく。もはや寸刻の猶予もできないと、信長は下馬突撃を命じようとした。うしろに従う森可成がおしとどめた。

「徒歩《かち》立ちならば、敵に防ぐ間を与えまするに、馬上にて参られませ」

信長はうなずき、後続の兵をふりかえり大音声に命じた。

「これより義元が本陣に仕懸けるでや。儂を追い抜いてゆくが、よからあず」

信長は馬上槍の鞘をはらい、馬を躍らせ斜面をまっすぐ下ってゆく。

近習の一団が信長の周囲をとりまき、馬蹄に泥をはね、叫号して今川勢のただなかへ殺到した。

信長につづき山津波のように窪地へなだれをうって襲いかかる織田勢は、四辺をゆるがす鬨《とき》の声をあげた。

今川本陣旗本勢は、屈強の精兵《せいびょう》をそろえていたが、七備えの陣形を解き、進発の隊列をととのえる矢先をつかれ、混乱した。

刀槍をつらね、猛猪のように突っこんでゆく織田勢は、長くのびた今川勢の隊列を粉砕し寸断して、荒れ狂った。

今川の軍兵たちは、突然何事がおこったのか分らなかった。物見の叫び声は、彼らの耳にはとどいていない。

どこからあらわれたとも知れない、密集した敵の集団が、幾組にもわかれ渦を巻いて味方を追い、薙ぎ倒している。

「謀叛《むほん》じゃっ、後詰めの謀叛じゃあっ」

今川勢のなかから、恐怖にうわずった金切り声があがった。

敵味方いりみだれての白兵戦となると、駿遠各地から寄りあつまった今川勢は、疑心暗鬼を生じ、同士討ちがはじまった。

長槍をふるっての突きあい、殴りあいは、騎馬武者、徒《かち》武者がかばいあっての駆けひきから、銘々《めいめい》鎬ぎの乱闘に移ってゆく。

騎馬武者は狭い窪地では進退が自由にならないため、馬を棄てた。陣笠《じんがさ》をかぶった身軽な足軽、荒子が、野太刀を頭上にふりかぶり、薪《まき》を割るいきおいで、鎧武者の兜の首筋へ打ち込み、のどもとへ切先を突きこむ。

突いてはすぐに手許《てもと》へ刀を引く、突き三分、引き七分の力の配分を忘れた者は、断末魔の敵に両手で刀身を握りしめられる。

そのまま突きも引きもならず、ぐずついていると横あいからの槍先で脇腹をえぐられ、虚空をつかみ悶絶《もんぜつ》する破目におちいる。

敵の草摺《くさず》りを払い斬りにして、いきおいあまってわが股《もも》を斬り、身の自由を失い胴なかを串刺しにされる若武者。

嵐《あらし》のような呼吸、太刀打ちのひびき、槍で胴をつらぬくときの、樽を叩《たた》くようなおそろしい音響。

軍兵たちは柄頭《つかがしら》につけた手貫《てぬ》き緒の輪を、ひとひねりして手首に通しているので、指を斬りとられ、鍔《つば》を割られても刀をとりおとさず、血だるまの死闘をつづける。

信長は乱軍のなかで数十騎の近習勢とともに、槍先をあつめ敵を寄せつけず、義元を探しもとめていた。

信長の馬側を離れずにいた桑原甚内が、甲冑のよそおいもいちだんときわだった一群を発見し、叫んだ。

「あれこそ義元が馬廻り衆にござりますぞ。逃がさず義元をお討ち取りなされませ」

義元護衛の旗本たちは、およそ三百人が円陣をつくり、槍衾《やりぶすま》をつらねていた。

織田勢は面もふらず、鬨の声をふりしぼり斬りかかった。三間半柄の槍先をつらねた足軽勢が、今川馬廻り衆の円陣を突きくずす。

信長を先頭とする近習勢が、必死に戦う敵を蹴散らし、突き倒す。血に濡《ぬ》れた太刀をふりかざした荒子の群れが、裸足《はだし》に泥土を蹴って敵中に斬りこんでゆく。

桑原甚内は、兜を傾け斬りいりつつ、義元の姿を懸命に探しもとめた。彼の傍には信長の近習のうちに名を知られた剛の者、服部小平太と毛利新助が従っていた。

義元の旗本とみられる一隊は、斬死にを覚悟の応戦をつづけた。

信長をはじめ近習たちも馬を下り、太刀を抜きはらい頑強な敵勢に斬りかかる。若武者たちは先をあらそい、太刀先に火焔《かえん》を降らすいきおいでたたみかけ、目前の敵を打ち倒す。

二度、三度、四度、五度と、間合をひらいては激突をくりかえすうち、円陣を張る敵勢はたちまち死傷の数をふやしていった。

「あったぞ、あれは義元が輿《こし》だぎゃ」

近習のひとりが、棟の潰《つぶ》れた網代輿《あじろこし》が地に投げだされているのを見て、嗄れた声で叫んだ。

信長は大音《だいおん》に下知を下す。

「義元は近きにおるだぎゃ。討ちとって手柄とせよ」

彼は味方が勝っているのか、敵に斬りたてられているのか、見当もつかなかった。

敵は地響きたてて、いくらでもあらわれてくる。頑丈な甲冑《かっちゅう》をつけ、はねまわる軍兵を、ようやくの思いで一人倒しても、新手《あらて》が五人も六人も、眼玉を剝《む》きだし喚《わめ》きつつ立ちむかってくる。

先行している今川勢が、はやくも田楽狭間へ援兵に駆けつけているのだと、信長は熱しきった頭で考え、うろたえるなと自分を叱《しか》りつける。

義元本陣勢に先行する今川勢は、一里あまり離れた辺りに進出していた。田楽狭間から急報がもたらされ、応援に駆けつけてくるには早すぎる。

だが、このままでは敵が立ちなおってくる。乱闘が長びけば、織田勢全滅の危険がたかまるばかりであった。

桑原甚内は血戦のさなか義元を探しもとめ、ついに発見した。胸白の甲冑をつけた義元は、兜の金の八竜を陽にかがやかせ、松倉郷の太刀を手にして、泥田のなかを逃れようとしていた。

「御大将、見参《げんざん》」

甚内は刃こぼれした野太刀をふりかぶり、義元の肩口へ斬りかける。

「下郎、推参なり」

今川旗本のひとりが、手練の槍先をくりだし、甚内の胴を突き通す。

服部小平太、毛利新助の二人は、間近に義元の顔を見て、逆上した。義元は口をあけ、おはぐろをつけた歯なみをあらわし、太刀を八双に構えていた。

甚内を刺した敵は、槍を手もとへ引くまえに、毛利新助の横なぐりの太刀を肩口に浴び、倒れ伏した。

「今川殿、お覚悟召されよ」

服部小平太が叫ぶなり、手槍で力まかせに義元の兜を殴りつけておいて、下段から刎《は》ね突いた。

槍先に手ごたえがあり、しめたと思った瞬間、義元の太刀が槍の柄とともに小平太の膝を、草摺りごと斬り割った。

小平太はたまらず泥中に転倒する。

「ご免つかまつる」

毛利新助が横あいから義元の胸もとへ、渾身《こんしん》の力をこめて斬りこむ。

刀は鎧にはねかえされたが、新助は義元に体当りして、組みあったまま泥中へ倒れこんだ。

新助は獣のような力で立ちあがろうとする義元の首を左腕でかかえこみ、はずされて惣髪《そうはつ》を鷲《わし》づかみにし、夢中で右手に抜いた鎧通しの刃先を喉元《のどもと》に突きこんだ。

血が奔騰し、義元は眼球をむきだし新助をぶらさげて立ちあがり、歩いた。新助は力まかせに義元の首をえぐった。

言葉にならない叫喚を発した義元は、新助の右手の人差し指に嚙《か》みつき喰《く》いちぎって、朽木を倒すように泥中に身を没した。

全身泥人形のようになった毛利新助は、ふるえる手で義元の首を搔《か》きとり、首袋に納めると味方のほうへ駆けもどった。

「お殿さま、今川殿が首級《しるし》を、毛利新助頂戴《ちょうだい》いたしてござりまするぞ」

彼は声をふりしぼって信長に知らせた。

信長は新助の差しだす首級を見て、狭間にひびきわたる大音声で、敵味方に知らせた。

「今川治部大輔がみ首級は、ただいま頂戴いたしたるぞ」

義元の首級を取られたと知った今川勢は、戦意を失い八方へ逃れ去る。

「追え、追い討ちをかけよ。一人も逃がすな」

信長が声をはげまして下知をかさね、織田勢は切先が折れ、刃こぼれした刀槍をふるい、逃げまどう今川勢に追いすがり、打ち倒す。

狭い窪地で、地獄絵のような殺戮《さつりく》がつづけられた。信長は、いま敵を再起できないまでに叩きつけておかねば、逆襲されると攻撃の手をゆるめなかった。

気がついてみると、狭間のうちに動いている人影は、味方ばかりとなっていた。

「義元が首級を持て」

信長はふるえる膝を地につき、首実検の作法通り、首台にのせた首級をあらためる。

義元の首からは、沈香《じんこう》が馥郁《ふくいく》と薫っていた。


五月十九日の朝、竜泉寺城で出陣のときを待ちかまえていた生駒衆、柏井衆、蜂須賀党二百余人は、辰《たつ》の下刻（午前八〜九時）に、岩作城からの注進をうけた。

使者は馬を下りもせず、頭髪を乱し決死の面持ちで告げた。

「先刻平針より飛び人小牧徳丸の注進ござっただぎゃ。上総介さまにはすでに狭間道へ向けご出馬なり。辰の下刻の頃あいまでには、星崎道辺りまで駆けつけ候えとのことにござるで。各々がたには軽身のいでたちにて、猿《ましら》のごとく駆けいでられよ」

使者は声高に口上を伝えるなり、炎天の下を馬首を返し、戦場をめざし駆け去った。

「なんという仕儀でや。星崎道までは五里のうえもあるというに。かようなる不首尾があらずか。だちゃかん、兜、旗もうちすてて行かあず」

生駒八右衛門、小坂孫九郎らは歯噛みして、重荷をとりすて、軍兵を引きつれ熱気のたちこめる野道を南へ、一団となって走った。

沓掛城に近い平針城から佐々内蔵助の発した飛び人が、二里北方の岩作城へ信長進発を知らせ、さらに二里西北にはなれた竜泉寺城に使者が到着するまでのあいだに、思いのほかに時が過ぎたのである。

騎馬武者のあとを足軽が追い、汗みどろで五里の道を走って、鳴海潟にちかい星崎道に着いたとき、陽は中天に燃えていた。

星崎道道祖神祠《ほこら》のかげに身をひそめ、待っていた佐々内蔵助の郎党が、生駒、小坂らを見て往来に駆けだし、必死の声をはりあげ告げた。

「さきほどより隼人正さま、千秋四郎さまともどもに、鳴海の敵にとりかけ、主人内蔵助は同勢ひきつれ加勢に加わってござりまする。敵は多勢、味方は無勢にて、苦戦いたしおりますれば、ただちにご合力《こうりよく》下されませ」

八右衛門らは息をつく暇もなく、馬上で兵粮を喉に押しこみつつ、鳴海城めがけて走った。

鳴海潟を三町ばかり走るうち、土煙天にのぼり、人馬の駆けちがう響きが地鳴りのように聞えてきた。

「内蔵助の旗が、あれに見ゆるだぎゃ」

柏井衆のひとりが乱軍のなかに切れ切れとなった佐々衆の旌旗を発見した。

生駒八右衛門らが佐々内蔵助と合流したとき、佐々衆はすでに大崩れとなり、手勢のほとんどを討ちとられ、わずか三十人ほどが鳴海潟の松原で円陣をつくり、最期のときを待っていた。

内蔵助は八右衛門を見ると、無念の形相すさまじく、呼びかけた。

「兄上はもはや討死にいたしただぎゃ。儂はこれよりいま一度敵に仕懸け、この場であい果つるゆえ、あとを頼んだでや」

彼は兜も失い、返り血に染《にじ》んだ乱髪をなびかせ、馬首を返し敵中に駆けいろうとした。

郎党桜木甚助がくつわにすがりつき、必死におしとどめる。

「隼人正さまはもはや討ちとられ、佐々の家は内蔵殿ただひとりにござりますぞ。内蔵殿相果つるならば、佐々の家立つる者はありゃせんのだで。この場にて勝ち味なき取りあいに命を捨つるより、信長公の御馬前にあい果つるこそ武者道の本懐でや。われらもお供いたすゆえ、善照寺へ参られませ」

桜木は強力にまかせ、内蔵助の馬を動かさず、そのうち内蔵助の昂《たか》ぶりはおさまった。

佐々の残兵と生駒衆、柏井衆、蜂須賀党の兵をあわせ二百三、四十人が、一団となって砂浜を走り、敵の追撃をふりきり強風のなかを善照寺砦《とりで》に着いた。

砦を死守する僅《わず》かな守兵に、織田勢は中島砦へ向ったと聞き、あとを追う。

黒末川を渡ろうとした内蔵助たちは、立ち往生した。中島砦の周囲は、今川勢の旗差物で埋めつくされ、進むめあてのつけようもない。

烈風吹きすさび、眼もあけられないほどの砂塵《さじん》をついて、前後左右に敵勢が進出していた。敵と遭遇するのを避けるため、右往左往するうち、にわかに天地は暗黒にとざされ、雷鳴とどろくうちに滝津瀬《たきつせ》の大雨となった。

「信長さまは、いずこへ参られしか――」

内蔵助、八右衛門、孫九郎らは呆然《ぼうぜん》と立ちつくす。

そのうち東方の狭間で、勝鬨《かちどき》が天地に鳴りわたった。

「あれは敵か、味方か。かくなれば死ぬまでだぎゃ」

内蔵助は顔面ひきつり、川となった悪路に行きなやむ馬を捨て、東への間道を走った。

息をきらせ進むうち、内蔵助たちは眼をみはった。田楽狭間とおぼしい窪地に、幔幕《まんまく》が泥土にまみれ、血に染んだ人馬が折りかさなり倒れていた。

三町ほどゆくあいだに、首のない甲冑武者、足軽の屍骸《しがい》は、多くなるばかりであった。太刀、槍、旗差物、小荷駄が散乱するなか、腹に槍を突きたてられ脚を折った馬が、首をさしのべ、うるんだ眼をむけてくる。

今川勢は潮のひいたように去り、人影はどこにもなかった。

「信長さまには、もはやお取り懸けなされしか」

屍骸のほとんどは、袖印、自分差物からみて今川勢であった。たまに首のあるのは織田勢である。

味方は勝ちいくさであったと知っての安堵《あんど》と、決戦の場に遅れた自責の思いで、内蔵助は同勢を先導する指図の声もしどろもどろであった。

「おう、味方の衆でや。お殿さまが戻ってきやあす」

内蔵助の馬側についた桜木甚助が叫んだ。

行く手の森蔭《もりかげ》から、密集した軍勢があらわれてきた。雨に濡れた五つ木瓜《もっこう》の幟《のぼり》を押したて、先頭に薄雲を歩ませてくるのは、兜、眼の下頬をはずした信長であった。寄騎《よりき》近習、小姓衆、徒武者《かち》、足軽、荒子が、続々と姿をあらわしてくる。寄親《よりおや》、寄騎の騎馬武者は首袋、槍先に敵の首級をつけ、それでも持ちきれぬ者は、鞍の後輪《しずわ》にくくりつけていた。

徒武者たちは荒縄に髻を縛った首級を、重たげに担いでいる。全身から汗と血のにおいを放つ男たちは、思いのほかの大勝利に気をたかぶらせ、爛々《らんらん》と眼をかがやかせていた。

内蔵助たちは馬を下りた。八右衛門が信長に色代《あいさつ》する。

「お殿さまには首尾よく戦捷召《せんしよう》され、祝着《しゆうちやく》このうえもござりませぬ。われら勝負の場に遅参、残念このうえもなく、不覚の至りにござりまする」

信長は傍に従う近習に担がせた槍を、八右衛門に示し、大音に告げた。

「儂は年経たる大鯉を拾うたでや。ここなる義元が首級を見やあせ」

八右衛門たちはこみあげてくる感慨に歯を嚙み鳴らしつつ、槍先を見あげた。

田楽狭間の激闘で、織田勢の損害は侍大将織田与三郎、久保彦兵衛ほか数百人であったが、今川本陣勢の損害は甚大であった。

織田勢のあげた首級は二千五百余、由比美作守、関口越中守ら宿老《おとな》、侍大将五十余人が落命していた。

尾張に侵入していた今川勢は義元の討死にを知ると、笠寺、鳴海山から倉皇《そうこう》と撤退していった。沓掛城の守兵も、城を捨て三河に後退した。

二千五百人の松平衆を率い、大高城に在陣していた松平元康（家康）のもとへは、十九日の日暮れどき、地元の百姓が田楽狭間の敗報をもたらし、城中は騒然となった。

侍大将松平監物《けんもつ》、酒井雅楽助《うたのすけ》、石川右近らは元康に進言した。

「信長はとりわけての猪武者ゆえ、義元公お討死にのうえは、無益の戦をいたさざるよう、ただちに三河表へ退去いたすがようござりましょう」

元康は非常の際にあって、自若として動揺の色を見せず、退却の意見を退けた。

「義元殿討死にせられしというが、いまだ風聞のみにて、信ずるに足らず。もし虚報なればいたずらにうろたえしとて、祖先の令名をはずかしむることになろうぞ。そのほうども、風声鶴唳《ふうせいかくれい》に怯《おび》ゆる愚をはばかるがよい」

夜になって、織田勢中島砦の守将梶川《かじかわ》七郎右衛門が、家来をひそかに大高城へつかわし、急変した情勢を記した書状を元康に届けさせた。

梶川の妻は、元康の伯母《おば》であった。

「今日未《ひつじ》の刻（午後二時）義元桶狭間に戦没せらる。明払暁我が将信長大高城を攻むと。貴下これに先んじ急にその地を去る、可ならん。姻親の情見るに忍びず、あえてひそかに告ぐ」

元康は梶川の書面を披見したのちも、撤退の命を下さなかった。

「たとえ親戚《しんせき》といえども、敵味方となれば信ずべきではない」

元康はただちに近習平岩ら数人を桶狭間に走らせた。

近習たちは今川旗本本陣が休息したとおぼしい田楽狭間に達したが、闇黒《あんこく》のなかで蛙の声が聞えるのみで、四辺は寂然と静まりかえっていた。

手さぐりで地上をあらためると、首のない屍体が地を覆い、成仏《じようぶつ》できるようすべて東方に向いて伏せられていた。やはり敗け戦であったかと、平岩たちは馳せ戻り、合戦の場の狼藉《ろうぜき》のさまを元康に言上した。

「よかろうず、義元殿討死に違いなし。ただちに退陣の支度をいたせ」

元康は陣容をととのえ、亥《い》の上刻（午後九〜十時）の月の出を待って、城を出て三河に向った。

今川勢敗北を知った野武士の大群が、松平衆の前途を塞《ふさ》いだが、元康はたちまち撃破して池鯉鮒から岡崎に戻った。

田楽狭間から凱旋《がいせん》した信長は、熱田神宮に参詣し、神霊の加護により大勝を得たことを謝し、神馬一頭を献じた。

織田勢が清洲城に帰着したのは、日没の頃であった。城内では戦死者の慰霊、怪我人《けがにん》の手当て、兵具の手入れをする士卒が、終夜騒然と立ちはたらき、朝をむかえた。

翌日は早暁から首実検がはじまった。義元の叔父《おじ》蒲原氏政をはじめ、近侍の諸将六十四人、総数二千七百五十三人の首級は、城下の寺院にあつめられた。

首は前夜のうちに女中たちが総がかりで水洗いし、新しい元結《もとゆい》で髪をゆいあげていた。

顔の傷口は、米の粉を塗りこみ、侍大将の首級には紅白粉で化粧する。おりからの暑気で、おびただしい首ははやくも異臭を発していた。

首実検の場には、織田全軍の士卒が立ちあう。

曲彔《きよくろく》に腰をかけ、弓弦《ゆづる》を内側にして弓を左手で地面に立てた信長は、討ちとった者がさしだす首級をあらためる。

侍大将の首級は、討手が右手で台を持ち、左手でもとどりをつかみ進み出て、両手で持ちあげ右顔を信長に見せる。

信長は右手で太刀を三寸ほど抜きかけ、左眼のはしで見る。そのあと「首の奏者」が酒肴をはこんできて銚子《ちようし》をとり、まず信長に三、三、九度の盃《さかずき》をする。次は討手に二度の酌、さらに首級に二、二、四度の酌をする。首級に呑《の》ますふりをした盃の酒は、地面に流す。

死者に敬意を表する盃ごとは、主だった者の首級のみが受ける礼であった。名もない葉武者、雑兵の首級は、首実検の場の幕のそとに西向きに並べて置く。それを首揃《くびぞろ》えといい、信長は三千に近い首級の列を北から南へ、騎馬で三度往復し検分した。

首実検ののち、信長は義元の首級を、清洲より二十町南方の須賀口（愛知県西春日井郡新川町、現在は清須市）にはこぶ。その地に義元塚を築き、僧侶《そうりよ》多数に供養の千部経を読誦《どくじゆ》させ、追善供養の大卒塔婆《そとば》を立てた。

今川勢将士の首級は、尾張曹源寺に葬り、のちに戦人塚と呼ばれるようになる。

信長はさらに捕虜とした義元の同朋衆《どうぼうしゅう》、権阿弥に僧侶十人をつけ、義元の首級を駿河府中へ送りとどけさせた。

首を首絹で包み首桶《くびおけ》にいれ、白布一幅を桶の底から蓋《ふた》のうえへかけて結ぶ。蓋には征矢《そや》一筋を差しそえる、丁重な扱いであった。

総崩れの今川勢のなかで、ひとり気を吐いたのは、鳴海の城将岡部元信であった。

岡部は友軍がすべて撤退したのちも、八百の兵とともに城の守備をかためていた。

「たとえ主人が討たれようとも、家来が退かねばならぬ理《ことわり》はなし。儂はわが一分を立つるのみじゃ」

岡部は二十日に織田勢に取りかこまれ、攻められたが、ひるむ色もなかった。

信長は岡部の武勇を讃え、彼を屠《ほふ》るに無用の損耗を見るを望まず、城中へ矢文《やぶみ》を放たせた。

「武士の志見ゆ。すみやかに軍を退けよ。我れ、子《し》のために路をひらけり」

岡部は信長の誘いをも退け、あくまでも死守の構えを崩さなかったが、義元の嫡男氏真からの退去の命が駿河府中よりとどき、月末に至ってはじめて城をひらいた。

岡部は六月朔日《ついたち》の退去にあたり、信長に義元の屍骸《しがい》を申しうけたしと、願い出た。

むなしく田楽狭間に放置され、腐爛《ふらん》するにまかされていた屍骸は岡部に与えられ、彼は信長に御礼を言上して引きあげる。

岡部は駿府に戻る途中、武士として、何の功名もなく帰国するのは恥辱であるとして、織田方の水野信近の守る刈谷城（刈谷市城町）を急襲した。守備が手薄であるうえに、信近は愛妾《あいしょう》のもとにいたので防戦もむなしく討ちとられる。岡部は城に火をかけたのち、府中へ引き揚げた。

義元には岡部のような勇猛な家来が数多くいたが、油断したため惨敗を喫したのである。

かつて笠寺城の守将をつとめていた、今川方の謀将戸部新左衛門が生きておれば、田楽狭間の敗北はなかったはずであった。

義元が信長の謀計に乗せられ、偽筆を信じ戸部を裏切り者として、取り調べることもなく処断したことが、悲運の端緒をつくったわけであった。

奇襲が功を奏し大勝を得た、信長の運命はおおきくひらけた。

織田勢の勝利を聞いた伊勢皇大神宮の御師《おし》（神職）福井勘右衛門が、信長の部将佐久間信盛に熨斗《のし》あわび、山桃など祝いの品を贈り、信盛は六月十日に、次のような返報を送っている。

「今度の合戦の儀につき、早々御尋ね、本望に存じ候。義元御討死にの上に候間、諸勢討ち捕り候事、限限なく候。御推量あるべく候（下略）」

美《み》濃《の》

秋のはじめの大風が過ぎ、木曾《きそ》七流の氾濫《はんらん》もおさまった。虫の音もすずろな晴天の昼さがり、木曾川中洲《なかす》鹿子《かのこ》島《じま》にちかい、美濃古道沿いの宮後《みやうしろ》村の土豪、安井屋敷へ木下藤吉郎が蜂須賀《はちすか》小六をたずねた。

桶狭間《おけはざま》の合戦から二年を経た、永禄《えいろく》五年（一五六二）八月下旬であった。藤吉郎はお小人頭《こびとがしら》として、信長の身辺に侍するうち、才を認められ、しだいに重い役目をあてがわれるようになっていた。

彼は永禄四年八月、二十五歳の夏に、織田家の弓衆浅野又左衛門長勝の養女「おね」の入婿となった。

長勝は弓衆の足軽組頭で、藤吉郎は配下の小頭であった。祝言《しゅうげん》は清洲《きよす》城内足軽長屋でおこなわれた。

茅葺《かやぶ》き屋根の土間に簀《す》掻《が》き藁《わら》を敷き、うすべりを敷いたうえに花聟《はなむこ》、花嫁が坐《すわ》り、質素なかわらけで三三九度の盃《さかずき》を交した。おねは十四歳であった。

新所帯をもってまもなく、藤吉郎は信長に才幹を認められる機会を得た。その年の大雨で清洲城の城壁が、百間にわたり崩れ落ちたが、普請奉行の指図が不手際で、人足どもがろくにはたらかず、二十日を経ても修復ははかどらなかった。世故《せこ》に長《た》けた藤吉郎には、人足がなぜ仕事に精を出さないか、理由が分っていた。奉行の命令を実行する下奉行が、人足どもを頭ごなしに叱咤《しった》するのみで、彼らの競争心を誘いださなかったからであった。

皆でやる仕事なら、自分は他人より楽をすれば得だと考える者ばかりなので、手を抜き怠ける競争をしているのが、藤吉郎には見通せる。

彼は泥鰌《どじよう》をみやげに、郡《こおり》村の生駒《いこま》屋敷へ生駒御前を見舞いにいった。嫡男奇妙をはじめ、茶筅《ちやせん》、徳姫と三人を生んだ吉野《きつの》は、産後の肥立ちがわるく、腎《じん》を病み、床についていた。

藤吉郎が見舞いに出向くと、吉野は清洲表の様子を要領よく教えてくれる彼を、歓迎する。

「御台《みだい》さま、これは小田井川で獲って参った秋ぐちの泥鰌でござりまするに。お召しあがりなされてちょーだいあすわせ。一日も早うご快気あすばされ、清洲へもお渡り下されませ。お待ち申してござりまするわなも」

吉野はほほえみ、藤吉郎に聞く。

「近頃、清洲の様子はどうじゃ」

藤吉郎は笑顔でうなずき、信長の日常をおもしろく、能弁に語りはじめる。

「桶狭間以来の両二年は、美濃との合戦取りあい、丹羽郡於久地城《におぐち》(愛知県丹羽郡大口町)の犬山方惣攻《そうぜ》めにて、敵に田畠薙《でんばくな》ぎをいたさるるなど、ところにより作毛半作の憂き目を見てござりまするが、おおかたは豊作ゆえ、百姓どももひと息ついておりまする。米麦粟黍《あわきび》のたくわえも旧年に倍して、袖乞《そでこ》う物乞いの輩《やから》も目に見え減ってござりまする。海道、里道の手入れ普請もゆきとどき、近頃は鶴舞い飛ぶめでたき景観にて、これすべて、お殿さまご仁政のおかげと存じておりまするに」

藤吉郎は、吉野に信長の近況などさまざま語るうちに、ふと思いついたように告げる。

「これはお殿さまにも申しあげぬことにござりまするが、清洲のお城に難儀なことがおこっておりまする」

吉野は気がかりな顔つきになる。

「何事じゃ、遠慮のう申してみやれ」

「恐れいってござりまする。ただいまお城の塀が百間ほども崩れておりまするに、手入れ普請が二十日も経つのにはかどりませぬ。いまは東に今川氏真《うじざね》、武田、北には朝倉、斎藤、西には佐々木、浅井と、強敵が謀《はかりごと》をめぐらし、隙《すき》あらば尾張に乱入すべしとうかごうておる乱世にござりまするに。かような形勢にもかかわらず、

塀のつくろいごときがはかどらぬとは、まことに憂《う》たてきことと存じております
る」

藤吉郎は、半日ほども吉野に四方山《よもやま》の話をして、清洲に戻った。

翌朝、藤吉郎は信長の座所に呼ばれた。

彼は主人のこめかみに疳癖《かんぺき》の青筋が立っているのを見て、敷居際に平伏する。信長はたちまち怒声を発した。

「猿、そのほう昨日吉野がもとにて、城のつくろいがなおざりなどと、賢ぶったることを吐《ぬ》かしたとな。その申し条とやらを儂《わし》にいうてみよ」

藤吉郎ははっと胸をつかれたふうをよそおう。

「なにをぐずついておる。早ういわぬか」

藤吉郎は畳に額をすりつけ、詫《わ》びた。

「手前が思慮のない頬桁《ほおげた》をたたいたばっかりに、いかい不調法をいたしてござります。申しあぐれば、上役歴々の衆をそしることになり、申しあげねばお指図にそむくことになりまするに。進退きわまってござりまする」

信長は藤吉郎の抑揚のたしかな口調が好きであった。

「こりゃ、早ういわぬか。勿体《もったい》をつけるなら折檻《せっかん》いたすぞ」

信長は歩み寄り、藤吉郎の右腕を捻《ね》じあげる。

「申しあげまするほどに、平にご容赦を」

藤吉郎は大仰な悲鳴をあげた。

藤吉郎は信長の猛禽《もうきん》のような眼差《まなざ》しに、射すくめられることはなかった。

彼は門閥、地位にとらわれず、人材の能力を発揮させるうえで、稀《ま》れにみる宏大《こうだい》な度量の持ち主である信長に、わが才能を認めさせる好機を得たよろこびで、胸を高鳴らせていた。

藤吉郎はお小人《こびと》となった新参の頃から、常時油断なく信長の意をむかえるために精勤してきた。

主君の手足として、一瞬の弛緩《しかん》もなく仕え、諸事にのぞみ先まわりして準備をととのえている藤吉郎の才智《さいち》のひらめきに、信長はおどろかされ、信頼の度をふかめてきた。

だが藤吉郎は、わが身内に秘した能力にふさわしい仕事を、任されたことはなかった。自分が小才のきく、走り使いに便利なだけの足軽にとどまる男ではない事実を、信長に認めさせる機会を、藤吉郎はながいあいだ待っていた。

信長が捻じあげた腕をはなすと、藤吉郎は居ずまいを正した。

「ただいまの三の丸曲輪《くるわ》のつくろい普請は、おそれながら日傭《ひよう》を食うばかりにて、いかにも進まず、乱世にてあるに悠長に過ぐると存じましたるゆえ、御台さまについ胸にたまる嘆きを申しあげたる次第にござりまする。堀を深う、塁を高ういたして城の護《まも》りを固むるは、ご普請奉行のお役目なるに、いまのようではご精勤なるおはたらきとは申せませぬ」

藤吉郎は思いきって、上役の怠慢を弾劾《だんがい》した。

信長は中途半端のもののいいようを嫌い、耳に痛い直言でも価値ある内容であればとりあげるのを、藤吉郎は知っている。

「よからあず、猿の申し条、武者の心得としてもっともだわ。さればただいまよりそのほうが奉行となり、塀のつくろいをいたせ」

「かしこまってござりまする」

藤吉郎はこおどりする思いであった。

彼は奉行の権限を与えられると、ただちに下奉行を呼び、命じた。

「百間を十に区切って、それぞれに人足頭を置き、早う仕上げたる者どもには褒美を出してやらあず。競いあわせてはたらかすのだで」

藤吉郎は仕事にかかるまえ、作業場の整理をさせた。

「普請を早めるには、まず段取りが肝心だで。練土、石、縄、定木、材木、提げ振りにいたるまで、ととのえよ。それが人足の合戦支度というものであらあず」

藤吉郎の指図で、弛《ゆる》みきっていた人足たちが、めざめたように立ちはたらきはじめた。

塀普請の人足たちは、夜も寝ずに仕事を急いだ。

「秋の夜長でや、涼しゅうてはかどるだわ。いまのうちにはたらかっせ」

藤吉郎は塀の腕木ごとに松明《たいまつ》をかかげさせ、仕事がしやすいよう、辺りをあかるくする。

「腹が減っては動きづらかろう。夜食を出してやれ」

藤吉郎は人足の気分を盛りたてる、こまかい配慮をこころえている。

「こたびの奉行さまは、ええお人だぎゃ。一番暴《あた》けて見せえず」

人足たちは気をよくして、がむしゃらに立ちはたらく。

普請は藤吉郎の予想よりもはやく、翌日の夕刻には完成してしまった。

「ようやったでや。それでこそ尾張《おわり》者だわ。褒めてやらあず」

藤吉郎は人足たちに倍の日傭《ひやと》い賃《ちん》を支払ってやった。

信長はその日、鷹野に出ていた。

「お殿さまがご帰城のときに、つくろうた塀をご覧いただけば、およろこびいただけるわのん」

藤吉郎は、塀の腕木にとりつけたままの松明に、火を点じさせた。

夜になり、鷹野から戻った信長は、三の丸曲輪の塀が、闇《やみ》中に浮きでているのを見てよろこび、馬上で大笑した。

「猿めが、やりおっただぎゃ」

信長の賞罰は迅速であった。

「猿を呼べ」

座所に呼び出された藤吉郎が平伏する。

「そのほう、儂が思うていたより能があるようだで。おもしろき奴だのん。向後十貫の俸禄《ほうろく》加増をいたすゆえ、さようこころえよ」

信長の藤吉郎への評価は、その日からかわった。

安井屋敷で藤吉郎をむかえた小六は、彼が信長のとりたてをうけているのを、知っていた。

かつて美濃の太守であった土岐《とき》氏の目代《もくだい》をつとめていた小六の母の里、安井氏の屋敷は、木曾川筋より水をひいた幅七間の掘割にかこまれ、広大堅固な城郭のおもむきがあった。

屋敷うちには楠《くすのき》、檜《ひのき》の古木もまじる雑木が生い茂り、狐狸《こり》の棲《す》みかとなっている。

「藤吉郎、達者かや」

裾《すそ》みじかの布子に赤褌《あかふんどし》を締め、小脇差《わきざし》を腰に差した小六は、逞《たくま》しく陽灼《ひや》けしていた。

奥庭の泉水を見渡す座敷に、小六、前野将右衛門、坪内宗兵衛、草井長兵衛、同五郎八ら川並衆の頭領たちが、あぐらをかいていた。

「おのしは客人だで、奥へ通れ」

藤吉郎はすすめられるまま、上座につく。

「今日は何の用でや。また清洲旦那《だんな》殿がお叱《しか》りのなかつぎかのん」

小六の重いひびきのある声音を聞くと、藤吉郎はふだんの剽軽《ひょうきん》な物腰をひそめ、背筋をそらせ同座の者を睨《ね》めまわした。

「この五月の美濃洲俣《すのまた》へのご出勢、合戦お取りあいなかばに犬山が信清さま謀叛《むほん》によって陣をばお引きはらいののち、お殿さまには河内《かわち》川並衆お疑いのお心、いよいよ深うなっておらるるぎゃん。蜂須賀党はじめ川並衆が、このまま形勢をうかがうのみにて、ご加勢いたさざるときは、高野島、黒田、松倉のおのしらが川砦《とりで》に軍勢差しむけ、平均《ひらなら》しに征伐いたすとのご存念にござるでや。さよういたすはたやすきことなれど、川筋の者ども愛《いと》しき奴輩《やつばら》ゆえ、しばらくご猶予あり。故縁ある儂を差しつかわされたでのん」

小六は赤銅色に陽灼けした顔の表情をうごかさず、喉《のど》を鳴らしみじかい笑い声をたてる。

「いつにかわらず、労を惜しまぬ立ちまわりは、おのしならではのものでや。清洲旦那殿の仰せを聞こうず」

「さればお殿さまには、蜂小、前将はじめ川並一統の存念をたしかめ、このさき命ながらえ家名をおこすようとのご諚《じよう》でや」

「これはなかなかにきびしき仰せだわのん」

小六は羽根を逆立てた軍鶏《しやも》のように、猛々《たけだけ》しい面構えとなった藤吉郎を見据え、顎《あご》を撫《な》でた。

「儂らはおのしが旦那に疑わるるごとき、謀叛の心があらずか。したが、お味方する気もないのだわ。われら犬山が信清殿に格別の意趣遺恨もなければ、時節柄動くが損でや。清洲旦那が、われら動かずば征伐いたすと仰せらるるなら、いたしかたもなかろうず」

信長が攻めるなら、攻めてみよとの不敵な返答であった。

前野将右衛門が、闘志をかくさず藤吉郎にいう。

「清洲旦那も、先年今川治部大輔《じぶだゆう》と出入りありしときは、諸事勝手よう運びしが、こたびの美濃攻めでは、ちとむずかしき節所《せつしよ》に立ちいたったようだでのん」

桶狭間の戦いで粉骨のはたらきを示した彼らは、いまでは信長への信頼を失っていた。

小六たちは、合戦ののちの恩賞に不満を抱いていた。

藤吉郎は桶狭間の大勝のあと、蜂須賀小六、前野将右衛門ら蜂須賀党一統に、信長が恩賞を与えなかった冷淡な仕打ちが、いまに尾をひいているのを、承知していた。

恩賞の沙汰《さた》の場で、小六は信長から下された六百貫文の知行を辞退した。

「おそれながら、お殿さまには多々ご入用《じゅよう》の折柄、われらへのご恩賞はお構いなきよう、願いあげまする」

佐々内蔵助に八千貫文、簗《やな》田弥次右衛門に三千貫文の恩賞が与えられたのにくらべると、小六への六百貫文はいかにも片手落ちであった。

信長に再考を求めようとの辞退であったのが、その後、日数を経ても、信長からは何の沙汰もなかった。

信長は、桶狭間の合戦にいかに功績があったとはいえ、かさねて仕官をすすめても、家来となって主従の縁をむすび、義理のくびきをかけられるのを嫌う小六たちを、内蔵助と同様に扱う気はなかった。

——所詮《しょせん》は野伏《のぶせ》りにひとしき川並衆だで。こののち重用するときも、なからあずけ——

今川に大勝したうえは、犬山の織田信清が健在であるとはいえ、尾張の大半は信長の手中に納められる。

もはや川筋七流の群狼《ぐんろう》のような、蜂須賀党の力を借ることもないと判断した信長は、風向きしだいでどの大名のもとへも傭われてゆく小六たちとの縁を、切ったつもりでいた。

だが、彼らとの絶縁が、八千貫、一万貫の知行などとは比較にならない、大損害をひきおこす原因となったことに、二年を経て気づかされた。

信長は桶狭間の勝利の余勢を駆って、美濃攻略に乗りだしていたが、四度の攻勢はすべて失敗に終っていた。

信長は美濃攻めの拠点として、木曾川、飛驒川《ひだがわ》を越えた西美濃洲俣の地を、早くから着目していた。

その辺りは東方から木曾川、西から長護寺川（犀川《さいがわ》）、五六川、糸貫川《いとぬき》、天王寺川が尾張川（長良川《ながら》）と合流し、一帯が「洲《す》の俣《また》」のような地形となっていた。

美濃へ大兵を侵入させるための、唯一の渡河可能の地点として、洲の俣は重要な軍事拠点であった。

尾張川の東岸までは尾張領であるが、西岸の洲俣は敵地であった。北東三里に稲葉山城、西南二里に大垣城があり、洲の俣に砦を築くには、敵の挟撃を覚悟しなければならなかった。

信長が洲俣にはじめて出城作事を試みたのは、永禄三年（一五六〇）五月下旬であった。美濃斎藤義龍《よしたつ》は、信長にとって舅《しゆうと》道三《どうさん》を討ちとった仇敵《きゆうてき》であり、攻撃の名分がある。

今川義元《よしもと》を討ったあと、軍兵に休息の暇も与えず、美濃攻めにとりかかったのは、義龍にいつ先手をとられ、尾張へ乱入されるか知れない、切迫した情勢にあったからである。

義龍は一万数千の美濃衆を手足のように進退させる、野戦に長じた謀将であった。彼は北近江《おうみ》の浅井長政《ながまさ》と誼《よしみ》を通じ、後顧の憂いを断って、尾張へ進出の機をうかがっている。

永禄元年に信長とともに岩倉城を攻めた従兄弟《いとこ》の犬山城主織田信清は、勝利ののち寸地の分与をも得なかったのを不服として、信長と反目していた。義龍は信清を味方として、信長討滅の策動をさかんにおこなっており、禍根をいまにして断たなければ、どのような憂慮すべき事態に発展するか、予断をゆるさない状態であった。

信長は情勢しだいで敵方に寝返るかも知れない、向背さだまらない味方は、利用するのみで餌《えさ》を与えなかった。

信清の妻は信長の妹であったが、いったん疑惑の眼を向ければ、近親であっても容易に心をひらかない信長の性格が、彼の運命をたえず危機へ導いていた。

信長は洲俣築城の命を、佐々内蔵助《さっさくらのすけ》に与えた。内蔵助は佐久間玄蕃《げんば》盛政とともに手勢六百余を率い、洲俣へ向った。

「ここは敵中でや。油断いたさず一刻も早う石積みをなし遂げよ。砦の形をととのえねば、主従もろとも斬死にするまでだぎゃ」

馬上に長槍をかかえた内蔵助が、懸命に河中の石を拾いあつめ土居を築く人足たちを、叱咤《しった》督励する。

だが、斎藤勢は、内蔵助たちが二百数十間の土居石積みを、なかば仕上げた頃を見はからい、急襲してきた。

内蔵助の率いる柏井《かしわい》衆と、剛強の名を誇る佐久間衆が協力して必死に反撃する。

「一歩も退くな、ここで死ね。退いては末代までの恥辱でや」

内蔵助たちは土居に拠《よ》り、矢玉を雨のように放ち、斎藤勢を撃退しようとするが、作事はゆきづまり、せっかく築いた土居は、片端から敵勢に突き崩されていった。

信長は六月二日、たまりかねて自ら千五百の兵を率い、洲俣に向った。

梅雨の晴れ間に洲俣を渡った織田勢は、附近の諸村を焼き払った。

信長は敵の反応をためすつもりであった。

斎藤義龍が洲俣の地を重視しておれば、兵力の損耗をいとわず織田方の築城を妨害するであろうが、案外の油断があって、強力な反撃を見せない場合も考えられる。

そのときは敵の隙をついて、一気に築城を強行すればよい。

だが成功の望みは薄い。義龍の読みは正確であろうと、信長は察していた。義龍と、彼を補佐する宿老《おとな》たちは、いずれも策略にたけている。信長にたやすく洲俣を与えるような失錯《しっさく》は、犯すまい。

桶狭間の合戦に大勝しても、信長は有頂天になってはいなかった。望外の幸運をつかみ、心の平衡を失えばやり損じると、彼は懸命に自分をいましめていた。

――今川には奇戦によって勝ちを拾わせてもろうたが、左京大夫（義龍）にもおなじごとくに勝てるとはかぎらぬだわ。よほど用心してかからずば、やり損じて打ちころばかさるるやも知れず――

用心して仕懸けないと、三河には松平元康（家康）がいる。腹背に敵をうけては、こんどは自分が義元のあとを追い、破滅の淵《ふち》にのぞまねばならない。

五つ木瓜《もっこう》の旌旗《せいき》をひるがえす織田勢が、田畠薙《でんぱくな》ぎをはじめる間もなく、稲葉山城から斎藤の宿老丸毛兵庫頭《ひょうごのかみ》の率いる軍勢が、土煙を雲のように湧《わ》きあがらせ、野末にあらわれた。

斎藤勢の人数は、三千余であった。丸毛は織田勢が千五百人と、思いがけない小人数であるのを見て、信長が何らかの計略をたてていると考え、まず足軽百人ほどを出し、矢玉を放ってきた。

「こなたよりも、攻めて出よ」

信長は百四、五十人の足軽を前進させる。

たがいに矢戦をはじめた足軽たちは、やがて槍刀をとって白兵戦をはじめた。

一進一退の乱闘がつづくうち、大垣城から長井甲斐守《かいのかみ》の率いる城兵千余人が、戦場へはせ向ってきた。

信長は侍大将坂井右近、池田勝三郎に命じた。

「敵の加勢がこぬまえに、味方の人数を引きあげよ」

坂井と池田が美濃勢といりみだれ戦う味方の軍兵をまとめ、引きさがらせた。

織田勢は築きかけた土居を捨て、柴田権六《ごんろく》が殿《しんがり》を守って、損耗すくなく清洲へひきあげた。

二度めの洲俣出撃は、約三ヵ月後の八月二十三日であった。信長は千人の軍兵を率い、西美濃に侵入したが、斎藤方は前回と同様に丸毛兵庫頭、長井甲斐守の両将が迎えうち、激戦となった。

信長は初回と同様に損害を最小限にくいとめ、兵を退く。斎藤勢の追撃はまえにも増して猛烈で、しんがりを固めた柴田権六、森可成《よしなり》の二人は一時は討死にを覚悟したほど、陣立てを散々に突き崩された。

清洲城に帰った信長は、美濃攻めが容易ではないと覚り、しばらく日をおいて好機をうかがうこととした。

彼は宿老、侍大将たちに内心を洩《も》らした。

「美濃討ちいりは、いまだ機が熟しておらぬようだで。我責《がぜ》めにして兵をそこなうばかりではつまらぬだわ。ひと息いれ風向きの変るを見ておるが、よからあず」

信長は美濃勢の対応を見るために、二度出陣して追い返されたことを、恥辱には思っていなかった。

家来どもの信頼をたかめるために、強引な作戦をおこなうつもりは、さらにない。

「小競りあいで敵に勝たせたとて、一時の敗けでや」

前途に障壁があらわれると、動きをとめ、情勢の変化をまつ、いつもの方針を信長はとった。

東の国境では、桶狭間合戦ののち、今川家の守将が駿河《するが》にひきあげ、捨て城となった岡崎城に入った松平元康が、三河《みかわ》でさかんに勢力伸張をはかっていた。

信長が再度の美濃攻めに敗退した八月に、元康は岡崎から国境の梅坪（豊田市梅坪町）に攻め寄せてきた。

織田勢は迅速に対応した。佐々内蔵助が五百余騎を率い先手をつとめ、死力をつくし縦横に立ちはたらき、ついに松平衆を敗退させる。

信長は合戦ののち秋から冬へかけ、軍兵を動かさず、清洲に在城していた。彼は連日鷹野に出かけ、馬上に時をすごした。

このちのとるべき方針を、誰に相談するでもなく、原野に馬を走らせ、ひとつことをくりかえし思案するうち、信長の脳裡《のうり》にしだいに前途が見えてくる。

――美濃を攻むるは、犬山の十郎左（信清）めを追い、足許《あしもと》をかためたるうえのことでや。それにいまひとつ、元康と和睦《わぼく》するのが上策かもしれぬ――

信長は、幼童のうちに尾張を去った元康が、野戦に長じた将器に成長してきたのに眼をつけていた。

松平元康は父祖累代の地岡崎城に戻ったのち、三河梅坪で織田勢を相手に善戦した。

梅坪のほかにも長沢（愛知県宝飯《ほい》郡音羽町長沢）など国境での戦闘で、巧みな采配《さいはい》の冴《さ》えをみせた。

信長は織田方の三河刈谷の城主、水野信元に、元康との和睦交渉をすすめるよう命じた。元康の母（のち伝通院《でんずういん》）は信元の妹であり、伯父甥《おじおい》のあいだの話しあいは、信長の予測通り順調にまとまった。

元康は信長と和睦すれば、今川属将の立場を捨て、独立して三河旧領回復をめざすことができる。

駿河府中の今川氏真は、父義元にくらべれば、はるかに器量の劣る人物であった。武芸兵法にはいっさい構わず、詩歌、茶の湯、猿楽、蹴鞠《けまり》、伊勢踊り、剽《ひょう》げ踊り、一節切《ひとよぎり》（尺八）と遊芸に日を送り、諸侍にうとんじられていた。

信長は総力をあげれば三河、駿河の席捲《せっけん》は可能であろうと見ていたが、今川を討滅すれば、氏真と同盟をむすぶ甲斐の武田、相模《さがみ》の北条の攻撃をうけることになる。

現在の戦力ではとても勝ちめのない強敵を相手にまわす愚挙を避け、松平元康を東方からの圧力に対抗する防壁とする策を、信長はとった。

双方の利益をもたらす和睦交渉が成立したのは、永禄四年（一五六一）二月であった。さっそく織田、松平両家の宿老《おとな》が鳴海《なるみ》城におちあい、国境《くにざかい》その他のとりきめをおこなう。

織田家は林通勝《みちかつ》、滝川左近将監《さこんしょうげん》、松平家は石川伯耆《ほうき》守、高力《こうりき》与左衛門を派し、和睦の書面をととのえたうえ、双方は国境の諸城から軍兵をすべて引きあげた。

近在の民百姓は、こおどりしてよろこぶ。

「これまでは、いつとなく足軽荒子《あらしこ》どもが火付け、乱妨、田畠薙ぎにえらい目にあわされてきたが、やっとかめで心安く日暮らしができるがや」

清洲城下には国境から戻った軍兵が集結した。

信長は戦備をととのえ、洲俣侵入と、犬山の織田信清攻撃の両作戦を開始する機をうかがっていた。

洲俣に三度めの侵入をおこなう機会は、意外にはやくきた。永禄四年五月十一日、六尺五寸殿といわれる巨体の斎藤義龍が、三十五歳の男ざかりで急死したのである。

清洲城へ義龍死去の知らせを細作《さいさく》がもたらすと、信長は千五百の軍兵を率い、五月十三日早暁に洲俣に向った。

信長の行動は旋風陣と呼ばれるほどに迅速であった。義龍の嫡男龍興《たつおき》は十四歳であったが、野戦に長じた宿老たちが補佐し十四日、国境に六千余の大軍を出撃させた。

信長は敵の出方を試す前哨《ぜんしょう》戦のつもりであったが、篠《しの》つく雨のなか、大兵が足場のわるい洲俣の湿地をものともせず、正面から押し寄せてきたのをみて、血戦を挑む覚悟をきめた。

彼は深田の難所をまえに、布陣して待ちうける。

「相手に人数をすくなくみせよ。まんまるに備えるのでや」

千五百の同勢を三手に分かち、一手は先陣、一手は旗本備え、一手は遊軍として殿《しんがり》にひかえさせる。

両翼を張らず密集した織田勢を、千に足りない小勢と見た斎藤勢は、攻め太鼓、陣鉦《じんがね》を打ち鳴らし、泥土を蹴《け》ちらし突撃してきた。

織田の先陣は、隊伍《たいご》を乱し斬りこんできた敵に、三間半柄の槍《やり》先をそろえ、「えいえい、えいえい」と掛け声をそろえ突きかかった。

散開して襲いかかった斎藤勢は、たちまち突き崩され、左右へ逃れた。

「掛かれ、掛かれ」

信長が先頭に出て采配を振る。

織田勢は密集隊形を崩さず、敵の二陣、三陣まで撃破し、果敢な白兵戦を挑んだ。死を決した猛攻に、敵の大軍は四分五裂の有様となった。

数刻の乱戦ののち、織田勢は敵将長井甲斐守、日比野下野守《しもつけ》、神戸将監のほか、百七十余の首級《しるし》をあげた。

田楽狭間の合戦に敵の首級をあげた前田犬千代は、いまだ信長の勘気を解かれず牢人《ろうにん》の身のうえであったが、合戦の場に馳《は》せ参じ、首級二つをあげ、ようやく信長に帰参を許された。

「今日の合戦は、一定《いちじよう》打ち勝ったでや」

信長は快哉《かいさい》を叫んだが、やはり洲俣を固守することはできなかった。

織田方が築城を試みては失敗をくりかえしている場所は、尾張川の畔《ほとり》に小松の生い茂った、水面よりわずかの高所であった。水中より拾いあげた石を積みあげ砦《とりで》を築いても、敵はものともせず、馬蹄《ばてい》にかけ乗りこえ、攻めこんでくるので、防禦《ぼうぎよ》のすべがない。

急流をいくつも越えて、柵《さく》、逆茂木《さかもぎ》をむすぶ材木を運ぶ手段がないため、強固な防壁を築く手段がなかった。

信長が三度めの洲俣攻めの人数をも、直属の馬廻《うままわ》り衆を中心とした千五百人以下におさえたのは、犬山城の織田信清の動向から眼をはなせなかったためであった。

信清がかねてから斎藤義龍と通じている事実は、信長配下の細作が探知していた。

彼が、木曾川対岸美濃宇留間《うるま》（鵜沼《うぬま》）の城主、大沢次郎左衛門の協力をうけ、川並衆を味方にひきいれ、信長に叛逆《はんぎやく》すべく密議をこらしているという噂《うわさ》がひろまったのは、永禄四年九月も末の頃であった。

川並衆が砦を置く松倉、野武、高野島は、信清の支配地であった。蜂須賀小六を首領とする川並衆の勢力は、桶狭間合戦ののち、急速に伸張していた。

大名の支配をうけず、木曾川流域に独立した徒党を組む彼らのもとへ、信長に討ちほろぼされた旧守護代、織田広信、信安らの家来たちが、扶持《ふち》をはなれた牢人として集まってくる。

また、諸国の大名が戦費をまかなうために年貢をきびしく取りたてるので、わりあてられた米麦を納められず家郷を捨て、流亡する潰《つぶ》れ百姓がふえていたが、彼らのうちからも、川並衆に加わる者がいる。

小六たちは、牢人、流民のうち能力ある者は仲間にひきいれ、しだいに人数をふやしていった。

信長は川並衆が犬山方に加担するかもしれないとの情報がとどくと、ただちに藤吉郎に命じた。

「猿、そのほう小六、将右衛門らに逢《お》うて、あやつらの心底をばたしかめて参れ。もし川筋の者が犬山に合力《こうりょく》いたすとの噂がまことならば、平均《ひらなら》しに叩《たた》きつぶさねばならず。いなやの返答をとってくるのでや。あいわかったか」

「かしこまってござりまする」

藤吉郎は川並衆への使者に立った一年まえのそのときも、いまとおなじように、安井屋敷の泉水を見渡す座敷で、小六たちと話しあった。

いますでに四千人を超える配下を擁しているといわれる小六は、前年とは物腰が変っていた。

——こやつ、方途《ほうず》もなく尻《しり》が肥えくさっただで。したが、思うてみれば無理からぬことかも知れぬがのん——

藤吉郎は信長の意向を伝えるあいだ、眼も伏せず、傲然《ごうぜん》と聞きながすかのような態度をあらわす小六とむかいあいつつ、彼を説得する手だてを模索していた。

まえの年には、小六は藤吉郎の問いかけに、心底を隠さず語った。

「清洲の旦那は、儂《わし》と前将が、生駒の親爺《おやじ》どのともどもに、田楽狭間《でんがくはざま》で粉骨してはたらいたるを、もはやお忘れかのん。今日に至って浮説に耳をかたむけ、われらをお疑いあるは、心外なるにとどまらず、腹が立つでや。なるほど、先日犬山十郎左さまよりお使者が参ったでのん。大川での川狩りの御催しご催促に参られたでや。それのみだわ。軍議など口の端にものぼらず、まして謀叛《むほん》の企てなど縁なき話でのん。おのしも川狩りは、お小人《こびと》の時分より好物だで、明日にも遊んでいかまいか」

小六たちは、噂の通り、織田信清の勧誘をうけていたが、同調すると態度を決してはいないようであった。

小六はかさねて藤吉郎にすすめた。

「おのしが生駒屋敷におったる時分は、清洲旦那のお供をいたし、古川にて頭より泥をかぶってはたらいたわなん。どうじゃ、一両日をここな屋敷に滞留いたし、ひさしかぶりに大淵《おおぶち》にて川狩りをいたさぬかのん」

藤吉郎は誘いに応じた。

「こたびはあらぬ僻事《ひがごと》を申し、ひらにご容赦くだい。おのしらの心底のほど、よう分ったでなん。お殿さまに申しあげなば、さぞご満悦であろうだわ。しからば役儀も済んだることとなれば、しばらくぶりに長夜閑談いたすもよからあず」

藤吉郎は、この機に小六たちとの旧交をあたためておくのがよいと、判断をした。

彼は空のしらむまで、小六たちと盃《さかずき》を交し、信長の川並衆への思惑について、くわしく語って聞かせた。

小六をはじめ、前野将右衛門、草井長兵衛ら屈強の川筋男たちは、当面もっとも関心のある事柄についての、藤吉郎の雄弁な説明に耳をかたむけた。

「お殿さまは、おのしらがかけがえもなき味方と、以前にかわらず思うてござるのだで。蜂小、前将が田楽狭間の取りあいでのはたらきは、関羽《かんう》、張飛《ちょうひ》にたとうべき見事なるものであったと、いまに申してござるだわ」

小六は褒め言葉に誘われ、思わず鬱憤《うっぷん》をもらした。

「ならば恩賞の片手落ちは、いかなる思惑によってのことでや」

藤吉郎はうなずき、おちついて返答する。

「そこだわ。お殿さまは、おのしらを家来になされたいのでや。おのしらが首をたてにふらぬがゆえに、ご機嫌を損じてござるだけのことよ」

小六は痛いところをつかれ、眉根《まゆね》をひそめた。

小六たち川並衆は、信長に忠勤をはげむより、川筋七流の徒党をもよおし、尾張、美濃の間を往来して、自由にふるまうのを好んでいた。木曾川を下り、伊勢《いせ》にまで足をのばして交易をおこない、近国に戦乱がおこれば傭兵《ようへい》としてはたらく。ときには有徳人《うとくじん》（富豪）を狙《ねら》い、夜討ち強盗をもやってのける彼らには、窮屈な侍の生活はできない。

信長は彼らがいまだ野性を失わない悍馬《かんば》であると見ていた。いずれは乗りこなさなくてはならないが、強引に従わせようとすればやり損じると知っていて、藤吉郎を使者にさしむけ、様子をうかがわせたのである。

藤吉郎は、小六のひるんだ気配を読み、さらにおしかぶせるようにいう。

「おのしは過ぐる午年《うま》（永禄元年）の九月に、お殿さまより無類の一札を頂戴《ちょうだい》いたしておろうがのん。あれはなかなかに、何千貫文の扶持《ふち》にも勝る値であらあず」

小六は藤吉郎にいわれる通り、尾張国中《くになか》の関所を、夜中深更をもかまわず、人馬荷駄の通り抜け御免の特典を与えられていた。

関銭《せきぜに》を払わず、勝手に商品を運搬し売買することによって得る利益は、莫大《ばくだい》なものであった。

「お殿さまは、眼より鼻に抜けたる利発なお方でや。片手落ちをいたされしは、訳あってのこと。儂をかようにおつかわしになられ、おのしらの動静をうかがわせるは、川並衆をいずれは味方にいたそうとのお考えからのことだわ。おのしらも、こののち川筋ではたらくからには、お殿さまについていかいで、いかなる道もあらずか」

藤吉郎は小六たちに将来の見通しを語り、いずれは信長へ随従するよりほかに彼らの前途はないと、説得した。

翌朝、藤吉郎は三十余人の川筋男たちとともに、麻袖《そで》切り襦袢《じゆばん》、茜《あかね》の褌《ふんどし》のいでたちで川狩りに出た。

深秋の季節、大川の水は減り、底の石もあらわとなり、深処《ふかみ》に魚が集まっている。土手には万一意趣遺恨ある敵の輩《ともがら》が襲ってきたときにそなえ、郎党数人が火縄筒をたずさえ見張りに立った。

川並衆は深みへ潜ることに長じ、三年もの四年ものの鯉、鮒《ふな》、鯰《なまず》、いずれも四尺前後の逸物《いちもつ》を、手練の早技で刺しとめる。

水のうえの秋風は肌にこころよく、藤吉郎は彼らが自在の操船に、あらためて感じいった。美濃攻めは、川並衆の協力なしには成功すまいと、心中にうなずく思いであった。

川狩りの獲物は多く、小六、将右衛門は船の生簀《いけす》に溢《あふ》れんばかりの鯉、鮒、鯰を、清洲へのみやげにするよう、藤吉郎にすすめた。

「ぜっぴにも清洲旦那《だんな》に進上して、大川の魚があじわいをご賞美あるよう、おのしより言上してくだされんか。されば川筋の者は日あがりて日暮るるまで大川上下に往来し、川狩りに余念なく、いらざる謀《はかりごと》もいたさずと、ご得心いたさるるに違いなからあず」

藤吉郎は用意の酒を船上でふるまわれ、小六たちの心づくしの饗応《きようおう》に、こころよく酩酊《めいてい》した。

それから一年のあいだに、信長の美濃侵攻の作戦は、まったく進展をみせていなかった。

藤吉郎は、いまでは小六たち川並衆が信長の前途を危ぶんでいると、察していた。彼らが向けてくる視線に、以前にはなかったつめたさが感じとれる。

川並衆が味方とならぬときは、軍勢をさしむけ討伐するとの信長の所存を伝えたときも、小六と将右衛門はたじろがず、黙殺する気勢をみせた。

――こやつらはあらかじめ談議を交し、儂が強談《ごうだん》への返答をば決めておったのであらあず――

藤吉郎の推測は当っていた。

小六は藤吉郎との話しあいのまえに、将右衛門ほかの川並衆の頭役を呼びあつめ、密議をおこない、一統のとるべき方針をさだめていた。

談議の座で小六はまず、わが意見をのべた。

「いまは、美濃、尾張が取りあいの推移をはかるところでや。上総介《かずさのすけ》信長は、美濃筋へあいはたらき、稲葉山を攻めおとさんものと、川下あたりより攻めいり、たびかさね仕懸けたるも、いまだ一郡をも取ることかなわざるままだで。功もなく軍兵をおびただしく損ずるばかりでのん。いまは野良ばたらきの男手にも窮するとか。

田楽狭間がごときめざましき勝ち戦は、美濃攻めには望めぬと見たが、いかがでや」

将右衛門が応じた。

「蜂小が申す通りだで。川上は宇留間の備え堅固にて、つけいる隙《すき》はなし。川下よりの攻めこみは、洲俣の沼沢を幾千の軍勢にて押し渡りたるとも、一帯に平にて人馬をとどむる要害はさらにあらずか。前後の大川に退路を断たれ、敵の手中に陥り敗軍いたすは、これまでに見し如くでのん。あらためて攻めかけしとて、同然の敗北をかさぬるはあきらかだわ。われら犬山十郎左殿へ格別の遺恨なし。かるはずみに動くは禁物でや」

二人の意見によって、川並衆は中立の立場を決定《けつじょう》した。

小六たちが信長に加勢の態度をきめかねるのも、もっともであると、藤吉郎は思っていた。

信長の美濃攻略は、犬山の織田信清が敵対しているかぎり、成功することはないと、彼は見ている。

信清は犬山城と、その南方一里余の於久地城を擁し、尾張北東部を支配地としていた。

信長は彼を討ち滅ぼさなければ、尾張統一は果せない。だが、信長はできるならば、従兄弟《いとこ》を破滅の淵にのぞませず、尾張から追放するにとどめようと考えていた。そうすることが、いずれはわが戦力となる信清の軍兵をそこなわずにすむ、最良の手段である。

信長は犬山攻めよりさきに、洲俣に拠点を確保する作戦を実行しようとした。美濃へ乱入し、斎藤龍興と雌雄を決するための足がかりを築くのが、さしあたって必要な布石であった。

西方の国境で斎藤勢を圧迫したうえで、犬山を攻撃すれば、背後を脅かされる憂いはない。

信長は尾張を統一し、美濃を併呑《へいどん》すれば、米高五十七万石に五十四万石を加え、百万石を超す身代となる。

彼は永禄五年（一五六二）正月、松平元康を清洲城に招き、攻守同盟の約定を正式に締結した。双方の間柄はさらに緊密となり、いずれかが敵にあたるとき、攻守いずれの場合も協力しあう味方同士となったわけである。

元康は熱田《あつた》表から織田家の菩提《ぼだい》寺《じ》、万松寺に入り宿をとった。万松寺は彼が天文十六年（一五四七）六歳から八歳まで、人質としてすごした場所であった。

翌日、元康は清洲城本丸で、信長と会見した。元康主従は善美をつくした饗応をうける。信長は当座の引出物として、秘蔵の長光の大刀と、吉光の脇差を元康に贈った。

元康は会盟のあとまもなく、家康と改名し、三河統一の行動をおこした。

当時諸国大名のあいだでは、遠交近攻の策がとられていた。国境《くにざかい》を接する近国を攻めるとき、遠国と同盟し敵の背後を脅かす外交戦略であったが、信長は常識をやぶり、家康と背中あわせの盟約をむすんだのである。

「背をかためたなれば、早速に洲俣に向わねばならず」

信長は永禄五年五月上旬、六千余の軍勢を率い、洲俣を襲った。

洲俣には佐々内蔵助が六百余の人数をともない先発して、夜を日につぎ河中の石を拾い塁を築き、信長をむかえた。

信長はいったん洲俣に着陣したのち、さらに十四条（岐阜県本巣郡真正《しんせい》町十四条、現在は本巣市十四条）に前進した。

総勢を五段の備えとし、洲俣の塁をかためる時を稼ぐため、敵の襲来を支える防衛線を張ったのである。

十四条には斎藤家の砦《とりで》があるが、附近は数百町の水田がひろがり、眼路《めじ》をさえぎる一物もない。

斎藤勢は日を置かず万余の大軍を催して押し寄せ、織田方陣所のわずか五町先に、旗差物をつらねた。地形に凹凸がなく、足場がわるいため、双方とも容易に仕懸けず、五日ほどは夜討ちの小競りあいに終始した。

老松がまばらに生えた小高い芝地に本陣を置いた信長は、全軍に下知した。

「いかように敵が仕懸けて参るとも、洲俣をあい固むるため、この場を退かぬよう長陣を覚悟いたせ。こなたよりみだりに取りかくるは禁物でや」

両軍は対峙《たいじ》したまま日を過ごし、五月二十三日早暁に激突した。

朝合戦には北軽海《かるみ》（同本巣郡真正町軽海、現在は本巣市軽海）で織田勢が斎藤勢の鋭鋒《えいほう》に苦戦し、後退する。乱軍のなかで信長の一族信益が、敵に討ちとられた。

信長は態勢をたてなおし、夜戦で斎藤勢を突き崩す。十七条城（同本巣郡巣南《すなみ》町、現在は瑞穂市）からさらに南方の十九条城まで攻めいったが、戦況はその後一進一退をくりかえし、ついに織田勢は洲俣まで後退した。

二十三日夜の合戦では、信長麾《き》下《か》の侍大将として戦った前野将右衛門の兄、孫九郎が、九死に一生を得る経験をした。

大力の孫九郎は、鉄環十六筋入りの六尺棒をふるい、三つ引き紋の自分差物を指した敵の武者と渡りあった。大太刀をふるう相手と数合打ちあううち、敵の郎党に、乗馬の前脚を槍《やり》の柄でしたたかに打ち払われる。

孫九郎は竿立《さおだ》ちになった馬から地面に転げ落ち、とっさに立ちあがり佩刀《はいとう》を抜こうとしたが、刀は転倒の衝撃で鞘《さや》走って抜け落ち、うろたえるところをつけいられて相手に組み伏せられ、首を掻《か》かれようとした。

孫九郎の郎党が必死に駆け寄り、主人にまたがる敵に斬りつけ、辛うじて助けたが、修羅場に不覚の汚名をのこすこととなった。

織田勢は洲俣の塁に拠《よ》って、四日のあいだ美濃衆の猛攻を支えた。

だが五日めの朝、清洲から母衣《ほろ》武者が駆けつけ、危急を告げた。

「犬山織田十郎左には、お殿さまの留守をあいうかがい、川向いの宇留間が大沢次郎左とあい謀《はか》り、犬山、於久地の人数かり集め、下津《おりづ》（稲沢市下津町）辺りへ乱入。在郷諸村に放火狼藉《ろうぜき》、各所に陣取り、清洲お城に押し寄せんばかりのいきおいにござりまする」

清洲城の留守居、滝川一益《かずます》は手兵とともに死守の手配りをしているという。下津は清洲の北西一里余の地であった。

信長はやむなく洲俣を放棄し、兵を引き揚げ、犬山衆を撃退して清洲にもどった。

四度めの美濃攻めに失敗した信長は、刈りいれ寸前の麦畠《むぎばたけ》を薙《な》ぎ払われた下津辺りの無残な眺望に、苦い思いをかみしめた。

洲俣引き揚げの際、殿《しんがり》をつとめた柴田権六の率いる馬廻《うままわ》り衆の死傷は甚大であった。

「上総介が武辺もさしたることはなし。洲俣の塁を四度も揉《も》みつぶされ、面目もなきことよ」

敵の嘲罵《ちょうば》が、尾張にまで聞えてきた。

信長は清洲城へ帰還すると、ただちに丹羽五郎左衛門を於久地城にさしむけ、織田信清の目代《もくだい》中島左衛門に開城を促させた。

中島は丹羽郡の土豪で、かつて岩倉城織田信安の被官であった。永禄元年、信長と織田信清が協同して岩倉城を攻めたとき、中島は城方として勇戦し、武勇のほどを敵味方に賞揚された。

信長は降伏した中島の器量を買い、於久地城の目代とするよう、信清に推挙した。中島がそのときの恩義を覚えておれば、干戈《かんか》をまじえず開城するであろうと、信長は考えていた。

日頃中島と交誼《こうぎ》のあった丹羽が使者に立ち、信長の意向を伝える。

「犬山十郎左ゆえなく事を構うるは、狂乱というもおろかなり。主人信長には御辺の武勇を惜しまれ、事を荒立てず開城いたすようとのお望みでや。それがしはかねて昵懇《じっこん》のよしみをもって、使者に立ちしなり。早々まかりいでられよ」

城門のまえに立った丹羽が声高に呼ばわったが、中島はあらわれず、家老が応答したのみであった。

「主人には近頃疝気《せんき》を病み、伏せておりまするに。信長さまの仰せの趣はあいわかりしも、順逆の道理もあり、この場にて直答もいたしかねると申しおりますれば、お引きとり願わしゅう存じまする」

丹羽に交渉の子細を聞いた信長は、ただちに於久地城攻めの支度にとりかかった。

於久地城は東西四十五間、南北五十間、四方に三重の塀をめぐらし、申丸《さるまる》という出城をひかえた要害であった。

六月一日の早暁、信長は於久地城を急襲した。馬廻り衆の精兵《せいびょう》は馬を捨て、竹束を堀になげいれ浮橋として石垣にとりつき、たちまち大手門を打ちやぶる。

寄せ手と城方はたがいに鉄砲、矢を放ちあい、激戦となった。信長は千余の軍兵を繰りいれ、小曲輪《こくるわ》まで侵入したのち頃あいを見はからい、引きあげた。

彼は於久地城を攻めおとすつもりはなかった。無駄に兵を損じることなく守将中島左衛門を脅かし、いずれは降伏させるつもりである。

尾張の侍同士が殺戮《さつりく》しあうことは、できるかぎり避けねばならないと、信長は考えていた。彼は去りぎわに大音声で中島左衛門に呼びかけた。

「やよ左衛門、かくのごとき小城ひとつ攻め崩すはたやすきことなれども、汝《うぬ》が律義者なるをもって、一命たすけてつかわすだぎゃ。こののちとくと了簡《りょうけん》いたし、降参いたすがよからあず」

於久地攻めで、生駒《いこま》党の郎党二人が討死にし、八右衛門が右股《もも》に鉄砲疵《きず》をうけた。

八右衛門は太股を貫かれていたが、出血もすくなく回復は早いと見えたのに、折柄の梅雨どきで膿《うみ》をもち、意外の深手となり、ついに右足が曲がらず不自由な体となった。

小六たち川並衆は、信長が戦死者の遺族、怪我人《けがにん》への見舞いの金子《きんす》にさえこと欠く、手詰りの状態になっている現状を、冷静に見守っていた。

小六は於久地攻めののち、動きをひそめている信長に同調し、犬山攻めの尖兵《せんぺい》となる気はないが、織田信清に味方するつもりもなかった。

彼は信長の器量がどれほどのものか、はかろうとしていた。手詰りとなったいま、あらたな展開への布石をしないいま、血気にはやり美濃攻め、犬山攻めを強行するようでは、信長の前途は破滅と知れていた。

小六は川並衆の頭領として、信長への協力をすすめてきた藤吉郎に、内心を率直に告げた。

「いまは清洲旦那《だんな》に逆意なしとの、七枚起請文《きしようもん》を差しだすのみにて、合力《こうりよく》の儀は暫《ざん》時《じ》控えようほどに、おのしはわれらが苦肉の方便を察し、とりなしを頼むうえ」

藤吉郎は承知した。

彼には川並衆との交誼《こうぎ》を断つつもりは、さらになかった。いずれは小六たちの力を借りねばならない時がくると、前途を読んでいた。

永禄五年（一五六二）夏から六年にかけ、尾張、美濃の国境には合戦もおこらず、平穏に過ぎた。

美濃斎藤家は、少年の龍興が家督を継いだのちは内紛が多く、尾張へ攻め寄せる余裕がなかった。

信長も四度の洲俣攻めで、美濃衆の戦力の根強さを思い知らされていた。いま我《が》責《ぜ》めに討って出れば、底なしの泥沼に足をとられる消耗戦にひきずりこまれると、彼は積極行動に出るのをやめ、しばらく兵をやしなうことにした。

美濃攻略に成功すれば、信長は上杉、武田、北条と比肩しうる領土を擁する大名になる。

――ここはやり損じてはならず。日数を掛けるところでや――

信長は清洲城にいて、細作《さいさく》のもたらす諸国の情勢に眼を配っていた。

彼は諸国牢人《ろうにん》、遊行僧《ゆぎようそう》、七道の者らが食客として滞在している生駒屋敷へ、鷹野に出るついでに立ち寄る。

八右衛門は於久地の合戦で鉄砲疵をうけ、足が不自由になったのちも、商いをさかんにおこない、屋敷に出入りする人の数も多かった。

信長は永禄四年九月の、武田と上杉の川中島における四度めの激戦の詳しい情報をも、生駒屋敷で聞いた。

彼は八右衛門と長夜の談議をかわすことが多かった。八右衛門は信長にすすめた。

「いまは兵をやすめ、馬を養うときにござりまするに。せいてはやり損じまする。美濃は攻めづらく守りやすき要害多く、むかしより地侍の多い国にござりますれば、ゆるりと仕懸け、ふかき池の水をばしだいに干しあぐるがごとき手筈《てはず》にて、仕懸けなさるるが上策と存じまする。川筋の者については、お殿さまよりじきじきのご支配なさるるよりも、猿めを諸事お取次ぎ役にお使いなされ、しだいに調略あそばさるるがよからずかと、思案いたしておりまする」

八右衛門は、美濃攻めにはやはり遠交近攻の策をとるのがよいとの意見をもっていた。

「美濃と国境をおなじゅういたしまする、北近江の浅井ならびに、武田と手をむすぶならば、斎藤家は根を伐《き》られし大木のごとくなり、しだいに枝葉より枯れてまいるものと勘考いたしまするが」

信長は、八右衛門の献言を心にとめ、自分の方針をかためてゆくための、手がかりとした。

信長は生駒屋敷で八右衛門と会ったあと、泉殿で乳母、傅役《もりやく》と遊んでいる三人の子供たちに会い、数え年四歳の徳姫を抱きあげる。

「これ五徳、母《かか》さと乳母どの、伯母御前《おばごぜ》が申しつけをよう守り、かしこういたしおるかや」

徳姫はうなずく。

母に似て牙彫《げぼ》りのように繊細な顔だちの徳姫を信長は抱きしめ、下ぶくれの頬《ほお》に唇を寄せた。

徳姫が生れたとき、信長は彼女が兄とともに三人で五徳の三本足のように立っていってほしいと願った。五徳とは薬缶《やかん》をかける鉄製の輪である。

信長は小袖《こそで》を通しての徳姫の体の温みをしばらく楽しんだあと、座敷におろしてやり、庭に下りて奥庭の離れ屋に足を向ける。

秋陽に映える離れ屋の明り障子を見ると、信長の足どりは自然にはやくなる。縁先にいた女中が平伏した。

信長はうなずき、座敷にあがった。家内には紫綸子《りんず》のうちかけをつけた吉野《きつの》が、ひっそりと坐《すわ》っていた。

「これ、起きては身に障るでや。寝所におるがよからあず。儂《わし》が抱いて連れてつかわすほどに、首に手をまわせ」

吉野は信長の手をおさえる。

「お殿さまが、さようなことをなされては、もったいのうござりまするほどに、そのままに奥へお通りあそばいてちょーでいあすばせ」

「何の、かまうものかや」

信長は吉野の制止もかまわず、女中たちの見守るなか、彼女を抱きあげ、かるがると寝所へはこんだ。

遣戸《やりど》を閉め、ほのぐらい座敷で二人だけになると、信長は痩《や》せた肩胛骨《かいがらぼね》の手ざわりをいたましく思いつつ、吉野を臥所《ふしど》に横たえる。

「しばらくは湯風呂《ゆぶろ》にも入りませぬほどに、体に薬湯のにおいがしみついてござりまするに、添い臥《ふ》しはお許し下されませ」

身をちぢめる吉野を、信長はかまわず抱きしめる。

彼女の白絹の閨着《ねやぎ》のあわいから、たきしめた香のにおいがこぼれた。

「化粧《けわい》など無用なるに。儂は吉野が肌のにおいがなつかしゅうて、きたのでや」

信長は吉野の胸もとをひろげ、彼女の襟あしのあたりに顔を押しつけた。

明り障子のそとに椋鳥《むくどり》がきて、木の実をしきりについばむ影が、動いていた。

「あなたさま、お疲れでござりましょうほどに、しばしの間なりとおやすみあそばいてくだされませ」

信長は臥所のうちで、吉野の歯切れのよい口調に、心をくつろがせる。

「うむ、儂は清洲におるときは、寝ておる間も、どこやら醒《さ》めておるだわ。四、五日まえの晩にも、たしか寝ておったに、百足《むかで》が手首から首筋へかけて這《は》うてゆくのを、知っておったでのん。なかば眠っておるのであろうでや」

百足がきたとき、信長は寝所の闇のなかで、側女《そばめ》も近づけずひとり天井をむいて眠っていたはずであったのに、右の手首にぞろぞろと何かの這う気配を感じた。

とっさに百足じゃと感じて、身動きをせずにいる。間もなく襟もとから右首へ這ってきたものは、喉のうえを通りすぎ、左の耳下に下りてゆく。

動くものの気配がなくなったあと、信長ははね起き、叫んだ。

「宿直《とのい》、明りを持て」

声に応じ、寝ずの番の近習が、灯台を捧《ささ》げ襖《ふすま》をあける。

信長は枕《まくら》の脇《わき》に置いている脇差《わきざし》を、抜きはなっていた。枕もとの畳に六寸ほどの百足が動いていた。

信長は用心ぶかく、頭の辺りに刃先をあて、押し切りにしようと力をこめたが、百足の堅い背に通らず、逃げられる。

信長はこんどは頭に刃先を刺し通す。頭を貫かれた百足は、脇差の切先にぶらさがる。信長はそれを宿直の足もとへ投げた。

「思えば儂は夜毎、熟睡《うまい》することなく過ごしおるようでや」

臥所に身を横たえると、昼間にどれほど疲れていても、数も知れないほどの気懸かりな事柄が、頭に湧き出てくる。

尾張の支配者となった信長は、おびただしい政務にかかわり、しかるべき沙汰《さた》、裁断を下さねばならなかった。

神社寺院へ与える特権、禁制の沙汰。商人に対する特権許可の免許状、瀬戸物など特産品業者保護の制札。

こまごました政務に公平を欠けば、たちどころに領民の怨恨《えんこん》を買い、地侍の戦力にも影響が出る。

ほかにもつねに心をはなれない考えごとがある。八右衛門のいう遠交近攻の策であった。

信長はこの年、愛娘《まなむすめ》の徳姫を松平元康（家康）の嫡子竹千代（信康）にめあわす婚約を、とりきめていた。

このさき、近江小谷《おだに》城主浅井備前《びぜん》守長政、越後《えちご》の上杉輝虎《てるとら》（謙信）、甲斐の武田信玄の三者とも、婚姻によって同盟を結ばねばならないと、信長は考えている。

遠交近攻の策で、斎藤龍興を周辺の諸国から孤立させるための調略をおこなうかたわら、しばらく鳴りをしずめてはいるが、美濃攻めの布石を打つ手も、ゆるめてはならない。

信長は囲碁をことのほか好んだ。鷹野、川狩りに出ることのすくない冬季には、囲碁に長じた同朋衆《どうぼうしゅう》、僧侶《そうりょ》を相手に、夜を徹して烏鷺《うろ》をたたかわすことが多かった。

信長の棋風は意外なほど堅実であった。相手ともつれあう攻撃的な布石ではあったが、敵中に猪突《ちょとつ》猛進することはなく、まずわが活路をととのえてのち、敵の陣を寸断するねばり腰のつよみをあらわす。

彼はわが棋風から見て、洲俣から西美濃への侵入に四度も失敗したのは、東美濃におびただしく存在する斎藤方の支城を、抑える布石を怠っていたためであると思いつく。

犬山の織田信清が、木曾川対岸の支城に拠《よ》る美濃地侍の勢力を背景に、信長と対抗するつもりであるからには、まず美濃衆の強力な拠点である、宇留間城あたりを奪取して、敵中に足がかりのくさびを打ちこんでおかねばならなかった。

西美濃を攻めるのに、いつかは洲俣城を築くとして、東美濃攻撃の作戦をおこなうには、清洲城は国境から遠かった。

清洲は応永十二年(一四〇五)、足利《あしかが》氏の管領《かんれい》斯波《しば》義重が尾張守護職となって以来、城下町として栄え、町人の戸数だけでも三千戸にちかく、人口は数万に達していた。

百数十年のあいだ、海道に沿う政治経済の中心地であったが、地形は平坦《へいたん》で要害の地ではない。城地は狭小で、町なかを貫流する五条川は、春秋の増水期にしばしば氾濫《はんらん》し、水害をおこしていた。

信長は、東美濃を攻めるまえに、城地を北方要害の地へ移さねばならないと考えていた。彼は吉野とならんで身を横たえた臥所のうちで、病いを得たのちも形よくひきしまっている彼女の腰を抱きつつ、胸にたゆとう考えを口にする。

「儂はのう、城をよそへ移したいのだわ」

「いずれへ、おわせられまするかなも」

「小牧あたりがよからあずと、思うておるのだがのん」

吉野は信長の胸にかるく唇をふれ、うなずいた。

信長がいう小牧とは、清洲城の北東三里、尾張平野の中央部にある、標高八五メートルの小牧山のことであった。

高層建築物が多くなった現在でも、平坦な地形のなかに隆起する小牧山は、実際の標高よりもはるかに高く見える。

四百年前に、尾張の国中を一望に見渡せる要害の地として、信長が着眼したのは当然であった。

小牧山に城地を移せば、於久地城、犬山城の動静は居ながらにして偵察でき、東美濃攻めの根拠地として屈強の場所である。

「小牧山ならば、結構でござりまするなも」

吉野はたしかな判断力をそなえた女であった。

彼女が迷わず同意するとき、信長はわが意見に自信をもつことができる。吉野は信長の状況の読みが甘いときは、するどく指摘する。

「清洲より小牧山へ城を移すとなれば、家来どもはさぞかし迷惑いたすであろうがのん」

商家が軒をつらね、町割りの整然ととのった、清洲の城下町に住みなじんだ宿老、侍大将以下、馬廻《うままわ》り衆の侍たちは、田畑のなかにある小牧山へ引越すことを嫌がるにちがいなかった。

「あなたさまが仰せに、否やを申す家来衆がござりましょうかなも。そのままに押し通されてよきことにござりまするが、お気を遣ってあすばすならば、はじめに小牧山よりもなお辺鄙《へんぴ》にて、人家もなき山辺を皆の者に移る先じゃと、ご披露あすばすが、ようござりまするわなも。家来衆に興をさまさせ、迷惑に思わせたうえにて、移る先を小牧山に考え直したりと仰せられたなら、皆々、異存なくなりおとなしく引越すものと存じまする」

信長は吉野のあわい肌のにおいを呼吸しつつ、彼女の考えにすなおに同意する。

「おまえほどに人の心を読める者は、ほかには猿がおるのみでや」

信長が小牧山へ城を移そうと思いたったのは、藤吉郎のすすめがあってのことであった。

藤吉郎は、清洲の城郭が狭く、水害をうけやすい、さらに美濃国境から離れているという、三つの欠点を正しくついていた。

信長は藤吉郎の進言を、出すぎたふるまいとして一喝し退けたが、結局は採用することとしたのである。

永禄六年正月、信長は春日井《かすがい》郡小牧山に一城を新築し、清洲よりの移住を決定した。

彼は吉野の機転の策を用い、まず宿老《おとな》をはじめ主立った侍衆をこぞって召し連れ、犬山城に近い二の宮山へあがり、いい渡した。

「このたび、清洲よりここなる山手に城を移すと決したるゆえ、さよう承知いたしおけ」

侍たちは突然の命令におどろきうろたえ、不平の私語が湧《わ》いた。

信長は家来の心中を察しないふりをする。

「この山は清洲とちごうて、要害になしうるところであらあず。皆々清洲へ戻らば早速に宿替えの支度をいたせ。この右手の嶺《みね》は、権六が屋敷といたせ。手前の谷あいは与三が住いでや。いまは草深くとも、城地移ったるのちは、この辺り一帯は町屋つらなり、尾張随一の大邑《たいゆう》となること、うたがいなしでや」

信長はその後、日を置かず二の宮山へ数度通ったのち、清洲からの引越しを正式に宣言した。家中の士は、上下をとわず不平を鳴らした。

「このうえの迷惑はあらずか。二の宮山がごとき淋《さび》しき山中に引き移れとは、お殿さまもお考えがなさすぎるのん。これこそ難儀と申すものでや」

城下の商人たちも困《こう》じはて、騒然と苦情を口にしているとき、信長は急に移転先の変更を申しつけた。

「二の宮山は、犬山城に近すぎるうえに、清洲より資材、雑具を運ぶに不便なり。されば行くさきを変え、小牧山へ参ろうず」

小牧山は清洲と二の宮山の中間に位置し、家財道具をはこぶのには、清洲城下の五条川を船でさかのぼれば、山麓《さんろく》に達することができる。

家来たちはどっと歓声をあげ、小牧山移住を承知した。信長が最初から小牧山を新城地と指定すれば、家来たちの不平は二の宮山への移転と同様にたかまったであろうが、巧みなかけひきに乗せたので、迷惑を口にする者はわずかしかいなかった。

新しい城郭の普請は、二月からはじめられた。造作奉行には丹羽五郎左衛門が任ぜられ、人足をおびただしく集め、大木を伐りはらい山頂を平らにならし、土台を築いてゆく。

宿老のうち、林通勝、青山与三右衛門らは移転に反対をとなえたが、信長は頓着《とんちゃく》なく仰せつける。

「家中の者が屋敷は、手前手前にて勝手に普請いたすがよからあず。木材の儀は品野、八曾山より木挽《こびき》どもに運ばするゆえ、遠慮なく使え」

小牧表へ移転する商人らには、地子《じし》銭《せん》、諸役銭などの税金を半額とするむねの触れを高札として、辻々《つじつじ》に掲げた。

小牧山の新城は、着工後九十余日ではやばやと落成した。

山は東西に長く、二町あまりの尾根をひき、原野に聳《そび》え六里四方の遠望がきく。

むかしより築城した者もおらず、年経た大樹が鬱蒼《うっそう》と生い茂り、麓《ふもと》には竹林がざわめく。

信長は山頂から五段の曲輪《くるわ》を設け、堀と塁をめぐらし、山麓には三重の堀、西側には外曲輪総構えの長堀を設けた。

矢倉に登れば、北東方わずか二十町をへだて犬山方の於久地城が見える。城代中島左衛門は動きをひそめたままであった。

清洲よりの引越しは、小牧表へ商家が移転し、屋敷普請の大工棟梁《とうりょう》、材木運搬の山方衆、鋳物師《いもじ》、木地屋、鍛冶師《かじし》など職人相手に市をたて、賑《にぎ》わいはじめた五月なかばの吉日をえらんで、おこなわれた。

尾張領国にくまなくゆきわたった信長の威光のもと、在郷村々の老若男女は先をあらそい移転の手伝いを申し出る。

信長が新城に居を移したのちは、国中の村長《むらおさ》どもは連日登城し、このたびの賀儀を申しのべる。

「やつがれども存命いたせしおかげにて、この日にめぐりあいしこそ、しあわせにございまするに。お殿様がご冥加《みょうが》のほど眼のあたりにまぶしきばかり、のちのご繁昌《はんじょう》のほどこそ楽しみにて、ご武運のいやさかなるをことほぎたてまつりまする」

彼らが献上する祝いの品は、新御殿に置き場もないまでにあふれた。

信長は新城落成、移転の段取りを、病床の吉野に逐一知らせてやっていた。

「犬山が片づいたるのちは、御台《みだい》が御殿を城中に新築いたしてやらあず。そののちはお前とも日夜顔をあわすゆえ、看病の験《げん》も見ゆるであらあず」

吉野は胸を抱き、うれしさのあまり涙ぐむ。

「私はかくのごとき病体となりはて、お家移りのお手伝いをもいたしかね、無念に思うてござりまいたに、おやさしきお言葉ただただありがたく存じまする。このちは小牧へ引越す日を楽しみに、養生専一にこころがけまするゆえ、私へのお心づかいもなく、御陣出しのご采配《さいはい》あそばいてちょうでぁーいあすばせ、なも」

信長は小牧山へ移転ののち、はやくも於久地城への調略をはじめていた。

犬山城主織田信清には、股肱《ここう》とたのむ二人の宿老がいた。

一人は於久地の中島左衛門、いま一人は黒田（愛知県葉栗郡木曾川町黒田、現在は一宮市木曾川町黒田）の和田新介である。

信長はまず和田に調略の手をのばし、信清に離反させようとした。犬山とは五里ほども離れた黒田の地にいる和田は、保身のためになびくにちがいないと、信長は見ていた。

信長は藤吉郎を呼び、命じた。

「猿、そのほう和田新介に会い、味方にひきいれて参れ。新介を小牧へ呼び寄せるのでや。ここへ来たならば、儂《わし》がとくとい聞かせるうえ、於久地の中島左衛門をも同心にひきいれるべく、使者に立たせるだわ」

「かしこまってござりまする」

明敏な藤吉郎は、瞬間に信長の意中を察した。

和田新介を味方にひきいれれば、中島左衛門も信長に従いやすくなる。中島は信長の恩義を忘れてはいないが、主人信清に離反するのをいさぎよしとしない、侍かたぎを押し通している。

同輩の新介が信長の陣営に入れば、彼は孤立に堪えがたしとして、新介のあとを追うことができる。中島左衛門は信清の宿老ではあるが、手兵に無駄な損耗を及ぼす戦を避ける自由は持っている。

藤吉郎は和田新介を味方に誘う使者として、自分がえらばれた理由を知っていた。和田は蜂須賀の縁者であり、しかも両家ともにかつて岩倉織田家の家来であった。

――また小六が渋き面《つら》を、見ねばならずか――

藤吉郎は信長への協力を望まない小六を、説得せねばならない。

小六は信長が小牧山に城地を移し、犬山、東美濃攻撃の布石をすすめてきたのに、何の反応もみせず、信長のご機嫌伺いにも足を運ばなかった。

だが情勢の推移に敏感な小六が、ここで信長の依頼をしりぞけ、怒りを買うような愚かなまねはすまいと、藤吉郎は考えていた。

六月はじめの蒸し暑い朝、藤吉郎は数人の供を連れ、馬背に揺られて小六の逗留《とうりゅう》する松倉の豪族、坪内勝定の屋敷へ出向いた。

藤吉郎は出迎えた川並衆の頭《かしら》たちに、磊落《らいらく》な挨拶《あいさつ》をした。

「えりゃーいまあ、暑い日だわのん。田楽狭間が戦の日を思いだすでや」

彼は川並衆が嫌うのを承知で、田楽狭間の名をわざと口にした。

小半刻《こはんとき》（三十分）ののち、藤吉郎は坪内屋敷の客殿で、小六、将右衛門、坪内家の養子勝定とむかいあっていた。

勝定は将右衛門の従妹《いとこ》を妻とし、桶狭間の合戦では小六に従い奮戦したかつての川並衆であった。

小六は陽灼《ひや》けた顔に胡麻《ごま》をまいたように無精髭《ぶしょうひげ》を置き、丸い眼を剝《む》いて藤吉郎を睨《にら》みつける。

「おのし、先刻来着のとき、長兵衛に田楽狭間の戦のときのようなる日和じゃと、いうたでや。長兵衛がいまだに腹立たしゅうて歯ぎしりするばかりなる、合戦のことを思いださせて何とするつもりかのん。あざときふるまいは無用だぎゃ」

小六は藤吉郎が信長の威を借り、高飛車な態度をみせたのであろうと、怒っていた。

藤吉郎は膝《ひざ》を打ち、甲高い声をあげて笑った。

「あれは儂が転合《ふざけ》でや。長兵衛が苦虫を嚙《か》みつぶしたるごとき面をみたによって、こけたる頰《ほお》をちとふくらませてやらあずと、いうてみたまでだわ。おのしまで気に障ることはなかろうでのん」

小六、将右衛門は顔を見あわせ、含み笑いをした。

二人は川並衆の頭のうちでも、とりわけ短気な長兵衛の、不機嫌な顔つきを思いうかべたのである。

「ところで、今日は何の調略にきたのでや」

小六が聞く。

「おのしらを小牧御城へ連れて参り、旦那《だんな》の信長さまにご機嫌伺いをいたさせようとの算段にて、参ったでのん」

藤吉郎は小六と将右衛門を見すえた。

「ここな屋敷の亭主殿は、おのしらとちがい、先の見えたるご仁だで。信長さまのご家来となりしのちは、際立ち利《き》け者でのん。後々の繁栄はめでたき限りに相違なし。それにくらべ、おのしらの立ちまわりの無様なること、限りなしだわ」

「何と申すかや。親しき仲とはいえ、雑言ほざかば抜く手は見せぬぞ」

本気とは見えないが、殺人の数をかさねてきた小六の沈んだ声音には、聞く者の背筋に氷を走らせる余韻がこもっていた。

藤吉郎は坐りなおしていう。

「儂が旦那、日頃のご発訓は、早飯、早駆け、早仕舞いでや。ご気性の通り、このたび小牧山一城成って、清洲よりのお引越し、電光石火のご采配であらあず」

小六、将右衛門は黙然と聞いていた。

藤吉郎は小六たちの様子をうかがいつつ、言葉をつづけた。

「小牧より於久地、犬山は眼の下だわ。犬山が十郎左の天命尽きたるも同然でや、おのしども、いまさら思案の外であらあず。川並衆一円の者の進退は、おのしらが指図にかかっておるであろうがや」

小六は血走った両眼を藤吉郎に向けていたが、意外におだやかな口調で答えた。

「おのしが旦那の小牧への引越しは、先を読んだる抜け目なきおふるまいでや。さすが器量のほど、ただものならじと思うておるがのん。儂らは旦那が家来にはならぬでや。馬があわぬでは、いたしかたもなきことよ」

藤吉郎は立ちいったことを聞いた。

「犬山、美濃より、そののちの調略にうせおったかのん」

「そうきょん、宇留間（鵜沼）の大沢次郎左より、われらを味方にひきいれんと、趣向をこらし気をひいてきおったが、栄耀《えよう》は望まずとて、同心いたさずと応対したでのん」

東美濃の地侍のうち、強豪の名をうたわれる大沢が、小六を味方にひきいれにきたと聞き、藤吉郎は緊張した。

小六が大沢ほどの者に誘われても、協力を辞退したのは、このさき斎藤龍興よりも信長に利ありと、判断したからにちがいなかった。

小六はいま迷っているようだと、藤吉郎は察した。なにものにも束縛されず、自由に生きたい小六たちには、疑いぶかく、家来に献身を強いてやまない信長に随身する気はない。

だが、尾張一国はまもなく信長の手に納まり、犬山城信清の破滅は疑いなしと見ているのである。

小六たちは、信長が武田、浅井、上杉に交わりを求めている動きをも知っていた。信長は尾張の地固めを終えれば、かならず美濃を侵略する。

そのときには、川並衆の存立も危うくなるかも知れなかった。

——迷うてあたりまえでや。儂にもお殿さまが器量のほどは、しかとは分らぬのだで——

藤吉郎は小六の胸のうちを察した。

「川並衆が進退は、儂が旦那にとりなすほどに、しばらく任せておいてくりょう。そのかわりに、儂がためにひとはたらきしてはくれまいか」

藤吉郎は、用件の本題をおもむろに持ちだした。

小六は藤吉郎の眼中をのぞきこむようにした。

「抜けめなきおのしゆえ、何ぞ用向きあってのこととは思うておったが、早う申せ」

「うむ、和田新介がことでや。新介はおのしが縁者で、昵懇《じっこん》の間柄にてあろうがや。儂を新介に引きあわせてもらいたいでなん」

「新介に会うて、何とする。相手は十郎左の宿老《おとな》なれば、おだやかなる話とは聞えぬがや」

藤吉郎はためらわず答えた。

「儂が旦那にお味方いたすよう、説きおとすのでや」

小六は低い笑い声をたてた。

「それはまた、おのしに似あわず、難儀なる使者を引きうけしものだで」

「何が難儀でや。おのしは儂に新介をひきあわせたなら、居ながらにして信長さまに恩を売ることにならあず。新介は儂が頼みを聞きいれておけ。のちのち悪しき種を播《ま》いたことにはならぬ。新介は儂が旦那の誘いをことわりはせぬ。腹のうちはとっくに細作《さいさく》に読ませておるだわ」

「ならば、おのし一人でゆけ。儂がひきあわすまでのことも、なかろうがや」

藤吉郎はつめたい口調になった。

「一人で参るのもよからあず。儂とて一命を捨て、役儀をつとむる肚《はら》はくってお るだわ。したが、儂が死なば、信長さまへおのしをとりなす者がおらぬようになるが、それにてもよいか。ならば頼まぬ。おのしらとの仲も、これまでだわ」

彼は座を立った。

和田新介が保身のために、信長に寝返りをうつであろうという情報は、細作が伝えていたが、藤吉郎が単独で和田の黒田砦《とりで》をおとずれるのは、危険であった。

新介の家来のうちには、信長に敵意を抱いている者がおり、藤吉郎を殺しかねない。新介との対面に成功しても、彼を小牧城に同行させるのは、おそらく不可能である。

新介が小牧で仕物《しもの》（謀殺）にかけられはすまいかと、危懼《きく》するにちがいないからであった。

藤吉郎は、縁先の沓脱《くつぬ》ぎ石にそろえた草履に足をのせた。後ろから声はかからなかった。

——頭の固き奴《やつ》め、このちこやつに会うこともなかろうが——

彼が門前へ向おうとしたとき、小六の声がかかった。

「藤吉郎、待て」

小六はやはり味方をすると、藤吉郎の身内で緊張が一時にほぐれた。

小六は和田新介を信長方へ寝返りさせるために、藤吉郎とともに黒田砦におもむき、熱弁をふるい助言をしてくれた。

黒田砦に着いてみて藤吉郎は小六を連れてきて幸運であったと、胆のひえる思いであった。

砦の柵門《さくもん》のまえには逆茂木《さかもぎ》がつらなり、暑熱のさなかに士卒はすべて具足をつけ、素槍《すやり》をきらめかせている。合戦も間近と思わせるほどの厳重な警戒のさまであった。

藤吉郎が単独で訪れたなら、門前で追い帰されるのはおろか、斬り殺されかねない殺気立った空気である。

和田新介は会ってみれば小心者であった。いつ信長勢の攻撃をうけるかも知れないと、戦々恐々としているだけに、最初は藤吉郎の勧誘にかたくなに応じなかった。

だが親戚《しんせき》の小六が当今の形勢を説くと、ようやく心をひらいた。

「信長旦那の威勢には、尾張国中でもはや敵《かな》う者はないのだで。美濃の龍興も、いずれはやられる。そうなってからでは遅からあず。いまのうちに、犬山が十郎左殿を見限り、信長旦那についてゆくのが、子孫長久の道だでのん」

小六の言葉に、新介がためらいつつも首を縦にふったとき、藤吉郎は大役を果せたと、はりつめた気持ちが一時にゆるんだ。

信長は猜疑心《さいぎしん》深く、諸事に偏狭な性向をあらわすが、藤吉郎にとっては能力を自由に発揮させてくれる、大切な主人であった。

藤吉郎のような流れ者を、能力にふさわしい地位につけ、仕事の場を与えてくれる主人は、諸国を探し歩いても、ほかにはなかった。

信長の意を迎えるためには、虎の尾を踏む思いもやむなしとして、黒田砦への使者に立った藤吉郎であったが、意外にたやすく新介は応じてくれた。

だが藤吉郎と小六は、何の危険もなく黒田砦を出られなかった。新介に送られ、柵門を出ようとしたとき、警固の侍の一人がいきなり腰の太刀を抜き藤吉郎に斬りかかってきたのである。

「危ういぞ」

小六が叫ぶなり藤吉郎を押しのけ、腰刀を抜きつけて、打ちこんできた太刀を受けたが、棟で払う余裕がなく、刃で受けたので、刀身は脆《もろ》くも二つ折れになった。

藤吉郎はそれを見るなりわが刀を抜き、侍の下腹へ力まかせに突きこんだ。非力ではあったが必死のいきおいは、侍の腹巻をつらぬき、小六はあやういところを助かった。

二日ののち、藤吉郎は和田新介と同道して黒田砦を出立し、小牧城に戻った。

新介はただちに信長に拝謁した。信長は機嫌よく迎えた。

「こたびは儂《わし》に味方いたしてくるるとて、足をはこんでくれたのかや。いまよりのちは、われらは主従の縁をむすぶだわ。本領黒田の庄の安堵《あんど》はうけおうたでや。のちの加増も、そのほうがはたらきによっては、思いのままに叶《かな》えてやらあず」

信長はその場で新介に本領安堵の判物を与えた。

新介は畳に額をすりつけ、お礼を言上した。

「早速《さそく》にお手あつきご恩を頂戴《ちょうだい》つかまつり、おそれ多ききわみに存じまする。新介、今日よりは粉骨いたしご奉公つかまつりまするに、何なりとも仰せつけあそばいて、ちょーでいあすわせ」

信長は脇息《きょうそく》にもたれていた身をおこした。

「されば新介、そのほうこれより丹羽五郎左を介添えといたすゆえ、於久地城へおもむき、中島左衛門をば味方に引きいるるよう、口説《くぜつ》をもってはたらいて参れ」

新介は内心で、思いがけない難儀の役目をいいつけられたと驚愕《きょうがく》したが、ひきうけざるをえなかった。

藤吉郎は傍で、信長の立てた調略が目算通りにはこんでゆくのを、見守っていた。

別座敷で休息すべく、座を立つ新介に従おうとした藤吉郎は、「猿」と呼びとめられ、足をとめた。

信長は新介が立ち去ったあと、藤吉郎を膝元《ひざもと》に招いた。

「いつもながら、あじゃらこい面構えだで」

いいつつ信長は藤吉郎の小ぶりな前額を、てのひらで撫《な》で、口もとをほころばせた。

あじゃらこいとは、ふざけたという意である。藤吉郎は無言で頭を下げる。

「おのし、上手に新介を穴より引き出しおったでや。小六を使うたであらあず」

「仰せの通りにござりまする。小六め、お殿さまがご威光のほど、口には出さねど、とくと承知いたしおりまするゆえ、新介をそれがしに引きあわせたるうえ、いまさらお殿さまへのご合力《こうりょく》を延引いたしても、害あって益なしと、切々と説き聞かせ、助勢のほどめざましゅうござりまいた」

藤吉郎はわが手柄を、小六の援《たす》けあってのことという。そういえばなおさら、信長の自分への信頼がたかまると、知ってのことであった。

小牧城に参向した和田新介は、その日のうちに丹羽五郎左衛門とともに於久地城に中島左衛門をたずね、信長への味方をすすめた。

左衛門は、眼前二十町の小牧山に新城普請のさまを明け暮れ眺め、夜を日につぐ急ごしらえの仕事場の喧噪《けんそう》を聞きつつ、孤立の感をふかめていた折柄、朋友《ほうゆう》の勧誘にたやすく応じた。

「小牧山より南風に乗って木遣《きや》り唄《うた》が聞え、番匠が槌音《つちおと》鳴りわたし、耳さわがしく閉口いたしおったるところでや。おのしが信長さまにお味方いたすなら、儂も一手に強敵を引きうくるほどの了簡《りょうけん》も持たぬだわ。ここらあたりが降参の潮どきであらあず」

左衛門は隠居し、於久地城を信長に明け渡して、申丸《さるまる》という出城に移り、謹慎することとなった。

和田新介は左衛門と彼の伜豊後《ぶんご》を小牧城にともない、信長に拝謁させ、こののちの忠節を誓わせた。信長は左衛門父子を手厚く饗応し、佩刀《はいとう》関禅定《ぜんじょう》を引出物に与えた。

信長の、藤吉郎をはたらかせての調略は、予想をうわまわる成功を納めた。黒田砦、於久地城はいずれも力攻めにすれば甚大な損害を覚悟しなければならない、堅固な要害であった。

和田、中島の二宿老に去られた犬山の織田信清は、落日の衰運を覆うべくもなかった。家来衆の人数は、たちまち減ってゆく。もはや信長の攻撃を支える戦力を失った現実は、誰の眼にもあきらかであった。

信清にひきかえ、信長の威勢はさかんになるばかりである。小牧城下には、商人、諸職人の住居が軒をならべ、賑《にぎ》やかに市が立っていた。

足軽長屋は十二棟、厩《うまや》は五十間の広大な構えであった。侍屋敷は南麓《なんろく》にあり、清洲の住いにくらべ、新居は間取りひろく、庭前に小松、花の木の植え込みもある。

これからは四季の変化を楽しめようと、内儀衆のよろこびはひとしおであった。

城は二層の茅葺《かやぶ》きで、屋上に設けた三間四方の物見台に立てば、欄干よりの眺望は雲煙十里に及び、晴天の日は美濃、三河、伊勢までも視界のうちにできた。

海道を通行する旅人たちは、小牧城をふり仰ぎ、噂《うわさ》をしあう。

「あれこそ駿州今川治部さまを討ちとったる、天下無双の御大将、織田上総介さまがお城でや。さてもさかんなる御威勢であらっせるものじゃ」

松樹の間にかがやく白壁は、見あげる町人百姓の眼に、信長の武力の象徴として眩《まぶ》しく映った。

中島左衛門が於久地城を明け渡したあと、信長は丹羽五郎左衛門を同城目代《もくだい》に任じた。

藤吉郎も、信長に呼び出された。

「そのほう、このたび川並衆を味方につけての、黒田、於久地が調略のはたらき殊勝なるゆえ、今日より俸禄《ほうろく》五十貫、足軽鉄砲隊百人組頭といたすでのん。出精してあいはたらくがよからあず」

藤吉郎は平伏し、落涙しつつ御礼を言上した。

「数ならぬ身を、重き役儀におとりたて下され、家門の誉れ、これに過ぐるものはござりませぬ。今日よりは心を砕きてあい勤め、お殿さまの大恩に酬ゆるよう、心がけまするに、ご覧あそばいて下されませ」

藤吉郎は歓喜の思いをおさえかねた。

俸禄五十貫は、六百石にあたる。

藤吉郎が足軽組頭として受けていた禄は十貫であった。だが彼が喜ぶのは禄高が五倍になったことではなかった。

鉄砲隊百人組頭として、信長麾下《きか》馬廻《うままわ》り衆の精鋭を率いる、侍大将に抜擢《ばってき》されたのは、望外の報酬であった。

信長が鉄砲隊組頭に任ずるのは、彼がもっとも信頼する将領であった。

藤吉郎は足軽長屋に帰り、妻のおねに教えた。

「おね、儂は今日から侍大将になったでのん。いまに見ておれよ。衆にぬきんでたる手柄をたて、出世をいたして見しょうず」

藤吉郎はおねを連れ、新築の侍屋敷へ転居した。

彼は好機を見はからい、信長に言上した。

「蜂須賀小六ならびに前野将右衛門。ともに頑迷にて、いまだお殿さまご機嫌伺いに参じませぬが、いかが扱えばよろしゅうござりまするか。お指図あすばされて下されませ、なも」

小六たちがこのうえ小牧城に参向せずに日を過ごせば、信長が果断の性《さが》をあらわし、川並衆の征伐をいいださぬともかぎらないと、藤吉郎は不安を抱いていた。

だが信長は、意外におだやかな返答をした。

「拗《す》ね者どもが、雑作《ぞうさ》のかかる奴輩《やつばら》だで、よからあず。そのほうが良きようにはからえ」

お殿さまは、やっぱり小六を手足に使うおつもりじゃ、と藤吉郎は察して、平伏した。

六月晦日《つごもり》の夏越《なごし》の祓《はらい》が、数日さきに迫った炎天の昼さがり、藤吉郎は十余人の供を連れ、みやげの品を馬の背に積んで、松倉の坪内屋敷へ、小六をたずねた。

「陽ざかりに、暑かったであろうが。まずは馬洗い場で井戸水を浴びてきさっせ」

盛りあがった筋肉の陰影が、みごとにきざまれている裸体に、赤褌《あかふんどし》を締めただけの小六が、渋団扇《しぶうちわ》を手に迎えた。

藤吉郎はいわれるままに冷水を浴び、小六と同様に、褌ひとつの裸で、風通しのよい客殿に通った。

「将右衛門は長兵衛を連れ、古川で魚獲りでや。いま男衆を走らせたゆえ、間なしに戻るうぇ」

はしためが井戸で冷やした西瓜《すいか》を、運んできた。

「これは変った瓜だわ。皮は緑かや」

「うむ、西瓜というてのん。津島の市で買うて参ったが、西国ではどこでも植えておるということだで。甘うて、味はよいぞ」

小六は庖丁《ほうちょう》をとり、はしためが置いていったまないたのうえで、西瓜を切る。

「なかは、赤いのか。たまげただわ。うむ、旨《うま》いがのん、これは」

二人は見る間に一個を食いつくす。

庭に投げた皮に、蟻が寄ってくるのを見つつ、藤吉郎は手拭《てぬぐ》いで顔を拭《ふ》く。

「於久地の中島左衛門も、おのしが旦那《だんな》に味方するとなったとか、聞いておるが」

小六にいわれ、藤吉郎はうなずく。

「今日はそのことで、きたのでや。おのしがおかげにて、黒田、於久地と、犬山方が堅固なる要害も、戦わずして手に入っただわ。お殿さまはいかいおよろこびでの
ん。儂《わし》に足軽鉄砲隊百人組頭を、仰せつけ下されたでや。これもすべてはおのしが合力してくれしおかげだで。今日はおのしをはじめ、川並衆一統に、巾着《きんちゃく》の底をはたいて大盤ぶるまいをいたそうと、来たのだわ」

小六は毛臑《けずね》にたかった蚊を団扇で叩《たた》きつぶしつつ、腹をゆすって笑った。

「それはめでたきことにあらあず。儂にとっても重畳《ちょうじょう》なる知らせでや。おのしも、あの恐《おそ》がい旦那に、侍大将にとりたててもらうまでに、なったかや」

彼はあらい毛の生えた腕をのばし、藤吉郎の痩《や》せた肩を叩いた。

藤吉郎は前のめりになりつつ、歯を剝《む》きだし甲高い笑い声をたてた。

小六は烈日を浴びている、庭前の鶏頭の朱に眼をやり、唸《うな》るようにつぶやく。

「おのしが運を、このの萎《お》ちち縮《ぞ》むことなく伸ばしてやりたきものでや」

「うむ、儂も小六殿が力を頼りにやってゆくつもりだで。ほかに頼る相手はなからあず」

小六はするどい視線を藤吉郎に向けた。

「昨日三河表より戻ったる油売りの申すには、岡崎の松平元康はこのたび家康と改名いたし、今川義元より貰《もら》いうけし元の字を捨てるとか。それはよいが、年貢取りたてのいさかいより、正月頃から三河一円の門徒衆が寄りあつまり、一揆《いっき》をおこしはじめておるだわ。この秋には一向《いっこう》坊主が指図して、大騒動をはじめようとの企てが聞えておるでのん。おのしが旦那も家康も、ともに命がけの合戦に勝たねばならぬでや。退くことはできぬ。退けば家来は信を置かず、散り散りばらばらとなり、国は滅亡するばかりだで」

二人が話しあっているとき、表に騒がしい人声がして、将右衛門たちが戻ってきた。

小六が彼らを招いた。

「藤吉郎が、こたびは鉄砲隊百人組頭となったでのん。儂らを饗応いたしくれんがために、来たのでや。おのしら早速に酒肴《しゅこう》の支度をいたせ。馳走《ちそう》の料は、これにてまかなえ」

小六は藤吉郎からうけとった銭袋を、将右衛門に投げた。

酒宴は一刻（二時間）のちに、はじめられた。

藤吉郎はにぎやかな饗宴がはじまるまえに、居ずまいをあらため、客殿広間に居流れる三十余人の、川並衆の男たちに告げた。

「儂はのん、ふりかえらば弘治《こうじ》（一五五五〜五八）の年、駿《すん》、遠《えん》、三《さん》の辺りを流浪してのち、生駒屋敷にて口すぎさせてもろうた時分でや。ここな小六殿が、儂をば面構えよき者というて召し抱えて下された。つまりは儂が旧主でや。それゆえ川並衆は、いまも儂が身内だわ。今日は、この席にて大事をば洩《も》らすでのんし。聞きおとすなや」

藤吉郎は、懸盤《かけばん》をまえにした男たちの注意をあつめ、語りはじめた。

「儂が旦那は、日ならずして犬山が十郎左を攻めかけ、お取り詰めなされ、余勢をもって東美濃へ乱入いたさるるでや。このときには積ったる年来の誼《よしみ》にて、何分それがしに合力下されよ。藤吉郎一生の頼みでや」

彼は円座をすさり、畳に額をすりつけた。

小六が彼の手をとり、身をおこさせた。

藤吉郎は顔に血の色をのぼらせ、熱にうかされたように切々と胸中をうちあけた。

「儂は百人頭とは申せども、旦那より下さる俸禄は五十貫だで。これをもって御辺らに年来の恩を報ゆるには、とても足らぬだわ。したが、儂は信長公へ奉公つかまつってより六年、ここに侍大将となるを得たるは、合戦に一手の将として手柄をたてよとの、天の与うる機と申すべきでや。儂が出世したるのちは、かならず御辺らに報恩いたすが、小六、将右衛門はもとより、一座に並みいる屈強のつわものどもが、このまま主取りもいたさず野に朽ちはてるごとき、口惜しきことはあらずか。儂は信長旦那の馬のくつわをとり、戦に出ずるが、御辺らも儂が旦那に随身いたすは、いまのうちでや」

小六と将右衛門は、渋い顔つきとなり返答をしなかった。

藤吉郎は言葉を重ねた。

「儂は、御辺らの扱いをば、旦那より任されておるだわ。されば明日にても儂の介添えにて小牧山へ参向いたし、御城落成のおよろこびを申しあげに出仕いたされよ。川並衆とてもこの時節なれば、とくと了簡《りようけん》いたさねばならぬでや」

小六と将右衛門はうなずきあった。

彼らは川並衆が、藤吉郎の言葉に従い、信長への随従を決すべき時期がきていることを、充分承知していた。

いまでは生駒八右衛門と小六との仲は、親戚《しんせき》とはいえ往来もまれになっていた。あくまでも川筋七流の群牢《ぐんろう》数千人を配下とし、信長の支配を受けずとする小六の奔放な暮らしように、八右衛門も手をつかねるのみであった。

小六は藤吉郎に向い、かねて川並衆の朋輩と相談のうえ、とりきめた返答を口にした。

「おのしがわれらが行く末を気遣ってくれる真心は、よくよく分っておるだわ。したが、いま信長旦那へ奉公いたす気は、ないのだわ。もとよりわれらに、かれこれと昔の意趣をいいたつる気はないがのん。人には相性というものが、あろうがや。われらごとき、行儀も知らざる野人には、とても旦那への奉公はつとまらず。せっかくの推挙も、縁なきことなれば、ことわるよりほかはあらまいが」

藤吉郎は腕をこまぬき、考えこんでいたが、小六に斬りつけるようなはげしい口調で聞いた。

「しからばおのしら、向後《きょうご》の進退はいかがいたすでや」

一座は森閑と静まりかえり、長兵衛ら剛の者も、しわぶきすら洩らさなかった。

小六は黙然と前を向いたままであったが、やがて口をひらいた。

「織田上総殿は、海道に並ぶ者なき勇将だがのん。今日までご一門につらなる方々のうち、上総殿が誅戮《ちゅうりく》をうけしは、数も知れぬほどだわ。その気性は雷電というも愚かなり。われらは生れついての野人なれば、長刀、長柄《ながえ》をたずさえ、一騎駆けの業には長ずれども、上総殿の家来とならば、つまるところは敵に斬らるるか、上総殿に誅さるるか、辺土に骸骨《がいこつ》をさらすは疑いなきところでや。さればじゃ」

小六は彼の巨軀《きょく》にくらべ、小児のように矮小《わいしょう》な藤吉郎を見すえた。

「藤吉郎、川筋の男はのん、尋常の作法はこころえぬが、苦楽をともにいたし、己れを知る者のためには、粉骨の労は惜しまぬところでや。儂は年来、おのしと縁があり、性分はすべて見抜いておるつもりだわ。上総殿のもとに、頼もしき御家人群集いたすといえども、この先才智《さいち》をもって上総殿の指図いたすところを穏当にいたしあげ、存命なしうる者は、おのしのほかにはおらぬ。いま百人の頭となりしは、いずれ千人万人の頭となる証《あかし》にほかならぬ。われら川並衆一統五千人は、このちおのしがために犬馬の労を尽くすといたすでや」

広間のうちに、男たちの歓声が潮騒《しおさい》のように湧《わ》きおこった。

「ならぬ、さようなることができるかや」

藤吉郎が声をふりしぼって、座を制した。

「儂はおのしが家来にてありし男だわ。いまにても、儂がごときはおのしにくらぶれば、地を這《は》う蟻のごとく目にもとまらぬ。とても蜂小を家来にできる身上にてはないのだわ」

小六が眼をいからせ、大喝した。

「ひかえよ、藤吉郎。われらは親戚縁者に意見され、上総殿への奉公をいかほどすすめられても、ことわって参ったのだぎゃ。おのしの家来になると決めたは、おのしが実意に感じたるまでのこと。われらがいったんこうと決めたうえは、槍《やり》が降ろうと火が降ろうと変改いたさぬ。おのしもあれこれ遠慮いたさず、われらを家来といたせ。いますぐに扶持《ふち》をもらおうとは思わぬ。出世払いにて貰《もら》おうず」

藤吉郎は言葉もなく畳に手をつき、両肩をふるわせるのみであった。

〈書誌〉
単行本　日本経済新聞社、一九八九年六月十五日初版
文庫　講談社文庫、一九九二年六月十五日初版

下《げ》天《てん》は夢《ゆめ》か 一

津《つ》本《もと》 陽《よう》

平成20年 10月25日　初版発行
令和７年 ５月５日　６版発行

発行者●山下直久

発行●株式会社KADOKAWA
〒102-8177　東京都千代田区富士見2-13-3
電話　0570-002-301（ナビダイヤル）

角川文庫 I5379

印刷所●株式会社KADOKAWA
製本所●株式会社KADOKAWA

表紙画●和田三造

●お問い合わせ
https://www.kadokawa.co.jp/（「お問い合わせ」へお進みください）
※内容によっては、お答えできない場合があります。
※サポートは日本国内のみとさせていただきます。
※Japanese text only

ISBN978-4-04-171335-8　C0193

角川文庫発刊に際して

角川源義

第二次世界大戦の敗北は、軍事力の敗北であった以上に、私たちの若い文化力の敗退であった。私たちの文化が戦争に対して如何に無力であり、単なるあだ花に過ぎなかったかを、私たちは身を以て体験し痛感した。西洋近代文化の摂取にとって、明治以後八十年の歳月は決して短かすぎたとは言えない。にもかかわらず、近代文化の伝統を確立し、自由な批判と柔軟な良識に富む文化層として自らを形成することに私たちは失敗して来た。そしてこれは、各層への文化の普及滲透を任務とする出版人の責任でもあった。

一九四五年以来、私たちは再び振出しに戻り、第一歩から踏み出すことを余儀なくされた。これは大きな不幸ではあるが、反面、これまでの混沌・未熟・歪曲の中にあった我が国の文化に秩序と確たる基礎を齎らすためには絶好の機会でもある。角川書店は、このような祖国の文化的危機にあたり、微力をも顧みず再建の礎石たるべき抱負と決意とをもって出発したが、ここに創立以来の念願を果すべく角川文庫を発刊する。これまで刊行されたあらゆる全集叢書文庫類の長所と短所とを検討し、古今東西の不朽の典籍を、良心的編集のもとに、廉価に、そして書架にふさわしい美本として、多くのひとびとに提供しようとする。しかし私たちは徒らに百科全書的な知識のジレッタントを作ることを目的とせず、あくまで祖国の文化に秩序と再建への道を示し、この文庫を角川書店の栄ある事業として、今後永久に継続発展せしめ、学芸と教養との殿堂として大成せんことを期したい。多くの読書子の愛情ある忠言と支持とによって、この希望と抱負とを完遂せしめられんことを願う。

一九四九年五月三日

角川文庫ベストセラー

下天は夢か　全四巻　津本　陽

戦国の世に頭角を現した織田信秀は、尾張を統一し国主大名となる夢を果たせず病没。家督を継いだ信長は、内戦を勝ち抜き、強敵・今川義元を討ち取ると、天下布武を掲げ天下を目指す。歴史小説の金字塔！

「本能寺の変」はなぜ起こったか　信長暗殺の真実　津本　陽

英雄織田信長は何故腹心の明智光秀に裏切られたのか。当時の政治情勢、信長のパーソナリティ、黒幕の存在……、あらゆる観点から日本史上最大の謎に斬り込んだ津本史学の新境地的作品。

顔・白い闇　松本清張

有名になる幸運は破滅への道でもあった。役者が抱える過去の秘密を描く「顔」、出張先から戻らぬ夫の思いがけない裏切り話に潜む罠を描く「白い闇」の他、「張込み」「声」「地方紙を買う女」の計5編を収録。

小説帝銀事件　新装版　松本清張

占領下の昭和23年1月26日、豊島区の帝国銀行で発生した毒殺強盗事件。捜査本部は旧軍関係者を疑うが、画家・平沢貞通に自白だけで死刑判決が下る。昭和史の闇に挑んだ清張史観の出発点となった記念碑的名作。

山峡の章　松本清張

昌子は九州旅行で知り合ったエリート官僚の堀沢と結婚したが、平穏で空虚な日々ののちに妹伶子と夫の失踪が起こる。死体で発見された二人は果たして不倫だったのか。若手官僚の死の謎に秘められた国際的陰謀。

角川文庫ベストセラー

数の風景　松本清張

土木設計士の板垣は、石見銀山へ向かう途中、計算狂の美女を見かける。投宿先にはその美女と、多額の負債を抱え逃避行中の谷原がいた。谷原は一攫千金の事業を思いつき実行に移す。長編サスペンス・ミステリ。

犯罪の回送　松本清張

北海道北浦市の市長春田が東京で、次いで、その政敵早川議員が地元で、それぞれ死体で発見された。地域開発計画を契機に、それぞれの愛憎が北海道・東京間を行き交う。鮮やかなトリックを駆使した長編推理小説。

一九五二年日航機「撃墜」事件　松本清張

昭和27年4月9日、羽田を離陸した日航機「もく星」号は、伊豆大島の三原山に激突し全員の命が奪われた。パイロットと管制官の交信内容、犠牲者の一人で謎の美女の正体とは。世を震撼させた事件の謎に迫る。

松本清張の日本史探訪　松本清張

独自の史眼を持つ、社会派推理小説の巨星が、日本史の空白の真相をめぐって作家や碩学と大いに語る。日本の黎明期の謎に挑み、時の権力者の政治手腕を問う。聖徳太子、豊臣秀吉など13のテーマを収録。

聞かなかった場所　松本清張

農林省の係長・浅井が妻の死を知らされたのは、出張先の神戸であった。外出先での心臓麻痺による急死とのことだったが、その場所は、妻から一度も聞いたことのない町だった。一官吏の悲劇を描くサスペンス長編。

角川文庫ベストセラー

潜在光景　松本清張

20年ぶりに再会した泰子に溺れていく私は、その幼い息子に怯えていた。それは私の過去の記憶と関わりがあった。表題作の他、「八十通の遺書」「発作」「鉢植を買う女」「鬼畜」「雀一羽」の計6編を収録する。

男たちの晩節　松本清張

昭和30年代短編集①。ある日を境に男たちが引き起こす生々しい事件。「いきものの殻」「筆写」「遺墨」「延命の負債」「空白の意匠」「背広服の変死者」「駅路」の計7編。「背広服の変死者」は初文庫化。

三面記事の男と女　松本清張

昭和30年代短編集②。高度成長直前の時代の熱は、地道な庶民の気持ちをも変え、三面記事の紙面を賑わす事件を引き起こす。「たづたづし」「危険な斜面」「記念に」「不在宴会」「密宗律仙教」の計5編。

甲賀忍法帖　山田風太郎

山田風太郎ベストコレクション

400年来の宿敵として対立してきた伊賀と甲賀の忍者たちが、秘術の限りを尽くして繰り広げる地獄絵巻。壮絶な死闘の果てに漂う哀しい慕情とは……風太郎忍法帖の記念碑的作品！

虚像淫楽　山田風太郎

山田風太郎ベストコレクション

性的倒錯の極致がミステリーとして昇華された初期短編の傑作「虚像淫楽」。「眼中の悪魔」とあわせて探偵作家クラブ賞を受賞した表題作を軸に、傑作ミステリ短編を集めた決定版。

角川文庫ベストセラー

山田風太郎ベストコレクション
幻燈辻馬車 (上)(下)
山田風太郎

華やかな明治期の東京。元藩士・干潟干兵衛は息子の忘れ形見・雛を横に乗せ、日々辻馬車を走らせる。2人が危機に陥った時、雛が「父（とと）！」と叫ぶと現われるのは……風太郎明治伝奇小説。

山田風太郎ベストコレクション
風眼抄
山田風太郎

思わずクスッと笑ってしまう身辺雑記に、自著の周辺のこと、江戸川乱歩を始めとする作家たちとの思い出まで。たぐいまれなる傑作を生み出してきた鬼才・山田風太郎の頭の中を凝縮した風太郎エッセイの代表作。

山田風太郎ベストコレクション
忍法八犬伝
山田風太郎

八犬士の活躍150年後の世界。里見家に代々伝わる八顆の珠がすり替えられた！　珠を追う八犬士の子孫たちに立ちはだかるは服部半蔵指揮下の伊賀女忍者。果たして彼らは珠を取り戻し、村雨姫を守れるのか⁉

山田風太郎ベストコレクション
忍びの卍
山田風太郎

三代家光の時代。大老の密命を受けた近習・椎ノ葉刀馬は伊賀、甲賀、根来の3派を査察し、御公儀忍び組を選抜する。全ては滞りなく決まったかに見えたが……それは深謀遠大なる隠密合戦の幕開けだった！

山田風太郎ベストコレクション
妖説太閤記 (上)(下)
山田風太郎

藤吉郎は惨憺たる人生に絶望していたが、信長の妹・お市に出会い、出世の野望を燃やす。巧みな弁舌と憎めぬ面相に正体を隠し、天下とお市を手に入れようとするが……人間・秀吉を描く新太閤記。

角川文庫ベストセラー

山田風太郎ベストコレクション
地の果ての獄（上）（下）
山田風太郎

明治19年、薩摩出身の有馬四郎助が看守として赴任した北海道・樺戸集治監は、12年以上の受刑者ばかりを集めた、まさに地の果ての獄だった。薩長閥政府の功罪と北海道開拓史の一幕を描く圧巻の明治小説。

山田風太郎ベストコレクション
魔界転生（上）（下）
山田風太郎

島原の乱に敗れ、幕府へ復讐を誓う森宗意軒は忍法「魔界転生」を編み出し、名だたる剣豪らを魔人として現世に蘇らせていく。最強の魔人たちに挑むは柳生十兵衛！　手に汗握る死闘の連続。忍法帖の最大傑作。

山田風太郎ベストコレクション
誰にも出来る殺人／棺の中の悦楽
山田風太郎

アパート「人間荘」に引っ越してきた私は、押し入れの奥から1冊の厚いノートを見つけた。歴代の部屋の住人が書き残していった内容には恐ろしい秘密が……ノワール・ミステリ2編を収録。

山田風太郎ベストコレクション
夜よりほかに聴くものもなし
山田風太郎

五十過ぎまで東京で刑事生活一筋に生きてきた八坂刑事。そんな人生に一抹の虚しさを感じ、それぞれの犯罪に同情や共感を認めながらも、それでも今日もまた新たな手錠を掛けてゆく。哀愁漂う刑事ミステリ。

山田風太郎ベストコレクション
風来忍法帖
山田風太郎

豊臣秀吉の小田原攻めに対し忍城を守るは美貌の麻也姫。彼女に惚れ込んだ七人の香具師が姫を裏切った風摩党を敵に死闘を挑む。機知と詐術で、圧倒的強敵に打ち勝つことは出来るのか。痛快奇抜な忍法帖！

角川文庫ベストセラー

八犬伝（上）　山田風太郎

宿縁に導かれた8人の犬士が悪や妖異と戦いを繰り広げる『南総里見八犬傳』の「虚の世界」。作家・馬琴の「実の世界」。鬼才・山田風太郎が2つの世界を交錯させながら描く、驚嘆の伝奇ロマンが幕を開ける！

山田風太郎全仕事　編／角川書店編集部

忍法帖、明治もの、時代物、推理、エッセイ、日記。多彩な作風を誇った奇才・山田風太郎。その膨大な作品と仕事を一冊にまとめたファン必携のガイドブック。

新選組血風録　新装版　司馬遼太郎

勤王佐幕の血なまぐさい抗争に明け暮れる維新前夜の京洛に、その治安維持を任務として組織された新選組。騒乱の世を、それぞれの夢と野心を抱いて白刃とともに生きた男たちを鮮烈に描く。司馬文学の代表作。

北斗の人　新装版　司馬遼太郎

剣客にふさわしからぬ含羞と繊細さをもった少年は、北斗七星に誓いを立て、剣術を学ぶため江戸に出るが、なお独自の剣の道を究めるべく廻国修行に旅立つ。北辰一刀流を開いた千葉周作の青年期を爽やかに描く。

豊臣家の人々　新装版　司馬遼太郎

貧農の家に生まれ、関白にまで昇りつめた豊臣秀吉の奇蹟は、彼の縁者たちを異常な運命に巻き込んだ。平凡な彼らに与えられた非凡な栄達は、凋落の予兆となる悲劇をもたらす。豊臣衰亡を浮き彫りにする連作長編。

津本陽歴史長篇全集［全28巻］

体裁＝A5判上製函入り／平均450頁／口絵一丁

第1巻　深重の海／闇の蛟竜
第2巻　薩南示現流／幕末巨龍伝／雑賀六字の城
第3巻　塚原卜伝十二番勝負／剣のいのち
第4巻　薩摩夜叉雛／宮本武蔵
第5巻　虎狼は空に〈小説新選組〉／新陰流　小笠原長治
第6巻　拳豪伝／鎮西八郎為朝
第7巻　修羅の剣
第8巻　柳生兵庫助　上
第9巻　柳生兵庫助　中
第10巻　柳生兵庫助　下
第11巻　富士の月魄
第12巻　千葉周作
第13巻　黄金の海へ／新忠臣蔵
第14巻　お庭番吹雪算長

第15巻　武神の階《きざはし》／火焔浄土〈顕如上人伝〉
第16巻　乱世、夢幻の如し
第17巻　武田信玄
第18巻　椿と花水木〈万次郎の生涯〉
第19巻　大わらんじの男　上
第20巻　大わらんじの男　下
第21巻　新釈水滸伝
第22巻　下天は夢か　上
第23巻　下天は夢か　下
第24巻　夢のまた夢　上
第25巻　夢のまた夢　中
第26巻　夢のまた夢　下
第27巻　乾坤の夢　上
第28巻　乾坤の夢　下／年譜・書誌等